Single age

单身时代

十一圣 著

南方出版传媒 花城出版社
中国·广州

图书在版编目（CIP）数据

单身时代 / 十一圣著. -- 广州：花城出版社，
2018.9
ISBN 978-7-5360-8728-6

Ⅰ. ①单… Ⅱ. ①十… Ⅲ. ①长篇小说－中国－当代
Ⅳ. ①I247.5

中国版本图书馆CIP数据核字(2018)第179975号

出 版 人：詹秀敏
策划编辑：张　懿
责任编辑：陈诗泳
技术编辑：凌春梅
装帧设计：WONDERLAND Book design

书　　名	单身时代
	DANSHEN SHIDAI
出版发行	花城出版社
	（广州市环市东路水荫路11号）
经　　销	全国新华书店
印　　刷	佛山市迎高彩印有限公司
	（佛山市顺德区陈村镇广隆工业区兴业七路9号）
开　　本	880毫米×1230毫米　32开
印　　张	10.5　1插页
字　　数	265,000字
版　　次	2018年9月第1版　2018年9月第1次印刷
定　　价	42.00元

如发现印装质量问题，请直接与印刷厂联系调换。
购书热线：020-37604658　37602954
花城出版社网站：http://www.fcph.com.cn

单身，只是一种生活方式。

目　录

第一章　生活和谁都会开玩笑　/ 1

第二章　人算不如天算　/ 14

第三章　喜悲交加　/ 29

第四章　坚强之后无尽美丽　/ 41

第五章　意外"惊""喜"　/ 61

第六章　老妈催婚　/ 75

第七章　冲突不断　/ 90

第八章　有心想帮林咏薇　/ 104

第九章　"偶遇"乱心　/ 122

第十章　老妈再催婚　/ 139

第十一章　决定带张丞骏回家　／159

第十二章　母女反目　／173

第十三章　遭遇张丞骏前妻　／185

第十四章　四美成席　／210

第十五章　真相太伤人　／233

第十六章　前往偶吧酒吧　／251

第十七章　真实关系　／266

第十八章　到底谁爱谁　／278

第十九章　痛下决心　／296

第二十章　单身只是一种生活方式　／316

第一章　生活和谁都会开玩笑

从咖啡馆出来后，估计对方已经看不到自己，叶秋实碎步小跑了起来，逃也似的跑到一个僻静处。"哎呀妈呀，总算出来啦！刚才真真正正是一种煎熬啊！"再也顾不得一直端着的矜持仪态，心情一下子放松了下来，脑子才开始从刚才有些发蒙的状态中恢复了自我意识。"见多识广"，叶秋实现在觉得这个词特别亲切，好像就是为此时的她准备的，这一下子又得长多少见识呀，大千世界，无奇不有，真是啥人都有啊！

本来是抱着试试看的心理，想看能不能遇到什么惊喜，没想到直接给一惊吓，她今天真算是又开了一次眼界，再次刷新了她对于某些人到底可以厚颜无耻到什么地步的想象。想想刚才经历的一幕，真像是做了一场梦，短暂却印象深刻。没想到自己真真切切地当了一回平时在电影或电视剧中看到的女主角。

"你还是处女吗？不是处女的话也没关系，现在有几个人还是处女呀！再说了，那些都是老一套，俺也不稀罕，关了灯还不都一样。那你的月收入在5万元以上吗？或者至少3万元以上，这是我对对方收入要求的底线。如果月收入没在3万元以上也不是不可以，那你必须有套150平方米以上的房子，那是不动产，这样的话，将来真有了孩子，也不至于太拥挤，生活质量才有保证嘛。"对方的话让叶秋实听得目瞪口呆，简直不知道他是在相亲，还是在找有钱有房的老娘！最主要的是人家竟然问得理直气壮，还口口声声地说什么"现在是男方市场，找30岁以上的女人不像找小姑娘，就不能过多考虑对方的颜值了，颜值再高也不耐久了"。这都什么奇葩逻辑呀！

"什么货色，也不用脑子想想自己是什么德行，我看你就是个二百五，心理不健全，脑子里都装的是些啥呀！找老娘吃软饭还打着什么相亲的幌子呀！"当然这些话叶秋实全然说不出口，所以也只能是在心里狠狠地藐视了一下对方而已："对于你这种有奶就是娘，充满肮脏思想的人我还是敬而远之的好！"

这是几天前的一次相亲经历，那一次已经着实刺激了一回叶秋实。但没想到的是悲剧重演，这次感觉更伤人，如果说上次只是有被侮辱到的感觉，那这次是真真正正被侮辱了一把。如果不是修养到家的话，换作别的女人，估计怎么也会破口骂上对方一通吧。

"你离过婚吧？""没离过婚，又这么漂亮，怎么到这个岁数还单着呢？这可不正常呀，身体没什么毛病吧？这个我可很介意。""其实呢，我对对方的要求也并不高，只要贤淑明事理，上得厅堂下得厨房，床上再那个些就好。""你可能不知道，我那方面的要求其实还蛮强烈的，没办法，这身体在这摆着呢。"对方当时说完这句话，眼睛就这么直视着叶秋实，猛地抖起身上的肌肉腱子。

唉，想想心就拔凉拔凉的，真是悲哀啊，这女人一过30岁怎么会是这个样子呢？叶秋实不得不慨叹起现实的无奈和岁月的无情。想当年，追自己的也是一抓一大把，而今天，还没到32岁的她竟然落得如此境遇，别人多看你几眼就像是施舍了，对你再多说那么几句话，简直就得让人烧高香供起来呢！

"亲，在哪里呢？速回，女魔头找你，发威酝酿中！"正在胡乱思忖的叶秋实被手机里弹出来的微信留言惊回了现实，是好同事，行政秘书任佳佳在催她回单位。"女魔头"说的就是她们的主编伍梅里,一个接近更年期的美丽女人!

"离单位不远,安抚下,马上就回。"叶秋实敲下这几个字后,急忙去找自己的车,可是还没走到停车的地方,远远地就看到一个交警模样的人正要往车上贴些什么。

"坏了,刚才停得匆忙,没注意,车旁边就有个'禁止停车'的标志,车违规停放了!"叶秋实一看慌了神,急忙快走几步。"交警同志,交警同志,手下留情,手下留情!"但她还是晚了几步,走到交警身边时,交警已经开出了罚单。

"能不能私了啊?交警同志,我离交警大队挺远的,还有事情,没时间去交罚款啊,念在首犯的分上,通融一下嘛。"叶秋实想要动用女性的魅力,看能不能将事情简单化,所以声音中充满了女性的温柔,甚至觉得自己连眼睛里也都充满了女人无尽的柔媚之光,恨不得把面前的年轻交警用她那温柔的目光"杀死"。

"去去去,不要来这一套哈,这是妨碍我办公,妨碍公务你懂不懂?谁让你不遵守规矩乱停乱放了,跟首犯不首犯没关系,违章停车就得付出代价,及时去交罚款是正事。何况现在还能网上支付罚款。"对方似乎根本没把叶秋实的妩媚放在心上,义正词严,厉声呵斥,那表情那语气,说得叶秋实哑口无言。看来自己真的是老了?这要是在几年前,只要稍微有意识地动用一下自己的美丽,面前这位年纪轻轻的小交警怎么也会犹豫几下,甚至就此放自己一马的。而现在怎么样?情况真是严重超出叶秋实的想象,那位交警竟然丝毫不为所动,一脸的无动于衷!罚款是小事,意识到自己魅力的丧失这才是让叶秋实真心有些难过的地方。

"叶姐你到没到呀?我快招架不住了,女魔头眼看就要发威!马上！马上！"任佳佳的再次提醒让叶秋实如梦方醒，速回单位才是眼下最紧要的事情啊。

"唉，这次只能自认倒霉了。罚就罚吧，人家交警同志说得对，违章就得付出代价，这次就当买教训了。但回去别让女魔头再给修理一顿啊，今天已经是够倒霉的一天啦！"看交警走开后，叶秋实急忙开车走人，哧溜一下，快速朝自己单位所在的写字楼驶去，至于交罚款的事情只能在方便的时候顺道办了。

叶秋实相亲的地方其实离她所在的单位并不远，正是考虑到方便，所以趁中午下班的空闲时间才加了这次相亲机会的。因为家里父母催得实在太紧，而且叶秋实自己也意识到年龄越来越大，对自己越来越不利，所以才接二连三地赴约相亲，毕竟从概率学上来讲，见得越多，成功的概率越高，才可能碰到更适合自己的人嘛。但一连几次的约见却让她有些沮丧，怎么这个时代靠谱的男人那么稀缺呢？跟任佳佳抱怨时，任佳佳就告诉她，成不成先别管那么多，即使很不靠谱，那就当长见识了，要不然，你怎么能知道这个世界上还有那么多"奇葩"男呢？看来也只能这样安慰自己了，今天算是又长了一次见识！

车开得快，不大会工夫，叶秋实就出现在了自己的办公室内。

"我的副主编姐姐，你可来了，赶快去女魔头办公室吧，她正等着你呢。"《美丽·魅力》杂志社的行政秘书任佳佳见叶秋实前脚进了办公室，后脚立即跟了进来，心急火燎地对叶秋实说道。这种急切的情绪让本来想要喘口气喝口水的叶秋实不敢怠慢，因为刚进办公室，一着急，甚至连工牌也忘了戴上就急匆匆朝主编伍梅里的办公室走去。

叶秋实刚想敲门进去，走到主编门前却听到伍梅里似乎正在里面说话。叶秋实的手停到了门边，她侧耳听了听，隐约听到伍梅里好像正在用乞求的声音和什么人讲话。这可是难得听到的语调，伍梅里一向高傲，出身优越，家境优渥，老公在她嘴里也是一等一的优质好男人，孩子又刚刚留学英国。因此，她平时与别人说话，不管是故意还是非故意，语气中总有一种凌驾于别人之上的优越感。她什么时间也会乞求别人了？对方会是个什么人物呢？叶秋实有些犹豫要不要这个时候进去？这个时候进去会不会很糟糕呢？正犹豫着，旁边两个新来的采编和一个美工朝这边走来，叶秋实怕被她们误认为是故意偷听，情急之下，就敲响了主编办公室的门。里面似乎立即停止了说话声，然后就听到了伍梅里惯有的腔调，沉着而冷静地说道："进来。"

叶秋实推门而进，让她意外的是屋子里只有伍梅里一个人，桌子上放着伍梅里的手机，她才意识到刚刚应该是伍梅里同电话另一端的人在讲话，另一端会是谁呢？能让伍梅里用哀求的语气说话不能不让叶秋实好奇。

"你看看你，上班时间也不戴工牌！"伍梅里还真是眼尖，叶秋实一进门，她就注意到了叶秋实胸前没有佩戴工牌。"怎么回事？听说又相亲去了？中午那么大工夫也不闲着。要我说，你这个人脑子就是被门挤了，上次我给你介绍的那位，你说多好一个人，除了长相稍微不尽如人意一些，配你哪里差了？人家可是个实业公司的老总呢。"伍梅里话一出口，跟刚刚叶秋实无意间听到的语调完全像是换了一个人。伍梅里不提还好，一提上次介绍的那个相亲对象就让叶秋实有点儿恶心，他那长相哪是稍微不尽如人意啊，膘肥体壮的，最主要是牙长得难看，那是叶秋实最难以忍受的一点，尤其是想到一旦发展为恋人关系，如果接吻的话，嗯，还是别想了，叶秋实努力让自己不去想那样的画面。

"好了好了，我也懒得管你的事啦，缘分这东西的确也是可遇不可求的。今天找你呢，是临时有个事情，下午需要让你替我去出席一个活动，我有其他事情没办法参加。"伍梅里话锋一转道出了急着找叶秋实的原委。

"给，这是活动的入场券，你抓紧收拾一下，现在赶过去，时间应该还来得及。"说完也不容叶秋实多说，伍梅里顺手递过来一张土豪气息浓重的邀请函。

"劲能健体连锁馆开业""下午3点""市体育中心"，叶秋实迅速扫了一眼邀请函的内容，看到了这些关键信息。啊，3点，现在已经过了2点了，还那么远的距离！叶秋实看到邀请函上的信息开始有些心急。

"好的，主编，我马上赶过去。"说完，叶秋实急匆匆从主编伍梅里的办公室里走了出去，根本顾不得再行收拾，甚至没来得及再看一眼自己的妆容，她现在能按时赶过去已经算是烧了高香，实在顾不得太多了。

每到一个路口，红灯亮起来的时候，叶秋实都有些不由自主的焦虑，因为时间匆忙，又是开业典礼，觉得去晚了实在不好。那个叫作什么"劲能健体连锁馆"的开业典礼怎么会请到自己的主编？是谁开办的劲能健体连锁馆？叶秋实对此一头雾水。不过，其实想想，似乎也没什么值得去奇怪的，伍梅里作为一本在本市、全省乃至全国都有些影响力的杂志的主编，接触的人当然会很多。再说了，健身馆和美丽事业有着直接的联系，所以从理论上说，这个健身馆邀请伍梅里出席也完全在情理之中，倒是自己一点儿也不知道这件事情有些奇怪，也许对方和主编伍梅里纯粹是因为私交才请她出席的缘故吧。

远远地看到市体育中心那里人头攒动，一个宏大的拱形彩虹门上写着"劲能健体连锁馆10馆开业典礼"。啊，这个叫作"劲能健体"的健身馆还真够可以的啊，规模不小了啊，都是第十家连锁店开业了，看来老板也是个有头有脸的人物啊！

好不容易找到停车位，停好车，看看时间，已经到了开业最后的剪彩仪式。而恰在此时，手机响了起来，叶秋实低头看了看，是伍梅里打过来的。

"喂，喂，你大点儿声，我听不太清。"因为过于喧闹，叶秋实一直没能听清楚伍梅里电话里说的什么内容。她急忙又朝外走了走。

"你怎么还没到？刚才健身馆的张总打电话问我到哪里啦，我跟他说你替我去了。记着你是要代表我上去剪彩的啊，抓紧去主席台那里。"终于听清楚伍梅里的意思后，叶秋实连着急也顾不得了，急忙转身扒开看热闹的人群，朝主席台的方向挤去。等终于赶到主席台，走向台后，她一抬头就看到一个熟悉的身影，定睛一看，叶秋实一时间有些发呆，竟然是张丞骏！虽然已经有了很多变化，但的确是他，张丞骏！她的第一反应是想要逃脱，对，有种想要逃的冲动！但因为距离太近，对方似乎也认出了她，想躲已经来不及。

"叶秋实！真的是你呀！刚才伍主编告诉我来不了，说叶副主编要替她参加剪彩仪式，我还纳闷这个叶副主编会是谁呢！没想到竟然会是你！"张丞骏满眼的惊喜。

"对不起，路上堵车，来晚了一小会儿。我一点儿也不知道是你的店开业，是不是要赶快举行剪彩仪式呀？"叶秋实小声提醒着处于惊喜状态中的张丞骏。

"好，好，你来了就好，不晚，有什么晚不晚的，自己开的店。"张丞骏一如既往的嘴皮子溜，说完便清了清嗓子，进入另一种状态。

"亲爱的各位朋友，同仁们，各位媒体友人，今天邀请到大家亲临敝店开业庆典现场实属有幸。作为劲能健体第十家连锁店，该店将一如既往地秉持造福众人、强身健体之根本，为大家的健康服务……"张丞骏滔滔不绝地介绍起自己健身馆的发展历史来，站在旁边的叶秋实思绪却忍不住飘飞到了九霄云外。

也就是在大二刚刚开始的时候吧，一直对叶秋实有好感的张丞骏开始对叶秋实展开热烈的追求，买花、约会、捎各种小吃，总之变着法地想要接近叶秋实。也怪了，许是女孩子的直觉，无论张丞骏怎么努力，叶秋实始终觉得他并不是自己真正想要的那种类型。倒不是说外形怎么样，张丞骏虽然不属于男神级别的男生，但其实长得也属于好看的那种，就是太能说会道了，一点安全感也没有，而且还总会时不时给人心计比较重的感觉。也许就是因为这种感受太深，后来无论张丞骏为叶秋实做什么，叶秋实的芳心始终没有被真正打动过，因此，结果也就可想而知，到大学毕业时，二人也没有能建立起正式的恋爱关系。后来，叶秋实又考上了研究生，而来自小地方、出身普通家庭、家境不太富裕的张丞骏则直接进入了社会打拼，二人之间的联系也就越来越少，情感牵绊不了了之，后来甚至就音讯全无了。

"喂，喂，秋实该剪彩了。"站在旁边的张丞骏一连提醒好几声，叶秋实才从往事的思绪中抽离回来。

"喔，好，好的。"她努力让自己不慌乱，显得镇定、优雅，轻轻从身边礼仪小姐手里取下剪彩用的剪刀。

"现在我宣布劲能健体第10连锁店正式开业，欢迎大家进店免费体验！"随着张丞骏充满兴奋的高喊，剪彩仪式进入尾声。

"进去体验一下吧。对了，待会去服务处领张VIP健身贵宾卡，今天我邀请的客人每人一张。"张丞骏见大家都进店里了，叶秋实还愣在那里，就热情地招呼说。

"不了，还是改日吧，今天太热闹了，而且因为中午有事，没来得及休息，有些累。"她想到中午的相亲经历，突然对眼前的张丞骏多了些暧昧的好感，相比那些男人，张丞骏就显得还是自有其长处呢！"祝贺哈,你看我一直还没来得及表示祝贺呢。"叶秋实突然意识到自己的不到之处,伸出手真诚地说道。

"谢谢,谢谢!也好,今天的确比较热闹,如果中午又没休息的话,累也是一定的了。小贾,带叶小姐去领张VIP健身贵宾卡。"张丞骏因为还有其他人要招呼,就急忙喊来身边的服务人员叮嘱说,"好好照顾这位女士,千万别给我怠慢了。"

"好的,一定,这边请,叶小姐。"一位姓贾的服务员应声而到,礼貌地伸出手引领叶秋实朝办理贵宾卡的地方走去。

"有空记得一定要来我这里健身啊,带上你的老公、家人都可以的,一律优惠。"张丞骏边走边和叶秋实告别,然后转身去另一边忙着招呼其他人去了。

从繁闹的环境里脱身,回到自己的家里,打开冰箱,却突然发现里面几乎空空如也。叶秋实禁不住哑然失笑,想想,还是上次爸妈过来时,自己专门出去买过一次东西,此后就几乎没怎么再专门购物,往往是回来时顺手捎些小东西和简单物品。真是年龄大了,什么都变了,连一向最喜欢的逛街购物似乎也变得提不起兴趣了。走到卫生间梳妆台前,叶秋实仔细看了看自己的脸,脸上也似乎依稀有了鱼尾纹的痕迹,女人真是不禁老呢!她又想起在张丞骏开业典礼上的自己,不知出于什么心态,突然有些抱怨主编伍梅里没有跟自己说是谁开的店,如果知道是要见到他张丞骏的话,说什么也要收拾一下的。她顺手打开梳妆台的抽屉,里面常用的面膜竟然也没有了。

看时间还早,她决定去小区的超市里买些水果蔬菜犒劳自己,顺便买些面膜敷敷脸,有几天没有好好捯饬一下自己了。

还真是巧得很,刚一出电梯门,迎面碰到了楼下的李大姐,一家三口,应该是刚接完孩子回来。

叶秋实因为水管问题，去楼下借过工具，看到他们一家三口转身走进楼梯时的身影，真心觉得自己有些孤单呢！人与人真是大不同，李大姐比自己也大不了几岁，老公、孩子全都有了，一家三口其乐融融，看上去还真是让人羡慕啊！

叶秋实内心慨叹着朝超市走去。但还是决定先去旁边的化妆品专卖店转转，买了面膜再说。她现在突然觉得外在的容貌似乎比吃更重要！这也是年龄给逼的，以前天生丽质的她没怎么捯饬，整天还经常有人夸呢，现在这种夸赞声真是越来越少了。

"欢迎光临，这位女士请问您需要什么服务？"一进化妆品专卖店，一位服务员小姐热情地迎了上来。其实，在主编伍梅里的影响下，叶秋实现在倒是偶尔会光顾市内一家大型美容院，也办了那里的贵宾卡。可是不知道是心里的执拗观念作祟还是出于自尊的原因，叶秋实去的次数实在有限。她一直认为自己已经很美了，并不需要花费过多的时间在美容上面，而现在的她突然意识到这种局面已经悄然改变。

"哦，不知道你们这里有没有我需要的那种面膜？"叶秋实告诉对方自己想要的牌子后，对方摇了摇头，这让叶秋实有些失望。但服务员小姐岂肯放弃这么好的推销机会，于是不停地向她推荐起其他牌子的面膜来。经不住对方热情的感染，叶秋实最后还是先买了几盒，决定回去试试效果。

等买了蔬菜水果回到家后，天已经黑了，还没来得及休息，突然接到好同学林咏薇的视频来电。接通视频电话的瞬间，叶秋实被对方的形象吓了一跳，蓬头垢面，脸上还有着明显的瘀痕，一看就知道是被人揍了！没接通电话前，叶秋实还在心里嘀咕："好你个林咏薇，真是的，电话早不来晚不来，偏偏在我一脸倦容邋遢不堪的情况下来电，丑态都让你看见了！"但没想到对方竟然更糟糕，糟糕到了惨不忍睹的地步！

"你别哭,别哭,究竟是怎么回事?谁欺负你了!"叶秋实顾不得其他,急忙关切地问道。

"秋姐,我被人揍了,你看看我被揍成什么样子了!"电话那端的林咏薇边说边撩头发,让叶秋实看她脸上的伤痕和抓痕。

"你别让我看这些了,我还能看不出来你是被人揍了吗?快说说,到底发生了什么事,这究竟是怎么回事?"

"我,我,我当了一回别人的小三。"林咏薇在电话里抽泣着。

"什么?你当了别人的小三?怎么会是这样?你不是最痛恨那些第三者了吗?怎么自己还会去当别人的小三?"叶秋实听了林咏薇的话后,一脸的不解。但她这么一问,林咏薇在电话那端却哭得越发厉害。

"我,我其实根本不知道他结了婚啊,他一直骗我说他没有结婚,所以才会这样的。他一直对我不错,我还天真地以为找到了一个绝世好男人,真是瞎了眼。"林咏薇一直抽泣着,"因为太爱他,当知道他已经结婚后,本来还幻想他会跟他的老婆离婚,但没想到我和那个男人交往的事情早早就被他老婆发现了,我这伤就是被他老婆打的。你都不知道当时有多丢人,就在马路边上,他的老婆像个疯狗一样,对我是又拉又扯,许多同事也都知道了这件事,我算是在这里没法待了。"

"秋姐我去你那里吧,这个城市我也真心不想待了,今天晚上我就收拾收拾,收拾完了就去找你好吗?"林咏薇痛苦的表情让叶秋实很是痛心,看来林咏薇也只能如此了。

"好吧,你还是先及时去处理一下伤口,别留下什么疤痕,收拾妥当了就及时来我这吧。"叶秋实叮嘱。

等挂了电话,叶秋实本来想要做顿美餐的心情被林咏薇的遭遇消磨得荡然全无。她草草地吃了些水果,就躺到了床上。

林咏薇作为大学时最要好的姐妹,一直与叶秋实保持着密切的联系，后来二人又考入了同一所大学的研究生，虽然所学专业不同，但还是可以一直见面联系，一直还是最好的姐妹。其实大学时，叶秋实与张丞骏的交往也多少受到林咏薇的影响，林咏薇私下里经常觉得张丞骏并不是理想的对象，还告诉她说见到过张丞骏一些不好的行为。否则的话，叶秋实有几次真有可能会软下心来答应张丞骏的请求，与他建立起恋人关系的。

林咏薇的痛切经历突然触动了叶秋实的内心，渐渐淡忘的往事像渐浓的夜色般突然清晰起来。

其实两年前，叶秋实曾经真切地喜欢过一个人，陈伟嘉，嘉实传媒集团的副董事长。当时，叶秋实对陈伟嘉是那种一见倾心的喜欢，对方完全符合她对于白马王子的期待，成熟、睿智、刚毅、英俊、体贴，而且富有！尽管叶秋实对想要找的人富有不富有一直以来从没有特别大的预期，自己又不是不可以挣钱，找的男人只要能够自食其力，关键是对自己好就可以了，但对方富有的话岂不是更好！与陈伟嘉是在嘉实传媒集团举办的一次活动中结识的，二人一见如故，至少叶秋实当时有此感受。学习传媒专业的经历让两个人很有共同语言，许多见地常常会不谋而合。一来二往，叶秋实甚至开始悄然憧憬起自己可以就此幸福地踏入恋爱之城，最后走进婚姻的殿堂了。

但世事往往是无法按自我的主观意愿去发展的，交往了一段时间之后，如果与林咏薇现在交往的男人相比，对方还算是个真诚的人，算得上是个正人君子。当陈伟嘉发现叶秋实爱上他之后，主动告诉了叶秋实自己已经结婚的事实，而且明确地告诉叶秋实他不可能离婚，因为整个嘉实集团就是他老婆的父亲，也就是他的岳父投资兴建的。但如果叶秋实可以接受的话，他也非常乐意与叶秋实保持交往，因为陈伟嘉告诉叶秋实他对她是发自内心的喜欢。叶秋实觉得陈伟嘉的话都是真的。但真的又怎样，假的又如何，难道她叶秋实还会沦落到只配去做别人的情人？经过痛苦的内心挣扎，叶秋实最终放弃了这段看似美好的海市蜃楼般的情事，也一度因此对婚姻没了任何念想。如果不是好面子的父母在背后死命催促，她根本没有任何动力再往婚姻的路上努力。

一想到陈伟嘉，叶秋实突然觉得特别失落寂寞，那是个多么好的男人啊，可是为什么好男人都已经结婚了呢？还是经历过婚姻的男人更懂得女人，让女人更容易爱上呢？为什么就没有一个没有结婚又很懂自己能带给自己幸福感的男人出现在身边呢？无意当了一回别人小三的林咏薇是不是也会这么想呢？

"难道我叶秋实就注定会与婚姻无缘吗！"叶秋实寝食难安，翻来覆去无法入眠。前尘往事因为林咏薇的痛苦遭遇而越发清晰，明天快些到来吧！她内心默默祈祷着。

可是明天又会是怎样的一天呢？生活和谁都可能会开玩笑，没有谁能准确知道自己的明天会怎样。

第二章 人算不如天算

尽管心事重重，加之昨天晚上噩梦连连，休息得特别不好，但天一亮，叶秋实不敢怠慢，急忙起床，她需要集中精力，暂时忘却林咏薇的悲惨遭遇，清空脑子，努力做好今天的工作。她今天有个重要任务，新一期杂志要拍摄封面，约的模特公司要进棚摄影，这是上个月就定好的事情，她必须现场监工，以确保拍摄效果和质量。

用微波炉热了袋纯奶，然后吃掉了昨天捎的夹馅面包，叶秋实急匆匆出门。

路上的车似乎已经开始多了起来，本意想要避开拥堵高峰的她还是无法绕开几乎每天都要面对的糟糕场面，而且这糟糕越来越严重。当然这种糟糕与每个人都有关系，所以大家也就不得不同时面对，她时不时听到喇叭声，但管什么用呢，这个时候车的鸣叫声只会增加大家的心烦程度。

堵车的间隙，微信收到语音信息：" 叶姐，今天伍主编说家里有事来不了，监督拍摄封面的事情她让我转告你，务必保质保量，按时完成。" 是行政秘书任佳佳。

这条语音留言来得太及时了！本来焦灼不安的叶秋实稍微放松了一些，她就害怕伍梅里比自己还早到单位，毕竟伍梅里是主编，而且又年长自己不少，所以她特别不愿意看到伍梅里眼神里的寓意："我都按时到单位了,你竟然还迟到!"杂志的另一名副主编纯粹负责文字,其他的事情很少过问。但伍梅里为什么会不来呢?以往这种重要的事情她是很少缺席的。叶秋实想不明白,难道和昨天的电话有关系?算了算了,不想那么多了,一想到昨天,想到那一系列糟糕经历,叶秋实就觉得头疼,所以干脆还是不要去想为好。

慢慢爬行,车慢得要命,急死人的节奏!等终于赶到单位后,叶秋实还是比约定的时间晚了一些。

"叶姐,模特公司的模特已经来了,在接待室那边等着你,摄影师李墨墨正在接待他。"

"好,我马上过去。"叶秋实快速地整理着有些凌乱的衣装和头发,掏出化妆袋,简单地涂了涂口红,然后佩戴上工牌。作为领导,工作中这些基本规范她还是要带头遵守的。然后她拿上任佳佳递过来的拍摄合约,急忙朝接待室走去。

"叶姐,来,我来介绍一下,这位是新一期杂志的签约模特,于向垚。""这是我们的副主编叶秋实。"摄影师李墨墨见叶秋实进了接待室急忙起身介绍。

"您好,叶副主编,多多关照。"一位棱角分明,透露着冷峻气质的美男子站起来,彬彬有礼地伸手与叶秋实握手,他不是传统意义上的模特,身高在专业模特中并不算高大。

"你好,你客气了。我看过你的资料,你们公司的周总是我的好朋友,是她极力向我们推荐,而且我们伍梅里主编见过你,我相信一定错不了,希望你好好表现。"叶秋实显得诚恳而得体地说道。

"谢谢,谢谢。很期待与你们的合作。"不知道什么原因,于向垚多少有些羞涩,他的目光与叶秋实对视后,就没敢再直视她。叶秋实看到后有点纳闷,做模特的怎么还这么内向?难道这就是伍梅里主编赞不绝口的美男模特吗？还是伍梅里真的老了，见不得有点姿色的男人了？

"墨墨，还有什么要交代的吗？没有的话，咱们就去摄影棚，在那里再具体沟通。"工作中的叶秋实干脆利落，决不拖泥带水，虽然她多少有些怀疑伍梅里的眼光，但没有拍摄的话，很多话都很难说得准，有的人一进入工作状态就会完全像是换了一个人。

"没有了，叶姐，到那里之后，根据具体情况再说吧。你说呢，于先生？"李墨墨又转身问了问模特于向垚。

"嗯，是的，我想现场沟通最好。"于向垚回答道，他的目光一直斜睨着叶秋实，但一心想着如何拍摄好本期封面和插页的叶秋实并未注意到这么冷峻的美男子对她一见倾心呢。她也根本没有想到于向垚在今后的日子里会出现在她的生活里，因为工作规律和市场需求，同一个模特很少第二次出现在她们的杂志封面，因而与许多模特也往往只有一面之缘。

生活中我们会经历什么，会与谁有缘分？这既有迹可循，似乎又没有任何规律可遵。初识于向垚，叶秋实无法预知他在自己的生活里究竟意味着什么，今后会与他有什么交集，她来不及想这一切。

"咱们这期杂志的主题呢，与男色有关。你也应该看过我们的杂志，它的读者定位是都市白领女性群体，是一个具有独立意识，思想观念比较开放，男女平等意识比较强烈的群体。所以，你的出现一定要惊艳到她们，这是你出现在封面上的意义所在。因此，我希望你能尽情地展现出你所代表的男性群体性感的一面，你要充分想象男性看女性时的眼光与心态，只是现在角色互换，是那些充斥在世界各个角落的女人们用那种眼光看你，准确地说要看你所代表的具有一定'姿色'的男人们。当然啦，这里没有任何歧视的意味，是一种欣赏，对男色美的欣赏！"可能是有些拘谨，于向垚一直没有放开，他的状态并不是特别理想，总是无法达到叶秋实心中所向往的境界。

"好了，咱们先歇一会吧。你也休息休息，好好想想我刚才对你说的那些话。"叶秋实见效果一直不是太好，有些心烦，就决定暂时休息一会。

于向垚有些闷闷不乐，他悄然地坐到了一边。

正在此时，主编伍梅里的电话打了过来。

"怎么样？秋实，我说的那个模特不错吧？你们拍得怎么样？"伍梅里在电话那端似乎充满了期待，叶秋实压着火也不好发作，只能含糊其辞地说还可以。伍梅里一听就有些不高兴："什么叫还可以？我跟你说他可是他们公司里模特当中气质最好的，你要相信我的眼光，我阅男无数，他拍好的话，味道会特别与众不同，一定可以吸引众多现代女性。""当然你别曲解哈，我说'阅男无数'你也知道是什么意思，不是那方面的意思。"伍梅里又补充道，"好好挖掘他身上具有的独特气质，多与他交流交流，他个性当中有一种细腻的东西，并不是那种自来熟的个性。但也正因如此，他才具有自身的独特气质。"看来伍梅里对于向垚的了解还真是下了番功夫，当然作为主编嘛，必定有别人无法替代的东西。

放下电话后，回味着伍梅里刚才的每一句话，也许伍主编是对的，于向垚身上的确有种与众不同的味道，只是不知道为什么在自己面前他没能很好地展现出来？叶秋实决定先好好与于向垚熟悉起来，也许那样有助于让于向垚松弛下来。

"小马，给于先生端杯咖啡。"叶秋实看于向垚一个人静坐在一边发呆走神，向在摄影棚负责化妆的马晓悠喊道，然后她便走了过去。

"对了，于先生，你家是哪里的？"叶秋实决定打破惯常规律，主动与于向垚聊起家常来。而以往，无论男模特还是女模特，工作就是工作,叶秋实很少与他们聊些工作之外的东西。

"我,我吗?你问我?"于向垚因为无法达到叶秋实的要求,一直有些自责,看叶秋实亲切地和自己说话,以为是听错了。

"是呀,于先生。"叶秋实依旧笑意盈盈。

"哦,你还是叫我向垚吧,叫于先生我觉得太生分了。"于向垚依旧有些腼腆,"我老家是河南的,来这里发展有三年了。"于向垚又告诉叶秋实他家的具体所在。

"喔,是吗?咱们俩的老家是邻省,老家实在离得不是太远呢,在这么远的地方能够遇见也算是有缘啦。"叶秋实听了于向垚的介绍,发自内心地说道。

"是嘛?是啊,这么大个城市,人这么多,像咱们两个邻省,老家离得又那么近,能够碰到还真是不易呢。"于向垚一听叶秋实那样说显得特别高兴,人的神情也一下子改变了许多,连眼睛也变得更加有神了。

许是觉得只是工作关系,叶秋实甚至没怎么过于关注于向垚的五官细节,现在定睛一看,她才发觉于向垚的气质还真是像主编伍梅里说的那样,非常独特,有种混血的味道,眼睛非常深邃,而又有种温柔有加的魅惑,那一刻,她甚至都有些悄然心动。

"晓悠,晓悠,你过来。"叶秋实仿佛是有了重大发现般,急切地朝刚刚放下咖啡走到一边的马晓悠喊道。

"再帮向垚改改妆,要重点在眼睛处下下功夫,画出一点烟熏妆的味道,但又不要太重,知道吗?服装换那套直领,质感更强的那套。"叶秋实有些兴奋地叮嘱马晓悠。

等化完妆的于向垚再次出现在叶秋实面前时,叶秋实觉得眼前一亮,真的有被惊艳到的感觉,这是她看到于向垚后第一时间的反应。而于向垚因为突破了对叶秋实因为喜欢而带来的距离感后,身体状态也显得更加放松,整个人更加魅惑性感。经过一些细节的沟通之后,叶秋实终于感觉拍到了自己想要的效果,凭着多年的经验,她觉得这期杂志的封面和插页一定可以突破以往,获得更好的赞誉,主编伍梅里应该更加骄傲了,毕竟于向垚是她挑中的模特。不过,最终的效果好才是根本。

正在叶秋实暗自高兴,准备结束拍摄任务时,突然看到一个陌生号码的来电。她有些犹豫,这年头骗子电话如此之多,对于陌生号码的来电总是抱有一种警惕之心。

叶秋实犹豫了一会,还是没有去接电话。有时候一个电话的确没有多少意义,有时候一个电话却也会带来深刻的影响。

随之于向垚的电话却响了起来。已经收拾妥当的于向垚看了看电话号码后直接接起了电话。

"张总有什么事吗?我现在在杂志社的摄影棚这边,刚刚拍完杂志要的主题。"于向垚的声音不大不小,正好让叶秋实听了个正着。

"张总?不会是张丞骏吧?会有这么巧?他怎么也和于向垚认识?路子够野的呀!"叶秋实有些纳闷。叶秋实的电话刚挂,于向垚的电话就响,又是什么张总,难免会怀疑刚才的电话有可能就是张丞骏来的,"他怎么弄到自己的电话号码?昨天也没有告诉他,准确地说是太匆忙,根本就没有互相留联系方式。"

"好的,我让叶副主编接你的电话哈。"正揣测间,于向垚将他的电话递给了叶秋实。

"谁呀?谁的电话?"叶秋实还是多少有些怀疑自己刚刚的猜测。

"劲能健体的老总,张总,张丞骏,他说他认识你,你们是老同学。"于向垚解释着。

果真是他!真是够巧的!

"秋实啊,你说你,刚才我打你的手机你也不接,真有你的。"刚接过电话,张丞骏在电话里就开始抱怨道。

"咳,我哪知道会是你呀!我一看是个陌生的号码就没敢接,你也知道,现在骗子可是多得很喔,我担心又有什么推销骗人的,为省事就挂喽。"叶秋实有些开玩笑地对电话那端的张丞骏说。

"也是,也是。昨天你走得太匆忙,我那里又太忙,所以忘了要你的号码。这不,我是通过你们伍主编才要到你的号码。"张丞骏急忙解释。

"对了,晚上一起吃个饭吧,老同学相见,吃个饭叙叙旧。要不是你说累,急着要走,昨天晚上就应该一起吃个饭的。"张丞骏很真诚的语调,这些年过去之后,声音之中多了份淡定的成熟气息,有种让叶秋实无法拒绝的沉稳。

"好吧,你说在哪里?"叶秋实犹豫了一下,但还是答应了。

"真的,那可说定了哈,我马上安排饭店,等定下来具体地点就告诉你。"听得出,叶秋实的答应让张丞骏有种掩饰不住的兴奋。

其实叶秋实此时的心情挺复杂的,说不清楚的复杂,你说当年已经拒绝了的人为什么还要答应他的邀约?这不是有些想要吃回头草的意味?再与张丞骏交往的话,至少她觉得是存在这种意味和想法的。而且既然是从伍梅里主编那里要的电话,那自己目前单身的现状估计张丞骏也已经知道得一清二楚。

可能是现实逼的吧,这些年也算是经历了不少人,总是找不到更适合的人选,在没有下定决心一直这么单着走下去之前,总是对身边的一切机会有所憧憬的,即使这机会很虚无缥缈,总还是可以带来暂时的希望之光的。

"对了,向垚,你和张丞骏也认识呀?"放下电话,递给于向垚手机的瞬间,叶秋实还是忍不住追问了一句。

"嗯,我去年给他的健身馆做过代言,现在经常去他的健身馆健身,也算是比较熟悉的朋友。"

"哦,是这样。"叶秋实觉得现在的张丞骏还真是不简单,应该算是比较有头脑,很会做生意。可不是嘛,要不然,生意能做那么大?人家可是已经开了10家连锁健身馆了!叶秋实想到这里,突然有种愉悦感,一种莫名的快感在心中膨胀升腾。

是啊,对方如此成功,却也曾拜倒在自己的石榴裙下,哪个女人有此经历还不会暗自高兴呢!何况现在,与他的不期而遇,有种让叶秋实回头就可以吃到草的期待。

"叶姐,把你的电话也给我留个呗,有什么事情也好方便联系你呀。"临分手时,一开始在叶秋实面前还有些腼腆内向的于向垚,状态已经完全放开,收工时,熟络地竟然和叶秋实以姐弟相称了。

叶秋实稍微犹豫了一下,但还是及时告诉了于向垚自己的电话,虽然之前她从没这样做过。叶秋实一直没有和担任自己杂志封面主角的模特,尤其是男模特过多地联络,因为她知道模特界里鱼龙混杂,个个都不是太省油的灯,她没有信心与他们会交往得特别愉快。虽然说工作在美丽时尚界,但叶秋实骨子里还是个比较传统的女人,这主要跟家庭环境和小时候受的教育有关系,父母都是行政机关系统出身,所以平素规矩比较多,要求也比较严格,因此除了工作之外,她很少参与模特们的酒吧聚会或者KTV唱歌之类的娱乐活动。

"墨墨,你回去以后抓紧做后期,伍主编和我都对这一期的片子特别期待。"于向垚离开后,叶秋实忍不住对杂志摄影师李墨墨叮嘱说。

"好嘞,叶姐你就放心吧,这期我也觉得特别有成就感,于向垚最后的状态超乎想象地好。"李墨墨伸出大拇指,忍不住对于向垚的表现夸赞起来。

李墨墨的夸赞也是叶秋实的内心感想，没想到于向垚还真是个特别有潜质的模特，一旦状态来了，挡也挡不住地好！

本来叶秋实想要捎李墨墨一程先回单位的，但摄影棚的司机李师傅正好要去某个地方拉些新进的置景设备，路过单位，叶秋实就让他们先回了。

因为晚上要与张丞骏一起吃饭，恐怕到时会回去得比较晚，不过感受到林咏薇投奔自己的心情迫切，叶秋实担心她会突然过来，决定挤出些时间再回家一趟，好收拾收拾有些凌乱的屋子，早上起得匆忙，根本没来得及整理。

到了家里之后，叶秋实总是会忍不住看一下自己的手机，心里似乎特别期盼着张丞骏的突然来电。当她意识到自己的心理状态后，又有些自责："叶秋实啊叶秋实，你这是不是也叫贱呢？人家不就是叫你一起吃个饭嘛，有必要那么惴惴不安，像是丢了魂似的，老是挂牵吗？再说了，人家现在可是个成功人士，你怎么知道人家也像你一样是孤家寡人一个呢？说不定人家早妻妾成群了！""呸呸，呸，什么妻妾成群，就算他张丞骏再成功，也不能目无国法，妻妾成群呀！一夫一妻制的时代，哪里允许他如此荒唐呢！"叶秋实自问自答着。

一边收拾东西，一边瞎想的叶秋实突然意识到林咏薇对张丞骏一直以来的成见，而现在林咏薇却突然要投奔自己，如果自己又和张丞骏交往的话，最好还是不要让林咏薇知道的好。不然，以她的个性，不讽刺嘲笑自己才怪。隔了那么久，又和张丞骏牵扯到一起，到那时真是显得自己贱呢！但她怎么也不会今晚就到吧，就算收拾得再快，也不会一天就把所有的事情都处理好吧？虽然她知道林咏薇在那边并未置业，只是租的一套公寓房。不过还是问她什么时间到好些，免得她真来了，到时候有些措手不及。叶秋实找出林咏薇的微信，留言道："收拾得怎么样？什么时间到？提前告诉我，好让我到时去接你。"

等了一会，林咏薇没有回信，此时，叶秋实的手机突然再次响起来，这次是张丞骏的来电！

"秋实，晚上吃饭的地点我选好了，蓝典西餐厅，不知道你知不知道那里？在嘉实传媒集团总部的对面。"张丞骏依旧难掩兴奋之情，在电话中高兴地对叶秋实说道。

"不会吧，蓝典西餐厅！怎么这么巧，怎么可能不知道！"叶秋实一听说是蓝典西餐厅，脑子里立即闪现出她和陈伟嘉曾经在那里一起用餐的情形。

"其实那里挺好找的，你如果不知道的话，晚上要不我去接你？"

"嗯，我知道那里，我自己可以过去的。"叶秋实意识到自己的慢待，急忙回答。

"好，那咱们就晚上见，不见不散。"张丞骏生怕有什么闪失，又嘱托了一句。

"晚上见。"叶秋实应答着，但满脑子还是和陈伟嘉在一起时的画面。

没办法，真心喜欢一个人，哪怕是一点点的信息也能点燃心中对他的全部记忆，此时的叶秋实就是如此，张丞骏不经意的安排，却让叶秋实努力试图忘记的关于陈伟嘉的一切再次迎面扑来！

叶秋实一直以来都在努力克制自己不去过多想起她和陈伟嘉的往事，用工作，用忙碌，用忽视，甚至用歪曲他的好，故意把陈伟嘉想象成一个骗子、人渣的方式，尽量忽略他的存在，尽量不去想起他。而从昨天林咏薇与有妇之夫交往的悲催遭遇开始，让叶秋实脑子里本来已经模糊的记忆开始苏醒；今天张丞骏的无心安排，更是让与陈伟嘉有关的回忆变得疯狂。

"我看了你们杂志这期做的广告方案,我非常欣赏,听说最终的点子是你出的?"陈伟嘉第一次出现在叶秋实的面前时,叶秋实就被惊呆了,这分明是自己心中白马王子的最佳形象代言人呀!成熟睿智,一双眼睛深邃而有内涵,举手投足之间带有十足的绅士范,连声音似乎也充满了诱人的磁性魅力,整个人的气质简直无可挑剔!这是叶秋实对陈伟嘉的第一感觉。

"哦,是,是的,最终方案是我提出来的。"叶秋实有些犯花痴,一向淡定优雅的她竟然因为内心的紧张,连说话节奏都变了,一句简单的话都没能说连贯!真是越想好好表现越容易出错,说完那句话,叶秋实当时就想:"完了,完了,真是糗大发了,连一句完整的话也说不好!"

当时叶秋实刚刚被提升为《美丽·魅力》杂志社的副主编。而嘉实传媒集团有个业务宣传要在平面媒体上投放,最终选择了她们的杂志。《美丽·魅力》杂志社很看重与嘉实传媒集团的首次合作,主编伍梅里甚至不惜动用各种关系,经过前期谈判,最后,各方面细节基本敲定,看大局已定,主编伍梅里因为实在有事,提出提前离席。而时任嘉实传媒集团副董事长的陈伟嘉那天正巧有空来到了业务谈判现场。平时他其实很少参与这种具体事务的,也算是叶秋实和陈伟嘉有缘吧。陈伟嘉出现时已经不早,等各种细节全部敲定以后,已临近傍晚。

"今天晚上我请客,大家就去对面的蓝典西餐厅,庆祝咱们的首次合作。那里的牛排烤得特别好,环境也不错,是一家非常有特色有影响力的西餐厅,相信你们去了一定喜欢。"没想到,最后陈伟嘉竟然提出要请参与业务合作的双方人员去吃晚餐。盛情难却,或者说叶秋实内心也非常乐意和陈伟嘉多待上些时间,所以没有过多推辞,双方一行五人享用了一顿不错的美食。

虽然不是和陈伟嘉独自用餐,但叶秋实记得很清楚,第一次他们一起用餐时,陈伟嘉的目光经常在自己的身上打量,充满了欣赏和喜欢的意味。而糟糕的是,后来陈伟嘉告诉叶秋实,说觉得叶秋实第一次看他时像个十足的少女,经常会露出羞涩的表情,让人有种想入非非的纯美,犯花痴的表现全被陈伟嘉一览无余。

那次之后,很快,陈伟嘉又单独约见了叶秋实,并且直言不讳地告诉叶秋实,他很喜欢她,觉得是那种一见如故的有缘人,是那种让他愿意多聊多接触的女人。出于女人的羞涩,虽然很喜欢陈伟嘉,喜欢得不得了,可是叶秋实一开始并未过多表露心迹。

"秋姐想得真周到,我晚上10点左右到机场,烦劳秋姐到时接机喔。"正沉溺于往事之中的叶秋实被林咏薇的微信回复拉回了现实,想道:"这个薇妮子还真够麻利的,竟然收拾得这么快!不过,想想她的境况,收拾得如此之快也很正常,要是我,我也会一刻钟也不想再待在那么让人伤心的地方的。"

"晚上10点,不早不晚,时间真是多少有些冲突呢,张丞骏约见的地点背离机场,从那里到机场顺利的话,估计怎么也得1个多小时吧,与张丞骏吃饭的时间就显得有些紧张。"叶秋实思忖着,不过无论如何,林咏薇投奔自己而来,不可能不去接机吧?可是如果因此取消张丞骏的邀约也不太合适吧?一向有着某种完美偏执症的叶秋实被这个时间冲突弄得有些左右为难。

嘿,实在不行,到时就找个理由早些离开吧,反正,与张丞骏交往的事情最好还是先别让林咏薇知道的好。

不过,人算不如天算,生活中哪样事情不是具有多种可能性?

下午去单位,本来以为主编伍梅里会不在,中午收拾家务又有些累,加上上午片子拍得也比较让人满意,叶秋实的时间观念就弱了下来，所以比正常上班时间晚到了一会儿，毕竟任佳佳早上留言说是"今天伍主编说家里有事来不了"，所以叶秋实以为伍梅里一整天都会不在单位。但没想到刚一进办公室，任佳佳就朝她使眼色，叶秋实还一脸的不解："怎么了，有什么事就直说。"

"有什么事直说是吧？那好，那我就不客气了，你说说，你告诉大家，你到底是怎么回事？明明上午就拍完了片子，为什么到现在才到单位？你看看表，现在都几点了？作为副主编，要带头遵守单位的规章制度，这点都不知道吗？上次上班就不戴工牌，这次又无故迟到，你还要不要你这个月的奖金了？"主编伍梅里突然出现在叶秋实的身后，并且厉声呵斥起来，冷不丁吓了叶秋实一大跳，大家也一个个站起身来，紧张地朝这边看着。

"不要以为上午拍完片子我就会原谅你，如果再出现一次迟到的情况，就别惦记你这个月的奖金了。大家切莫学习叶副主编，提高时间观念，坚决不允许谁随意迟到早退。"

"完了，完了，本来还想着下午早些下班呢，这下全完了，只能到点再走了。"一听伍梅里强调时间，想想晚上和张丞骏的约见与林咏薇的接机，叶秋实真心有些头疼，"最近真是不顺呢，怎么老是走霉运！"

"大家都听清楚没有？谁要是敢擅自违背单位的时间规定，别怪我不客气！"伍梅里的声音里充满威严。不过大家也的确不好说什么，伍梅里一向守章遵时，除非真有脱不开身的事情，否则，一直都是带头遵守单位的有关规定的，这一点大家不服不行，她比单位其他人年龄都大一些，具有他们那个年纪的鲜明特点，办事认真负责，时间观念特别强。

叶秋实有些郁闷，侥幸之心真是要不得，如果不是误判形势，她完全有时间按时赶到单位上班的。

"好了，大家都各归各位，忙自己的工作去吧。"伍梅里终于决定回办公室去了,任佳佳见机,急忙为伍梅里准备了一杯热腾腾的咖啡,殷勤地送了过去。

但很快,任佳佳就又出现在了叶秋实的办公室内。

"叶姐,你就是倒霉,伍主编今天不知道什么缘故,到单位就气不顺,刚刚已经冲采编小宇发了一通脾气,说他采写的那篇稿子不合格,角度不够新颖,没有什么新意。"

"是吗?难怪呢,那是气还没撒完呢。"叶秋实在回答这句话的同时,脑子里突然再次映现出昨天在伍梅里办公室外时的情形,伍梅里鲜有的哀求般的声音!这到底是什么情况?她是遇到什么棘手的事情了吗?还是有什么其他方面的难言之隐?加上昨天下午和今天上午一再有事未能正常上班,叶秋实觉得伍梅里一定是碰到了让她难以启齿,又的确烦心的事情!否则的话,她并不是一个不给别人台阶下的人,虽然最近可能因为临近更年期,有时情绪的确不太好琢磨,但是总体还是她伍梅里的风格。而这次有些例外,大家真是很久都没见她发这么大的脾气了。

"叶姐,不知你听说没有?伍主编家里好像出事了,刚才我进去送咖啡的时候,她神情落寞,一句话也没说,往常都爱说句'谢谢'的。"叶秋实百思不得其解之际,任佳佳突然又悄声说道。

"家里出事了?她家里能出什么事呢?"叶秋实脑子里的确没有任何概念,因为伍梅里的家也一直是她引以为傲的地方,老公有本事,孩子有出息!

"不是特别清楚,只是大家这么猜测。"任佳佳压低声音回答。

"不太清楚的事情就不要传讹,小心误传惹祸。"叶秋实真心地叮嘱着任佳佳。

"是,是,叶姐,那没事,我先出去了。"任佳佳及时步出了叶秋实的办公室。

"家家有本难念的经",看来大家还真是难逃这句老俗话的圈啊,伍梅里一准真的碰到什么坎了!可是她不说,大家谁敢问呀!叶秋实慨叹着,期待着能有个机会早日解决伍梅里遇到的坎。

对了,晚上与张丞骏吃饭,张丞骏既然与伍梅里比较熟悉,兴许能从他那里探听到些什么。一想到这里,叶秋实突然很期待晚上的约会早些到来。

第三章　喜悲交加

终于熬过一个难挨的下午。

伍梅里下午离开单位时，仍然一脸的不高兴，这更印证了叶秋实的分析，她一准碰到了什么不好对外言说的大事，否则，对于一向坚强乐观的伍梅里来说不至于影响这么明显。

看伍梅里的车驶离单位后，叶秋实才急忙开车出发，奔赴与张丞骏约见的地点，那个她一直无法忘记的地方！

下班时分，无法避免堵车。叶秋实知道一条车辆应该相对少一些的道路，但路线有些绕，路程有些远。但如果想按时赶到约见地点的话，只能多耗些油多花些钱，绕道而行了。

一想到那条道，不得不再次想起陈伟嘉，那还是和陈伟嘉交往时，有一次，陈伟嘉为了送她，开车经过的一条道。因而，顺利的话比经常要走的大道还要快一些，尤其是在上下班高峰期。

"这个张丞骏还真会选地方，怎么偏偏就选在了蓝典西餐厅呢！"叶秋实一边开车一边在心里抱怨着张丞骏。可是怎么能怪得着张丞骏呢？人家哪里知道你还有这么段往事呢！

"对了，也不知道张丞骏现在究竟什么情况？其实本来想问问伍梅里张丞骏的具体情况的，既然张丞骏敢向伍梅里要自己的电话，伍梅里又肯告诉他自己的电话，伍梅里应该会了解他的具体情况吧？那他现在到底是单身还是已婚呢？可是今天下午伍梅里那个样子，根本没法去问啊。可不能再犯之前犯过的错误，到头来，最终吃亏的还是自己。"叶秋实嘀咕着。

"开车没长眼呢！会不会开车？"在进入一条相对窄的巷子时，想得有些多的叶秋实开车多少有些分心，突然从前面窜出一个人，疾步从车前走过，和车身擦肩而过！真是吓得叶秋实灵魂瞬间出窍！好在有惊无险，并未真正撞到对方，对方只是骂骂咧咧地走了过去。

开车时真是来不得半点分心！叶秋实努力让自己集中精神。"不能再出任何乱子了，最近已经够倒霉的了！"她自言自语地提醒着自己。

等终于赶到蓝典西餐厅时，张丞骏已经按时出现了，叶秋实本来设想张丞骏也会像她一样，在路上遇到塞车，无法按时抵达约见地点，而自己就有可能提前到达，那样岂不是有些尴尬？看来是有些杞人忧天了。

"对不起，路上有些塞车。"看看表，时间比约定的还是晚了一些，叶秋实真诚地道歉。

"没事啊，咱俩还这么客气！我就想到准会堵车，所以我一直没敢给你打电话，就担心你在路上开车有危险不方便。"张丞骏笑意盈盈地对正在落座的叶秋实说道。

"可是，你怎么这么准时到了？"叶秋实忍不住问了一句。

"喔，我嘛，会飞啦。"张丞骏坏坏地说道。

"又来了，你就是爱油腔滑调。人家问你正事呢！路上我还想你会不会也遇到堵车迟到呢。"叶秋实十分认真地回答。

"好，那我就郑重地告诉你，我的劲能健体第八连锁店离蓝典西餐厅很近，穿过两个路口就到了，现在明白我为什么会这么准时地出现在这里了吧？"张丞骏还是难以掩饰内里的油滑风格，这点最让叶秋实没有安全感。

"哦，是这样，我就说你怎么会选择蓝典呢，让我跑远路，自己走近路。"叶秋实故意地嗔怪他。

"这你就理解错了，我本意是想要去接你的，可是你没同意呀，说什么自己知道这里。对了，你之前来过这里用餐吗？"张丞骏解释的同时无意间问道。

不问还好，一问让叶秋实心里咯噔一下子，哪壶不开提哪壶，张丞骏还是问了自己这个问题，她的心情瞬间有些失落，抬头望了望窗外，正好依稀可以看见夜幕中亮起来的"嘉实传媒集团总部"的字样！

"怎么啦？我又说错话了吗？"张丞骏看见叶秋实的表情后有些不解。

"没什么，没什么，是和朋友来过这里。"叶秋实尽量让自己平静下来。

"嘿，本来还想去个能让你有新鲜感的地方呢，没想到你之前来过，那下次，下次咱们再去个你没有去过的地方。"张丞骏有些遗憾。

"没什么啦，来过，岂不是更好？知道什么对口味嘛。"叶秋实觉得这么久以来，第一次与张丞骏再次吃饭，不应该因为自己内心的情绪变化影响到对方，所以及时调整状态，显得兴奋起来。

"也是，也是，那点菜的任务就交给你了，我今天光管吃好啦。"张丞骏见叶秋实的状态有所好转，也更加高兴。

"对了，丞骏，你和我们主编伍梅里很熟吗？"用餐伊始，叶秋实就忍不住好奇，将内心的疑虑问了出来。

"也不算是很熟吧，你也知道我多少有些自来熟。其实我是和她老公比较熟，打过几次交道。她老公是咱们市府分管文化体育方面的一位副市长，你现在也知道了我现在主要从事的领域，所以因为业务关系，一来二去就算认识了。"

"再后来，你们的杂志内容正好也和健身多少挂上些边，所以就邀请你们的伍主编出席我的开业典礼，而阴差阳错，她没能来，你又出现了，真是缘分，这比什么都好。"张丞骏说到这里，掩饰不住地高兴。

"那你知道伍梅里家里最近怎么了吗？她家没什么事吧？"叶秋实紧接着又提出了第二个疑问。

"这个我还真不知道，怎么啦？"张丞骏一脸惊讶，毫不知情的样子。

"哦，没事，没什么，可能是我想多了，最近我们的主编脾气有些反常。"叶秋实急忙转移了话题，"对了，说说你吧，怎么混得这么好？让老同学也学学，吸吸灵气。"

张丞骏听完这句话，深吸了一口气，仿佛有许多话就等着叶秋实去问，内心有未知的世界正等着叶秋实去探究。

"说出来你也许不会相信，这一切都是因为你，因为你，我才有这么强的动力去拼搏去奋斗，也才有了今天的成绩！虽然到现在，这一切也算不上多成功。"张丞骏盯着叶秋实。

"因为我？怎么可能？"听了张丞骏的话，叶秋实一脸惊诧。

"真的，真的，这一切是真的！"张丞骏非常认真地回答说，"你应该还记得，当时大学毕业后，你直接考取了研究生，我因为家境的原因，就没有再继续读书。虽然直到毕业，我们一直也都算不上是真正的恋人，但在我的心里，我是把你当成我的恋爱目标的，只是偶尔会有些自卑。你考上了研究生，我就更觉得配不上你，那时就暗下决心，想在事业上做出些成绩，能够出人头地，有一天也能够让你因为我的成就而感到骄傲和自豪！而且不瞒你说，你一直占据着我的心，没有人能够真正代替你！"说出最后一句话时，一向有些贫嘴的张丞骏竟然难见的有些羞涩，声音也放低了。

"看来他是真心喜欢自己呢！"看在眼里的叶秋实有些不由自主的暗喜。

"不过我结婚了。"当张丞骏说出后面这句话时，叶秋实刚刚高兴的心情一下子又跌入了谷底，"没戏了，没戏了，又是一个结婚了的婚姻男！"

"你结婚了？关我什么事？"叶秋实出于维护之前在张丞骏面前的姿态，故作嘴硬地回答。

"是啊，我结婚本来是和你没关系，当时也不是在这个城市结的婚。你也知道我家本来就是小地方的，家里父母的观念都是老传统，刚毕业两年就催着我结婚。当时我真心不愿意，父母就以死相逼，说我是家中的独子，我爸就是独子，如果我不赶快结婚生子的话，那就是对张家的大不孝。我拗不过他们，就违心地跟一个我并不爱的人结了婚。后来还算顺利，第二年就生了个儿子，但我和她之间的矛盾却越来越大，经常因为各种小事发生争执。说出来你仍然会不相信，我一直都保存着你的照片和我们在一起时的所有合影，我一直小心地放着。她后来无意间看到了，非得要撕掉，我拦也没拦住，最后还是给撕烂了两张。我当时气急了，就打了她。就因为这个，她非要和我离婚，因为孩子小，我当时没有答应。可是后来我发现，我和她之间的矛盾根本没办法调和，三天一小吵两天一大吵，我觉得那完全不是我想要的生活，最终和她离了婚，孩子也归了她，我只是负责出抚养费。"张丞骏说到孩子时有些黯然神伤，一时间沉默了下来。

听到张丞骏说他已经离了婚，此时的叶秋实不知道是该高兴还是伤心。叶秋实没有想到张丞骏对她竟然会那么一往情深，对她一直都没有忘怀！张丞骏的婚姻一开始也许就是错的，张丞骏的离婚不能说完全是因为叶秋实，但看来还是和叶秋实有些直接或间接的关系，这一点似乎也无法否认。

"那你孩子现在有多大了？"叶秋实实在不知道该说什么才好，只好拿孩子说事。

"今年7岁了，刚上小学二年级。给，你看看，这是他的照片。"说完，张丞骏掏出身上带着的孩子照片给叶秋实看。

"嗯，很可爱，一看就有你身上的聪明劲。"叶秋实看后说。

"是的，孩子是挺聪明的，也很调皮。不过，我又有些时日没见到他了。我这两年一直想要抚养权，让孩子跟着我好好受教育，但她死活不答应，说什么孩子就是她的一切，如果我要回孩子她就去死，弄得我也没有办法，这样，孩子只能跟着她吃苦了。"张丞骏又有些失落。

"你可以在经济上多接济接济他们呀。"

"是的，我现在所能做的也只有这些了。可是我那个媳妇，不，我的前妻，你是不知道，她脾气比较执拗，有时还逞强，说什么也不多要我给的钱。唉，真是愁人。"

"看看，说什么是因为我，还不是为了你的孩子。"听到这里，叶秋实突然有种别样的滋味在心头，本来还有些被感动，但此时对张丞骏一开始说的全然是"因为她才有奋斗动力"的话却开始质疑。不过，这种情绪下，她也不好把这种想法说出口。

"慢慢来吧，等孩子再大一些，兴许她会想开，也可能会舍得让孩子跟你，毕竟她是做妈妈的，孩子还这么小，她舍不得放手也是可以理解的。"

"但愿吧，希望有一天她会想通。"张丞骏一时陷入有些悲观的情绪里不能自拔，让叶秋实不知再说什么才好。

正在尴尬的时候，叶秋实的手机突然响了起来，她低头看了看，竟然是林咏薇打过来的!

怎么回事？她这个时候不是应该在飞机上的吗？怎么会在此时打给自己？难道行程有变？到底什么情况？

"不好意思，我先接个电话。"叶秋实指了指自己的手机，然后起身朝餐厅的大堂走去。

"喂，什么情况？你不是10点左右才到机场的吗？"

"我怎么知道，应该是空中飞行速度加快了吧。反正我现在已经到机场了，一下飞机就给你打的电话，你现在在哪里？在路上了吧？"林咏薇猜测。

"我晕，我哪里知道你今天会提前下飞机，现在在家还没出发呢。"叶秋实没敢说其实她现在正在和张丞骏一起吃晚饭，在一个比从自己家去机场还要更远的地方呢！

"是吗？那你赶快出发吧，秋姐，求你了，我好想赶快见到你！"林咏薇口气中有些失望。

"好的，我尽快出发，你就先在机场的KFC里待一会儿，喝杯咖啡什么的。"叶秋实内心有些着急，她也知道一个人在机场待着，对此时的林咏薇来说的确是很无聊难过的，尤其现在在这种境况下，估计更不是滋味。然后就挂了电话，急忙走回餐桌旁。

"谁的电话？怎么这么晚还找你？"张丞骏不知道在担心什么，叶秋实接完电话回来后，他有些闷闷不乐地问道。

"对不起，丞骏，今天咱们就先吃到这里吧。"叶秋实有些歉意。

"怎么了？什么情况？怎么接了个电话就要走啊？咱们这饭才吃到一半呢。"张丞骏有些不解。

"不是，那个，谁吧……"叶秋实脑子一直思考着要不要告诉张丞骏有关林咏薇的事情，"那个谁，林咏薇来了，到机场了，要我去接她。"考虑到林咏薇来了就不走了,叶秋实觉得这个事情瞒也瞒不住,估计迟早都会让张丞骏知道,干脆一咬牙就告诉了张丞骏实情。

"这个林咏薇总是坏我的好事!"一听说林咏薇来了,张丞骏许是想起先前他追叶秋实时遇到的不快,有些愤愤地小声说了一句。叶秋实知道两人之间的芥蒂,对张丞骏的小声嘟囔干脆装作没有听见。

"没办法,丞骏,我得赶快走了,这儿离机场更远,我怕等得太久,林咏薇会着急上火。"叶秋实没有接话茬,她就知道张丞骏一定会对林咏薇有意见,他们两个人一直就不对脾气。

"好吧,好吧,那就改日再约,反正这儿你之前也已经来过。"张丞骏好像突然觉得自己有失风度,违心地问叶秋实,"对了,要不,我和你一块去接她吧,毕竟也是老同学。"

"算了,算了,你就别装了,今天你还是别见她了,她要是见我和你在一起,回到家一准跟我急。以后有机会你们再见吧,今天她心情也不好。"出于双方的关系,叶秋实直接拒绝了张丞骏。

"她怎么会心情不好,平时不是挺乐观的吗?"张丞骏听到叶秋实说林咏薇心情不好,竟然关心起她来。

"今天时间急,以后慢慢再跟你讲,账你最后结吧,我就不跟你客气了。"

"你不等我送送你吗?"张丞骏本意想结了账再送送叶秋实,但叶秋实说完话就已经转身匆匆离去。

"服务员来瓶红酒!"张丞骏干脆要瓶红酒喝,解解郁闷的心情。

叶秋实在开往机场的路上一直觉得愧对张丞骏,不管过去和将来怎样,张丞骏算是真心喜欢过自己的人。张丞骏虽然生意上做得风生水起,但没想到他现在的个人生活境况却是如此不顺,和不爱的女人结婚又离婚,孩子又还那么小,而且父子经常无法相见,也够他受的。想着想着,叶秋实不觉间心中对张丞骏竟然多了一份暖意,对今天中途结束的晚宴多少有些遗憾呢。

张丞骏会成为叶秋实剩下的果实吗?叶秋实不知道,但她知道林咏薇来了,以后再见张丞骏就得小心些才好。

路上的车辆已经不像白天那么繁多,因为担心林咏薇难过又心焦地在机场等待,叶秋实的车速不觉间也比平时开快了不少。快到机场的时候,叶秋实给林咏薇留言,让她到机场进出口那里等着她。到了机场后,叶秋实直接将车开到了机场进出口,林咏薇果然已经等在了那里。

林咏薇戴着口罩和帽子,一头长发将脸遮挡得严严实实,不知道的还以为是什么电影明星担心被人认出来的装扮呢!但叶秋实还是一眼就认出了林咏薇,她当然明白林咏薇那样装扮是担心尊容不好见人呢。

好姐妹相见,高兴自然而然地来。

"秋姐,秋姐,想死我了!"林咏薇转身看见叶秋实从车上下来,一把扑了上去,又搂又抱,就差啃了。

"好啦,好啦,不带这样的,过了哈,过了,别让人以为咱们是拉拉。"叶秋实轻轻地推了推紧紧拥抱着她的林咏薇。

"拉拉怎么啦?拉拉就拉拉。"说着林咏薇撤身拉住叶秋实的手,然后仔细地看了又看,"嗯,当年我们校花级别的美女还是那么美,那么俊,那么耐看,浑身上下都洋溢着成熟之美!"

"得了吧,你就损我吧,那么美那么俊,还成熟之美?估计就差老态龙钟了吧。"说完,叶秋实佝偻起身子装起老人来,惹得林咏薇哈哈地大笑起来,但笑着笑着,突然想到现实的境况,她就忍不住扑到了叶秋实的怀里:"秋姐,我们真的老了,我们真的老了吗?我们是不是老得都快没人愿意要了?"

"好了,不哭,咱不哭。傻样,谁说的?那是我们不要他们好吧,那些臭男人，一个个德行，谁稀罕！"叶秋实想到和陈伟嘉分手时的那段难熬时光，再看着眼前被情所伤的林咏薇，眼睛忍不住也开始湿润，就特别理解林咏薇此时的心情，她应该比自己那阵子更难过，她是被深深伤害后，又不得不和心爱的人分手的，虽然那个男人本质上也许根本就不值得她那么爱。

"好了，好了，咱们不在这里哭，让人看了还以为怎么样了呢。回家再说吧，夜深了，也开始有些凉了，小心会感冒。"叶秋实努力调整着情绪，安抚林咏薇说。然后转身打开车后盖，拉过林咏薇身后的箱子："快，快过来帮一把。"叶秋实觉得实在有些吃力，就喊仍在抽泣的林咏薇帮忙。

"就这么多吗？"等将林咏薇带的一大一小箱子放好后，叶秋实问道。

"其他的我办了邮递，自己带着实在太不方便了。"林咏薇解释了一句。

"嗯，我说呢，我们的臭美小姐也不会这么简单，就这么点儿家什。"叶秋实说完就率先坐上了车。林咏薇见状跟着悄无声息地坐到了后座上。

进入初秋的夜风有些清冷，回去的路上两个人静默不语。

到家之后，林咏薇摘下全副武装，露出了伤势未愈的脸。叶秋实看了有些心疼。

"怎么样？看大夫了吧？应该没事吧？"

"倒没大碍，我不是易留疤痕的体质，大夫说按时吃消炎药，注意不要感染，应该会没事的。"

等终于收拾妥已是深夜。

"你住那间，那间白天我已经收拾过了。"

"不，我今天晚上想和你一起睡。"林咏薇似乎还没能从悲伤的情绪中走出来，需要人的陪伴。

"好吧，那今天晚上就住我屋里吧。"叶秋实没有拒绝。

"还记得吗？大学时，我们住同一间宿舍的时候，你说你惧高，感觉睡上铺睡不踏实，然后咱们就互换了床铺。"躺下后，林咏薇有些感慨。

"嗯，当然记得，你平时就比我胆大，多亏了你，才让我后来能够睡得比较踏实。"

"其实，一开始我也睡不踏实。不过，我有种凡事不服输的个性，所以我当时就想，睡上面怎么着，就当睡在云彩上了，但你想想在云彩上睡觉，能睡踏实才怪呢。不过，慢慢习惯就好了。"

"真是难为你了，咏薇，当时我还以为你根本就不在乎高呢。"

"秋姐，我说这话可没别的意思。我是想说，我这个人这么不服输不认命，一定能够顺利挺过这个坎的。"

"是的，一定可以的，我们都可以的。"叶秋实使劲抓了抓林咏薇的手说。

"嗯，一定可以的。对了，秋姐你最近相亲相得怎么样？有没有遇到比较合适的呀？"

"嘿，别提了，一提相亲我就来气。你说现在这些男人都怎么了，不是太物质就是太土豪，还要求那么多，真把自己当根葱了，根本就没有碰到一个能够让人有安全感又愿意多聊的人。"叶秋实深深地叹了一口气。

"对了，秋姐你今天怎么去机场那么晚？即使我10点到的话，你也应该提前一点儿过去的吧，怎么打电话时你还没有出发？如果一出机场能看到你就好了，你都不知道你没来，我只身一人出现在那里时的凄凉。"

"我，我当时……"叶秋实差点顺口说出来她当时正巧和张丞骏在一起吃饭的事情，想想林咏薇此时的情形，还是暂时不说吧。"忙着处理公司一个模特的后期片子，回来晚了，所以才……"她便顺口拿于向垚说起事来。

"好了，好了，没事，秋姐，我也就是太伤心难过了，咱们睡吧。"林咏薇及时刹住了话头，这正是叶秋实想要的。

"睡吧，别想那么多，一切都会慢慢好起来的。"

对，发生的一切终究会过去，一切都会慢慢好起来的，各怀心事的两个好姐妹渐渐睡去。屋外星星点点，闪着光芒却寂然无声。

第四章　坚强之后无尽美丽

第二天,叶秋实本来想要请假陪陪林咏薇的,可是一想到昨天下午主编伍梅里大发雷霆的情形,奖金不要也没什么,但如果因为个人私事再惹来她的一顿臭骂,面子上可真是有些挂不住了,所以她就告诉林咏薇单位确实有事脱不开身,让她自己先在家里调整调整身体,等身体养好了,再处理其他事情。

到了单位,一切倒是风平浪静,伍梅里进了她自己的办公室之后就没再出来。但这一切很快就被采编小宇再次提交的稿件给打破了。

"我说你的水平就这么高吗?文章的高度在哪里?那可是咱们市赫赫有名的女强人,你就写了这么点内容!你脑子没病吧?如果发烧了赶紧吃药去!"伍梅里办公室的门裂着缝,她发火的声音让外面敞开办公的各色人等听了个正着,而叶秋实正好出了自己的办公室,在外面询问摄影师李墨墨关于于向垚的后期处理情况,所以这个训话她听得字字不落,一清二楚。

很快,采编小宇一脸委屈地从伍梅里的办公室里走了出来,看见叶秋实之后,就冲叶秋实示意:"伍主编让你去她的办公室。"

叶秋实丈二和尚摸不着头脑,但是不管怎样,也都只有硬着头皮赶紧过去了。

叶秋实忐忑地走进伍梅里的办公室。

"关上门。"伍梅里一脸怒气未消的样子,让人有几分惧意。

"唉,真是让人怒其不争啊,你说那个小宇,本来给他这个任务,是希望他能完成得漂漂亮亮,也好有理由给他涨涨工资的,可是结果怎样?现在马上要定稿了,稿子还没有什么进展,内容写得简直惨不忍睹,也不知道他这一天天的都在干些什么。"和叶秋实共事多年,伍梅里有什么不满也从不在叶秋实的面前掖着藏着。

"究竟什么情况,伍主编,小宇一向不是采写能力挺强的吗?"叶秋实小心翼翼地问道。

"是啊,听说最近在谈恋爱呢,这女人一谈恋爱,智商就会降低;这男人一谈恋爱呢,努力就会降低!我看他最近对工作就应付糊弄,我让他采写的那可是韦晴珊,是这一期的话题人物,在本地的发行量就靠她呢!你猜他怎么的,就写了篇几百字的小稿子完事。唉,真是愁死人。就这,还抱怨说工资低,我看他再这样下去,饭碗都保不住了。"伍梅里一通牢骚。

韦晴珊?那不是本市最大的红珊瑚酒店管理集团的董事长吗?酒店管理领域一直是男人的天下,但她却凭着自己多年的实战经验和傲人业绩,雄踞本市高端酒店业绩排行榜的顶端,听说去年营业额再次翻番,生意做得是风生水起!

"要不我去采写她吧。"叶秋实一听说是韦晴珊,突然来了兴趣,脱口而出。

"真的?你真的愿意去采写她?你要是愿意的话,那我可就放心了,那约她拍写真、配合宣传的照片我也不用担心了。"伍梅里一听叶秋实愿意接下这个任务,喜出望外,"那就这么定了,采写成功的话,给你额外加奖金。但说好了,这次任务只许成功不许失败。"

出了伍梅里的办公室之后,叶秋实有些懊悔:"自己逞什么能啊,这可不是简单任务,万一出现什么差错怎么办?伍梅里把对韦晴珊的采写看得那么重,真出了问题,可够自己受的!"但既然接了这个任务,那就得硬着头皮往前拱,叶秋实虽然外表上柔美,但骨子里一直有股韧劲,只要认准了的事情就一定可以办好,这也是伍梅里特别欣赏她的地方。

叶秋实暗下决心:"我就不信了,韦强珊再难搞,她毕竟是个女人,女人对女人,总是好说话些,我一定可以将韦晴珊写得更立体、更真实、更丰满!"

但至于能否采写成功,叶秋实其实一点也没有底,从现有信息判断,韦晴珊可不是那么好接触的女人!

任务在手,好接触不好接触,现在都要想办法去接触了。叶秋实先把小宇叫到了办公室,毕竟小宇和她已经有过接触,还是先了解了解他知道的一些信息为好,免得到时候多做冤枉事。

"叶姐,你不知道那个韦晴珊真的很难搞定的,我吃了好多次闭门羹,最后只见了一面,还只待了不到半小时!"小宇一走进叶秋实的办公室就开始抱怨,这无疑也增加了叶秋实的心理压力。

"那赶快具体说说,她到底怎么难搞?你可是咱们社有名的小美男呢,连你都这样说她,看来想要接近她还真不容易呢。"叶秋实半开玩笑半认真地说。

"是啊,一开始我也是这么想的啊,还能有我小宇搞不定的女人!但没想到人家根本不吃我这一套,我这美男算是白美了,真是打击人,让人伤自尊啊。"小宇有些委屈地说。

"不过,叶姐,我有个有用的信息,不知道管用不管用,据说韦晴珊挺能喝酒,尤其爱喝红酒,她自己就有上好的酒窖。可是你也知道,我本身不太能喝酒,一喝酒就容易脸红喝大。否则,也许会从这里打开缺口，能和她进行一些深入的交流。"聊了半天，小宇能告知的信息也只有韦晴珊能喝酒，爱喝红酒算是稍微有些用处。

叶秋实开始百度搜索韦晴珊和红珊瑚酒店管理集团的一切信息，有用的没用的，先扒拉出来看看再说。可是让她失望的是，对于采写韦晴珊个人的有用信息并不是太多，能够搜到的信息，叶秋实先前已经耳闻，难怪小宇最后无功而返，看来这个韦晴珊还真是个神秘莫测的女人！现在网络这么发达，她这么知名的女人竟然找不到多少有用的个人信息！这保密工作也是做得够可以的。可是越是这样，越发激起了叶秋实内心的兴趣和挑战欲望。"不入虎穴焉得虎子"，叶秋实决定先入住红珊瑚酒店管理集团旗下最近开业的一家酒店，从那里下手实施她的采访计划。因为新开业的酒店事务繁杂，容易出现意外情况，董事长出现在那里的可能性也最大，遇见她的概率也就最高。

事不宜迟，叶秋实决定晚上就去入住，可是林咏薇怎么办？一想到林咏薇，叶秋实就觉得真心有些歉意，自己光顾着忙工作了，也不知道她这一天过得怎么样。

"要不，晚上让她和我一起去酒店住好了，也算是对她的一点补偿。有她在，自己也更有底气些，毕竟有个商量的人嘛。"叶秋实突然决定晚上邀请林咏薇一起入住韦晴珊那家新开业的酒店。

但没想到林咏薇一开始还有些不愿意，她觉得家里更舒服一些，没必要让叶秋实破费，当然最主要是她的脸还没法光明正大地去见人。

当叶秋实说明真正的用意后，林咏薇有些勉为其难地说："真是受不了你，还是大学时候的执拗劲，为了采写个人物，至于吗？领导发给你的奖金够住酒店不？"

"没关系，这个你就甭替我操心了，你就给句痛快话，到底来还是不来？"叶秋实见电话那端的林咏薇磨磨叽叽，故意厉声问道，"而且酒店新开业，八折优惠。"

"好吧，好吧，看在你这么为工作卖命的分上，本小姐就舍美陪君子，晚上就从了你了。"林咏薇终于答应了叶秋实的提议。

但叶秋实能否顺利见到神秘女人韦晴珊？她们之间究竟能否擦出些火花，实现一次亲密的合作？这一切不到最后都是未知数，叶秋实渴望着那一刻的到来，她希望那一刻早些到来。

因为林咏薇戴着遮面墨镜，却换了件抢眼的玫瑰红，叶秋实穿了件深墨绿的风衣，当她们踏进红珊瑚酒店管理集团旗下新开业的紫珊瑚酒店时，叶秋实竟然有种怪怪的感觉，估计不知实情的人看到两个人，真以为会是什么大明星驾临下榻该酒店了呢。

果不其然，连那些见多识广的服务员小姐对叶秋实她俩也是毕恭毕敬。进出酒店大堂的人甚至纷纷驻足观看，以为来了什么大人物呢！当然，即使不是因为大人物，看见这么漂亮的两位美女也难免会不时回头多看一眼的。

因为网上已经预订过了房间，叶秋实和林咏薇很快就办理完有关手续，拿到了房间的钥匙。

"你这么做是不是太冒险了？万一碰不到那个叫韦晴珊的女人怎么办？"林咏薇边往房间走边悄悄地问叶秋实。

"没事，你就放心，我自有办法，到时候一定可以见到她的。"叶秋实说这句话的时候其实心里也没有任何确切的答案。但是不知道什么原因，从接到任务到现在，她一直有种预感，她觉得她会和韦晴珊很聊得来，现在就缺一个绝佳的相识机会，她要想方设法去制造这个机会。

看来两个人走在一起，的确吸引眼球，连清扫卫生的保洁员都停下手中的活，站在那里侧目相看。

"就你这身打扮，她们一定以为这个酒店住进来什么电影明星了呢。"叶秋实捂住嘴有些想笑,悄悄地对身边的林咏薇说。

"怎么可能?人家明星身边都有保镖,你这也不像是保镖呀。"林咏薇故意揶揄起身边的叶秋实。

"去你的吧,我当然不像是你的保镖了,因为你很像我的保镖。"叶秋实一通回击道,然后走路的姿势也变得气场十足。

"得了吧,哪有明星不戴墨镜的,不戴墨镜那还叫明星吗?不戴墨镜又没有人叫出名字的话,那可不会是什么大明星。"林咏薇随便找话回呛着,两个女人一台戏,有女人在就不会太清闲。

"哇,果然很棒啊!"一进入房间,林咏薇再也顾不得一直像明星般的做派走姿,一下子就扑到了床上。整洁的房间,床上用品用的都是品牌产品,一切都是新的,每一个细节都做到了完美,处处体现着红珊瑚集团的品牌标识。

叶秋实看着面前的一切,通过房间布局和格调,似乎就能嗅到韦晴珊的精致气息。"她一定是个非常精致的女人!"一想到这里,叶秋实的心里就越发地想要早些见到她。

"你熟悉熟悉环境,我先下去一趟。"叶秋实没容林咏薇应答就又出了房间。

她又快速地乘坐电梯来到一楼大厅,脑子里快速地思忖着,该如何才有可能见到韦晴珊。她首先来到服务总台,服务员小姐立即彬彬有礼地问道:"请问有什么可以帮您?"

"我想知道你们的董事长韦晴珊在哪里。"叶秋实决定开门见山。

"对不起,这个我们不知道,也不方便告诉您。"对方依旧彬彬有礼。

"是不知道还是不方便?"叶秋实抓住话柄。

"对不起,我们不知道董事长现在在哪里。"

"你们这个酒店新开业,她就不管不问吗?"叶秋实不甘心。

"对不起,这位小姐,请问您有什么事情要找我们董事长?"正说着,一位年纪与叶秋实不相上下的女人疾步走了过来。

"陈主管,这位女士非要见我们的董事长。"服务员小姐对到来的女人说道。

"哦,您是这里的大堂主管了?我想见你们的董事长韦晴珊。"叶秋实毫不客气地说道,她知道此时只有底气十足,惹出些矛盾,发生些争执,闹出些动静,才有可能见到不轻易出面的韦晴珊。

"请问您究竟有什么事情呢?"对方耐心十足,丝毫没有受到叶秋实的情绪影响。

"我有重要事情要和她谈,如果您不告诉我她在哪里,怎么能够见到她,我就不告诉你到底是什么事情,但后果你们自负!"叶秋实越发强硬,让到场的陈主管也有些沉不住气。

此时正是用餐和入住高峰时段,叶秋实的故意争执似乎起到了效果,考虑到酒店新开业,担心造成不良影响,对方最终答应她联系他们的董事长韦晴珊。

见到韦晴珊,如何化解尴尬?如何有效地和她建立起密切关系?听到对方终于答应联系韦晴珊时,叶秋实在高兴的同时又不免忧虑重重,不知道真正见到她后该如何是好。

"看来我这一招还是管用的,哎,这也实在是没办法的办法呀!小宇已经把正常采访韦晴珊的路都给堵死了,自己要想见到韦晴珊,再采写到有新意的东西也只能用歪招了。"叶秋实见对方答应去联系韦晴珊,暗自高兴。

"对,就是这位女士非要见我们的董事长。"不大一会儿工夫,那位陈主管领着一位气质高贵优雅的年轻女士来到了叶秋实的面前。

"请跟我来，这位女士。"那位小姐竟然没再多问，直接叫叶秋实跟她走，叶秋实突然有些发蒙："怎么？这就要去见韦晴珊吗？"她有些不太相信，突然得偿所愿，有种如在梦里的不真实。

两人很快乘坐专用电梯来到了侧楼的顶层，一个最隐匿却视野非常开阔的角落。

叶秋实突然有些忐忑，韦晴珊处处体现着神秘，这不是他们的总部，但看来她在每个酒店都有专属办公室。

"请进。"当领着叶秋实上来的小姐摁响门铃后，叶秋实听到暖暖的声音，这声音让人听起来十分舒服，比伍梅里"进来"的声音好听多了！

门打开的瞬间，叶秋实有种晃到眼睛的感觉，只见一位身着紫色职业套装的高贵而典雅的女人出现在了叶秋实的面前。

"董事长，就是这位女士非要见您。"

"好的，这位女士请坐，晓雅，给这位女士冲杯咖啡。"对方沉稳中透着某种亲切，让叶秋实如沐春风，十分舒心熨帖。

"谢谢，谢谢！"一向优雅的叶秋实在对方面前突然失却了往日的自信，有些慌张地连说了两个"谢谢"。

"我是韦晴珊，是红珊瑚酒店管理集团的董事长。说吧，你那么急着找我，究竟有什么事情？"等落座后，韦晴珊主动介绍起自己。

"我，我叫叶秋实，是《美丽·魅力》杂志社的副主编，我其实是想采访您。"叶秋实突然间有些不知所措，是的，的确有些慌乱，当时只是一时感性冲动，想了这么一个歪招，本想试试看，也不知道管用不管用，但没想到就真的见到了韦晴珊，而且这么快！她还没想好如何开场，就实话实说了："其实先前我们杂志社的一个采编来采写过您，可是最后的稿子我们主编非常不满意，就非要我再重新采访您。这种情况下,我想如果走一般的采写程序,您肯定不会再见我,所以,在万不得已的情况下,才用此下策,让韦董事长您受惊了。"叶秋实极力调动脑子,尽量字斟句酌地说出事情的原委。

"哈哈哈,原来是这样。"韦晴珊听了叶秋实的介绍后竟然爽朗地笑了起来,氛围也一下子从凝重变得轻松起来。

"我有那么难接触吗?"对方问了一句,然后继续说道,"对了,说起你们那里的小宇,我倒是想起来了,上次他约我,经过协调安排,我给了他一小时的时间,可是你猜怎么着,他竟然迟到,最后一小时的采访变成了半小时,所以结果可想而知。说实话,当时我没多说什么,但我也绝对不可能再给他另外的时间。无论什么理由,迟到我都不会原谅,你们的小宇太没有时间观念了,我要是你们主编,会立即开除他。"大气优雅之中又透露着丝丝威严和霸气,这个女人真是不简单!不过想想,如果一味地优雅,那么管理这么庞大的集团公司,缺少了应有的威严,也的确是不太可行的。

"哦,原来是这样,看来我们是误解了您,韦董事长,我在这里替小宇先给您郑重地道个歉。"听完对方的解释,叶秋实立即起身,向韦晴珊鞠躬致歉。

"快,快别这样,什么道歉不道歉的,我也就是说说而已,你也别太往心里去。"对方起身,示意叶秋实回坐。

"对了,韦董事长,还有今天这事,也请您多多见谅。要知道整个事情的原委,我也不会这么贸然就闯到您这里来的。"叶秋实真诚地道歉。

"没事,没事,不打不相识,咱们这样相见也还蛮有意思的。只要你不是真心捣乱影响到我们的生意就行。"对方又笑了起来,这笑声透露出韦晴珊通达真性情的另一面。

短暂的接触已经将叶秋实折服,看来这是个非常丰富的女人!是什么让她历练得如此充满人格魅力?她的背后究竟隐藏着怎样的故事?叶秋实对接下来的采写越发充满了期待。

"走吧,去我们二楼的酒吧坐坐,顺便了解一下我们这里,刚开业,还希望你们这些媒体多多宣传呢。"韦晴珊的提议实在是太出乎叶秋实的预料,这实在是个太求之不得的建议了。

"好啊,好啊,我请客。"叶秋实忙不迭地回应表示着自己的诚意。

"什么话啊,到了我这里,哪还有让你请客的道理。请个客人喝杯酒吃些茶,这点儿小权力我还是有的。"韦晴珊半开玩笑地说。

两人很快到了二楼的酒吧,找了个僻静的角落坐了下来。等落座后,韦晴珊吩咐服务员,要了一瓶上等的红酒,然后又要了些适合下酒的西点。

"今天也算是和你有缘,咱们边吃边聊怎么样?"韦晴珊心情似乎不错,这让叶秋实暗自庆幸:"看来今天来对了,运气还真的不错,这住宿的花费也是值了。"

"其实我知道你们这些做媒体的也挺不容易的,尤其现在纸质媒体正在走下坡路,发行量肯定一直在下滑。"一杯酒下肚,韦晴珊竟然主动关心起叶秋实来。

"是啊,韦董事长说得真是太对了,我们主编一直为这事闹心呢,所以对这期您的采访特别重视。之前已经把小宇臭骂了一顿,估计如果知道了您说的情况,她也一定会把小宇给开除了的。"叶秋实觉得博得韦晴珊的同情更有利于对她的采访,就实话实说。然后她就开启了手机的录音键,因为是一时之念,没想到事情会出现如此转机,现在如果再回房间去取录音设备,或者是让林咏薇送来的话,都会破坏她和韦晴珊之间谈话的氛围。

"不过既然事已至此,你们也就别太为难那个叫小宇的小伙子了,他还太年轻,年轻人犯一些错也是难免的。"看来韦晴珊内心柔软的地方还有待挖掘。

"谢谢韦董事长的理解,来,这杯酒我代我们的采编小宇敬您!"叶秋实抓住机会,希望韦晴珊喝酒后能敞开心扉地深聊。

"不要一口一个'您'字,不要老称呼我什么'董事长'了,看年龄呢,我应该比你大不了几岁,你就叫我韦姐吧。"韦晴珊喝下酒后,爽快地说。

"可以吗?韦董事长,我可以直接称呼您韦姐吗?"叶秋实觉得一时改口还有些不适应。

"怎么不可以,你那样称呼多见外呀,了解我以后你就会知道,我这人其实很好打交道,没那么多讲究。"韦晴珊的真性情一点点开始显露。

"那好,韦姐,我就直接叫你韦姐了。我一直很好奇啊,韦姐,红珊瑚酒店管理集团这么声名显赫,作为掌门人,为什么你一直那么低调?说实话,来之前我做了不少功课,查了不少你的资料,但找到关于你的信息寥寥无几啊。"叶秋实终于忍不住将好奇抛了出来。

"没有什么啊,我觉得酒店是核心,我们就是要宣传我们的酒店,何必宣传我?所以之前我一直都尽量将涉及我的信息过滤掉,我的属下也都了解我这一点,所以他们在这方面也很注意。"韦晴珊似乎心有所虑,然后轻呷了一小口酒,"不过,也有我个人的原因。"

"来,韦姐,为今天咱们姐俩的相识再干一杯。"叶秋实没有直接接话题,接着又劝了韦晴珊一杯。叶秋实深知每个人内心的故事不到一定火候是不会轻易讲出来的,她知道韦晴珊还有所顾忌。

"韦姐,说出来不怕你笑话,我到现在还没有男朋友呢!"叶秋实决定采取迂回策略,开诚布公地讲起了自己的私事。

"是吗?怎么可能?你这么优雅漂亮,怎么会没有男朋友?一定是在开玩笑吧?"韦晴珊一脸惊讶,不太相信叶秋实说的实情。

"真的,不瞒韦姐,我确实一直在相亲,可是就是找不到感觉满意的男人,不是太现实了,就是太虚伪了,就没有说碰到一个愿意一起朝夕相处,踏踏实实去生活的男人。"

"是啊,好男人在这个时代的确不好找啊。"叶秋实的话显然起了作用,面前的韦晴珊似乎有所触动。

"那韦姐,我一直很好奇,我这样的女人找个男人都那么难,那像韦姐这样容貌与智慧俱佳又那么有财富地位的,究竟什么样的男人才能配得上你呢?"

"唉,说实话我现在也没有男人,孤家寡人一个。"韦晴珊也没有刻意回避自己也是单身的事实。

"真的,真是这样吗?你一直单身?"韦晴珊话一出口,叶秋实有些惊讶地贸然插话。

"不是,我和你不同的是,其实我是个离婚女人,有过一段婚姻,现在也有孩子。"说到这里,韦晴珊有些伤感,仿佛突然沉浸在往事的回忆之中,两个人一时间都静默了。

酒吧里低回的旋律本就充满了故事意味,此刻更是充满了淡淡的莫名哀伤。叶秋实等着韦晴珊继续讲述她的故事,那背后一定是一个伤心的故事,这样成功的女人背后究竟会有怎样一个故事呢?

"我其实结婚挺早的,主要跟出身和当时的家境有关系。我出生在农村,我爸在我十几岁的时候就去世了,姐姐也早早地嫁了人。那个时候为操持整个家,养活我和姐姐,妈妈的身体累出了毛病,有两年情况不太好,日子一直过得特别清苦。在我不到20岁的时候,邻村有个叫伍大宝的男人说是可以帮到我家，可以出钱帮我妈看病，条件就是要我答应嫁给他。他比我大个五六岁吧，我看他人还可以，蛮憨厚老实的，就答应了他提亲的要求，当时迫于生计，匆匆把自己嫁了出去。当时我心里就想，嫁就嫁了吧，有个男人依靠，踏踏实实地过自己的日子不也挺好的吗？一开始小日子过得还可以，他也的确很能干，也知道疼我，对我一直还算不错。可是等我们的女儿出生后，他就突然好像变了个人，对我越来越不好。我们老家那里重男轻女思想特别严重，他就怨我没有给他生个儿子，对我的态度变得再也没有以前那么好。后来就经常不按时回家，在外面鬼混，慢慢地还染上了赌博酗酒的恶习。我们就开始吵架，越吵越凶，加上婆婆在中间的挑唆，有一天，他竟然真的动手打了我，而且一发不可收拾，开始动不动就打我。"说到这里，韦晴珊又猛喝了一口酒，"你看，到现在我膝盖处还有当时被他摔倒，磕在地上受伤留下的疤痕。"说完，韦晴珊起身撩了撩长裙，叶秋实看见依稀可辨的疤痕，心里不由得抽搐了一下："看来，韦晴珊，韦姐真是受过不少苦啊！"

"再后来，我实在是受不了这种整天生气争吵挨揍的日子，等孩子稍微大一点儿的时候，我就提出了离婚。一开始他竟然不同意，说什么要离婚就揍死我。我就骗他说我已经不能生育，就算超生，也别想再要儿子了。我当时也是信口说出来的一个理由，他竟然信了我的话，然后同意和我离了婚，女儿当然归了我。他之所以愿意和我离婚，就是想着再找个女人给他伍家生个儿子呢。"

叶秋实听到这里，眼睛忍不住有些湿润，可是让她惊讶的是韦晴珊竟然十分淡然，并没有像别的女人那样，讲起这类事情来总会义愤填膺或者声泪俱下。

"那时候妈妈的身体有所恢复，年纪也还不算太大。我就动员妈妈和我一起去城市打工,决意不再待在老家那个让人伤透心的地方。妈妈帮我看孩子,我就开始了打工生涯。因为有妈妈和孩子要养活,我非常拼命,同时打了两份工,白天帮医院打扫卫生,晚上就到酒店洗碗刷盘子。就是从那个时候开始,我与酒店打起交道来。一个偶然的机会,一个酒店的老板见我踏实能干,人又精神勤力,想法也比较多,就让我当了他们的酒店领班,工作之余我报读了夜校,专攻起酒店管理来。我这人其实还是蛮聪明的,就是因为家境给耽误了。"说到这里,韦晴珊竟然笑了,"所以,有了丰富的实践经验,再加上理论的指引疏导,我的工作能力越来越出色,然后慢慢升为人事主管、大堂经理、部门经理,最后到一个酒店的总经理,酒店里每个岗位我基本上都干过,而且是越干越好。总之那几年,我在工作上越来越得心应手,经济上也开始越来越宽裕。但作为打工者的身份,很多想法还是会受到限制,不是想实现就能实现的,慢慢地我就开始琢磨如何自强自立,按自己的想法,做自己的品牌。然后,就有了自己的思路。这样一步步地成立了现在的红珊瑚酒店管理集团。"韦晴珊说起这些来云淡风轻,但谁都能想到一个如此出身的女人走到今天这个地步有多么不易!

"韦姐,真没想到你竟然吃过这么多的苦,你真是让我太佩服了!"叶秋实听得泪眼婆娑,然后忍不住使劲握住了对面韦晴珊的手。"那韦姐,你现在跟你之前的男人还有联系吗?"女人似乎最关心的还是家庭上的事情。

"没有任何联系,我也不希望和他有任何联系。"韦晴珊说这句话的时候似乎犹豫了一下。

"也是。那你就没再碰到其他感觉适合的男人吗?"叶秋实又忍不住追问道。

"一开始是忙,根本顾不上再考虑个人的事情。倒是我妈老是劝我再找一个，说什么女人终究是要有个男人依靠才行。可是上哪儿去找个可以让你依靠的男人啊！本来，在原先打工的酒店有个领班很喜欢我，知道我是个有个女儿离过婚的女人时也没嫌弃。可是当时我一心想着多挣钱，因为能干被提拔为他的上司之后，他却胆怯了，不敢再追我。你说，我也不可能上杆子去倒追他吧，但其实现在说倒追也没什么，可能只是缘分没到吧，所以也就不了了之了。"说到这里，韦晴珊眸子里闪过一丝温情，看来当时那个男人还是给她带来一些温馨的回忆。

"再后来，等我的生意做得越来越大之后，再想找个匹配的男人真的就更不容易了，比自己差的吧，自己的确会看不上，比自己强的男人呢，又都十分花心，专找那些20来岁的小姑娘。找个比自己小的吧，咱们女人自己还过不了自己的心理关，你说这都什么世道啊，做女人真是难得潇洒！"

"那韦姐你就真的没有欣赏过其他男人吗？"叶秋实压低声音说，"我的意思你明白，兴他们男人包二奶养小三，像你这样有资本的，应该也大可以潇洒一把，赏阅几个男色吧？"但没想到，叶秋实的话竟然让韦晴珊本已绯红的脸颊更多了一层红晕。

"叶妹妹，你还真逗，咱们女人天生和男人就不是一个物种。男人玩得起，本性上就如此，而女人呢，女人天生是家庭动物，无法组建家庭的男人，女人根本动不起情来。"

是啊，韦姐说得太对了，所以，情感关系中，容易受伤的总是女人。女人啊女人，什么时候你也可以更潇洒些？

"韦姐，如果可以选择的话，那你下辈子是希望做女人还是做男人呢？"叶秋实也不清楚自己怎么会问起这个问题，可能是因为刚刚韦晴珊提到了男人和女人的区别了吧。

"嗯，这个问题嘛……"韦晴珊略做思忖，"我可能还是会选择做女人吧。"韦晴珊的回答多少有些出乎叶秋实的预料。

"为什么？你吃了这么多做女人的苦，我还以为你会选择去做男人呢。"叶秋实的确有些意外。

"虽然做女人不容易，可是做女人用心用情专一。还有，你没有做过母亲，身为女人，一旦当了母亲，那种莫名的幸福感，我觉得是男人一辈子也体会不到的，或者说体会得没有那么深刻的。"韦晴珊的话更加显示了她的坚强。

"其实，说实话，我真的觉得国外的许多做法挺好的，比如在德国，男女之间的关系可以有多种选择，可以选择履行法律程序结为夫妻，可以选择不履行法律程序住在一起成为伴侣关系，甚至那些男人与男人、女人与女人也可以按照他们自己的意愿选择在一起的关系。但有了孩子的话，孩子都是合法的公民。"韦晴珊的说法，叶秋实当然也听说过。

"没办法呀，国情不同，情况就区别很大。"叶秋实深有感触地慨叹道。

"但我觉得那会是情感的发展趋向，人们的情感关系应该会更加多元化，不一定非得用婚姻关系捆缚住一对男女，两个人感觉生活在一起舒服开心才最重要。"见多识广的韦晴珊已经绝非昔日的农村女人，她的观念和想法也充满了某些前卫的色彩和意味。

"那韦姐现在还有找另一半的冲动吗？"叶秋实思维观念里，还是觉得像韦晴珊这么成功的女人，再有个男人、有个家才算是完整的完美的。

"你觉得我还有必要非得再去找个男人，凑那个完整的形式吗？"韦晴珊先反问了一句。"说真心话，我现在觉得我的状态就挺好的，没有非要再找个男人的想法。生活倦了，就出去散散心，工作累了，就做做SPA，旅游旅游，偶尔带孩子去看个演出，带妈妈去看看她想看的景点。美容、健身、旅游、美食，只要工作走得开，我基本上可以做到随心随性，还有什么不满足的呢？你说哪对夫妻，哪个处在婚姻关系中的男女能做到像我这样自由？空闲时间，能处理好他们两大家子的事情就不错了！"韦晴珊云淡风轻般地述说着。

"韦姐，你说得太好了，你说的就是我向往的一种生活状态。可是我现在还无法做到。"叶秋实一下子想起父母愁眉苦脸的模样来，有些遗憾地说道，"其实，我现在最难做到的就是忽略父母的感受，他们整天为我的个人事情操心，弄得我不得不按他们的要求努力去做，觉得不那样做实在是愧对于他们。"

"这个我太理解了。在中国，父母们个人自我意识比较淡薄，他们为儿女们牺牲的精神都是世界上屈指可数的。这跟中国整个的受教育程度有很大关系，尤其咱们这个年龄的父母们，要么没接受过多少教育，更不用说高等教育；要么就是从传统的文化中濡染过来的，骨子里都是那些'尽忠尽孝，无后为大'的观念，你说他们能不逼你才怪呢。到我们这一代做了父母，我想会好很多。至少将来不管我的女儿喜欢过怎样的生活，只要她开心快乐，能够健康地生活，我都会去支持她。"韦晴珊说完主动干了杯中的酒。

"只要你内心意志足够大，你自己的力量足够强大，慢慢地你就能忽略掉那些外在的纷纷扰扰。但这个是需要有个过程的。父母操心，操的什么心，无非是担心你上了年纪，无儿无女，又没个伴的话，会非常孤独寂寞。随着社会的发展，社会保障的完善，养老问题一定会解决得越来越好。至于有个老来伴的话，那得看这个伴是不是你想要的伴，如果两个人不愉快，生活在一起，即使到老了，也不见得就能开心多少。何况两个人同时老去的概率总是很小的，我们总是有段时间要独自走完的。"韦晴珊的话激起了叶秋实强烈的共鸣。

"但我并不反对人们去追求婚姻,我只是希望越来越多的人能够追随内心的需求,越来越多的人能够坚强独立,碰到适合的人再去组建家庭,而不是为了摆脱单身去勉强走进婚姻,组建家庭。"韦晴珊的话客观而充满理性。

"韦姐,你简直要让我顶礼膜拜了!"叶秋实一脸的崇拜。

"怎么可能,我只不过是说出了真心话,说出了我的真感受而已。说实话,很久都没有在一个人面前聊这么多了。你是第一个,让我觉得舒心,愿意在你面前聊的人!"两个人开心畅聊,充满了惺惺相惜的意味。

正在此时,叶秋实的手机却响了起来。

"秋姐,你在哪里呢?我都睡了一觉,饿醒了,也没看见你的人影,你没事吧!"是林咏薇的来电,叶秋实忍不住要笑了,光顾着在这聊了,聊得太尽兴,还有个大活人都给忘了。

"你什么情况啊?人怎么一走就没影了!"电话刚一接通,林咏薇在电话那端就一通抱怨。

"哎呀,光顾着聊天了,我还有一个好姐妹在房间里饿着肚子呢!"叶秋实转身对谈兴正浓的韦晴珊说道。

"既然是你的好姐妹,那赶快把她叫过来呀,一块儿用餐就是了。"韦晴珊示意叶秋实。

根据叶秋实告诉的地点,很快,林咏薇就找了过来。

"真不够意思,喝好酒吃好菜也不叫我一声。"林咏薇还没走到桌子前就大声地嚷嚷着,根本就没看见叶秋实努力暗示的眼神。这也难怪,林咏薇一直就没舍得摘掉她戴的墨镜,再加上西餐厅的光线本来就有些暗,她能看见才奇怪呢!

"这是谁啊?你约的朋友?"走近些时,林咏薇不明就里地问道。

"啊,我来介绍一下,这是我的好同学、好姐妹林咏薇。"叶秋实急忙站起来介绍,"这是韦姐,韦董事长。"

"韦姐?什么时候认识的?我怎么不知道?"林咏薇实话实问,一直不知道什么情况。

"她就是我们想要见的韦姐,红珊瑚集团的董事长!"叶秋实急忙点破了韦晴珊的身份,她担心稍微有些大大咧咧的林咏薇不知道面前人的真实身份,会闹出什么不愉快来。

"啊!不会吧?你怎么叫她、叫她韦姐。"林咏薇惊诧地问道。

"不可思议吧,这就叫缘分,我们之间有缘分呗。"韦晴珊竟然抢过来回答说,反而弄得林咏薇有些不好意思,本来要坐下去的身体有些不知道该怎样安放才好。

"坐呀,快坐下呀。不要拘谨,你看我和你叶姐不是聊得挺好的吗?坐下来,坐下来也喝一杯。"韦晴珊非常理解地说道。

"好的,好的,韦,韦董事长。"林咏薇的确开始变得拘束起来。

"不要叫我韦董事长,直接叫我韦姐就好啦,像你秋姐那样称呼我更自然更舒服。"

"就是,像我一样直接称呼韦姐好了,没事的。"叶秋实急忙说。

坐下后,林咏薇知道了韦晴珊的遭际后,也不再有过多顾虑,摘下墨镜,示意韦晴珊看自己依稀可辨的伤痕,将自己受伤的经历一五一十地讲了出来。

三个女人,三个爱过恨过被深深伤害过的女人,在这个晚上,无话不聊,谈男人的薄情,女人的用心;谈男人的博爱,女人的专一;谈男人的靠感觉,女人的用感情,在她们的世界里,男人显得如此不堪。

"秋姐,之前一直没好意思问你,快说说你到底是怎么在那么短的时间内搞定韦晴珊韦姐的?"等三人分手后,一进屋,林咏薇就忍不住好奇地问道。

叶秋实就把事情的原委一五一十地告诉给林咏薇。

"没想到吧？没想到韦董事长，不、不，韦姐是这么容易相处的女人！"叶秋实深有感慨地说道。

"是啊，是啊，你之前把她说得那么神秘邪乎，当我知道坐在面前的女人就是韦晴珊时，一开始都有些不知所措，简直不敢相信自己的眼睛。"林咏薇附和，"不过了解她以后，她还真是位了不起的女人。"

"这下好了，采访的任务终于不用发愁了！这次采访的稿件名字我都想好了，就叫《坚强之后无尽美丽》。"叶秋实非常兴奋地说。

"嗯，这个名字好，既符合韦晴珊韦姐的实际情况，又和你们杂志的定位有机结合，嗯，很棒！"林咏薇一听也觉得这个名字不错。

"这下好了，终于可以睡个踏实觉了！终于不用担心伍梅里的臭脾气了！"叶秋实高呼起来。

"感谢我吧，要不是我陪你来，你哪有这么好的运气！"林咏薇开玩笑地嚷嚷着。

"嗯，谢谢你，谢谢你来到后竟然能呼呼睡起大觉来，也不帮人家想想办法。"叶秋实故意气林咏薇。

"你坏，你坏！"说完，林咏薇就追着叶秋实打，叶秋实急忙躲闪。一时间，笑声弥漫整个房间，崭新漂亮的淡紫色光影里充满了两个人快乐追逐的身影，难得的短暂开心，难得的轻松惬意！

第五章 意外"惊""喜"

叶秋实一晚酣梦,很久都没有这样安稳地睡过了。

第二天醒来时,林咏薇已经一脸怒气地站在了她的面前。

"你什么时候起来的?怎么起得这么早,也没叫醒我?"叶秋实有些奇怪。

"好啊,秋姐,你又在和那个张丞骏来往了是不是!"林咏薇厉声质问道。

"没有啊,你也知道早分手了,怎么可能?"不明情况的叶秋实试图辩解。

"编,编,你就瞎编吧。我看到你昨天的短信了。"林咏薇示意叶秋实看她的手机。

叶秋实急忙拿起放在床头上的手机。

"秋实,我觉得咱俩姻缘未了,这次能够和你相见,我觉得这是上天赐予我的良机!不瞒你说,你走了之后,我想了很多,我发觉这么多年过去了,我对你的感觉依然存在,像过去一样,依然强烈,依然那么不可遏抑!……"叶秋实读着读着,连自己都不好意思了,火辣辣的语言,仿佛初恋般热烈。

"我,我觉得……"叶秋实想要解释些什么。

"什么也别说了,当年那么真诚地劝说你别和他交往,结果你们还是这样。就当我是个傻帽，我也懒得再过问你们的事情。"林咏薇生气地制止住了想要继续说下去的叶秋实。

"不是你想的那样，我们其实没有什么的，你不要因为他说的这些话就以为我们怎么着了，其实这么多年了，也就最近才见了两面。"叶秋实还是忍不住，继续解释。

"算了，我真心懒得再管你们。反正我今天就把话撂到这里，早晚有你后悔的那一天。"不知道因为什么，林咏薇对张丞骏的成见如此之深，这一点有时让叶秋实也觉得匪夷所思。"林咏薇一定是因为最近为情所伤，所以对男人，对像张丞骏这样能说会道的男人有误解，觉得他们都不是好男人。"叶秋实在心里对自己说。

"好了，好了，听你的就是了，我以后和他少来往。"看着林咏薇十分生气的样子，叶秋实违背自己的真实意愿，安抚林咏薇。

"走吧，回家吧，你还想继续在这住着不走啊。"等收拾妥当，叶秋实看林咏薇还在那里坐着不动，就说道，"要不是有采写任务，我还真不舍得请你到这么贵的地方住，这一晚上贵着呢。"叶秋实故意逗林咏薇说。

"抠门，我就知道你没有那么大方。"林咏薇终于再次开口和林秋实说话，然后两人开始从酒店撤离。

可是刚走到电梯，叶秋实突然发现一个熟悉的身影也站在电梯处等人，她一眼认出来是于向垚。与此同时于向垚也认出了叶秋实。

"于向垚！怎么？你这是要干什么？"叶秋实主动打起招呼来。

"我到这里商量演出的事情。"于向垚显得非常惊喜，"酒店新开张不久，他们的策划部策划了一场商业演出，我想增加些经验，听说后就过来找一个朋友，想商量商量过来参加他们的演出。"

"哦，是这样，那太好了。"叶秋实听说后高兴地说。

"对了,你们这是?"于向垚看了看叶秋实,又看了看重新武装起来显得神秘莫测的林咏薇,有些不解地问道。

叶秋实急忙对两个人进行了互相介绍,并说明了用意。

"怎么?你们认识这里的董事长韦晴珊?"于向垚听她们说是来采写这里的董事长,显得十分意外。

"是呀,我们昨天还和她一起喝酒了呢,秋姐现在和她可是好姐妹。"林咏薇墨镜遮脸,看见于向垚这类小鲜肉,忍不住主动显摆说。

"真不可思议,你们竟然认识他们的董事长!到时候说不定还需要叶姐你的帮助呢!"于向垚嘟囔了一句,然后迅速步入了电梯。

叶秋实和林咏薇则走进了下行的电梯,走到大堂,然后很快办理完退房手续,快步走出了紫珊瑚大酒店。

"秋姐,这个叫于向垚的怎么长这么帅呀!"林咏薇终于忍不住讲出了内心的感受。

"又犯花痴!我跟你说,你吃亏就吃在太以貌取人。"叶秋实脱口而出。

"你不以貌取人?你那个陈伟嘉还不是一样,帅得一塌糊涂,还说人家。"林咏薇不假思索地回击。

自从林咏薇知道叶秋实和张丞骏交往的事情后,两个女人开始有些话不投机,总是犯冲,一时间两人又陷入了沉默。是啊,男人以貌取人,但女人至少一开始也难免受外貌影响啊,如果有可能,谁不希望有一个美男子相伴左右呢?只是这个愿望不太好实现罢了。

为了保证采写韦晴珊的任务能够高质量地顺利完成,主编伍梅里人发慈悲,出发之前允诺叶秋实三天的特权,这三天可以不去单位,不用考勤,一心采写稿件即可。但没想到采写如此顺利,一个晚上就拿了下来。

"好啦,好啦,咱们不要再为那些臭男人伤和气了。"叶秋实主动打破僵局,"难得有些空闲时间,今天你陪我去买件衣服吧,我好久都没有添置新衣了,正好天气有些凉了,买些秋天穿的衣服,顺道也算领你逛逛,熟悉一下这里。"

"好啊,好啊,我也想买件呢。"说到衣服,女人总是容易兴奋起来,林咏薇很快转阴为晴,显得开心起来。

很快,她们来到了一个叶秋实比较熟悉经常光顾的大型商场里面,琳琅满目的各色衣服让人目不暇接,看得人眼花缭乱。但女人们不会有这种感觉,她们见一件爱一件,看上一件不错的衣服就会高兴上一阵子。

"小姐,这些都是今年的秋装新款,仔细看看,一定有你们喜欢的款式。"来到一个专柜,服务员小姐热情地介绍。

"我喜欢这件,这件颜色款式都是我喜欢的!"林咏薇突然看到一件衣服后,跑过去拿起来就在自己身上比画着。叶秋实的目光也顺着看了过去。

突然,叶秋实看到了一个熟悉的身影,在林咏薇背后不远处的隔壁售衣处晃动了一下,就又走向了另一边。

"薇薇你先试着衣服啊。"说完,叶秋实顾不得再欣赏林咏薇的美样,急忙转身去追那个身影。

叶秋实有些着急,因为那个身影有些熟悉,她觉得很像自己的主编伍梅里的老公,但她又不确认就一定是他。

"这里是女装专柜,如果是她老公祁励勤的话,那么他是不是陪伍梅里来的呢?如果是主编伍梅里也来的话,让她碰见那可就糟了,大家应该都很尴尬。可是今天毕竟是工作日,按照伍梅里的作风,她是不会轻易在工作日出来办私事,尤其是购物这种事情的。"叶秋实心急地暗自琢磨。

没办法,没有再看到那个身影,叶秋实悻悻地又走回到刚才她们买衣服的地方。

"什么情况?你干什么去了?神神秘秘的,也不说清楚情况就走了,我还以为怎么着了呢!"一进门,林咏薇就抱怨。

"看看我这件到底怎么样?你觉得行还是不行?"不过很快,林咏薇又将重心转移到了自己已经试穿在身的衣服上。

"嗯,可以,不错。"叶秋实也没仔细看,随意应承说。

"什么态度呀,到底好不好?我穿上美不美?"林咏薇对叶秋实有些心不在焉的态度很是不满意。

"好!美!很美!"叶秋实不得不将精神集中到林咏薇的衣服上来。

"嗯,这还差不多。"

"我再出去一下。"林咏薇刚刚高兴起来,叶秋实又转身步出了门外。透过玻璃,叶秋实又看到了那个身影。"什么人啊!"林咏薇的话叶秋实根本就没听进去。

果然是他!是主编伍梅里的老公祁励勤,但在他身边走着,手里拿着已经买下衣服的女人并不是伍梅里,而是一个年轻的女人!这让叶秋实惊出了一身冷汗,她蹑手蹑脚地跟了上去。叶秋实不知道发生了什么,但她本能地觉得现在看到的一幕有些不正常。她的脑子里再次闪现出那天在主编伍梅里办公室外听到的一幕,这中间有没有什么联系呢?但伍梅里口中的老公祁励勤是个风趣幽默但却专情专一的好男人。其间,叶秋实因为各种原因也和他打过交道,感觉也的确是个不错的老公。那么现在意外看到的一幕该如何解释?祁励勤和那个女人究竟是什么关系?一时间叶秋实不得其解。

叶秋实一直尾随着两个人。很快,祁励勤和那个女人走到了楼下,坐进了一辆车里,然后扬长而去。

"叶秋实你太过分了哈，叫人家出来买衣服呢，人呢？你死哪去啦？"

正在叶秋实不知道是否要开车跟上祁励勤他们时，一条微信消息随着林咏薇的愤怒发了过来。

"对不起，亲，待在原地别动，我马上回去。"叶秋实这才又想起林咏薇还在店里买衣服的事情，急忙用道歉的口吻回复道，然后又急忙折返。

叶秋实往回走着，心里面不觉又有些遗憾："还是没能弄清楚究竟是怎么回事？伍梅里的老公究竟出了什么情况？"正在此时，叶秋实的电话响了起来，叶秋实本能地以为是林咏薇打过来催促她回去的，根本没看手机号码，接起电话就说："好啦，好啦，死丫头，还像以前一样，一点也没耐性，我马上就到了！"

"你这是说谁呢？没大没小，我是伍梅里。"电话里是伍梅里十分诧异的声音。

"啊，对不起，伍主编，我还以为是我的好同学林咏薇呢。"叶秋实真没想到这个时候伍梅里会打过电话来。

"怎么样？我这不是不放心你的任务吗？现在究竟进行得怎么样了？"伍梅里似乎并未把叶秋实刚刚的话太放在心上，这是叶秋实求之不得的。

"哦，挺好的，还算顺利，这不，我正好约了我的同学准备一起去见韦晴珊呢。"叶秋实脑子里思考着该如何把刚才的事情有效地遮掩过去。

"是吗？你们联系上了韦晴珊？"伍梅里一听到情况还算顺利，喜出望外。

"嗯，联系是联系上了，可是还不知道她能不能答应再接受采访，我通过关系知道她现在在哪里，所以想直接过去找她。不过又担心到时候会出现其他意想不到的情况,巧得很,正好我的好同学过来了,她暂时没事,我们约了见面,特意让她陪我的。"叶秋实觉得不能将实际情况告知伍梅里,那样的话,就显得这次对韦晴珊的采访过于顺利和简单了;另外,如果说已经采访完了,现在没有回单位也显得不好。叶秋实快速地组织着语言,尽量让一切显得合情合理,符合逻辑。

"那好,那好,有个伴,这样我也放心一些。一旦有什么情况,记得及时跟我联系。"伍梅里充满关怀的话语,让叶秋实的心里反而有些惭愧。

"对了,伍主编,你孩子出国后,最近和老公还经常出去玩吗?"感受到伍梅里的关心,叶秋实突然就对刚才看到的一切充满了莫名的焦虑,伍主编的老公不会是真的有什么外遇了吧?

"嗯,还行吧,偶尔,很少吧。怎么啦?你怎么突然想起来问这些?"见多识广的伍梅里似乎很敏感,叶秋实一问,她就似乎觉察到了什么不对劲的地方。

"哦,没什么,只是顺口问问。记得吗,我刚才路过一个地方,在那里我碰到过你们,所以就问问。"叶秋实想到有一次的确碰到过他们两个一起出来逛街时的情形,就顺着说道。

"是这样,我也想起来了,那次你好像正好去相亲。"伍梅里竟然在电话那端笑了起来,"不过,那都是很久以前的事情了。最近忙,他忙得厉害,咱们也很忙,所以一起出去的机会比较少。"伍梅里最后的话音里不由自主地透露出丝丝无奈。"不聊他了,你们好好忙吧,我也没别的事情。另外丁向垚的后期我问李墨墨了,已经弄得差不多了,就等着韦晴珊的那篇重头文章了。"伍梅里说完直接挂了电话。

通过和伍梅里的谈话,想起在伍梅里办公室外听到的一切,再加上刚才看到的祁励勤和那位年轻女人的情形,叶秋实有种强烈的预感,伍梅里他们夫妻之间一定并不像她平时标榜的那样美好和谐,他们夫妻之间一定出了什么问题!

"服务员,刚才那位买衣服的小姐呢?"满腹疑虑的叶秋实回到先前的店内,却发现林咏薇已经不在里面。

"哦,你说的哪一位?我们这里刚才人很多,我没太在意啊。"服务员说的的确也是实话,从叶秋实匆匆忙忙出去到再次回来,已经过去了不短的时间。

"就是那位戴了副墨镜的小姐。"叶秋实比画着,首先想到了林咏薇最显著的特征:一直没有摘下的眼镜。

"噢,你说她呀,她好像已经出去有一小会儿了。走时一脸怒气哦,也不知道我们这里到底是谁得罪了她,本来说要买的衣服也没有买就气呼呼地走了。"一位年纪稍微大些的服务员似乎对林咏薇印象比较深刻。

"那你有没有看到她往哪个方向走了?"叶秋实追问了一句。

"这个倒真没太注意,人太多了。"

"这个林咏薇,真是急性子,多等一会儿也不愿意,她刚到这里,人生地不熟的,别再转迷糊了。"叶秋实心里着急,急忙拨打起林咏薇的电话来,可是响了许久竟然没人接。

叶秋实就四处转着找林咏薇,可是转了半天,也没见到她的身影。

"真是不让人省心!"叶秋实开始从心里抱怨起林咏薇来,"不管她了,这么大的人了,至少不至于被人拐走吧。"此时再买衣服已完全没有了心情,叶秋实不得不打道回府,独自回返。

来到停车处前,叶秋实还心存侥幸地想林咏薇是不是在停车处等着呢,结果还是没见到她的身影。

"见字后,速回停车处!""不要再耍小孩子脾气,请速跳出来回话！"实在没了办法，叶秋实用微信给林咏薇连续留了好几条消息，可是等了半天依旧没见回复，这下，叶秋实真心开始着急了："这个鬼丫头，死哪里去了？看来这是真生气了呢。"叶秋实了解林咏薇的脾气，一旦她真生气了就会不理人！任你怎样叫嚣也无济于事。

既然如此，在此干等着也解决不了问题呀。只能先回去了，反正她身上也带着钱呢，大不了，自己打车回去。

实在没办法，叶秋实只能独自驱车回家。

停好车，叶秋实走到自家单元门口时，远远地看到好像是林咏薇的身影，她疾走几步，还真是林咏薇！

"死妮子，你怎么自己回来了呢？害得我找了大半天！"叶秋实走到林咏薇身边后忍不住抱怨。

"把钥匙给我！"林咏薇也不接话，一把抢过叶秋实掏出来拿在手里的钥匙，开防盗门就走了进去。

"我不是给你留了一套钥匙吗？"叶秋实急匆匆地跟在后面问道，林咏薇也不应答。

"你眼里还有我呀！你说你，本来说好的是咱们俩去买衣服的，你倒好，到那里之后就不见了人影，我一个人还买的什么劲。回家吧，到家才发现钥匙根本没带在身上，郁闷死了！"一进门，林咏薇开始大发牢骚。

"好啦，我也不是故意的，是临时出现了意外。"叶秋实试图解释。

"嗯，行，你行，反正这么多年了，每次有事都是人家的错，行了吧？"林咏薇依旧不依不饶。

"不是，真的，这次实在是意外之举，我也不想这样啊，真心想去买件衣服的，最后也没买成，我也挺郁闷呀！"两个女人叽叽喳喳地吵翻了天，任凭叶秋实怎么解释，林咏薇捂住耳朵就是不听，可想而知得有多滑稽。

"不听就算了,我又不是存心要这样!"叶秋实见林咏薇的犟脾气上来了,知道再怎么解释也是多余,索性由她去,反正现在已经安全地在家里了,不像是在外边,再折腾也没有什么危险。

正在此时,叶秋实的电话响了起来,她看了看号码,竟然是于向垚的,"他这个时候找自己什么事情呢?估计想问后期的效果吧。"叶秋实走到客厅便接起了电话。

"于向垚,什么事情?是不是想知道后期的事情?"叶秋实按自己的想法直接问道。

"不是,叶姐,你今天中午有空吗?想请你一起吃个饭。"于向垚否认了叶秋实的想法。

"于向垚究竟什么意思?怎么会想起来请自己吃饭?"叶秋实本能地起疑。

"怎么?你有事?"

"有事?不,也没什么事,就是想请你一起吃个饭,上次拍完之后就想请你一起吃饭的。"于向垚含糊地说道。

"好吧,在什么地方?"叶秋实想到今天中午在家和林咏薇也吃饭也不和谐,有人请吃饭,干脆出去吃算了,反正家里也有吃的,饿不到她。

"我有事情,中午你自己在家吃吧。"叶秋实挂了电话,大声朝卧室里的林咏薇喊道,然后便换了件外套,直接出门,奔赴于向垚的约见地点。

到了约见地点,于向垚已经等在那里了。不得不说,于向垚的确具有非凡的外貌和气质!再次看到于向垚时,叶秋实越发察觉到于向垚独有的味道。"只是年纪太小了!"叶秋实有些遗憾地在心里叹了口气。

"叶姐,真高兴你能答应来。"坐下后,于向垚依然难掩喜悦地再次表达见到叶秋实后的高兴。

"有美男子请吃饭,我巴不得呢。"叶秋实也试着和于向垚开玩笑。

很快两个人点了自己喜欢吃的菜,并要了饮料。

"说吧,听你电话里的口气,好像并不只是请我吃个饭那么简单吧。"吃了些饭菜之后,见于向垚一直没触及实质性话题,叶秋实主动问道。

"叶姐,是这样,早上的时候,你不是在紫珊瑚大酒店看见我了吗?"

"对呀,忘了问,去那里表演的事情定下来了吗?"叶秋实突然想起早上见到过于向垚,知道他想参加紫珊瑚酒店的商业演出呢。

"嗯,我其实就是因为这件事情闹心呢。"一听叶秋实的问话,于向垚的脸色本能地现出不悦之情。

"怎么啦?是不是没定下来?"

"是的,我有个朋友在那里的企划部,本来想通过他,看能不能让我参加那里的商演,一来可以增加些收入,二来更重要的是可以增加些历练,多积累些实际的舞台经验。可是,最后他们那里的董事长没同意,说是看了我的履历后,觉得我资历尚浅,不够资格,说他们这次请的都是些知名模特。"于向垚有些沮丧地叹了一声气,"叶姐,你不是认识他们那里的董事长韦晴珊吗?所以我想看你能不能帮我求个情,找她通融通融,让我能够参加那里的演出?"于向垚终于说出了他的真实用意。

"这个,我……"叶秋实真心觉得有些为难,毕竟她和韦晴珊目前并非真正意义上的深交,只是比较投缘聊得来而已。

"你放心,叶姐,这次商演的费用可以给你对半分,不,甚至都给你也可以,我真的希望有些大型演出的经验,尽快让自己的表演上个台阶。"于向垚没等叶秋实说完,急忙插话。

"向垚,这不是钱不钱的事情,主要是我和韦晴珊其实并不是特别熟悉,我们也是刚刚结识而已。"叶秋实解释说。

"你们不都以姐妹相称的吗?怎么还会不熟悉?她那样一个人物,能与你姐妹相称,应该算是比较熟了吧?"于向垚有些不太相信叶秋实说的话。

"好吧,我试试看吧。"看着于向垚英俊却充满着急的脸,想想他这样做也的确是求上进,叶秋实最后答应试试看。

"太谢谢叶姐了!"于向垚听叶秋实答应帮他联系韦晴珊,喜出望外。

但叶秋实内心一点底气也没有,刚认识韦晴珊就找她帮忙,她能答应吗?可是不答应于向垚的话,又实在有些于心不忍。试试吧,凡事试试总还是有希望的,不试的话,怎么知道就一定不行呢?叶秋实决定去试试,至于结果就看于向垚的造化了。

与于向垚分手后,叶秋实一直琢磨着该如何向韦晴珊张口,替于向垚求这个情。

想来想去,只有拿这期的杂志说事。

叶秋实外在柔美,但个性中也有急性子的一面,尤其是答应了别人的事情更是希望及早解决,否则心中总会有些不安。

所以她决定下午直接再去一趟紫珊瑚大酒店,当面向韦晴珊说明这件事情,即使韦晴珊没有答应,也算是尽心了。

"昨天晚上她还在紫珊瑚大酒店,紫珊瑚大酒店又刚开业不久,她不会这么快就离开吧?"去的路上,叶秋实心里推测着,所以就没有事先联系韦晴珊。

可是到了酒店大堂,打电话联系韦晴珊时,韦晴珊竟然告知她已经去往外地出差。情况突然,但于向垚的事情又有些紧急,让叶秋实不知如何是好。情急之下，叶秋实决定直接告诉韦晴珊于向垚的事情。

"韦姐，其实我还有件事情想求你。"叶秋实话语中有些为难之意。

"什么事情？怎么还那么为难？说，韦姐能帮上的一定帮。"韦晴珊爽快地说。

"嗯，是这样，韦姐，最近你们酒店是不是要搞一次大型服装商演？"叶秋实开始往实质性的事情上转移。

"是呀，这不开业不久嘛，为了扩大酒店的影响，所以我们联合服装业协会，把秋季服装发布会放在了紫珊瑚酒店举办，有几个著名服装设计师的新一季秋装要在酒店发布。"韦晴珊解释说，"怎么啦？你想要新款式的服装？"韦晴珊误以为叶秋实希望得到一些著名服装设计师的品牌衣服。

"不是啦，不是我个人的事情，是这期杂志我们的一个签约模特的事情，他叫于向垚。"叶秋实不得不说出事情的原委。

"噢，原来是这样。这个叫于向垚的看来来头不小啊，说实话，上午我们企划部的小任特意发过来他的一些信息资料，从资历上说的确有些浅。不过他的形象还是蛮有特点的，气质不错，让人印象深刻。"韦晴珊似乎心有所动。

"是的，韦姐，其实于向垚这件事情我本意不想掺和的，但他是我们这期杂志的特约模特，我和他打过交道，他的确很有潜力，人也很努力，不忍心打击他的积极性，所以这才……"

"我和他既然要出现在同一期杂志上，也算是有缘分。听你这么一说吧，他也的确是个可造之才，那就让他做好准备吧。"韦晴珊在于向垚演出一事上终于松了口。

"谢谢韦姐，太谢谢你了！"叶秋实听到韦晴珊终于答应了她的请求,顿时松了一口气。

"告诉他,到时商演我会在现场,让他这几天不要放松训练,不要辜负了这次机会。"韦晴珊叮嘱。

"一定,一定。对了,韦姐你回来后,定个时间,让我们的摄影师给你拍几张文稿用的配图照片。"叶秋实突然想起这件还没定妥的事情。"好的,过两天吧,过两天我就会回来。"

"韦姐,一路顺风!"叶秋实最后充满欣喜地结束了和韦晴珊的通话,放下电话后,因为于向垚的事情,她觉得心里有种帮助到别人的由衷高兴。

没见到韦晴珊却意外解决了于向垚商演的事情,从紫珊瑚大酒店出来时,叶秋实觉得阳光明媚,心情十分舒畅。

她急不可耐地把这个好消息告诉给了于向垚,并一再叮嘱于向垚要抓紧时间练习,到时候好好表现自己,争取有更多的演出机会,积累更多的演出经验。于向垚理所当然地喜出望外,一个劲地应承着叶秋实的所有要求。

虽然于向垚想要晚上再请叶秋实吃饭,但叶秋实觉得自己帮他做这件事情也没太费工夫,没有必要让于向垚如此破费,所以就委婉地拒绝了。

挂了电话之后,叶秋实本来想要约林咏薇一起去酒吧开心一下,可是一想到林咏薇那张因生气而阴沉难看的脸,就觉得还是少惹些不快为好,于是就决定买些东西回家。

第六章　老妈催婚

等回到家里时,天色已晚,叶秋实拎着东西,蹑手蹑脚地走到家门前,偷偷地听了听里面的动静,好像有人在说话!

"怎么可能?林咏薇难道叫了朋友到家里了?可是在这里她应该没有什么朋友吧!"叶秋实觉得有些异常,本来想要悄悄开开门进去,担心有什么其他意想不到的情况,就决定先敲门再进去。

"来了,来了。"刚一敲门,里面突然有个熟悉的声音响了起来,叶秋实心里立即咯噔一下,是老妈!是妈妈的声音!立即觉得好像乌云裹身,心情也一下子变了味,不知道是该高兴还是担忧。门一开,果然是妈妈那张兴奋的脸!

"乖女儿,你怎么才回来?想死妈妈啦!"叶秋实的妈妈急忙接过叶秋实手中的东西,关切地问道。

"妈,你怎么来了?"叶秋实一脸讶异。

"我怎么不能来?我想我女儿了,我来我自己女儿的家,还不什么时间想来就来吗?"叶妈妈听了叶秋实的话,有些不高兴地嘟囔着。

"不是,妈,我是说你来怎么也没告诉我一声,好让我去接你。"叶秋实急忙转移话意。

"接什么接,这次是你爸爸出差,顺便把我捎过来的。"

"哦,是这样,那我爸爸呢?"叶秋实知道其实爸爸更好沟通一些，很多时候都是爸爸帮着自己说话。

"他放下我就走了，他们单位几个人一起出来的，是公差，有紧要事情处理。"

叶秋实听完有些遗憾，相比妈妈的唠叨没完，她真心希望爸爸能在，至少可以及时制止一下妈妈没完没了的唠叨。

趁妈妈把东西送去厨房的间隙，叶秋实拉过来一直没吱声的林咏薇："我妈来了，你怎么也不告诉我一声？"

"怎么告诉你？你妈来了之后就没闲着，一直问我的情况，结没结婚，还问我的伤是怎么回事，我根本就没找到机会告诉你。"林咏薇撇撇嘴。

"你的伤怎么跟我妈说的？不会是实话实说了吧？"叶秋实知道妈妈如果知道了林咏薇的伤情原因，估计更会整天不放心自己了。

"我当然没有实话实说，就说是坐朋友摩托车，骑得太快，不小心摔的。"林咏薇解释。

"你们俩在那里嘀嘀咕咕的，说什么呢？你们认识这么多年了，年龄也都不小了，都不是小姑娘了，小薇是不是只比秋实小一岁？我跟你俩说，要抓紧机会找个男朋友，赶紧把自己嫁了是正事！"来啦，又来啦！叶秋实知道催婚才是妈妈来此的真正用意。

"婶婶，我生日比秋姐小好几个月呢，人家比你家闺女可是小了快两岁了。"林咏薇不知是故意的还是真的觉得自己还小，噘着嘴辩解说。

"小？就算小上两岁行吧，你也是过了30岁的人了吧！我怀秋实时还不到26岁呢。你们不知道这女人生孩子要趁早，那生出来的孩子才会又聪明又健康。"叶秋实的妈妈继续按自己的观念表达着自己的不满。

"你以为我愿意这么说你们呀，家里你王姨的姑娘去年就结婚了，今年马上就要生了，你这里好，到现在还没有动静，真是急死人了。"叶妈妈着急的表情一览无余。

"妈，一代人有一代人的活法，一家人有一家人的过法，你不能这么霸道地要求都得按你的意思去统一吧？"叶秋实一听那些陈词滥调就有些不耐烦。

"我跟你说，臭妮子，你别不耐烦，我是过来人，这都是经验之谈，'不听老人言，吃亏在眼前'，早晚有你后悔的那一天。"叶秋实的妈妈见叶秋实有些不耐烦，便暂时转移了话题，"好了，我累了，去给我倒杯水，今天晚上的饭你们俩给我做。"

"好，这个好，婶婶，我去给你倒水。"林咏薇一听，急忙去厨房倒水。

"妈，你打开电视看会儿，那我去厨房做饭了。"叶秋实急于躲开妈妈，便随林咏薇一起进了厨房。

"我妈真的好烦人。"叶秋实走进厨房后，忍不住对忙着倒水的林咏薇说道。

"哎，可怜天下父母心，天下老人都一样。我之所以会有此情劫，还不是跟家里老爸老妈逼婚逼得紧有关系，也是急于想要把自己早些嫁出去，才瞎了眼，碰到那么个不靠谱的主！"林咏薇许是想到刚刚过去不久的情感遭遇，有些愤愤不平地说道。

"水，水洒出来了！"林咏薇一时走神，水从杯子里溢了出来。

"你们俩在那里干什么呢？吱呀怪叫的。"听到动静的叶秋实的妈妈在客厅问道，"做饭可要小心些，别烫着了。"

"没事，没事，水马上好！"缓过神来的林咏薇急忙回应道。

正在此时，叶秋实的手机微信里收到了摄影师李墨墨传过来的几张于向垚的后期样片。此时林咏薇已经走向客厅，去给叶秋实的妈妈送水去了。

"样片的确很棒！辛苦了，墨墨！"叶秋实由衷地赞叹道，知道李墨墨在加班赶后期，叮嘱他及时回去休息。

虽然很少做饭，但毕竟独立生活多年，在林咏薇的协助下，叶秋实饭做得很快，不久饭菜齐全，三个女人坐在一起边看电视边吃晚饭。

"对了，秋实，明天不是周末了吗？你们安排相亲了吗？上次不行，咱不能气馁，接着再相啊。"聊来聊去，叶妈妈又聊到了她自己的正题上。

"妈，你烦不烦人呢，吃饭也堵不上你的嘴。"叶秋实听到相亲，想起不久前的相亲经历，本能地眉头一皱。

"烦什么人呢，吃饭又不影响说话。我跟你说，你一天没结婚，我就一天叨叨你。都这么大了，到现在连个正儿八经的男朋友都没有，你说愁人不愁人！"叶秋实的妈妈真心发愁，说到这里，甚至连饭也有些吃不下去。

"我，我告诉你，我已经有男朋友了，你不用再那么发愁了。"看到妈妈愁眉不展，食之无味的样子，叶秋实想到刚刚收到的于向垚的照片，突然灵机一动，决定拿于向垚当挡箭牌，先给他安个男友的虚名，好让妈妈高兴一下。

"什么？真的吗？什么时候的事情？"叶秋实的妈妈听到这里果然喜出望外，一脸高兴。

林咏薇坐在旁边却一脸愕然，瞪大了眼睛，满目疑惑："这都是什么时候的事情？真的假的？"

"他是哪里人？干什么工作的？父母有没有工作？人长得怎么样？有没有他的照片？"老人一连串的追问，让叶秋实有些不知道怎么回答。

"给，这是他的照片，你看看吧。"叶秋实没想好怎么回答，干脆直接拿过来手机，找出于向垚的照片给妈妈看。

"噢，这么帅气的小伙子，真不错。"叶妈妈拿着手机凑近看，忍不住连声夸赞。

林咏薇也急忙凑了过来，叶秋实急忙向她使眼色。林咏薇心知肚明，急忙附和着说："嗯，是挺帅的，秋姐找的男朋友肯定丑不了。"

"不对，你是不是在糊弄我呢？怎么看这小伙子比你明显小呢。"叶秋实的妈妈突然觉得有些不对劲。

"婶婶，人家这是艺术照，艺术照都这样，那是经过修饰的，人容易显得年轻。"林咏薇反应快，帮衬着说。

"是呀，妈，年轻你还不高兴啊？"叶秋实故意装作生气的样子说。

"高兴，高兴，只是太年轻了，妈怕你到时吃亏，你可经不起折腾了。"叶妈妈又高兴又不无担忧地说。

"哪天让他到家里来一趟，让妈帮你把把关，看这孩子到底怎么样。"叶秋实的妈妈知道了叶秋实有男朋友的事情后，有些喜不拢嘴。

叶秋实看在眼里，又喜又忧："于向垚根本就不知道这件事情，于向垚知道了，能过来吗？再说了，要真过来了，于向垚那么年轻，还不一下子就露馅了！"情急之下，撒下的这个弥天大谎该怎么来圆？

吃过晚饭之后，三个各怀心事的女人回到了各自的卧室中。

叶秋实躺下后，翻来覆去睡不着，最后拗不过妈妈非得要求见上于向垚一面的执着，答应了她周日见面的请求，最主要这样一来，妈妈见过于向垚之后，放了心的话，就应该可以早些回去。

可是这八字还没有一撇的事情该如何是好呢？对于其他事情，叶秋实倒是有股子勇往直前的劲，可是对待感情这档子事情，她内心深处还真就有些怵头。

没办法，她决定找林咏薇去商量商量，看到底怎么办才好。她蹑手蹑脚地走出自己的卧室,看了看妈妈的卧室,还好,门是关着的,走近悄悄听了听,里面好像是妈妈在打电话的声音,估计是跟爸爸在报喜呢。她快速地跑到林咏薇的卧室,林咏薇正要脱衣服睡觉。

"看你这下子怎么办?撒这么个不靠谱的谎!"林咏薇见叶秋实进来后,有些替她发愁,直接说出了心中的担忧。

"怎么办?怎么办?当时不是没办法,心烦,一时着急,才出现这么个情况嘛,完全是情急之举。"

"你拿于向垚当挡箭牌,还不如拿张丞骏呢,至少从外在上还显得搭一些吧。虽然他那个人不怎么的。"林咏薇继续絮叨着。

"你烦不烦人呢!人家现在是找你来商量解决办法的,不是来听你唠叨的。我那个老妈就够烦人的啦,你都快成我第二个妈了!"叶秋实及时制止了林咏薇想要继续唠叨抱怨她的欲望。

"那现在怎么解决?于向垚那么年轻有型,你总不能让他一下子变老些吧?"林咏薇开始朝解决问题的思路上想。

"为什么不可以?可以让他变得老一些呀!那些化妆师多厉害呀,找个化妆师把他变得老一些成熟一些,这个做起来应该也不难吧!这次就当是对他的考验,看他到底能不能演好,否则的话,就让韦晴珊取消他的演出。"当然,最后那句话,叶秋实有些开玩笑的成分。

"你什么意思?怎么还让韦晴珊取消于向垚的演出?这到底是怎么回事?"林咏薇听了叶秋实的话,似懂非懂。

叶秋实就把事情的来龙去脉原原本本地对林咏薇讲述了一遍。

"原来是这样,这个可以有,这下于向垚想不答应也不行了,他小子这次要注定当一回你的男朋友了。给我他的号码,这个电话我来打。"林咏薇明白了事情的经过后,可能是觉得事情挺巧合的,有些兴奋地对叶秋实说。

"嗯，是，这个可以有，我心里刚才还一直打鼓，这个电话怎么打，由你来打似乎最合适。"叶秋实也一下子变得高兴起来。

"可是现在这个时间晚不晚？"叶秋实找到电话后又变得有些犹豫。

"晚什么晚，干他们这行的都是夜猫子，睡不早的，你放心。"

"说的也是。"叶秋实帮林咏薇拨通了于向垚的电话。

"喂，于向垚吗？我是林咏薇，叶秋实的同学，咱们在紫珊瑚见过面的。想起来了吗？"接通电话后，林咏薇提醒说，然后就把叶秋实碰到的情况一五一十地跟他讲了一遍。

"行，这个忙我愿意帮！可以，没问题，化妆也没问题。"本来以为对方听了这样奇怪的要求会为难，会拒绝，没想到于向垚特别爽快地就答应了，这让待在电话旁边的叶秋实感到十分意外，她哪里知道其实于向垚内心就喜欢叶秋实，别说是假扮她男朋友，就是真当她男朋友也愿意呢。

"行啊，秋姐，看来你魅力不小啊，听那小子口气，好像扮演你的男朋友还有些求之不得呢。我那句话根本就没用上，本来还想他要是犹豫或者说不答应，就拿你帮他求情那事压压他呢。"林咏薇放下电话后也甚感意外地说。

"嗯，不管怎样，他答应就好，先打发走老妈再说。"于向垚出乎意料地答应了假扮叶秋实男朋友的事情算是个意外之喜吧，两个好姐妹击掌示悦，各自安睡。

第二天是周六，昨天晚上又好像突然没了心事，再加上几日来的辛苦劳累，让叶秋实睡得很死。等林咏薇进房间把她喊醒时，天已经不早。

匆匆忙忙洗漱完毕，进了餐厅，却见满桌子的早餐已经准备就绪，看了就让人胃口大开。

"谢谢林妹妹,这么勤快,准备了这么丰盛的早餐啊!"叶秋实以为是林咏薇准备的餐点。

"不要谢我啦,不好意思啦,这早饭呀是婶婶准备的,我起来时她老人家已经准备得差不多了,我就是帮忙端了端。"林咏薇伸了伸舌头,示意叶妈妈仍在厨房忙碌。

端着热好的牛奶从厨房出来的叶秋实的妈妈听到了她们的谈话。

"就你们两个大懒虫,指望你们准备早餐,还不知道等到猴年马月呢。昨天晚上,我也就是累了,主要是有心事不愿意动,才让你们做的。今天不同了,今天妈妈高兴,怎么样,有妈妈在好吧?"叶秋实的妈妈看着丰盛的早餐笑意盈盈地说道。

"嗯,还是妈妈在好。"叶秋实难得在妈妈面前撒起娇来。

"得得得,酸,哇,好酸,我牙疼!"林咏薇在旁边故意做着牙疼状。

"好了,好了,快吃饭吧,你们两个坏丫头。"叶秋实的妈妈示意两个人好好吃饭。

可是刚吃上两口面包,连橙汁还没来得及喝上一口,叶秋实的电话突然就响了起来。

"甭管它,先吃饭要紧,谁这么一大早就来电话?真是的!"林咏薇不让叶秋实接电话。

"那哪行,万一有什么急事呢。"叶秋实的妈妈不放心,直接把电话拿给了叶秋实。

"是主编伍梅里的!"叶秋实一看号码,见是自己上司的电话,便示意两个人安静,不过心里却在打鼓:"大周末的,她这个时候打过来电话,能有什么事情?这可不是她的风格,她一般很少在周末打的,是不是又要问采访韦晴珊的事情?"现在这种情形下,叶秋实盘算着该怎么说会比较妥当。

"喂，我是秋实……"还没等叶秋实开口，对方却直接打断了她。

"秋实，秋实，你现在方便出来一趟吗？我想见你，和你聊聊，我觉得心里很难过。"伍梅里的声音低沉，甚至有种想要哭泣的感觉，叶秋实心里咯噔一下，觉得一定是发生了什么重大事情，否则，如此沉稳的伍梅里绝对不会这样难过，连说话都有些慌乱。

"好的，主编，我马上过去，你现在在哪里？"等伍梅里告知约见地点后，叶秋实放下碗筷就要走。

"这是怎么啦？什么事情啊？早饭还没吃完呢！"叶妈妈和林咏薇见叶秋实一脸着急马上要出门，十分不解。

"我们主编碰到大事了，不过具体什么事情我也不知道，没来得及问，也没好意思问。但我现在必须马上出去一趟。回来再跟你们说。"叶秋实边换衣服边解释着。

"唉，这顿丰盛的早餐算是白做了。"叶秋实已经顾不得妈妈的抱怨，就急匆匆地出了门。

在去和伍梅里见面的路上，叶秋实联想到之前在伍梅里办公室门外听到的一幕，又想到伍梅里老公祁励勤和那位年轻女子购物时的景象，一直琢磨着伍梅里到底会是碰到了什么情况。

"秋实，你可过来了！等得我心焦。心里有好多话就想跟你唠唠，现在找个说说知心话的人都难，毕竟咱们共事这么多年，我想跟你说说。"等叶秋实赶到伍梅里约见的地点后，伍梅里第一句话就透露出她万分焦急的心情。

"怎么啦？到底什么情况，伍主编？别慌，慢慢说。"叶秋实来不及坐下就关切地问道。

"我老公，我老公他……"伍梅里情绪有些激动，叶秋实心里猛地一沉："看来她老公真的有了外遇！"

"你发现了？"叶秋实本能地以为伍梅里老公有外遇的事情被伍梅里发现了。

"发现了？"伍梅里本来是疑问的口气，但叶秋实并未注意到这些，就以为伍梅里已经知道了所有的实情。

"我那天也是偶尔发现，那天从紫珊瑚酒店韦晴珊那里出来后，中途停车本来要买些东西，在路上却发现你老公和一个女的，手里还拎着好多衣服。"叶秋实当然不能说是和林咏薇一起购物时发现的。

"什么？你说什么？你是说老祁他、他有了外遇？"伍梅里眼睛大睁，一脸惊讶，这让叶秋实大惊失色。

"怎么？伍主编，你刚才说你'发现了'是什么意思？"叶秋实急忙刹住刚才的话题，知道自己对伍梅里的情况有些歪解。

"我老公他正在接受检察机关调查，指控他在市公共健康工程建设中有贪污行为，我本来想说的是这件事情。可你说竟然发现了他和一个年轻女人的事情，到底什么情况？我怎么一点儿也不知道，这都是什么时候的事情？"伍梅里从悲伤变得有些气愤，情绪显得更加激动。

"我、我、我其实不知道真正的情况究竟怎样，是不是像我看到的那样。"看着面前的伍梅里，叶秋实后悔不迭，感觉没搞清楚情况就说出祁励勤的事情很不妥当，自己可不是那种愿意掺和别人家事的人，这下等于把事情弄得更加复杂了。

"好，你不说是吧，不说，回去我再问他。我本来还以为他对我一往情深，他贪污的事情败露之后，他说是因为孩子出国，花销大，才一时糊涂犯了错。还说什么要和我离婚，免得影响我！我还一直求他不要那样做，有什么事情可以一起面对解决。"伍梅里一口气说了很多。

"伍主编，你不要太着急，我说的那件事情，其实就是看到了个大概，至于究竟是什么情况，还是要问清楚为好。说实话，那天我本来是想跟着他们看个究竟的，可是临时有事就没能跟上，最后只是看到他们进了一辆车，然后就不知道什么情况了。"叶秋实急忙解释说，不过现在应该可以清楚地判断出那天在伍梅里办公室外听到的应该就是她在和她老公对话，从当时的语气来看，伍梅里应该非常爱她老公。

"唉，算了，其实我应该有所感觉的，现在既然这样，也就不用再隐瞒什么了。我和老祁两年前就基本处于分居状态，已经很少有夫妻之实。可能跟我的习惯有关系吧，爱干净，每次同房前都让他洗澡，久而久之，感觉他对我也没了多少兴趣。前些时候，有一次我无意间闻到他身上有女人香水的味道，当时就想他可能有什么情况，就特别留意他，可是留意了一阵子也没发现什么，觉得反正都这样了，就随他去吧，也许事情并不像自己想的那样，没想到他在外边还真是有了人。这次他犯事，我还以为他纯粹是因为孩子花销大而一时贪心，看来根本不是那么回事。算了，我本来还想看能不能帮到他，他既然已经这样了，我也就省心了。"伍梅里突然有些像泄了气的皮球，整个人的状态一下子瘫软下来，脸上充满了痛苦无奈之情。

叶秋实看在眼里疼在心里："这下伍梅里伍主编可是伤得不轻啊，这好端端的一个家看来是完了！这样的一个家是多少人梦寐以求的啊，你说你个祁励勤怎么就舍得去那么做呢！"

与伍梅里分手后已经接近中午。虽然阳光很好，气温也很适宜，但叶秋实没有心情欣赏任何与景致有关的东西。

伍梅里的遭遇深深触动着叶秋实，原先内心对伍梅里多少有些惧怕，现在突然充满了对她的同情，女人在这个年纪，不但因为老公贪污有坐牢之灾，还要因为老公的出轨而面临离婚，而孩子又不在身边，真够伍梅里熬的！但伍梅里就是伍梅里，叶秋实不得不钦佩，谈话最后，伍梅里竟然还有心情关注杂志的事情，关注对韦晴珊的采写情况！并叮嘱叶秋实务必保质保量做好功课。

是啊,伍梅里说得很对,"女人一定要有自己的事业,靠男人是靠不住的!靠得了一时,不一定能靠得一世;靠得住现在,不一定靠得上未来",而从伍梅里的遭际来看也的确如此,幸亏伍梅里有自己的事业,否则,如果摊上这种情况,还不是"叫天天不应,叫地地不灵",谁又能真正帮得了她呢!

叶秋实坐在车里一直没有动,她陷入了某种沉思。突然手机震动了一下,她本能地以为会是林咏薇发过来的微信,但拿起手机一看却是一条短信:"还记得我吗?我是解晓悠,咱们前些日子相过亲,后来还喝过咖啡见过一面,并彼此留了电话号码。你说你觉得我还可以,并留言保持联系。对不起,最近有些忙,所以一直没有联系你,明天你有空吗?我想见你。我这些天想了很多,觉得你是个挺好的女人,咱们可以缓两年再要孩子也没关系,将来一定可以生个漂亮的孩子,你想有自己的事业我也不阻拦你。"

看到"解晓悠"三个字,叶秋实倒是即刻有了印象,仔细回想一下,是一个月前见过的一个相亲对象。当时叶秋实对他的印象还算可以,还接受了解晓悠后来的一次约见,一起喝了咖啡,单独又聊过一次。对方知道了叶秋实的年龄后,说话很直接,十分明确地表示急于要生个孩子,这让叶秋实有种对方结婚就是为了生孩子的强烈感受,仿佛他解晓悠娶老婆仅仅是为了生个孩子而已!而自己就是个生孩子的机器而已!而且对方还希望一旦结了婚,最好自己能做个家庭主妇。叶秋实听了对方的要求之后,当时本来是有些故意,也是想看看解晓悠的真正立场,立即表示如果结婚的话,两年内自己暂不打算要孩子,自己是个事业型女人,等事业稳定了再说,如果对方可以接受就继续下去,否则,就只能说再见。而后,对方就像是从来没有出现过一样,消失得无影无踪,再没打过电话发过短信。

"现在又同意了,晚了!也许昨天打过来,还可以考虑一下,至少可以充充数,应付一下妈妈,现在根本不需要你了!"许是受到伍梅里遭遇的影响,叶秋实突然对男人有种潜在的敌意。

"我已经有男朋友了,你找个可以给你立即生孩子、整天给你做饭打扫卫生伺候你的女朋友去吧,以后不要再打扰我!"叶秋实的回复十分生硬不客气。

然后她快速发动车,发狠地将车迅速加速,飞一般地驶向家的方向。

说心里话,初识解晓悠时,叶秋实某个瞬间觉得他还算是个靠谱的男人,如果那次约见之后,两人能继续交往的话,结果也许不会是现在这个样子。可是人的情感就是这样,在某个阶段也许觉得是对的,一旦错开以后就再没有了当时的感觉。

许是因为受到伍梅里老公祁励勤事件的影响,加上解晓悠有些意外的短信,叶秋实下车后,从车库到家的这段不长的路上少有地觉得头发沉,腿也没有任何力气,全然没有了回家的喜悦与期待。

"开门,开门,我回来了。"这一刻,叶秋实特别想听到妈妈"哎哟,乖女儿回来啦"的回应。可是等了等,里面没有任何动静。开门后,屋子里竟然空荡荡的,林咏薇和妈妈都没有在家!两人一准是出去买东西了。本来叶秋实可以打个电话,问一下是否需要准备午饭,毕竟自己也没有吃呢。可是由于灰色心情的原因,她现在毫无饥饿感,潜意识里也没有任何动力去做饭,她只是想要睡上一觉。打开自己卧室的门,顺手带上门,和衣而卧,一下子就扑倒在床上,躺下不久就酣然睡去。

不知过了多久,叶秋实被尿憋醒,有些想去厕所。睁开眼睛,天色微黑,外面没多少光线,已经临近傍晚!

她睡眼惺忪地拉开门，客厅里，林咏薇和自己的妈妈正在嗑着瓜子看电视，她的出现直接把两个人吓了一大跳。

"哇哦，活见鬼，你怎么竟然在家里？你什么时候回来的？神不知鬼不觉的，像个幽灵一样。"林咏薇一下子从沙发上蹦了起来。

叶秋实的妈妈也睁大了眼睛："女儿，你这是啥时候回到家里的？我们还以为你一直没回来呢。吃中午饭了吗？"

"你们什么时间回来的？什么？中午饭？嗯，没有吃。"叶秋实迷迷糊糊地才想起自己已经睡了这么久，根本就没吃中午饭。

"没事吧，大姐，给你发了好几条微信也没回，什么情况？你手机呢？"叶秋实睡在家中，两个大活人竟然没有发现，林咏薇甚觉蹊跷，很有些不可思议。

"我睡得很死，可能是没听见吧。"叶秋实说完走向卫生间。

"可真是，竟然连中午饭也没吃上！真是的，这事弄得。"叶秋实的妈妈关心的重点始终在女儿的吃饭上。

"究竟什么情况？你没生病吧？怎么看你有气无力的？"叶秋实从卫生间出来后，林咏薇走到叶秋实身边摸了摸她的头，急切地问道。

"没事，没什么大碍，就是精神状态不太好。"

"是吗？早上你着急忙慌地出去了，到底什么事啊？现在这样，可别真病了。"叶秋实的妈妈也跑到叶秋实的身边摸起她的脸来。

"没事，我都说了没事，你们俩烦不烦呀！"叶秋实不知道什么原因，也不愿意多解释什么，竟然冲两个人直接发起火来。

"这究竟是怎么了？我们俩关心你还错了？"叶秋实的妈妈见女儿莫名发火有些不满地说道。

"对不起，我有些心烦。"叶秋实也意识到了自己的失态，连忙道歉。

"没事，我们不跟你一般见识。婶婶，咱们不理她，让她自己静静，我们做饭去，秋姐估计饿晕头了。"林咏薇为了化解有些尴尬的氛围，替叶秋实开脱说。

　　"就是，妈，拜托，快点儿做些好吃的吧，女儿真是饿晕头了呢。"解决完内急后，林咏薇一提吃饭的事情，叶秋实真心有些饿了，顺着林咏薇的话说道。

　　不过饿归饿，有件事情叶秋实还挂在心头，虽然现在老妈没有提及，但是饭后她一准会问，就是明天于向垚来家里做客的事情。本来心里还打算吃过中午饭，看能不能抽空到于向垚那里看看他的情况，当面叮嘱他呢，这下可好，根本没有机会了，也不知道明天究竟会怎样，但愿不要搞砸！

第七章 冲突不断

虽然昨天晚上又给于向垚打过一次电话,专门就今天到家做客的事情叮嘱了一番,但叶秋实还是觉得心里忐忑不安,眼皮也一直在跳。

因为招待用的食材昨天叶妈妈和林咏薇出去的时候都准备好了,吃过早饭,三个人早早地就坐在了那里,一门心思地候着于向垚的到访。至于电视放的什么节目,三个各怀心思的女人也没多少心情理会。

"手机,你的手机响了!"林咏薇急忙用手臂捅了捅坐在一旁愣神的叶秋实,反应过来的叶秋实急忙拿起电话走到了一边,看也没看地就接起了电话。

"于向垚吗?怎么样?到了吗?能找到家吗?"一连串的发问让对方听得有些发蒙。

"哈哈,什么情况?我是张丞骏,我就在你家的楼下呢,麻烦待会开开门好吗?千万不要让我吃闭门羹呀,我有事情要问你。"竟然会是张丞骏!

"你什么情况?你怎么找到这里的?究竟有什么事情非得要见我?"一听说张丞骏已经来到楼下,叶秋实压低声音满心焦急地质问道。她偷偷地瞥了一眼客厅,妈妈和林咏薇正一个劲地瞅着这边。

"一会儿见面再告诉你好吗?"说完张丞骏也不容叶秋实再多问就挂了电话。

"喂喂，喂喂，你必须现在就告诉我。"叶秋实根本没有来得及将实情告诉给张丞骏，就听到外边门铃响了起来。

"真糟糕！"叶秋实急忙挂了电话，急火火地跑向大门，边跑边喊，"我来开门，我来开门！"

可是离门更近一些的林咏薇已经先她一步将门打开。

"这两个孩子，连开个门也抢！"叶秋实的妈妈也站了起来，摇着头嘟囔着。

"怎么会是你！"林咏薇一下子惊呆了，出现在眼前的竟然是她一向讨厌的张丞骏！手里还捧着那么大捧花。她不解地把目光投向叶秋实，以为叶秋实中途变卦，搞起了什么新名堂。

"他，我也不知道啊，他自己主动来的，不是我请过来的。"叶秋实拽过林咏薇解释，"刚才接的电话就是他打过来的。"

"怎么？看这架势是不欢迎啊。"以张丞骏的经历，这点尴尬根本算不上什么，自我解嘲着就往屋里走。

"谁说不欢迎啊？欢迎，欢迎还来不及呢。"不明就里的叶秋实的妈妈听到张丞骏的问话后，本来站在客厅一直等着的她急忙往外相迎，一把抓住张丞骏的手，上下左右地打量起来。

"这也不是昨天照片上的人啊！怎么？我看着你有些眼熟呢？"叶秋实的妈妈仿佛发现了什么似的。

"婶婶，他是秋姐大学时的同学，你的确见过他的，也巧了，那次你见他的时候，我就在场。"林咏薇走过来后，没好气地说道。

"是吗？难怪我见着有些面熟。这究竟是什么情况？你没说'他'是你大学的同学啊，你们不是早就没有联系了吗？"叶秋实的妈妈其实多少是知道女儿大学时的那场恋爱的，当时隐约知道张丞骏的家境不好，明确表达了她不同意女儿和张丞骏继续恋爱的意思，虽然她只见过张丞骏一次。

"妈,你弄错了,他不是我现在的男朋友。他来是有事情找我。"叶秋实急忙解释。

"怎么?你已经有男朋友了,你前两天不是说还……"张丞骏清楚记得叶秋实告诉他说目前是没有男朋友的。

"你也知道了,今天我男朋友要登门,有什么事情改日再说吧。"叶秋实见张丞骏要说出她的实际情况,急忙打断说。

"就是,就是,识趣些,就赶快走吧,这里又不欢迎你。"林咏薇一向对张丞骏说话没好气,此时的话更是充满了尖刻的意味。

"好吧,那改日我再登门拜访。"张丞骏觉得来得的确有些不是时候,放下花,准备出门。

正在此时,门铃再次响起,真是无巧不成书,看来是于向垚到了,真不知道待会他见到此情此景时会有怎样的反应!此刻,叶秋实的心里就仿佛有七八只兔子乱扑腾,心慌得很。

"来了,来了!"因为猜到这次会是于向垚真的来了,林咏薇用极为欢快的声音再次跑向门口,与刚刚对待张丞骏的态度完全像是换了一个人。

一张略显沧桑但依旧英俊无比的脸出现在门前。林咏薇惊呆了,站在那里傻愣愣的不知道该说什么。叶秋实看过去时,甚至没有认出来面前的人就是那位青涩而有些稚嫩的于向垚!

但于向垚显然也被面前的情景惊呆了,他看到站着的张丞骏,看到放在一边鲜艳欲滴的醒目的鲜花!他提着东西仿佛是走错了门,一脸讶异:"你们这是要……"

"哦,我们这是,这是在送客人。"反应过来的林咏薇急忙推搡起有些奇怪的张丞骏,"快点儿走啊,你快点儿走啊,还赖在这里干什么？你没看到什么人来了吗？"

"于向垚，你、你这是怎么了？"林咏薇并不知道张丞骏根本就认识于向垚。

"我，我……"于向垚支支吾吾，不知道该说什么好，面前的情景眼看就要穿帮。

"你就不能麻溜地出去吗？"林咏薇说完硬生生地将还想和于向垚讲话的张丞骏推了出去，然后哐当一声，毫不客气地就关上了门，让看在眼里急在心里的叶秋实终于放下心来。

"快进来，快进来，向垚。"叶秋实急忙跑到于向垚身边，故意挽起于向垚的胳膊，装作亲昵状地走到不明所以一头雾水的自己的妈妈面前。

"妈，这个就是我现在的男朋友，于向垚。"叶秋实一本正经地介绍起于向垚来。

"伯母好，伯母好。"有些紧张的于向垚放下手里的东西后，忙不迭地向叶秋实的妈妈打招呼问好。

"好，好，小伙子挺帅的，就是怎么这么黑呀，晒的吗？"说着伸手就要摸于向垚的脸。

"妈，妈，没带这样的，怎么第一次见面就要摸人家的脸。"非常清楚怎么回事的叶秋实担心妈妈摸出个端倪，急忙挺身站在了于向垚的面前，用手抓住了妈妈的手。

"就是，婶婶，这你就OUT了，现在流行古铜色，这种肤色最健康，更MAN了。"林咏薇知道于向垚是涂了一层油彩才会有这种效果，急忙帮着解释。

"嗯，好，健康就好，只要是健康就好。"叶秋实的妈妈见面前站着这么一位挺拔英俊的男人，心里早已不由自主地乐开了花，于向垚的情况林咏薇已经告诉他不少,虽然有些是编的,但此时的她见活生生的人站在了面前,也就顾不得那么多盘究了。

"好,好,小薇咱们准备饭菜去,让向垚和秋实单独待一会儿。"简单地聊了一会儿后,高兴得有些不知如何是好的叶秋实的妈妈急忙招呼起林咏薇。

"婶婶,不会吧,这么早就准备午饭呀。"林咏薇故意噘起嘴说。

"早什么早,小于第一次登门,可不得多做些好吃的,多做几个好菜嘛。"说完拽着林咏薇就去了厨房。

"叶姐,刚才什么情况呀?"两人刚一离开,于向垚就急不可耐地问起叶秋实。

"嘘,小声点儿。"叶秋实急忙捂住于向垚的嘴,生怕妈妈听到他喊的"叶姐"。然后小声向于向垚简单说明了张丞骏也是突然而来,自己并未约他的情况。

"对了,我忘了,上次你告诉我说你和张丞骏认识。"叶秋实突然想起张丞骏出门前喊了于向垚的名字。

"噢,是啊,上次拍片时,我告诉你的。不过,我们的关系挺简单的,我做过他健身馆的代言,现在是他健身俱乐部的金牌会员,没事的时候就经常过去健健身,偶尔也会帮他做些宣传,仅此而已,平时私交并不多。"

"原来是这样。"一切真相大白。"待会儿,看我的眼色行事,拜托一定要帮忙帮到底,好让我妈放心地快些离开这里。"叶秋实不停地叮嘱着于向垚。

"你就放心吧,叶姐,这个我懂的。"于向垚说这句话时,深情地看了一眼叶秋实,目光中充满了无限爱意,只是叶秋实没有觉察到。

化了妆,显得微黑成熟许多的于向垚让叶秋实某个瞬间有种错觉,如果真有面前这样一位"成熟"英俊的男人呵护着自己的话，的确应该算是一件幸福的事！不知何故，她的内心不由得又荡漾起与陈伟嘉在一起时的甜蜜温馨，看来陈伟嘉还一直住在自己的心里！

"你在看我吗？还是在干什么？"于向垚拿手在叶秋实面前晃动了两下，叶秋实这才从往事中回过神来，面前出现的陈伟嘉的面孔渐渐清晰地变成了于向垚的面孔，内心不由得充满了遗憾。

"没有，没有，噢，不，不，我在看你。不，我没有看你。"突然瞥到于向垚深邃的眼神，叶秋实一时间有些慌乱，说话开始语无伦次。

"我知道你怎么想的。"说完，于向垚竟然一把揽住了叶秋实。叶秋实更加有些慌乱，心里不禁慨叹："傻小子，你怎么会知道我究竟在想什么！"

"别这样，不要这样。"她试图推开站在她面前有些伟岸的于向垚。

"这样才逼真嘛，要不然，伯母一会儿就该怀疑了。"于向垚小声在叶秋实耳边耳语着，此时叶秋实的妈妈正好从厨房出来看见个正着，竟然有些不好意思地又缩回去了厨房，而这一切正好被叶秋实瞥见。

"真有你的，于向垚。"她觉得于向垚是对的，所以干脆任由于向垚拥抱起自己来，而且倚在一个伟岸男人的怀里，那种感觉并不坏。

"嗯，嗯，注意影响哈。"过了一会，林咏薇端着盘做好的菜走了过来，故意咳嗽了几声，打破了两个人的宁静。

叶秋实急忙推开于向垚，然后冲林咏薇尴尬地笑了笑："这么快就做好菜了？"

"可不是咋的，怎么还没抱够呀？没抱够，我就再端回去加加工，回回锅。"林咏薇压低声音故意开玩笑说。

"好啦,臭丫头。妈,我来啦。"说完,叶秋实喊着跑去厨房帮忙端起菜来。

很快,叶秋实的妈妈就将几个拿手好菜准备齐全,于向垚也殷勤地帮着忙前忙后,乐得叶秋实的妈妈合不拢嘴。

"你这孩子,就这么几个菜,还非得跟着忙活,让小薇和秋实跟着忙忙就够了。"不过,夸赞于向垚懂事勤快的言外之意再明显不过了。

终于,几个人围坐在了餐桌旁。

叶秋实的妈妈看着面前并排而坐的于向垚和叶秋实,不禁有些感慨地说:"我和她爸像你们这个年纪时,秋实都已经那么高了。"她伸手比画着。"你们一定要抓紧,抓紧谈恋爱,抓紧结婚,抓紧生个孩子。"叶妈妈一连好几个抓紧,让于向垚听得直冒虚汗。

"妈,你看你,哪有你这样的,哪有恋爱也得抓紧的?你不要吓着向垚了。"叶秋实说完故意嗔怪地瞪了妈妈一眼。

"是,是,我这不是替你们心急嘛。小于,你爸妈也年纪不小了吧,有多大了,退没退休呢?"

"我妈不到五十……"于向垚一走神,差一点报出老人家还不到50岁的真实年龄,得亏身边的叶秋实反应得快,及时用脚踢了他一下。

"她还没到五十九呢,我爸比我妈还大几岁。"于向垚急忙添加了十几岁的年纪。

"就是嘛,父母也都马上进入老年人行列了,能不急着抱孙子吗,所以还是要抓紧的好。"

一边吃饭,叶秋实的妈妈一边不停地想方设法获取一些她想知道的有用信息,于向垚好几次都险些回答不上来,幸亏叶秋实和林咏薇左挡右护的,一顿饭下来总算没有出太大的纰漏和差错。

终于吃完饭后,于向垚很实在,还想帮着收拾收拾碗筷。

"去，去，你们出去透透气吧，这里有我和婶婶收拾就好了。"细心的林咏薇其实已经发现于向垚的脸部由于汗液的浸透开始变色，急忙要支开于向垚。

叶秋实一开始没注意到，见林咏薇一个劲地递眼色，这才发觉了于向垚的变化。

"就是，向垚，我们出去走走吧，这里有她们两个收拾就足够了。"

"哎，小于，你脸色怎么有些不正常呢？"此时一直忙碌着的叶秋实的妈妈一抬头也注意到了于向垚的变化。

"妈妈，哪有什么变化呀，我们先出去了哈。"说完，叶秋实不容于向垚再说话，急忙拉着他就走向了门口。

"可能是紧张的，婶婶，你没看出来，我一直注意到，他很紧张的。"林咏薇故意打着马虎眼，对叶秋实的妈妈说。

此时，叶秋实和于向垚已经飞速地走出家门。

"你知道吗，刚才好险，你打的油彩有点脱落了，幸亏林咏薇发现得早，要是被我妈发现了，那可真是功亏一篑，白费这个劲了。"刚一出门，叶秋实忍不住就说出了实情。

于向垚急忙伸手摸了一把脸，然后看了看自己的手。

"还真是这样，刚才真是好险呀！"

叶秋实送于向垚出了小区大院后，本意想就此回去的。

"不会吧，这么快就想把我'甩掉'了？"于向垚当然有开玩笑的成分。

"不是撵你走，可是你现在这个样子，不回去赶快收拾收拾，还能怎么样？"叶秋实指着于向垚的脸，看着路上行人投过来的好奇目光说。

"嘿，这有什么，我都不怕，你怕什么吗？怕人家说你找了个'丑'老公，不对，不对，这个过了，应该是'丑'男朋友？"于向垚急忙更正说。

"我才不怕呢，我是怕你不舒服。"叶秋实听了于向垚的话后，再看看他那滑稽的模样，竟然忍不住哈哈大笑起来。

"那好啊，既然你不怕，我也不怕我现在的模样，那就OK，没有什么。走吧，再陪我走走，我现在不太想回去。"于向垚说完就又主动拉住了叶秋实的手，这让叶秋实有些不知如何是好，既想拒绝，又觉得有些不应该拒绝。不就是拉个手散散步嘛，有什么大不了的！突然心情大好，然后便大方地任于向垚牵起自己的手来。

真是奇怪的一对"恋人"！于向垚有些花的脸，好像得了白癜风一样，肤色深一块浅一块的，牵着端庄雅致的叶秋实，在外人眼里一定是有些不可思议！

两个人走到一处僻静之地时，于向垚突然停了下来，然后正面面对叶秋实，大胆地问起叶秋实来。

"叶姐，你喜欢我吗？"即使于向垚脸上的肤色显得有些不正常，但一双深邃的眼睛依旧具有不可抵挡的魅力，盯得叶秋实心里热热的。

"怎么突然想起来问这个？"叶秋实不敢直视于向垚此时的目光，有些避重就轻地问道。

"因为，因为，我真的很喜欢你，从第一眼见到你就喜欢上你了。你一定记得那天拍片时，一开始我总是不在状态，其实是因为喜欢你带来了心理负担，越想表现好越表现不尽人意，别提当时我心情有多糟糕了。只是后来你主动和我交流，才慢慢缓解了我急于在你面前表现的焦躁，这才有了后来的良好状态。"于向垚一口气解释了很多。

其实，那一天，叶秋实也多少敏锐地感觉到了这一点。可是，她知道于向垚的真实年龄比自己小太多，叶秋实其实对比自己小的男人是没有多少感觉的，或者是缺乏安全感的，所以她根本没有或者说没敢往男女那方面联想两个人的关系,只是把于向垚纯粹定位为工作关系。这次邀请他到家里来,实在是万般无奈,为应付妈妈的逼婚,不得已而为之。

"向垚,这次找你来见我妈妈,实在是为难你了,你知道我比你大……"

"可是我不介意!"于向垚一听叶秋实提年龄的问题,立即打断她。

"可是我介意,我很介意我比你大,而且大那么多。我希望我找的男人要比我大,一定要比我年长才行。"叶秋实十分明确地解释说。

"这都什么年代了,年龄根本不应该是爱情的绊脚石。"于向垚似乎不甘心,急切地辩解说。

"不要这样,年龄对有些人也许不算什么,但对我来说,就是过不了自己这关。"叶秋实又想起了陈伟嘉,她心里突然一阵难过。

"好了,向垚,你很年轻,很有前途,咱俩之间是不可能的。你走吧,今天谢谢你的帮助,改日我再请你吃饭言谢。咱们今天就到这里吧,我也不想再多辩解什么。"叶秋实因为心中的难过,连语气也充满了哀伤,让于向垚有些心疼。

"好吧,既然我的话让你难过,那我今天就先回去,等以后再说。"说完,于向垚便拦了一辆出租车,坐进车后,有些依依不舍地挥手离去。

"咱们没有以后的。"看着于向垚离去的背影,叶秋实心里喃喃着。

但世事难料,谁知道生活中究竟会发生什么呢?有缘人不一定在一起,造化弄人,无缘人有时候又偏偏会凑一块呢,这些都是说不准的。

"怎么这么快就回来啦?难得休息,也不在外边多玩一会,向垚那孩子呢?他回家了?"一进家门,妈妈就问道。

"就是呀,怎么不在外面多浪漫浪漫,回家这么早干吗?"林咏薇有些故意地追问了一句。

"哦,他说他有事,今天就先回去了。"尽管心里有些感伤,但面对妈妈的关心,叶秋实不得不强装笑颜。

"嗯,说心里话,这孩子我挺喜欢的,长得不错,人也挺有眼力见,而且也很能干肯吃苦。刚才呢,我让薇薇拍的咱们在一起吃饭的照片传给了你爸爸,你爸爸立即打过来电话,说一看就很喜欢,他也挺满意的,要你们抓紧谈,争取八月十五,不,八月十五是我的意思,他的意思是最迟年底就结婚。"叶秋实的妈妈没有注意到女儿内心的不快,继续兴高采烈地说着他们的设想。

"妈,我今天有些累了,不想谈这些。"叶秋实终于有些不耐烦,说完这句话就回了自己的卧室。

"哎,你看你这孩子,说你自己的终身大事呢,竟然这态度!"叶秋实的妈妈见女儿直接躲开了自己,有些不满地抱怨。

"好了,婶婶,估计她今天也真是累了,反正女婿,未来的,已经见过了,您老也很满意,就该放心了呗。"林咏薇注意到了叶秋实的不高兴,急忙打圆场。

叶秋实走进卧室关上门后,隔绝了外边妈妈和林咏薇的说话声,一下子静寂下来。她突然觉得有些惶惑,对爱的惶惑。老人们的爱真是冰火两重天,有热的一面,也有让人寒心的一面。他们总是以他们的观念感受来说教自己,让自己何以堪受啊!一次次的相亲经历,叶秋实明白,多数是因为父母整天的唠叨才不得不急于找到一个人把自己嫁了,可是历数见过的男人,有几个靠谱的?有几个能让人放心满意的?她叶秋实难道不想好好爱一场吗?可是想爱真的不容易,也许她叶秋实不够幸运,一直没能碰到想要好好爱一场的人!她突然觉得真的累了,浑身乏力没劲,就像是得了感冒,一动也不愿意动。

"今天回去让我很难过，让我特别有挫败感，没想到你竟然和那个于向垚混在一起，他有什么能力让你心甘情愿地和他好啊？他也就是个毛头小伙子！我追了你那么多年，现在一直还像当初一样想你爱你，可是你为什么就不能考虑考虑我呢！不能理解一下我的苦吗？"一条短信让叶秋实的思绪转移到张丞骏身上，今天也真是难为张丞骏了，那种情景，如果是换作自己，估计早就恨不得这辈子都不理对方了。再说了，好歹现在张丞骏也算是个有头有脸的人物，开了那么多家连锁店，也算得上是位成功人士了，还能如此痴情的话，也不是随便一个什么人都能做得到的！

想到张丞骏，叶秋实觉得心情复杂起来，如果纯粹从外在和各种条件上来说，现在的张丞骏还真是个老公的人选。尤其是那么多年过去了，他对自己的情分还在，这一点，叶秋实觉得特别难得！

"对不起，今天的事情实在对不起。我现在有些累，事情不像你看到的那样，今天的事情有误会，有机会再跟你详聊。"叶秋实回复了张丞骏的短信，她思前想后，还是觉得应该暂时先回复一下，免得对方胡思乱想瞎琢磨。

"好的，我等着和你尽快见面详聊。"张丞骏回复得非常快，让叶秋实真切地感觉到了他诚挚的心，至少，叶秋实现在的感受就是如此！

最近发生的事情太多，很多事情猝不及防，叶秋实昨晚休息得并不太好，很有些不愿意起床。但有妈妈在，在老人眼里上班就得有个上班的样子，所以第二天天还没有亮，老人就做好了早餐喊叶秋实和林咏薇吃早餐。

因为打破了平时上班的节奏，叶秋实拖拉了许久才起来，更别提不用上班的林咏薇了，直到叶秋实吃完，她还没有起床。

吃过早餐，叶秋实无意间瞥见了妈妈头上的白发，心中有些酸楚，想要帮忙收拾洗刷自己的碗筷。

"快住手,赶快上你的班去,不要管,等那个丫头吃完,我一块刷。"叶秋实的妈妈急忙拦住了叶秋实。

看看时间也的确该出发了,叶秋实不得不出门。因为伍梅里现在的境遇,工作上还有好多事情等着她去定夺处理。

叶秋实来到单位后,刚停住车,想要开门,就见面前站着一个人,是张丞骏!

"你、你怎么在这里?"张丞骏的出现实在出乎叶秋实的意料,她十分惊讶这个时间,张丞骏竟然会出现在自己的单位楼下。

"我等你呀!昨天晚上我一宿都没睡好,翻来覆去,想来想去,还是决定今天早上就得见你一面,要不然我这一天都别想干什么事情啦。我必须知道你现在和那个向垚到底什么关系,是不是正在谈恋爱?你们究竟发展到什么程度了?你怎么会领他到家里面见伯母?"张丞骏一系列的问题直接摆在了叶秋实的面前。

说实话,叶秋实对这些问题十分反感,尤其是张丞骏充满质问的语气,至少目前如此。"我和你张丞骏什么关系呀?你有什么资格这样质问我?我有什么必要回答你的问题?"这是叶秋实心里的真实想法。可是一想到早上看到的妈妈头上的白发,想到她一心想要促成自己的婚姻大事,为自己整日操劳,再想想张丞骏现在的情况,又觉得搞得太僵实在不好,毕竟还不知道后面两个人会怎样呢,至少她现在心里有时的确会把张丞骏往恋人关系上去想。

"晚上行吗?晚上我请你,晚上我一一解答你的疑问。现在实在没有太多时间跟你讲这些,我今天工作上还有好多事情需要处理。总之,事情并不是你想象的那样。"说完,叶秋实顾不得张丞骏想要继续问下去的表情,转身朝办公大楼走去。

"那我等你的电话啊！你想好在哪儿约见，我来接你！"叶秋实转身离去之后，张丞骏突然想到叶秋实刚刚的承诺。不过叶秋实的回答已经足够张丞骏满意，他见叶秋实走进了办公大楼，竟然有些难以抑制的高兴，忍不住想要跳起来："不是我想的那样就好，不是我想的那样，我就有机会得到你！"说完，他便驾车回了自己的健身馆，只等夜晚来临，面见他日思夜想急于得到的叶秋实。

第八章 有心想帮林咏薇

到了单位,伍梅里少有地没有上班,只是让行政秘书任佳佳告诉大家说她有些事情需要处理,暂时无法到单位,至于具体什么时间过来正常上班待定。

叶秋实当然知道事情的原委,心里很是忐忑。因为自己的判断失误,将伍梅里老公祁励勤的事情无意中说了出来,伍梅里尽管当时云淡风轻,似乎并没显露出自己有多生气,还说什么一早就发现了她老公的某些端倪,但叶秋实知道其实那只是她保护自己的一个方式而已,尽量让自己显得从容一些。一旦她回到家后,与她老公相见之时难免会心情激动,情绪失控。昨天因为于向垚的到访,她一直没有心思思考伍梅里的事情,现在想来,估计伍梅里想死的心都可能会有。

"佳佳,你说咱们主编今天不过来上班了,是她打电话告诉你的呢,还是发消息给你的?"叶秋实本来想要打个电话关心一下伍梅里,可是又没有太好的理由去过问,或者说在明明知道她所面临的情况下,再打电话过问似乎显得有些多余,还有些矫情,而伍梅里并不是个喜欢矫情的人。

"是她打电话过来的,怎么了叶姐?主编发生什么事情了吗?听她的声音多少有些沙哑。"任佳佳进来后,见叶秋实问话的表情有些不正常,就回问道。

"喔，没什么，我只是好奇问一句，并没什么。"尽管和行政秘书任佳佳非常熟络，甚至算得上是要好的姐妹，可是毕竟身在副主编的位置上，叶秋实还是决定绝口不提伍梅里家里发生的事情。"你说她声音沙哑，可能是感冒了吧。"

等任佳佳出去之后，因为伍梅里碰到的种种事情，叶秋实心里多少有些不够平静，她突然想到伍梅里的不易，为单位为家庭都算是尽心尽责，算得上是个好领导好妻子，尽管有的时候她的脾气是大一些，但估计也是跟面临的压力有关，就像现在她没在单位，作为第一副主编的叶秋实无形当中就多了一份压力，她要在伍梅里不在的情况下，积极策划和做好即将出版的新一期杂志。她努力让自己冷静下来，仔细捋了一下思绪，她觉得还是将准备采用的封面和插页摄影图片定夺下来，然后尽快写出那篇定名为《坚强之后无尽美丽》的韦晴珊专访稿件最重要，其他的小稿子前期已经准备得差不多了。

"李墨墨到我办公室来一下。"随后，叶秋实拨打内线电话，决定与摄影师李墨墨立即对于向垚的主题摄影图片进行甄选。

可是过了许久也不见李墨墨的身影，叶秋实好像伍梅里附体，走出办公室就冲着李墨墨所在办公室的方向喊了起来："李墨墨，李墨墨马上到我办公室来。"惊得一众办公人员个个目瞪口呆。"叶副主编这是怎么了？""伍主编不在又换她了，真是的！"许多爱多话的员工忍不住窃窃私语。

"都给我闭嘴，大家该干吗干吗！"叶秋实大声呵斥着小声议论的员工们。

"叶副主编，我、我，今天我的电脑好像出了故障，一时无法读取咱们拍的作品。"很快李墨墨跑到叶秋实的面前，他似乎非常清楚叶秋实要找什么，小声地嘟囔。

"什么？你什么意思？你是说咱们拍的这期的主题作品找不到了吗？"叶秋实一听头都要炸了。

"你说你李墨墨，都是老摄影师了，那备份呢？你没有备存吗？"叶秋实真心恼火，说话就难免有些过火，"都是什么水平呀，竟然也会犯这么低级的错误！真是没有一个让人省心的，那个小宇呢，约人家采访，竟然能迟到半天！耍大牌呀！你们都还想不想干啦！"情急之下连小宇采访韦晴珊迟到的事情无意中也抖搂了出来。在外边偷听的小宇吓了一身冷汗，急忙跑到了叶秋实面前："叶姐我错了，你可别跟咱们的头儿说，她要是知道了，还不得把我开了，我现在很需要这份工作！"

"这里没你什么事，你出去吧。"看着采编小宇可怜巴巴的样子，叶秋实一下子心软了下来，"好好干你的活，凡事上些心！"

"谢谢叶姐，谢谢叶姐！"小宇点着头走出了叶秋实的办公室。

"你说怎么办？电脑还能不能修好，那些照片还能不能挽救回来？"等小宇出了办公室后，看着一脸沮丧的李墨墨，叶秋实开始恢复理智，这个时候再训斥也无济于事。

"叶姐，叶姐，你们是不是要于向垚的那些作品？我这里有一份。"任佳佳不知什么时候知道了叶秋实发火的原因，悄无声息地出现在了办公室门口，手里拿着个优盘。

李墨墨喜出望外，呼哧一下站了起来，抓向了任佳佳拿着优盘的手。"祖宗你早说啊。"拿到优盘后的李墨墨似乎觉得事情有些蹊跷，"不对，你那里怎么会有这期的摄影作品？"

"我、我……"任佳佳支支吾吾的。

"快说，到底怎么回事？"叶秋实着急地催促说。

"我喜欢呗，喜欢于向垚的照片，所以就偷偷拷贝了一份。"任佳佳说完这句话有些脸红，叶秋实明白了是怎么回事，看来任佳佳暗恋于向垚啊。

李墨墨的电脑后来专门找了负责电脑方面的工程师,最终恢复了正常的应用,加上任佳佳无意当中的备份,这期杂志的主题摄影算是有惊无险,没有出现无法挽回的损失。

其实叶秋实一开始的压力来自一封邮件,问过任佳佳伍梅里是以什么方式通知不来上班的情况后,她就收到主编伍梅里一封内容稍微多些的邮件,大意是说她近期可能会没有精力管理杂志,她要处理和她老公祁励勤之间的事情,要叶秋实多辛苦一些,保质保量地完成新一期杂志的出版发行工作,意思就是把权力交给了叶秋实,才让叶秋实的压力瞬间加大,所以也就有了一开始的叶秋实情绪大爆发,好在慢慢地她也就恢复了应有的理智和清醒,情绪失控只能让事情更趋难办,便一门心思地想要尽快理出工作上亟待解决的事情。

因为于向垚做模特拍摄的成片实在很棒,所以选择起来特别不易,叶秋实白天和李墨墨等有关人员商议,经过多次权衡,最终确定了杂志要用的封面和插页。利用整整一个下午的时间,叶秋实反复听了上次和韦晴珊的谈话录音,集中精力写出了关于她的那篇主题文章,当写完"坚强之后,无尽美丽,韦晴珊的美丽正如珊瑚礁石般汹涌而来"这最后一句话时,她觉得有种无尽的满足感,为自己的精彩写作,为韦晴珊的感人故事,为韦晴珊身上体现出来的不屈不挠奋发有为的精神而感动!

"在干什么?今天晚上你准备在哪里召见臣下,女王陛下,臣下可是一直期盼着见到你的那一刻啊!"当工作上一切就绪之际,叶秋实突然被张丞骏的一条微信惊醒,她差点儿忘了早上答应张丞骏的事情,说好今天晚上要请他吃饭,并告诉他昨天家里发生的一切。当看着张丞骏的来信用语时,叶秋实心情大好:"这个张丞骏,真有一套,就会哄人开心！"

叶秋实满心喜悦，及时把任佳佳叫了过来。

"对了，佳佳，上次我们宴请一位广告客户时，用餐的那家餐厅叫什么名字来着？"

等终于将餐厅预订下来也已经到了下班的时间。

伍梅里不在，叶秋实就是单位的第一责任人，所以就要有主编的风范。等大家都离开之后，叶秋实才急匆匆地从单位的办公大楼里走出来。始料未及的是早上的一幕再次发生，张丞骏已经出现在叶秋实的车旁！不同的是，手里再次捧了一大束鲜艳欲滴的鲜花！一看就是精心挑选的，让叶秋实瞬间有些感动。

"不是说好了，我们直接去约见的餐厅吗？"叶秋实边接过鲜花边装作嗔怪地说道。

"接女王陛下是臣下的责任，哪能让您独自前往！"张丞骏竟然一本正经地再次调侃，让叶秋实忍俊不禁："你就是能瞎掰。"但内心却十分享用"女王"的称呼。

叶秋实本意想要开自己的车。"女王陛下，臣下已经备好交通工具，请随我来。"张丞骏硬是牵住叶秋实的手往前走，一辆崭新的保时捷车停在那里！

"好吧，我也沾沾老同学的光，坐坐这豪车！"叶秋实就顺从地坐进了张丞骏已经打开门的车里。

落日余晖下，两人驱车前往预订的餐厅，一切显得顺利、和谐而美好。但美好却往往是短暂的，能够拥有的美好总是倏忽而逝！

"你好，我们预订了位置。"到达那家餐厅后，叶秋实和张丞骏很快就来到了事先预订的餐桌前，张丞骏应该是第一次到这家餐厅吃饭，所以目光不停地到处打量。

"嗯,环境真不赖,看来生意一直做得不错,客人还真不少。"张丞骏一边看一边嘟囔。

突然他急速地低下了头,摆弄起餐具来。正在点餐的叶秋实注意到了这一点。

"怎么啦?有什么事情吗?"出于关心,叶秋实问了一句。

"喔,没事,没事。"张丞骏似乎显得有些慌张,让叶秋实奇怪,一向嘴贫爱闹的他这一会怎么这么老实?叶秋实四处环顾了一下,也没注意到有什么异常。

"没事就好。我点了两个菜,你再点两个,今天是我请客,本来该你先点的,咱们之间嘛,也就免了那么多讲究。"叶秋实故意用轻松的语气对张丞骏说道,她希望张丞骏紧张的心情放松下来。

"就是,就是,你做主都点了吧,反正我也没有什么忌口。"张丞骏竟然还是有些不自然,头也不怎么抬地对叶秋实说。

"好吧,那我就全权做主,替你点了。"

"这家餐厅是以广东菜为主,不知道你的口味现在如何,喜不喜欢广东菜?来,先尝尝。"第一个菜上来后,叶秋实热情地招呼着。

"哎哟,这不是丞骏吗?现在人更加帅了。"两个人拿起筷子,刚想品尝新鲜的菜肴,一个打扮妖艳的女人走了过来。

"你们进来时,我就看着有些眼熟,没想到还真是你。怎么?当了大老板就把我给忘了?又有约会呀?这位美女是谁呀?也不给姐姐我介绍一下?"那位女人不怀好意地上下打量叶秋实,让叶秋实觉得特别不自在。

"哦,噢,好久不见了,怎么陈姐也在这家餐厅用餐?"张丞骏忽地站了起来,"热情"地打起招呼。

"这位是我的老同学叶秋实。"张丞骏指了指叶秋实介绍,"这位是偶吔酒吧的老板陈艳尘。"

"老同学？我看是老相好吧。"陈艳尘听完介绍后竟然如此说道，让叶秋实瞬间红了脸。

"陈姐，我这位老同学可是文艺人士，做杂志的，不要和她开这种玩笑。"张丞骏似乎有些不知如何是好，替叶秋实开脱说。

"喔，是这样，没事没事，别太放在心上，我这人开玩笑惯了，也就是开个玩笑。"陈艳尘似乎意识到了有些过分，急忙转了语调。

"就是，就是，陈姐最爱开玩笑了，开玩笑的。"张丞骏有些尴尬地笑着说道。

"好，不打扰你们了，我那边还有事，你们慢慢吃。"说完转身离去，她离开时专门瞟了一眼张丞骏，那眼神充满了暧昧，让叶秋实看了个正着。

"怎么回事？你和她是什么关系？"女人的第六感觉特别灵敏，通过刚才短暂的接触，叶秋实本能地觉得张丞骏和那个陈艳尘关系不一般。

"嘿，没什么，就是工作关系，以前有客人，请客人时在她的酒吧消费过而已。"张丞骏轻描淡写地回应。

"咱们赶快吃菜吧，不然有些凉了。对了，赶快跟我讲讲你和那个于向垚到底怎么回事？你们在家里那是什么情况？"张丞骏有意避开陈艳尘的话题。

"算了，毕竟我和你张丞骏也没什么其他关系，就是老同学而已，何必纠缠你和其他女人什么关系呢！"叶秋实在心里劝说着自己。因为刚才发生的一切，叶秋实不知道是嫉妒还是什么原因，本来她想故意歪曲她和于向垚的关系，可是一转念，又觉得完全没有必要弄得那么复杂，然后便如实将昨天家里发生的一切告诉给了张丞骏。

"太好了，太好了，我还以为你和于向垚真的好上了呢！"张丞骏听完后竟然有些喜形于色。

因为陈艳尘的突然出现，叶秋实敏感地感觉到了张丞骏和她之间非同寻常的关系，再想到林咏薇一直背后说张丞骏的不好，让叶秋实觉得很不是滋味，不知道该高兴还是难过，心中曾经升起的某些希望随着晚餐的进行却变得越来越渺茫。

"快说说，怎么样，今天和于向垚的约会吃的什么好吃的？他有没有向你表白爱意？"因为担心林咏薇会挖苦讽刺自己，临下班出门之前叶秋实跟林咏薇留言谎称是和于向垚共进晚餐，这样也好和妈妈解释。

"就是呀！你们晚上相处得怎么样？他有没有结婚的打算啊？"叶秋实的妈妈也一个劲地追问着刚进门的叶秋实。

"你们烦不烦呀？人家刚进门，什么怎么样？你们去问他吧。"叶秋实有些不耐烦地回敬说。

"你说的，那我可给他打电话了！"林咏薇这个死妮子真会添乱！叶秋实死劲用眼睛瞪了她几眼。

"算啦，算啦，这种事情是人家两个人之间的秘密，咱们还是别操这份闲心了，婶婶。"活泛灵动的林咏薇似乎嗅到了叶秋实的某些不对劲，急忙话锋一转，开始劝说起叶秋实的妈妈来。

"这怎么是操闲心呢？我可跟你说，好好把握住这次机会，免得夜长梦多，到时别让我和你爸空欢喜一场。"叶秋实的妈妈依然不依不饶地唠叨着。

"对了，你爸他们明天回去，我就跟着一块儿回去了。"见叶秋实不怎么应答，叶秋实的妈妈回屋开始收拾东西。

"什么？真的吗？太好了！"没想到叶秋实听了这句话，竟然兴奋得有些失态，让走到卧室门前的叶秋实妈妈甚感意外："我说你这孩子没吃错药吧？我这当妈的明天回去，竟然能把你高兴成这样！"

"不是，妈，不是，主要是你在这里，我又没法陪你，上班心里老是跟有个事似的，上不踏实。"叶秋实也意识到了自己的失态太过明显，急忙掩饰。

"对了，妈，你怎么白天不告诉我一声呢？也好让我给你们买些东西捎回去。"叶秋实开始弥补自己的不到之处。

"带什么带，家里也不缺什么，到家什么都能买到。再说了，你爸这是公事，好几个人呢，也不方便。"

"婶婶你明天真走啊，我还没和你待够呢！"一听说叶秋实的妈妈要走，林咏薇急忙跑到老人家身边，挽起老人的胳膊亲昵地说道。

"嗯，还是薇薇会说话。得空的时候去婶婶家那边玩。"叶秋实妈妈说完，拍了一下林咏薇的肩膀便进了屋。

"过来，你给我过来，怎么回事？我妈明天走，你怎么也不跟我说一声？"老人家前脚进屋关门，叶秋实后脚一把就把林咏薇扯到了自己的卧室里。

"什么怎么回事？婶婶要走我一点儿也不知道啊！"林咏薇显得一头雾水，看上去很无辜的样子，估计是真不知道。"不过今天白天的时候，婶婶倒是接了一个电话，应该是你爸爸打过来的。接完电话，她就屋里屋外地开始收拾，因为平时老人就爱收拾屋子，我当时也就没放在心上。"林咏薇补充，"估计她是怕我告诉你，担心影响你，所以白天没跟我说吧。"

"对了，你今天的约会到底怎么样？我怎么感觉你有心事呢？"作为多年的好姐妹，果然什么事情都瞒不过林咏薇。

"嘿，别提了，我今天去见的不是于向垚，而是张丞骏。"叶秋实觉得谎言让自己堵得慌，干脆直接说出来做个解脱，然后就一五一十地将事情的来龙去脉告诉给了林咏薇。

"我说怎么感觉不对劲，如果纯粹是感谢于向垚，和他一块吃饭的话，你应该高兴才对呀！这个张丞骏就是脸皮厚，竟然直接追到了单位。"林咏薇提到张丞骏就厌烦。

"这些倒是其次，作为老同学不就是吃个饭嘛。可是你不知道在吃饭的时候，碰到一个叫陈艳尘的女人，一看就不是什么好人，让人看了心烦。"然后叶秋实将她看到的一切完完整整地讲述给林咏薇听。

"这两个人之间的关系一准非同一般。光听这个女人的名字吧，就知道不是什么好人。"林咏薇听后也直接判断说。

"好了，好了，回去睡吧，反正也和咱们没关系。"林咏薇似乎还想发表高见，这反而让叶秋实的心情更加沉郁，及时打断了说兴正浓的林咏薇。

"怎么啦？说他不好，你怎么一脸的不高兴？你不会真对那个张丞骏还抱有什么幻想吧？我劝你趁早死了这条心，将来吃亏的可是你。"林咏薇临出门前丢了这么一句话。

"哎，看来回头草可不是好吃的，这还没吃上呢，就弄得自己七上八下，浑身都不舒服。"躺到床上的叶秋实一闭上眼睛，满脑子都是那个叫作陈艳尘的女人看张丞骏时充满暧昧的眼神，林咏薇的话也反复在脑子里回荡，真是让人烦得要死！

"我要睡觉，我要睡觉！"一直无法入眠的叶秋实反复在心里暗示着自己。

"好在妈妈明天就走了，不管怎样，明天起至少可以不用听妈妈的唠叨了！"叶秋实努力想象让自己开心的事情，慢慢地，终于走进了来之甚晚的梦乡。

第二天，晨曦明媚，风也轻柔。

尽管叶秋实有心想要等到爸爸他们的到来，然后亲自送送爸妈，可是一来爸爸并未明确准确到达的时间，二来单位里的确还有一大摊子事情等着她去处理，所以享用完妈妈再次精心准备的早餐后，她就把送别爸妈的任务全权委托给了林咏薇。

虽然妈妈的离开让叶秋实暂时有种无以言说的轻松，但真到了分别的时候，心里又有着诸多不舍。

"行啦，行啦，别唠叨起来没完。矫情了不？昨天是谁一听说婶婶要走，高兴得都有些得意忘形了。"出门时，叶秋实反复叮嘱着林咏薇要等爸妈他们走了之后才可以干别的事情，反而弄得林咏薇有些不耐烦，拿昨天晚上叶秋实的表现噎她，让叶秋实终于打住了唠叨："反正任务交代给你了，完不成，看我回来收拾你。"然后转身离去。

等到了单位之后，叶秋实决定再次联系韦晴珊。离出版发行的日子不远了，新一期杂志的事情可谓"万事俱备，只欠东风"了，她要抓紧与韦晴珊联系，争取尽快搞定主题文章的配图，这需要提前与一向繁忙无比的韦晴珊协调，好早些完成拍摄。

第一次打韦晴珊电话时，接通后，对方很快就挂了，叶秋实揣测她可能正忙着什么事情不方便接听，所以决定等一会儿再打。没想到很快韦晴珊就打了过来。

"不好意思，秋实，刚才忙着处理一些事情，不方便接电话，不过，我现在已经回来了。你是不是想要说拍摄的事情？"没想到韦晴珊竟然主动提起这个话题，对方的耿直和爽快让叶秋实很是感动，内心不禁有些庆幸，看来和韦晴珊能成为朋友真是自己的幸运呢！

然后，叶秋实和她在电话里谈了谈自己的设想，又征求了韦晴珊的个人意见，最终敲定在她的私人酒庄和新开业的紫珊瑚酒店里取景拍摄，拍摄的时间就定在了下午。等放下电话的瞬间，叶秋实的心情因为这件重要事情得以落实开始变得轻松。

可是在电话的最后时刻,叶秋实隐约听到韦晴珊电话那端的叹息声。当时叶秋实问韦晴珊有什么不愉快的事情,韦晴珊只是含糊其词,强调说不是个人的事情,是工作上的事情,说等见了面有时间再详聊,这让叶秋实很是期待能够尽快见到韦晴珊。她内心对韦晴珊有种莫名的亲近感,竟然十分挂念她。不仅仅是个人的事情,甚至工作上的事情!叶秋实此时十分渴望了解到具体情况,看自己能不能帮韦晴珊分忧解难呢!

根据上午李墨墨制订的拍摄方案,加上韦晴珊的超强理解力和积极配合,下午的拍摄异常顺利。韦晴珊本意要留叶秋实和她的摄影团队一起共进晚餐的,可是因为拍摄比计划提前了一些,加上摄影师李墨墨的坚持,最后只有叶秋实留在了紫珊瑚酒店用餐,这其实也正好符合叶秋实的心愿,毕竟只有她们两个时,才方便多说些话题。

韦晴珊也许已经忘了早上电话里提到的让她有些不愉快的事情,但叶秋实没忘,当她们用餐到一半时,看韦晴珊没有提及,叶秋实竟然忍不住主动问了起来。

"对了,韦姐,你早上电话里说工作上碰到一些不开心的事情,到底是什么事情呀?"

"嘿,你不问的话,我还真忘了跟你说,这不,紫珊瑚新近开业,各项事情还没有完全走向正轨,我用人不淑,竟然有'内奸',一个副总级别的人竟然向其他酒店透露集团内部的管理信息,被我抓个正着,而且她在财务上也有些问题。"说完,韦晴珊叹了一口气。

"对那个人怎么处理的?"

"还能怎么处理,开除呗,这种人我还敢用?哪敢留在身边呀?!"韦晴珊喝了一杯酒,又叹了口气,"不过,这样一来,人手就有些紧张，毕竟是新开张不久，各种事情还是比较多的。"

"那怎么办？"

"对了，你那个同学，叫什么林什么薇的，她学什么的？现在在干什么？"韦晴珊竟然想起了林咏薇。

"你是说林咏薇，她呀，她可不是学酒店管理的，但也多少和管理有些关系，商务管理，具体好像是电子商务方面的。"

"可以呀，下一步酒店正好要强化电子营销、网络管理什么的，你让她到我这里来吧。不会的话，慢慢学嘛，我不也是学出来的嘛。我看她形象不错，人也够机灵活泛，是个干服务行业的好材料！再说了，她是你的老同学好姐妹，我用她也放心呀。"韦晴珊诚意十足。

本意是想看能不能帮到韦晴珊，没想到却帮了林咏薇，如果林咏薇干得好的话，也算是间接帮到了韦晴珊，真是个意想不到的收获。

回去的路上，有好几次，叶秋实想要发微信给林咏薇，把这个意外之喜告诉她，忍了再忍，决定还是回到家里当面亲口告诉她最好。走到家门口时，因为这几天妈妈在，叶秋实习惯性地将耳朵贴在门边听了听里面的动静，里面很安静。叶秋实突然意识到妈妈应该已经坐爸爸单位的车回家了。上午10点多的时候，林咏薇通过微信留言告诉她的。当时因为一直忙着工作上的事情，并未觉得有什么，此时，情绪上却突然有些伤感失落。

是啊，哪个做儿女的不希望爸妈常在身边呢！如果不是因为个人的婚姻大事让两个老人唠叨个没完，唠叨得心烦心累，其实叶秋实也挺喜欢吃妈妈炖的菜喝妈妈熬的汤，喜欢在爸爸面前撒撒小娇说说委屈，尽管早已过了该撒娇的年龄。可是只要爸妈在，不管芳龄几何，永远都会觉得自己像个孩子！

打开门，打开灯，屋里出奇安静，竟然没有看到林咏薇的身影，因为妈妈不在，屋里显得如此冷清。

正在叶秋实纳闷林咏薇会在哪里，要不要给她打个电话的时候，一个人突然从后面抱住了她的腰，吓得叶秋实一个激灵，瞬间有种灵魂出窍的感觉，她本能地以为屋里进了贼，想要劫财又劫色呢。等听到林咏薇得意的大笑声之后才缓过神来，然后便使劲掰开了林咏薇的手。

"你个死妮子，你想干什么？吓死人不偿命嘛！"叶秋实一脸怒气地使劲盯着林咏薇。

"死样，开个玩笑也这么当真！我抱着你，啥感觉？你都没感觉出来？那还能当成是谁抱你？难不成想着是于向垚抱你？"就两个人在屋里，说话就没那么多忌讳。

"你给我滚一边去，你要是想他，我就打电话把他叫过来。不过，你要是真喜欢于向垚，可得赶快把脸养好了，人家可不止一个人喜欢呢！"叶秋实因为想到单位里任佳佳暗恋于向垚的事情，表情忍不住阴转晴，然后便笑了出来。

"笑什么呢？怎么一提到于向垚你这么开心？还说不喜欢他。"林咏薇误以为于向垚做了什么事情让叶秋实高兴得发笑，忍不住揶揄。

"你懂什么！我可不是跟你开玩笑，你要是真喜欢于向垚，可得再美些，我们单位的行政秘书任佳佳可也是大美妞呢！而且人家还比你年轻。"然后便把任佳佳暗恋于向垚的事情告诉了林咏薇，听得林咏薇也忍不住笑了出来："没想到这暗恋还能挽救你们的杂志，让你们幸免于难呢！"

"是啊，如果不是任佳佳偷偷拷了备份，我的工作也不会那么顺利。虽然后来李墨墨的电脑也修好了，那些照片到最后也找到了。但真等着他的电脑修好的话，我估计也快急疯了！你不知道，当时一听到李墨墨说电脑出了故障，照片无法打开时，我有种天要塌下来的感觉，心急得不行不行的,幸亏任佳佳及时出面缓解了我的焦虑。"

"那还是把于向垚让给你们的任佳佳吧,姐才不稀罕像于向垚这样的小鲜肉呢。"当然林咏薇本来也没有真正喜欢上于向垚,只是觉得他的确长得很英俊潇洒而已,但英俊和喜欢之间并不能直接画等号。

"对了,被你这么一吓,差点忘了,还有一件大好事没有告诉你!"

"去,你还能有什么大好事?怎么着?相亲碰到合适的啦?还是又升职涨薪水了?"快言快语的林咏薇不停地猜测着各种可能,"升职不太可能吧?你不是说你们的主编离退休还有一大截子时间呢嘛。"

"错,这些统统错,这个大好事是关于你的。"

"关于我的,我还能有什么大好事?我这脸到现在还没有完全恢复呢!能有什么好事敢找我?"林咏薇一听说好事是关乎自己的,满脸疑惑,更加猜不到会是什么事情。

"你就别在那卖关子了,赶快说出来吧,急死人了。"看叶秋实只是满脸笑容地盯着自己看,让林咏薇急得直挠她。

"好,好,我说,我说。"禁不住林咏薇的抓腾,叶秋实将韦晴珊遇到的事情和她想用林咏薇的情况一五一十地讲了出来。

"你说什么?韦晴珊想让我去她的紫珊瑚酒店上班?"林咏薇听完叶秋实的话,有些将信将疑地盯着叶秋实。

"怎么样?高兴吧?这对你来说算不算是一件大好事?"

"去酒店上班?好什么好?我还以为是什么大好事呢,原来是去她的酒店上班呀。"林咏薇的表情让叶秋实充满了疑问:"这怎么能不算是一件大好事呢?你还想怎么着?"

"我不去,我有我自己的打算。"叶秋实没有想到的是林咏薇竟然一口气拒绝。

"你能有什么打算?这是多好的事啊,红珊瑚集团又那么有实力,多少人想进去不一定有机会呢！"叶秋实试图让林咏薇回心转意。

"谁爱去谁去，反正我不稀罕。"林咏薇的表现让叶秋实大失所望，不知如何是好。但看林咏薇心意已决，而且时间已经很晚了，也就没再多说什么。

躺在床上，叶秋实有些百思不得其解，林咏薇为什么会拒绝这么好的工作机会呢？她到底有什么打算呢？

"叶姐，有人送你花。"早上刚一到单位，任佳佳就递给叶秋实一束鲜艳欲滴的红玫瑰，红得那么热烈！"谁送的？"尽管看到花后，叶秋实本能地觉得心情大好，但还是自然而然地追问了一句。

"不知道，一楼物业处的小彭拦住我，让我拿上来的。"任佳佳解释道。

进了办公室，叶秋实把弄得格外醒目的鲜花，里里外外翻了个遍，竟然没有找到只言片语。

"算了，管他是谁呢，先收着吧。"然后便让任佳佳找了个大花瓶，先放了起来。

刚把花的事情处理完，叶秋实突然收到韦晴珊的一条微信，她好像还真是等着用人，催问林咏薇的事情！

这可怎么办？叶秋实一看有些着急，本来以为事情会像自己想的那样，林咏薇会愉快地答应，但没想到结果却是那样。可是昨天听林咏薇的意思好像有什么难言之隐，才会不愿意去韦晴珊的酒店上班。但叶秋实有种预感，她觉得事情并非到此为止。所以为了保险起见，她决定先把责任揽在自己身上，让事情稍微缓一缓再说，等晚上回去再和林咏薇好好聊聊。

"对不起，韦姐，昨天晚上回去得晚，咏薇她睡得早，就没来得及告诉她。"

"那你尽快跟她说,我现在的确急着用人,明天给我个准信。"很快,韦晴珊回复了留言。

"不行,我现在就得和林咏薇再聊聊,问清楚她到底怎么回事,究竟怎么想的。"办事情不喜欢拖泥带水的叶秋实立即拨打起林咏薇的电话来,把刚才韦晴珊的意思讲了讲,再次追问起林咏薇为什么不肯到韦晴珊的集团去上班,究竟有什么打算。

"秋姐,其实也没有什么特别大的原因,只是我心里对酒店这样的工作场合有些芥蒂。我没跟你多说,其实那个男人就是酒店的一个副总,而且据我了解,他们的酒店还暗地里提供那些乱七八糟的小姐服务,所以我心里对去酒店工作情绪上比较抵触,这两点足以让我觉得我最好的选择是避开那样的环境,我心里不止一次跟自己说以后再也不和酒店的男人打交道。"最后林咏薇又补充说了一句自己的想法,"我现在其实很想去学校教书。"

"喔,是这样,你这样说的话,我倒也很能理解。可是你应该知道,韦晴珊本身是个女人,是个受过感情伤害的女人,所以我敢以人格保证,她的酒店集团胜就胜在严格的管理和一流的服务,根本与你说的那些不靠边,那些都是些不入流的酒店才会采取的不入流的手段。另外你可能不了解这边的情况,现在想要去大学教书,没有博士学位的话,机会几乎为零。所以我觉得你现在应该调整思路,及时做出选择,否则,真要是等韦晴珊有了其他合适人选,我觉得再想进她的集团是很难的。说句不好听的,到了我们这个年龄,找到一份非常合适的工作并不太容易。"作为林咏薇的好姐妹,叶秋实觉得有必要把所有的利弊得失跟林咏薇分析清楚。

"那好吧,你容我再想想,晚上给你答复。"经过一番畅聊,林咏薇似乎有所触动,最后放下电话前留了句活话。

挂了电话,叶秋实突然有些感触,这也是在和林咏薇的交流中激发的感慨,是啊,这个年龄了,属于大龄女人了,如果再没有一份可靠的事业做支撑的话,拿什么去好好生活!

叶秋实有心想要帮林咏薇,但至于她会怎么选择,叶秋实觉得自己也算尽了心,选择只能林咏薇自己做。想到这些,叶秋实便积极地投入自己的工作中,忙碌充实的生活才最美丽。

第九章 "偶遇"乱心

时光像深水静流,不觉间已悄然远逝。

临近下午下班的时候,新一期杂志的事情已经基本安排妥当,排版小样也设计完成,就等主编伍梅里拍板付梓印刷了。

其实伍梅里没有在的这段时间里,叶秋实一刻也没有真正忘记过她,总会时不时地想起她在工作上的认真和付出。人也许只有互换位置,才有机会体验对方的感受,从而站在对方的角度考虑问题,更好地理解彼此。叶秋实现在就非常能够谅解之前伍梅里的各种表现,包括她时不时就会有的坏脾气,当一大摊子事情都等着一个人定夺时,压力来得如此自然。

"她现在家里的事情处理得怎么样了呢?要不要给她打个电话?"想到伍梅里,叶秋实开始有些惴惴不安。但因为上次不小心说漏嘴,无意间讲出伍梅里老公祁励勤的事情之后,叶秋实不知该如何去面对伍梅里,担心万一什么话再说不好,反而让对方更不舒服。因为上次告诉伍梅里她老公的事情后,叶秋实就敏感地感觉到伍梅里在自己面前的种种不自然,毕竟这种事情还不像是其他事情,伍梅里不愿让她知道老公对她不忠的事实,作为女人,叶秋实当然非常明白这种感受。

"伍主编,杂志小样已经发至您的邮箱,请及时查收详阅,如有什么意见请及时告诉我,我让他们再改,一旦完全定稿我就让印刷公司印刷出版。"写完这些工作上的事情之后,叶秋实觉得有必要表达一下自己对她个人事情的关心,就又多写了一句饱含私人情感的话:"主编多保重,如有需要请随时吩咐,我和咱们的团队都在您的身边!"

再看看表,还有半个多小时就要下班了。正在此时,办公室外边一阵骚动,叶秋实起身走到门边,透过玻璃门,看到于向垚。

"他这个时候来这里干什么?"一转身看到放着的那一大束鲜花,叶秋实突然意识到花的来源,"不会吧?这花不会就是于向垚送的吧?"正在迟疑间,于向垚来到了门前,后面紧跟着任佳佳。

"叶姐,我还以为他工作上有什么事情要找你,但他说是私事。"任佳佳先于向垚一步开口说道,表情里表现出某些不满。

因为知道了任佳佳暗恋于向垚的事情,对任佳佳多少有些吃味的话,叶秋实当然不会放在心上,任佳佳这个年龄段的女孩子有这种表现太正常不过了。

"杂志的排版小样已经定稿了,你要不要看一看?"叶秋实心里认为那花就是于向垚送的,但因为任佳佳在,所以就避重就轻地谈起了工作上的事情。

"叶姐,这个你们全权做主,我来是,我想……"他有些欲言又止,示意叶秋实让任佳佳离开。

"谁稀罕在这听你们!"任佳佳当然一眼就明白了于向垚的意思,然后有些生气地就走开了,弄得于向垚有些莫名其妙。

"她怎么了?叶姐,我应该没有得罪过她吧?"任佳佳刚一离开,于向垚就非常不解地问道。

"没事,不用管她,谁知道她哪根筋出了毛病。"叶秋实本想将任佳佳暗恋他的事情告诉给于向垚,可是转念一想,决定还是暂时不说出来为好,缓缓,等更合适的机会再说,就转口说了一句不痛不痒的话。

"谢谢你送的花。"看任佳佳走远，因为于向垚刚刚的表现，叶秋实更觉得花就应该是于向垚送的了，觉得无论怎样还是要表示感谢，否则也显得自己太没礼貌了。

"你刚才说谢谢什么？"于向垚睁大眼睛盯着叶秋实问道。

"谢谢你送的花呀！"叶秋实指了指旁边放着的那束醒目而美丽的花。

"没有呀，我没有送你花呀！不过，说实话，我想送来着，又担心对你影响不好，所以就……"这种情况下，于向垚显得十分尴尬。

"哦，是吗？对不起，我还以为这花是你送的。可是这就奇怪了，到底会是谁送的呢？"叶秋实此时更加迷惑，她的脑子里开始浮现出张丞骏，毕竟他已经做过此类事情。但张丞骏一向做事高调，真要是他送的话，他应该会附上一堆甜言蜜语才对呀！

"下班了，你们还不走呀！"看来任佳佳是真误会叶秋实和于向垚的关系了，估计她心里应该也会认为那束花就是于向垚送的，临走时还专门走到叶秋实的门前，盯着那束花，故意大声地扯了那么一嗓子。

"那花不是他送的。"

"就是，不是我送的。"叶秋实本来是想宽慰一下任佳佳的，但于向垚的附和却让一切听起来是如此虚假。

"叶姐，我今天在附近有个演出，活动结束过来的。紫珊瑚酒店的表演明天晚上就要举行了，我有些紧张，所以想和你一起吃个晚饭，缓解一下我的紧张情绪。"等大家离开后，于向垚终于说清了此行的目的。

"因为是临时决定的，所以没有事先打电话就直接过来找你了，希望叶姐多多见谅。"因为刚刚的一系列误会，于向垚可能觉得自己的行为有些欠妥，就很诚恳地道歉。

"噢，原来是这样。没事，很好啊，正好，上次你去我家客串我男朋友的事情，我还没来得及谢谢你呢，今天晚上我请客，算是我的一点心意。"叶秋实突然想到上次送于向垚回去的时候，说过要择日谢谢他的事情，今天事先并无其他安排，也算合适。

"那怎么可以，今天晚上必须是我请你，我是特意过来麻烦你的，怎么还能让你请客。"于向垚诚恳实在的个性让人觉得十分可爱。

"好了，咱们就先别争这个了，还是及时去吃饭吧。"

两个人去附近一家叶秋实比较熟悉的酒店享用了一顿不错的晚餐。于向垚一再坚持，最后是他结的账。叶秋实表示等于向垚的演出结束，再为他庆贺。席间，叶秋实打电话叫林咏薇过来一起吃晚饭，不知是因为有事情烦心，还是因为是和于向垚在一起，最后，林咏薇并没有过来。

回到家，打开门进去的时候，林咏薇竟然双手抱膝，一个人蜷卧在沙发里，也没有开电视，让叶秋实见了有些心酸。

"怎么啦？身体没有不舒服吧？"叶秋实急忙放下包，换了拖鞋，走过去摸了摸林咏薇的脸。

还好，似乎并未有什么异常。

"拿开你的脏手，手也没有洗洗就摸人家的脸。"林咏薇终于又露出她的本色。

"看来是没病！"林咏薇一说话，叶秋实倒放了心。

"你看看你非得在家闷着干什么！吃晚饭了吗？你过去和我们一起吃多好，我单独和他在一起还蛮尴尬的。"叶秋实开始唠叨林咏薇的不是。

"对了，秋姐，我想好了，我决定去韦晴珊那里上班。我仔细想了想上午你说的话，觉得很在理。我也是30岁的女人了，本来职业领域就有性别歧视，何况是我这么个年龄的老女人，而且还没有结婚生子，哪个单位会放心用。去大学教书的话，确实不好进，我抽空查了很多学校的招聘信息，稍微有点规模的大学都要博士研究生，咱们这硕士根本就没多少希望。不瞒你说，来到这里的第二天我就投了几份简历，心里想着，应聘毕竟有个过程，先投投简历，等有面试机会的时候，我的伤也应该恢复得差不多了。这不，伤倒是好得差不多了，一个面试的机会还没有。我也总不能这么白吃白住你这里吧，可是我的老本又哪里经得住折腾，所以及时去韦晴珊那里上班是最好的选择。至于我之前的一些想法就让它们统统见鬼去吧！"林咏薇没有理会叶秋实的抱怨，竟然一口气说了这么多关于工作上的事情。

"好啊，好啊，你终于想明白了！太替你高兴了，相信秋姐，姐不是故意为难你，绝对是为你好！"

"来了，来了，又来了，真像是我老妈！"林咏薇听了叶秋实的话忍不住回应说。

"我就是你的姐妈！只要你认就行！"叶秋实半开玩笑半认真地说道。

"那好，那我现在就给韦晴珊打电话，告诉她这个消息。咱们明天就去上班。"叶秋实忍不住欣喜，总算没有辜负韦晴珊的美意，也解决了韦晴珊的燃眉之急，便急忙掏出来手机。

"算了秋姐，这么晚了合适吗？实在不行，我明天直接过去得了。"爽快的林咏薇提议。

"那怎么可以，酒店可不是咱们家的，说去就去，怎么也得先打个招呼，让人家提前有个安排才好。"

"也是，还是秋姐想得周到。"

"好，太好了，我正等着你的消息呢。我还以为会有其他变化，咏薇会觉得到我这里屈就呢。"一接通韦晴珊的电话，叶秋实刚说完林咏薇同意去她那里上班，电话那端的韦晴珊瑚就表现出极大的热忱。"让她明天就过来吧，我会将一切安排妥当，恭迎她的到来！""可是我的脸这样去上班行吗？"当叶秋实将韦晴珊的意思告诉给林咏薇后，没想到林咏薇又似乎十分犹豫。

"你啊，就别在那里臭美了，你不说，现在谁能看得出你脸上有问题。美成那样了，还想怎么美！我看你就是上班综合征。"

"什么是上班综合征呀？秋姐，我这还真是头一次听说呢。"林咏薇对叶秋实的话充满了不解。

"就是你一直不上班，突然要上班，心理上会觉得这也不是那也不好，潜意识里会有抵触去上班的意念，但意识层面又意识不到，就会给自己的潜意识找各种理由，总觉得还没有准备好，总认为还有什么需要准备的状态。"

"嗯，有道理，这些天没工作，现在突然决定上班了吧，就充满了某种潜在的焦虑，觉得指不定会发生什么事情一样，有些不安。"

"很正常，好好休息，养足精神，明天以全新的状态迎接全新的生活！"叶秋实安抚着林咏薇，然后就去洗手间准备洗漱，好尽早睡觉。没想到林咏薇也直接跟了过来。

"你想干什么？我洗漱解手，准备休息了。"

"嗯，你不是说我得了什么上班综合征了吗，我怕我睡不着，今天晚上想和你一起睡。"林咏薇有些撒娇地说道。

"好吧，好吧，真服了你，整个一长不大的孩子。"

"你不是我的姐妈吗？有姐妈在，我当然就是个孩子啦。"林咏薇继续和叶秋实嬉闹着。

等一切收拾完毕，两人终于躺在了床上。

"明天还用我送你过去吗？不用了吧？"叶秋实本来是想送林咏薇去上班，但因为收到主编伍梅里对杂志小样提出的修改意见，这些意见很重要，而且时间也很急，出版发行的日子越来越迫在眼前，她有些担心会出现其他情况,所以就没敢直接说去送林咏薇,毕竟她也认识地方,也见过韦晴珊。

"不,我要你送我,人家害怕。"但没想到林咏薇竟然不依不饶地想要叶秋实送她,这让叶秋实多少有些为难。

"怎么?不愿意送人家,不愿意送就算了。"林咏薇似乎很生气了,急转身背对起叶秋实。

"好吧,好吧,明天我送你去。"叶秋实的确有些为难,可是又觉得不去送确实不妥,毕竟自己是林咏薇和韦晴珊之间的纽带。

"算了,不用,不用。"没想到叶秋实答应了,林咏薇却又不让送了,她转过身,笑着对叶秋实说,"你还真以为我是小孩子呢,去上个班还得有人送,我刚才纯粹是和你开玩笑的,你还真当真了。"林咏薇又露出了她的真性情。

"真的不用我送?"叶秋实还是有些不相信,看刚才那劲,如果真不送,林咏薇是真生气呢。

"真的,秋姐,绝对不用送。你们主编不在,你在单位那就得好好站好岗当好排头兵。你那里挺忙的,要是去送我,一折腾就得大半天,何苦呢?我又不是找不到地方。"

"那好吧,这可是你说的不用我送,不是我不愿意去送你哦。"为了表明自己的态度,叶秋实又强调。

"知道啦,知道啦。你看看你,咱俩谁跟谁呀,就算你不愿意去送我,我也不会,不对,也不敢怪你呀。"林咏薇扮了个鬼脸,然后做出睡觉状。

"什么话呀?我有那么厉害?好啦,不跟你一般见识,咱们还是赶快睡吧,已经不早了。"叶秋实做出轻拍的动作,好让林咏薇赶快睡着。

"不过,我怎么毫无困意呢,看来还真是上班综合征闹的。"林咏薇转身仰躺着,愣愣地盯着天花板喃喃着,脑子里却满是明天去上班的各种假想情形。

毕竟到了现在的年纪,已经不再是当初那个没心没肺,轻易可以忘记一件事情的小女生,第二天天一亮,尽管昨天睡得很晚,但因为心中有事,林咏薇还是早早地就醒了,急急火火地喊醒了仍在睡梦中的叶秋实。"大懒虫,快点起来了,还说要叫我!"然后便急匆匆下床去洗漱化妆。

"真是的,这个困呀,昨天晚上都怪你,睡得那么晚!"叶秋实打着哈欠,一边起床一边抱怨。忙得一塌糊涂的林咏薇难得地对叶秋实的抱怨不予回应。

简单地吃过早餐,叶秋实顺路把林咏薇捎带到可以直接坐车去韦晴珊酒店的公交车站。

"记着,到那里后,有什么事情及时给我打电话。对了,晚上我可能会去那里看演出,晚上那里会有于向垚的演出!"当公交车快要启动的时候,叶秋实突然想起晚上的事情。

"是吗?那太好了,到时候我等着你,和你一起看演出。别可能会,一定要过来啊。"一听说叶秋实晚上可能会过去,林咏薇喜出望外,便急忙强调了一句。

"是的,那就晚上见!"

再次步入职场的林咏薇难免会有一些小兴奋,工作之余总是会忍不住给叶秋实发微信,讲述她自己的兴奋心情,汇报一下她的最新动态。

"秋姐,到了这里后,韦晴珊亲自接待我,并给我安排了办公室,人事部帮我办妥了工作上的一切手续,让行政秘书帮我办好了生活用餐的餐卡。"

"秋姐，你说得没错，酒店这边上上下下都在忙活晚上的大型演出，连市电视台综艺频道的著名主持人郁晓冬都来了。我可喜欢他了，可惜他已经结婚了，听说他的妻子是他们台里的另一位主持人。哎，我是没戏了。不过，看见他就很兴奋！"

"韦姐，不，应该叫韦董事长，她也跟我说了，工作场合就叫韦董事长，私下里就叫韦姐。韦董事长告诉我这几天没有什么具体任务，就是多转转多看看，多聊聊，长些感性认识。"

"秋姐，于向垚上午就来了，他不知道我的情况，见到我后可高兴了。他是来踩踩点，看看舞台情况的。本来说好中午一起吃饭的，可是临近中午他又说公司有些事情要处理，就走了，没吃成。"

"对了，他还问你来着，问你晚上会不会准时过来。你不知道，我告诉他你肯定会过来看他演出的时候，他可高兴了。我看他八成是真喜欢你！"

本来很忙的叶秋实不时被林咏薇的微信消息干扰，不过这些太能理解了，刚到一个新的工作环境，而且对她来说是个全新的工作场合，再加上这段时间什么也没干，肯定觉得什么都很新鲜。

等下午处理完工作上的事情，按伍梅里伍主编的意见修改完一切杂志上的事情时已经临近傍晚。奇怪的是自下午4点之后，林咏薇就再没发过消息，估计是参与到工作当中，忙得没有闲工夫想起自己了！叶秋实有些疲累，也就有些犹豫，到底去还是不去？去的话，现在赶过去，演出估计已经开始；不去的话，许下的承诺无法兑现，让她觉得不安。所以想来想去，还是决定去，至少晚上可以直接接林咏薇一齐回去。

车行驶在繁忙的车流中，满目灯火，灯光迷离。

叶秋实终于在工作人员的引领下，来到演出现场时，整个大厅里人头攒动，充满节奏的时装表演舞曲震撼心灵，舞台上的服装和模特浑然一体，充满美的享受，规格果然非同一般！

叶秋实找了半天也没有找到林咏薇，就在外围找个地方暂时先坐了下来。

她们应该会坐在前面才对，叶秋实希望找到林咏薇，好让她知道自己的确过来观看演出了，便不停地继续四下寻觅林咏薇和韦晴珊的影子。她们果然都在前排坐着。借着微弱的灯光，叶秋实突然看到一个熟悉的身影，因为太过突然，叶秋实有些不敢相信自己的眼睛，她使劲揉了揉，竟然是陈伟嘉！竟然真的是他！

他怎么会在这里？不过转念一想，又似乎不足为奇，作为一家大型综合媒体机构，嘉实传媒集团涉足的领域其实非常之广，像这种大型的演出，作为集团的高层，陈伟嘉受邀过来观看绝对是件稀松平常的事情。

真喜欢一个人是一种奇妙的化学反应，前一秒脑子里也许根本就没有那么个人，哪怕一丝一毫他的影子都没有，可是他一旦出现，竟然满脑子似乎只剩下了他，连心跳也不自觉地在加速。叶秋实现在就如此，她觉得内心只剩下陈伟嘉俊朗的脸庞，她感觉到自己的呼吸不由自主地在加速，心遏制不住地乱蹿腾。

正在叶秋实不知如何是好之际，她忽然看到陈伟嘉起身弓腰离开了自己的座位。叶秋实目不转睛地盯着陈伟嘉，生怕他突然从自己的眼前消失。之前要忘记他所做的一切努力现在根本抵不住这突然的邂逅所带来的强烈冲击力！她看到他朝大厅的一个出口方向走去。叶秋实突然觉得他很可能是想要去趟卫生间。鬼使神差，叶秋实竟然不由自主地朝陈伟嘉的方向走去。

果不其然，出了演出大厅的门口，前走不远就是卫生间的位置。她看到陈伟嘉果然进了卫生间。

叶秋实突然快走了几步，她突发奇想，很想制造一场与陈伟嘉卫生间偶遇的情形。

见陈伟嘉进了左边的男士卫生间后,叶秋实急速走进了右边的女士卫生间。稍稍平息了自己紧张的心情,然后不敢停留就从里面走了出来,拿出包里的口红,对着公共区域的大镜子补起妆来。

她看着镜子中的自己,虽然有些疲态,但重新抹了抹口红,梳拢了头发后,整个人又渐渐焕发生机。而恰在此时,方便完的陈伟嘉从卫生间里走了出来。

叶秋实看到了镜子中的陈伟嘉,还是那么英俊,而且更加充满了成熟男人的味道和气息。陈伟嘉一脸讶异,盯着镜子看了足足两分钟,通过镜子,他看到了面前背对着他的女人竟然是叶秋实!

"这么巧!怎么会是你?"陈伟嘉和叶秋实几乎同时开口。当然叶秋实知道能够在此如此巧合地碰面其实只是自己的有意为之。

"因为和市电视台的广告部有业务往来,我是受市电视台的邀请过来看演出的。"陈伟嘉很快恢复了淡定,以在叶秋实听来十分性感沉稳的声音解释。真心喜欢一个人,就是如此,连声音也喜欢,陈伟嘉在叶秋实的眼里,连声音也魅力十足!

"我、我是过来看朋友演出的。"过去了那么久,叶秋实恨自己,见到陈伟嘉竟然还是会像是第一次看到他时的情形,竟然又忍不住有些微紧张,只是此时还不至于像第一次时那样过于紧张。

"你还好吧?花收到了吧?"

"花?什么花?喔,那花是你送的?收到了,收到了。"叶秋实突然想起早上收到的花,原来竟然是陈伟嘉送的!一时觉得有种幸福袭身的感受。

"早上我有事,路过你们单位,就忍不住过去打听了一下你的近况。这不快到中秋佳节了,就忍不住给你买了束鲜花。但我没敢留下任何信息，害怕会给你带来不好的影响。如果不是今晚碰到你，我也不会主动告诉你花的事情。"

叶秋实现在突然有些庆幸，庆幸她还是过来看演出了。否则的话，那束花的主人只会是谜了。而且见到陈伟嘉之后，这种内心的感受只有她自己清楚，甜蜜幸福夹杂着兴奋，她喜欢这种感觉！

"今天我的夫人也跟着过来看演出了，否则的话，真想请你去喝杯咖啡。"

"哦，是这样？那、那时间不短了，你还是赶快回去吧。否则，估计她会怪罪你了。"尽管叶秋实明显地失落，但她还是尽量装作若无其事地对陈伟嘉说道。

"好，你的手机号没有换吧？你先前用的号我还一直保存着。"在陈伟嘉快要步出门外的瞬间，又转身问道。

"没、没有。一直用的是原先的号码。工作原因，没敢轻易换。"听陈伟嘉说他一直保存着自己的手机号码，叶秋实有些小感动。但她又何尝不是如此，虽然把陈伟嘉的号码从手机里删除了，她还是忍不住在本子上留了备份。自己的号码也一直没敢换，鬼知道是什么原因。但出于自尊，她还是把号码没换的原因归结于工作。

"没换好，没换好。方便的时候我跟你联系。"陈嘉实说完便走了出去。

陈伟嘉离开后，叶秋实突然怅然若失，看演出的热情瞬间化作乌有。

她盯着镜子中的自己，忍不住抱怨起来："叶秋实啊叶秋实，你就是贱，你怎么可以对一个有妇之夫念念不忘呢！"

叶秋实用手反复抚摸着自己的胸口，努力让自己平复兔子般乱跳的心绪。正在此时她听到了手机的响声，她下意识以为会是陈伟嘉的来电,急忙拿出包里的手机,但打开一看是林咏薇的微信留言:"大姐,你现在在哪呢?过没过来呀?刚才韦董事长还问起你呢。对了,于向垚马上要登场了,他可是很期待你的到场喔。"

"不要管我了,我在后面看呢,你们看你们的。"此时叶秋实还没能从与陈伟嘉的"偶遇"里完全走出来,本来不想理会林咏薇的信息的,但觉得事后薇妮子会揪住不放,寻根问底,就回应了一句。

"好吧,过来了就行,演出结束可要等着我呀,我可不想打车回家。"林咏薇很快又回了一句。

"怎么办?怎么办?"从卫生间往回走的时候,叶秋实突然觉得很无奈,在如何对待陈伟嘉的问题上她出现少有的无能为力。一想到之前所做的努力,她甚至想一走了之。可是如果此时真走了的话,待会演出结束,林咏薇估计又得抱怨自己不够姐们了!

陈伟嘉和他的夫人一起过来的!虽然和陈伟嘉交往了一段时间,但叶秋实还真没见到过陈伟嘉的夫人。她突然很想看看究竟是个怎样的女人能配得上她心目中近乎完美的陈伟嘉!

叶秋实又悄悄返回到先前离开的位置,那个位置正好能够目及陈伟嘉的方向。陈伟嘉正在集中心思地看演出,如果没有猜错的话,坐在他旁边的那位微微有些发福的女人就应该会是他的夫人!

哼,人比人真是气死人,那样的女人也配和陈伟嘉在一起!叶秋实出于嫉妒,心里竟然有些愤愤不平。

正在此时,她看到于向垚从舞台的一角走了出来,经过精心打扮的于向垚,穿上时装设计大师的佳作,显得不同寻常。但也许是缘分未到,或许是每个人总会受自己喜欢的类型限制,于向垚这种典型的年轻帅哥反而根本不是她叶秋实的菜!

但叶秋实突然出现一个念头,如果自己和于向垚以恋人的身份出现在陈伟嘉面前，不知道陈伟嘉会做何感想？又会有怎样的表现？她突然很期待看到这一幕。

而恰在此时，她听到观众席里一阵轻微的骚动，叶秋实的思绪又被带回眼前，舞台上的于向垚似乎出了一点小小的状况，他的脚好像是崴了一下。但好在他毕竟也有一些舞台经验，很快就调整过来，算是虚惊一场。

"哎呀，幸亏没有发生大问题，要不然真是好尴尬呀！"等于向垚演出完毕走回后台之后，叶秋实这才放下心来。刚才她还真有些担心于向垚，他要是演出演砸了，影响自己的前途不说，连叶秋实也跟着为难，真会有些不好意思面对韦晴珊，毕竟于向垚今晚能够演出，是看在她叶秋实的面子。

因为心思无暇集中到演出上，演出似乎很快就结束了。

叶秋实设想的一幕没有发生，于向垚谢完幕后就没再出现。叶秋实去找林咏薇时，却故意又从陈伟嘉的面前走了一趟，她看到陈伟嘉默默示意的眼神，她甚至和陈伟嘉的夫人直视了一眼。

真是讽刺啊，陈伟嘉显得云淡风轻，她叶秋实却竟然有种被刺痛的感觉，整个人郁郁寡欢。

"怎么啦秋姐？怎么感觉你有些心不在焉？要不，这车还是我来开吧。"本来想和韦晴珊打个招呼，但她实在太忙了，叶秋实很快就和林咏薇从演出大厅里走了出来。

"不会是因为于向垚吧？他们演出一结束就离开了，据说他还有一场其他的演出。今天幸亏他反应得快，要不真是差点出状况。"坐上车，林咏薇一个劲地说着自己的感受，"不过，于向垚在舞台上还真是有魅力，感觉老帅了！"

"嗯，挺好的，我只是有些累。"叶秋实慢半拍地回应了一句牛头不对马嘴的话。

因为陈伟嘉，叶秋实一个晚上都不在状态，鬼知道喜欢一个人又无法得到他的感觉究竟有多煎熬！

"到家了吗？今天实在是不太方便，所以临别时没有和你打招呼。"刚到家，叶秋实就收到一条陈伟嘉的短信，眼前立即闪现演出散场时她看到的陈伟嘉充满无限意味的目光，但与此同时，也立即想到了陈伟嘉的夫人那张充满幸福甜蜜的脸！

她不由自主地生气，这一点连林咏薇也注意到了。

"你到底怎么了秋姐？今天见到你之后，就没见你开心笑过，好像干什么都不在状态，白天工作上不顺心？还是因为于向垚的演出出了点小状况？"

"我跟你说这些都不算事，工作上有问题的话，咱们想办法解决。于向垚的演出整体挺好的，他反应得快，也没有怎么影响到演出效果，当时他的一个动作就掩饰过去了。"林咏薇以自己的思维劝说着叶秋实。

"不是，跟这些都没关系。"叶秋实觉得憋得难受，她想跟人倾诉一下她的感受。

"我今天又碰到陈伟嘉了。"

"哪个陈伟嘉？"

"就是之前我跟你说的，我很喜欢的那个呀，一个有妇之夫。"

"喔，我想起来了。我说今天在前面看演出，无意当中看见一个人有些脸熟，当时因为集中心思看演出就没多想，原来是他！记得你之前让我看过他的照片，但因为过去这么久了，所以有些淡忘了，要不是你这么说的话，我根本想不起来了。"

"是的，我也没想到今天会碰见他。"

"但是，我跟你说，你可不能再招惹这类人，我就是个惨痛的教训,坚决不能和这种有家庭有老婆的男人有半毛钱关系,到最后受伤害的总是我们!"林咏薇又仿佛想起来什么,补充道,"我今天看到他应该不是一个人看演出。"

"嗯,我知道不应该,我也一直在努力。其实,如果不是今天见到他,我都已经快把他忘了。但你知道吗,我今天突然见到他竟然有些小兴奋,你说我是不是犯贱呢?"还没等林咏薇回答她第一个问题,叶秋实又说,"对了,你知道吗?他今天早上还专门给我送了花,一大束鲜花!"

"贱,贱,我看你就是犯贱,你看看你,一说起他送花,你那脸上就像是开了花!"林咏薇边说还边拿出自己的化妆镜让叶秋实照。

"我看你一准是中了那个陈伟嘉的毒,他这是又给你使迷魂汤呢,一个结婚男还竟然给你送鲜花!"林咏薇有些愤愤不平地说道。

"不过,他其实是不想让我知道的,一开始我也根本不知道是他送的花,如果不是晚上看演出碰见他,花的主人我可能会一直不知道呢。上午于向垚去我那里找我,我还以为是他送的呢,结果弄得很尴尬。陈伟嘉说他送我花也没什么含义,就是觉得快过节了,无意当中路过我的单位,就自然而然地想送一束花。"

"那就是他在犯贱,没什么事送别人花干什么?那说明他心里一直想着你,想你才会如此下作!"林咏薇说的句句在理。可是在叶秋实听来,却觉得林咏薇真是刻薄,陈伟嘉应该没有她说的那么不堪,他只是喜欢自己而已,一种发自内心的喜欢而已。

"我跟你说,你可不能继续沉迷下去。嗯,不错,我也承认,那个叫陈伟嘉的男人是挺有魅力的,可是再有魅力那也是人家的啦。而且如果我没记错的话,你当时和他断绝来往时,还跟我说他是靠他的岳父才有如此身价,这种男人更不能深交,不然到时候你会比我更惨。你想想他的老婆多有势力呀，真招惹上这种人，那后果真是不堪设想。"

"好了，好了，不早了，咱们赶快睡吧，明天都还得上班。"也怪了，这些道理不是不懂，但叶秋实今天就是不愿多听，她打断仍想继续批评她的林咏薇，转身走进了自己的卧室。

"不听我劝是吧，不听我劝，有你受的时候！秋姐你可千万不要重蹈我的覆辙！"在进卧室的瞬间又听到了林咏薇这么一句话。

叶秋实当然知道和陈伟嘉继续交往的后果，但一进卧室，叶秋实觉得陈伟嘉的形象又开始变得清晰："我到底怎么啦？怎么会老是想着陈伟嘉呢？"

今晚看来又注定是个不眠之夜。

第十章 老妈再催婚

由于失眠，第二天到了单位之后，叶秋实依旧觉得头有些昏昏沉沉的。坐到办公室后，看着那些仍娇艳欲滴的鲜花，叶秋实觉得心情十分复杂，既有掩饰不住的暗喜，又有按捺不住的担忧。

昨天林咏薇的批评不是毫无来由的，林咏薇毕竟经历过最悲惨的遭遇，才不得不放弃曾经拥有的一切来投奔她。如果自己再次陷入陈伟嘉的爱也好，喜欢也罢，后果都不堪设想。

叶秋实突然有种冲动，有种想要把面前的花撕碎扔掉的冲动！

可她还是克制住了，毕竟花是无罪的，她设想这花就是一个朋友送的，一个普通得不能再普通的朋友送的，只是她很喜欢这个朋友而已！

叶秋实使劲地摇了摇头，试图让自己清醒，她需要清醒，清醒地认识自己的处境，自己面临的情况，自己要走的路！

"一定要仔细想想我对你说过的话，不要忘记刚一见到你时我的面容！好好想想我当时的惨样！"又是林咏薇的善意提醒。

叶秋实没有回复，但她的确在积极采取行动，好让自己至少目前暂时不要去想她和陈伟嘉的事情。

她决定先给于向垚打个电话，昨天的事情发生得突然，叶秋实甚至忘了过问和关心一下于向垚。

奇怪，电话竟然没有人接听。

算了，可能他还没有起床，打了两遍之后，叶秋实决定放弃。

工作暂时无事，叶秋实便顺手打开了电子邮箱，里面有一封来自伍梅里的邮件，是昨天半夜发过来的，叶秋实本能地以为会是工作上的事情，便急忙打开来看。

"秋实，我实在忍不住想找个人说说心里话，这几天我真是经历了生活中最黑暗的日子。我离婚了，手续已经办理完毕。我本意是不想办的，如果老祁他只是因为经济犯罪我也绝对不会办这个离婚手续。可是，你知道吗？他真的有外遇，他在外边养了个小三，而且听说对方都怀孕了！当我确认这个消息之后，我感觉天都要塌下来了。他的所作所为实在太让人生气了！我觉得我所有的自尊都被他羞辱殆尽，他再也没有任何值得我留恋的地方，我终于狠下决心，走了我此前从未设想过的路。我觉得现在心里痛苦极了！父母年事已高，孩子又还那么小，这些痛苦跟谁倾诉？实在忍不住了，就半夜起来给你写了这封邮件，抒发一下心中的苦闷。家丑让你见笑了，打扰你了。"

看着这封说长不长，说短也不算短的邮件，叶秋实满脑子都是伍梅里各种生气的表情，平素那样清高的一个女人遇到了这种情况会是怎样的痛苦不堪！这才几天呀，伍梅里竟然发生了如此大的变故，叶秋实甚至不敢去想。

再想想自己此时面临的境况，叶秋实突然有些不寒而栗，不管从自己的角度出发还是从陈伟嘉夫人的角度来看，无论最后结果如何，叶秋实都必须要好好把控好自己的情感，免得害人伤己，造成众多人的痛苦。

叶秋实突然觉得此时她必须对自己狠一些，让潜意识当中的幻想早日破灭。

"佳佳你过来一下，到我办公室来一趟。"她电话喊任佳佳。

"叶姐什么事情？"任佳佳很快出现在叶秋实的面前。

"去，把这些花都给我扔了，扔得越远越好。"叶秋实指着面前的鲜花说道。

"叶姐，你这是怎么了？这些花多好啊，扔了多可惜呀。可不可以送给我呀？"任佳佳有些不解。

"我说扔了就扔了。不扔的话也可以，但不准放在办公室，下班可以直接拿回家。不拿回家的话，白天绝对不能放在让我看见的地方。"叶秋实一再叮嘱。

"好嘞。"不明就里的任佳佳见叶秋实同意了她的请求，高兴地抱起那捧花走出了叶秋实的办公室。

艳丽的花从眼前消失，可是忘记一个人可没有那么容易，尤其是真心喜欢的人。叶秋实知道她还有很长的路要走，但无论怎样艰难，她暗下决心，一定要走好自己选择去遗忘的路。

"晚上一起吃个便饭吧，吃完饭到我新开张的健身馆玩玩，也好给我的健身馆增添些人气，都开业这么久了，也没见你来过。"临近下班的时候，叶秋实收到张丞骏发来的一条短信。这在往常，也许会犹豫。但今天不同，此时叶秋实很想通过健身来发泄一下心中积聚的无以名说的各种不如意。还有就是，她甚至希望能与张丞骏暂时走得近一些，好通过这种关系和连接暂时疏解陈伟嘉带给自己的心灵冲击。"好的，你等着我，到时我按时赴约。"叶秋实及时回复了张丞骏的短信，然后又发给林咏薇一条微信，当然没敢直接说自己是和张丞骏吃饭约会去了，只是谎称晚上有个朋友的饭局，会晚回去，让她自己先回家。

临出门前，叶秋实还是忍不住掏出化妆镜，又仔细梳拢了一下头发，抹了些口红。

等赶到张丞骏告诉她的港式茶餐厅时，张丞骏已经在那里翘首期盼了。

在看到张丞骏的瞬间,叶秋实还是忍不住有些走神,她仿佛看到了先前某次陈伟嘉等她时的身影,深情款款,如此打动人心。等张丞骏喊出她的名字的时候,叶秋实的情绪才真正回到眼前的一切。

"不好意思,早到了吧?"

"没有,也就刚刚到一小会。"回答间,张丞骏已经帮叶秋实拉开座椅,细微之心可见一斑。

"谢谢。"这种情形在以往,叶秋实也许会不以为意,也不会这么客气。可是因为昨晚与陈伟嘉的相遇,叶秋实的意念里总是有对其他男人多多少少的排斥和疏离感,可能这种感觉她自己都没有意识到,只是行为却会无意间受此意念的引导。

"跟我还这么客气,你这么客气我都有些不好意思了。"张丞骏被叶秋实的一句"谢谢"给弄得有些不自在。

"应该的。"叶秋实边回应边四下环顾了一下这家她第一次光临的茶餐厅,人头攒动,生意倒是相当火。

"对了,看看喜欢吃些什么?"沉默了一下,张丞骏急忙将菜谱推到了叶秋实的面前。

"你做主吧,晚上反正不可以吃太多。"叶秋实又将菜谱推了回去。

"好吧,那我做主,正是考虑到这点,我才约你到这里,这里的菜式比较清淡,适合晚餐享用。"

等两人用完晚餐,来到张丞骏新开张的劲能健体第10馆时,那里并不像张丞骏说的那么冷清,里面健身的人很多。

"你骗我,说得好像你这里人烟稀少,生意冷清似的,原来人这么多。"叶秋实故意嗔怪道。

"哪里骗你!是你旺客,你一过来,客人也都跟着过来啦!以后要经常过来才可以哦！"张丞骏嬉笑着回应。

这里摸摸，那里瞧瞧，叶秋实还真是充满了新奇。虽然也偶尔去健身馆健身，但能跟张丞骏这里的规模和设施相媲美的健身馆还真是不多。

"到更衣室换一套运动服吧。"看叶秋实兴致很高，张丞骏及时提议。

"可是，我没带运动服啊。"

"我这里是干什么的？运动服还能没有？小贾过来一下。"张丞骏转身朝不远处一位服务员喊道，那位服务员应声而来。

"张总什么事？"

"去，从运动服专卖区挑一套好的运动服，带我的朋友去换上，账记在我的名下。"

"这怎么好意思，我还是拿钱买吧？"叶秋实一听张丞骏要送自己运动服，急忙说道。

"什么话，你这不是打我的脸吗？区区一套运动服还不是小意思。"张丞骏说完就示意身边的服务员带路去换运动服。

叶秋实觉得实在不好多说什么，就顺从地去换了运动服。

等她清爽地穿着一身崭新的运动服回来时，张丞骏也已经换好运动装，等在了原地。

"嗯，你还别说，这运动装穿在你身上还真是好看，以后给我的运动服代言吧，我今后想做运动服的开发与生产呢。"张丞骏的话透露着他的勃勃野心。

"净开玩笑，给你的运动服代言，还不是让你的生意大跌，衣服滞销！"叶秋实开玩笑道。

"哈哈，真会开玩笑，叶大美女代言会赔？那不是天大的玩笑嘛！"张丞骏爽朗地大笑起来。

这一刻，叶秋实觉得似乎有些淡忘了陈伟嘉的影子，因为就在没有换上运动服之前，她还不由自主地暗自设想如果能和陈伟嘉一起去健身多好！

"怎么样？你和小于的关系进展得如何？要不，等过两天，中秋节的时候你把他带回家里来吧。也好让家里的亲戚朋友给帮忙掌掌眼把把关，大家如果觉得可以的话，国庆节或者春节就可以结婚了。"刚一接通电话，电话那端妈妈的话把本来锻炼兴致很高的叶秋实一下子打回十八层地狱，她甚至都快忘了和于向垚"男女朋友"的事情，回话的时候差点就说漏了嘴。"你说是哪个小于？就是于向垚啊，你什么脑子啊！自己的男朋友都忘了？我看你真是该吃药了！"叶秋实本能的一句"哪个小于"的反问让叶秋实的妈妈也是丈二和尚摸不着头脑。

"噢，妈你别生气，我刚才跟你开玩笑的，我自己的男朋友，对，小于，于向垚，我怎么可能不知道？！不过，中秋节回家是不是有点太早了？我们还没到那个份上。"叶秋实脑子思忖着该如何灭了自己的妈妈想让他们双双回家的想法。

"早？早什么早！隔壁邻居，楼上楼下，跟你一样大的姑娘，哪一个不都是孩子他妈啦！就你还这样一直单着。这好不容易有个我和你爸爸都相中的男朋友，带回家怎么啦？"叶秋实的妈妈开始夸张地批评起叶秋实在恋爱结婚生子上的种种不积极。

"妈，我的亲妈，不是我不想回去，只是于向垚他有演出，他忙，忙得很，最近可能会出国。"叶秋实也是急得不知道该如何说是好。

"什么？他还要出国？出国干什么去？出国不是需要很长时间吗？那你们两个是不是会影响感情进度？我说孩子呀，你可得盯紧点，不能让他出国。你都不知道你爸爸的一个朋友的女儿，她的男朋友就因为出国，最后闹掰了，分手了，女方是赔了时间又损失了钱财，人财两空。"因为女儿一句毫无边际的瞎话，叶秋实的妈妈开始设想起种种不利的局面。

"妈，妈，我不跟你说了，我是和朋友一块出来锻炼身体的，他在那边喊我了。等明天，明天有空的时候我再给你回电话。"叶秋实很无奈，实在不愿意再跟妈妈这么毫无意义地继续打马虎眼，就直接抢先挂断了电话。

"谁的电话，什么情况？怎么打个电话，打了这么久？"一直在旁边等着的张丞骏不时地看叶秋实，等叶秋实挂完电话就走到身边忍不住着急地问道。

"我妈打过来的，要不也不能说这么长时间啊。实在不好意思，耽误你锻炼了吧？"叶秋实有些抱歉又无奈地回应。

"是伯母打过来的电话，那说这么长时间就太正常了。你说世上哪个做妈妈的不疼自己的女儿？何况你一直是一个人。"说最后一句话时，张丞骏显得有些意味深长，叶秋实当然明白他的心思。

"今天就到这里吧，时间有些不早了，再晚的话，估计林咏薇又该担心，打电话找我了。"叶秋实拿起手机看了看时间。

刚说完这句话，叶秋实就收到了林咏薇的语音微信。

"时间不早了，赶快给我滚回来。别喝多了，喝多了，回来我可不管你的事，让你自己难受去。"

"真是说曹操曹操到，这个死妮子的消息来得还真是时候。"叶秋实边说边急忙回了一句"我很快就回去"的语音信息。

"还真有你们俩的，你说那个林咏薇，每次都坏我的好事。不过，还好，有她在，我倒放心你。"张丞骏一听就知道是林咏薇催叶秋实早些回去。"衣服我换回去吧？"叶秋实真心觉得有些不好意思，就真诚地问了一句。

"什么话啊,你这不是损我嘛,你让我的脸往哪里搁呀!区区一套运动服,送你就是送你了,哪有再收回来的道理。"张丞骏的回答让叶秋实觉得也实在没有理由再拒绝。

"好吧,那运动服我就笑纳了。那下次,下次我请你吃饭。"

"好,有下次就好。以后常来这里玩呀,自己家开的店干吗不来?"看得出,张丞骏是真心希望叶秋实能经常过来锻炼。

与陈伟嘉的尴尬境况,妈妈的一再催婚,张丞骏的热情关怀,回去的路上,诸多的信息朝叶秋实涌来,她觉得有些糊涂了,究竟该何去何从,似乎很明朗,又似乎不清晰,一切只待机缘去成全。

"你总算回来啦,我一个人在家都不知道干些什么好。"叶秋实一进屋,放下包,换上鞋,听到动静的林咏薇就叫嚷着从卧室跑了出来。"咦,什么情况?什么时候买了新运动服?"看到一身运动装的叶秋实,林咏薇站在那里,瞪大眼睛问道。

"嗯,今天跟朋友吃完饭去健身了,顺便买了套运动服。"听林咏薇问到运动服,叶秋实有点后悔,当时从张丞骏那里出来,图省事,没有及时换回早上走时穿的衣服,现在在眼尖的林咏薇面前觉得有些心慌。

"和什么朋友一起出去的?也不叫上我一块?"林咏薇好像意识到什么,又追问了一句,"哦,不会是去见张丞骏了吧?"

"怎么可能!是和杂志业务上有往来的朋友。对了,你不知道有多气人,刚锻炼一小会,我妈就来电话了。"为了避免林咏薇继续问下去,叶秋实及时抛出了妈妈来电话的事情,当然妈妈的电话内容的确是她苦恼不已的事情。

"婶婶来电话了?都说了什么?怎么?不会又催婚吧?"林咏薇果然将关注点及时转移到了老人家的电话内容上,这正是叶秋实想要的效果。

"嗯，是的，你还真猜对了，说什么让我和于向垚中秋节回家一趟，让家里的亲戚朋友过过目把把关，如果大家都认可的话，国庆节，最迟春节就登记结婚。你说这都什么事啊，自己的婚姻凭什么让他们同意？这都什么年代了，天底下竟然还有这种事情！"叶秋实故意渲染着自己气愤的情绪。

"嗯，是够气人，咱们自己的婚姻凭什么还要别人指手画脚？不过，不对啊，妈妈也不是别人啊。可是，最关键的问题是你和于向垚根本不是恋人关系啊，这可怎么办？"林咏薇真心替叶秋实着急。

"要不，再让于向垚跟你回一趟家呗，实在不行，就给他些钱，就当是租个男朋友回家过中秋佳节，这种事现在也不算是什么稀罕事，有的是。"林咏薇的出谋划策让叶秋实哭笑不得。

"可是这样也不是长久之计呀！如果和于向垚一起回去，家里人都觉得行的话，接下来岂不是更糟！估计到时候，我妈催婚催得更起劲了。"

"那就让他们觉得于向垚不行，让于向垚恢复本来面目，显得比你小，显得不那么靠谱不就行了吗？"还真有林咏薇的，她这么一说倒是让叶秋实觉得这个看似荒唐的方案甚至具有了相当的可行性。如果真和于向垚回去一趟，大家不满意的话，这样一来至少短期内估计爸妈都会消停一下。

"你觉得这样真的可行？还有没有其他更好的办法？"叶秋实虽然开始认可林咏薇的建议，但还是觉得不太妥当。

"还能有什么好办法？毕竟于向垚见过你妈妈，也经历过一次考验，如果他同意的话，应该不会演砸。况且，也没有更合适的别的人选啊。"

"是啊，怎么办啊？实在不行的话，到时候估计也只能这样了。"叶秋实真心觉得左右为难。

"对了，你怎么样？工作上还顺利吧？"面对着自己的尴尬局面，叶秋实有些头疼，既然林咏薇不再追问和谁吃饭运动的事情，觉得还是暂时不要考虑那么多再说，就及时转移了话题。

"光顾着说你的事情，我忘了告诉你，韦姐还问你了呢，她托我告诉你，对演出当晚没能好好接待你表示歉意呢，希望你不要怪她。"

"是吗？还真有韦姐的，她那么大个董事长，那么多事情要忙，我怎么可能会怪她呢！"

"那你到底准备怎么样？很快就到中秋节了，我们酒店那边都开始策划和准备中秋节的有关工作内容了。"休息前，林咏薇还是不放心叶秋实的事情，就又嘟囔了一句。

"我再考虑考虑吧，实在不行就按你说的办法，但不知道这次于向垚会不会同意帮忙。"

是啊，谁知道呢，这样的事情可不是随便一个人就会同意的吧？

叶秋实脑子里突然再次闪现出陈伟嘉，接着又想起张丞骏。陈伟嘉让她看到自己的内心，却也同时看到了现实的无情。张丞骏让她觉得温暖，但的确不是自己想要的爱的感觉。人啊，真是常常会左右为难，圆满似乎只能在梦里呢。

问题是一点一点解决的，急也急不得，也根本不是急就可以解决的，这一点叶秋实当然心知肚明。眼看着中秋节一天天迫近，第二天刚一到单位，任佳佳就忍不住多嘴，当然，她也是出于好心，或者只是信口这么一问："叶姐，有人问我中秋节咱们有什么活动吗？"

"有什么活动？有什么活动？这才几号呀？就想着放假过节了！"叶秋实本来一再试图平复的着急情绪被任佳佳的一句问话瞬间点燃。

"好吧，算我多嘴。"任佳佳感觉到了叶秋实的不对劲，急忙走了出去。但叶秋实的呵斥还是被外边的同事们听到了。

"她这是怎么了？哪根神经不对劲了，看她也快成为第二个伍梅里啦!"大家一时间议论纷纷。

在任佳佳走出办公室的瞬间,叶秋实意识到刚才的情绪失控是自己的不对。任佳佳这么问,本身也算是她分内的事,作为行政秘书,很多时候,这种放假啊,活动啊,繁杂事务什么的,本来就是通过她发布的。今天因为自己受个人私事的困扰才会发脾气,实在是有些不应该。

"对不起,佳佳,我不应该对你发脾气的,是我的不对。你征求一下大家的意见吧,看大家有没有什么可行的活动方案,有的话就提前进行,中秋当天让大家好和家人团圆。对了,今天下午下班前将情况发给我。"叶秋实在工作QQ上及时给任佳佳留了言,任佳佳也很快予以了回复。

"好的。没事,叶姐,伍主编不在,知道你压力大,我不会介意的。看你今天脸色有些不太好,是不是昨晚没有休息好?多保重身体!"

任佳佳的留言让叶秋实有些感动。"谢谢你的理解!"她及时回复了一句。

"对不起,你有预约吗?上次的花就是你送的吧?我们叶副主编不需要。"一切刚刚从叶秋实发脾气的氛围里恢复平静,突然就看到一个人抱着一大捧鲜花朝叶秋实的办公室走过来,任佳佳以为上次的花就是他送的,所以想拦住。

当然叶秋实的第一反应以为会是陈伟嘉,这是符合人的心理预期的,人们总是希望自己喜欢的人能够出现在自己的面前,不管客观上对自身好还是不好。但意念中一出现以为是陈伟嘉又过来送花,莫名其妙,心情竟然一下子又开始紧张起来!

当那一大捧鲜花来到她的办公室,从那个人的脸上挪开后,竟然是张丞骏!

"叶姐,我没拦住他。"任佳佳有些抱歉地对叶秋实说道。

"没事了,你忙你的去吧。"叶秋实看到是张丞骏,心情反倒是即刻恢复了平静,不急不缓地对任佳佳说道。

"说吧,什么事?怎么这个时间过来了?"等任佳佳走远后,看着一脸欣喜的张丞骏,叶秋实心情有些复杂。

"嗯,你还别说,这次还真有事想跟你说,是好事。"张丞骏一脸神秘地说道。

"什么好事,还这么神神秘秘的?"叶秋实有些不解,张丞骏能有什么好事要告诉自己?

"我决定在你们的杂志上投放广告,长期投放!"张丞骏高兴地说道,"怎么样?这应该算是件好事情吧?"

"可是,我们的杂志现在广告投放都满着呢!合同还没到期吧?"叶秋实有些不解地问道。

"是吗?你最近一定没去你们的广告业务部了吧?我已经打听好了,你们的一个大主顾,封底的广告业主这期结束后,合同就到期了,而且我也打听了,他们已经不准备再续签。"张丞骏胸有成竹地说道。

看来这些都是真的,估计张丞骏前期的确已经做足了文章,所以才会此时站在这里说出这么肯定的话。

"嗯,是吗?对了,坐吧,坐下来说吧。"叶秋实这才注意到张丞骏还一直都站着。

"这样的话,算不算是一件好事呢?"

"当然,当然算。"叶秋实也知道现在平面媒体的广告业务有所下降,没有之前那么红火,张丞骏此时如果决定长期把广告业务放在这里的话,对他们杂志社来说的确是件好事。可是他究竟居心何在呢?仅仅是因为相中了杂志的实力吗?还是别的原因?再想起昨天晚上锻炼时张丞骏关怀备至的细微动作,叶秋实心湖微澜。她知道,以张丞骏现在的实力,他完全可以选择更强的媒体合作,他愿意把合作机会给杂志社,很大程度上应该是喜欢她叶秋实!冲着她叶秋实来的!

张丞骏好事送上门,叶秋实分析判断他在很大程度上是因为对自己的喜欢。想到父母中秋节的要求,考虑到于向垚比自己年龄上小得实在太多,根本不可能有后续情缘,所以,张丞骏似乎成了最具有可能性的救命稻草。本来心里对是否接纳张丞骏主动送上门来的好事还有些犹豫,但思忖间,就觉得只有接纳他的这份好意,才有可能让隐约飘忽的可能成为真的。

"怎么样?还考虑什么?我这个广告业务会算在你的头上,广告提成也完全归你,这么好的事情,不会有人想拒绝我吧?"张丞骏看叶秋实在那里愣神,半开玩笑半认真地打破了一时的沉默。

"嗯,这个可以有。你说得对,这么好的事情打着灯笼都难找,我怎么可能会好意思拒绝?"叶秋实从思虑中回过神来,她觉得她应该接受张丞骏的好意。至少现在不应该明确拒绝。

"对了,我今天来这里找你还有件事情,就是我昨天打伍梅里老公祁励勤的电话,不知道为什么总提示关机,打伍梅里的电话总也不接。你知道什么情况吗?"张丞骏本来嬉笑的表情忽然严肃起来,然后又好像担心叶秋实会不说实话,强调说,"你一定要告诉我实情。"

叶秋实的第一反应是想说自己不知道实情或者编个其他事情糊弄过去的,但因为知道张丞骏和伍梅里老公祁励勤之间的关系,如果不说实情,竟然会有些担心张丞骏会受到什么不好的影响。她意识到这点之后,甚至有些奇怪自己的内心感受:"看来我现在对张丞骏的感觉真的在变化!"

"你还不知道是吧?伍梅里的老公祁励勤好像出问题了,他们也已经办了离婚手续。"

"什么？你说什么？完了，完了，这下可完了！"张丞骏少有地不安，竟然没等叶秋实说完就打断。

"什么完了？祁励勤这下子估计是完了，可是你这是怎么啦？"叶秋实看张丞骏的表情有些不解。

"我说呢，上次祁励勤去我那里要钱，我就觉得有些不对劲，感觉他神情怪怪的。"

"他从你那里要钱？要多少钱？什么时候的事情？"

"是，上次我没敢跟你多说。其实我的店他的确出了不少力，我也私下了给了他一些好处，但都是小来小去的。可是上次他竟然主动去我那里要钱，看来是有其他打算啊。"

"那你给他了吗？"叶秋实有些不安地问道。

"给了，但还好，当时没有弄到那么多现金，只给了小部分，答应他随后再给。"

"也不是小数目啊，那这下怎么办？"

"怎么办？估计只能是当打水漂了，肯定是要不回来了，这个时候也根本没法要啊。"张丞骏有些痛心地说道。

是啊，作为一名生意人，总是会不由自主地权衡和计算投入产出比的，这一点叶秋实倒也十分理解。

"那就靠自己呗，你的事业现在也算是有根基了，影响应该没有那么大吧？"叶秋实劝慰道。

"嗯，靠别人总是没有靠自己牢靠。"张丞骏刚说完这句话，叶秋实的手机突然响了起来，叶秋实看了看是于向垚来的电话，他这个时候打电话能有什么事情？叶秋实有些犹豫。

"谁的电话？怎么不接啊？"张丞骏提醒。

"是于向垚的。"然后就接了起来。

"喂，叶姐，我是向垚，你说的那件事情我愿意。"于向垚第一句话让叶秋实听得莫名其妙。

"薇薇姐都告诉我了，她说你想中秋节带我回家。"听了后面这句话，叶秋实才明白过来到底是怎么回事，心里忍不住有些埋怨林咏薇："这个死丫头，嘴还真快，这么快就把中秋节想和于向垚继续假扮男女朋友的事情告诉他了！"

"是这样，我、我还没有完全想好。"叶秋实有些犹豫该怎么跟他解释。

"这还想什么？我喜欢你，和你回家是求之不得的事情。什么租不租的，多难听，我就是愿意跟你回家，我掏钱买车票都没问题。"于向垚的热情让叶秋实不知该说什么好。

"什么？你说什么呢？这里有我呢？轮得上你什么事！"一直站在旁边侧耳细听的张丞骏似乎听出了到底是怎么回事，一把夺过叶秋实的电话，对电话那端的于向垚吼道，然后不容于向垚多说就把电话挂了。

"这种小毛孩就不该多理他！"然后于向垚打过来电话，张丞骏直接就挂掉了，再来电话又挂掉，几次之后，电话终于消停了下来。

叶秋实看着面前的一幕有些五味杂陈，既有些小感动又有些小悲哀，感动的是于向垚倒是乐于助人，上次说得那么明白，他们之间根本不可能成为恋人，但这种事情他还是这么不含糊地就答应了。看自己为难，张丞骏这么决绝地与朋友反目，替自己解围也让叶秋实有些动容。而悲哀的是这一切似乎都不应该有，或者说到这个年龄了不应该还有这种需要去应付的事情。

"谢谢你刚才替我解了围，否则，我还真不知道该怎么回绝他。"此时，叶秋实心里已经开始打定主意，无论如何都不能再和于向垚共同出现在父母面前，免得产生连锁反应，应付了父母，还得应付于向垚，更不知道该如何收场。

"这你还跟我客气!对付这种毛头小伙子,我跟你说你就不能给他机会,给他机会他就会抓住不放,他们有的是使不完的精力,你能应付得过来?先不说他图不图你什么,即使他真喜欢你,你觉得可行吗?你觉得你们会幸福吗?上次我就觉得你找他假扮你男朋友的事情就很不靠谱。现在怎么样,他还上赶子了!"张丞骏分析得头头是道,让叶秋实反驳不得。

因为刚才张丞骏的激烈言辞,虽然办公室隔音效果挺好,但似乎还是引起了一些骚动,外面的工作人员似乎有所反应。

"对不起,跟你说的那件事情,你们的客户合同到期时我再找你详谈。时间还早,我还有些别的事情需要处理,这次就先走了。"张丞骏可能意识到了自己给叶秋实带来了不便,竟然主动提出离开。

"也好,毕竟离中午吃饭时间还早,我就不留你吃饭了,改日再约。"尽管张丞骏既送来了好事,还替自己解了围,但不知什么原因,叶秋实心里觉得今天并没有多少心情请张丞骏一起吃饭,所以,他既然主动提出先行离开,叶秋实并未提出挽留。

张丞骏离开之后,办公室内又恢复了平静。只有张丞骏送过来的鲜花醒目地绽放着。

想到刚才张丞骏对于向垚的态度,叶秋实多少有些歉意,甚至有想要打个电话给于向垚表示歉意的冲动,但最终还是没有打这个电话。张丞骏尽管有他的私心,但他说的许多话还是很在理的,于向垚那么年轻,很多事情只凭感觉,做起事情来难免冲动,所以还是尽量回避和他来往为好。

一想到这里,叶秋实就有些生气,生林咏薇的气:"这个薇妮子,本来只是商量商量,看是否可行,真到了万不得已的时候才可能会请于向垚再次假扮男朋友的。这种事情她竟然不和我商量就自作主张地直接告诉给于向垚,真是太过分了!可是生气归生气,林咏薇毕竟也是为自己好,还是算了吧。"本来想拿起电话痛骂一通林咏薇的,但想来想去,叶秋实还是打消了这个念头。

正在此时,伍梅里的电话打了进来,直接打的叶秋实的办公室电话。

"伍主编你还好吗?我其实刚刚还想给你打个电话呢,没想到你就打过来了。"这倒是真的,其实刚刚决定不打电话痛骂林咏薇的瞬间,叶秋实真是很想打个电话问问伍梅里的近况呢。

"我还好,还有些事情需要处理,等处理利索了,我就回去上班。不过,估计怎么也得过了中秋节了。"电话那端伍梅里似乎犹豫了一下,然后问道,"对了,张丞骏是不是找过你?"

"嗯,是,他找过我。"然后就将张丞骏想投放广告的事情讲述了一遍。

"他就没再说别的?"伍梅里似乎问得很小心。

"没有,就说了广告业务上的事情。"叶秋实从伍梅里的问话中,感觉到伍梅里似乎不想让人知道张丞骏还告诉了她其他事情,所以干脆过滤掉了伍梅里前夫祁励勤找张丞骏要钱的事情。不管最后那些钱是怎么处理的,估计伍梅里都不会太想让人知道吧。

"嗯,行,我知道了。对了,马上过节了,还是给大家准备些月饼啦,红酒呀什么的礼品吧,毕竟也辛苦这么久了。"听完叶秋实的话后,伍梅里口气里透露出一丝轻松,及时把话题转移到了即将到来的节日上。

"行,主编,待会我就安排任佳佳去办。今天他们还问过节怎么过呢,你这个电话打得太及时了。"叶秋实高兴地回应。但其实她很清楚自己的高兴有些在装。从伍梅里的语调中她感觉到了一丝莫名其妙的哀伤,这哀伤恰如自己的内里,总有些挥之不去,高兴就难免来得并不真实。

"闺女,我是你妈。怎么样?你和小于决定好什么时间回来了吗?"临近下班前,突然接到个电话,号码显示是小姨的号码,但接起电话来却是自己的妈妈,叶秋实有些莫名其妙。

"怎么是你,妈妈?这个号码显示的可是我小姨的呀!"叶秋实不解地问道。

"嗯,你小姨过两天有事,这不,快八月十五了,提前过来看看我。我的手机忘记充电了,所以就用她的手机打的。这不,说起你和小于的事情,她看了你们的照片可高兴了!"叶秋实在电话里也隐约听到小姨在旁边夸赞的声音:"一看这孩子就是个懂事的孩子,人又长得帅!啧啧,比我家秋芸的对象都帅气。"叶秋实瞬间有种崩溃的感觉。

"我可跟你说,这个中秋节你们一定要回来一趟,家里的亲戚朋友都惦记着这件事呢!都想见见小于呢!"叶秋实的妈妈开始表达自己的迫切愿望。

"妈,于向垚要出国,回不去。"叶秋实不知道该怎么说,顺口就说出上次跟妈妈提到的于向垚可能出国的事情。

"闺女,我是你小姨,我跟你说,你可不能让他出国,出国出野了,那可就不是你的人喽。"应该是小姨抢过了电话。

"小姨好,提前祝过节好。没事,你还不相信你外甥女我的魅力!对了,今天你和小姨夫一块回去的吗?"叶秋实先礼貌性地问了声好,然后试图开个玩笑,好把这个话题绕过去。

"闺女,不是小姨不相信你的魅力,现在的男人,我跟你说,都花心着呢!你必须把他给看住了,这么好一伙子,人又长这么帅,出去了,还不知道会有多少小姑娘惦记呢。那国外是啥地方?国外可比咱中国开放。不过咱们中国现在就够开放的了。"最后小姨妈又嘟囔了一句,人家根本就不往叶秋实提出的话头上提。听得叶秋实真是哭笑不得。

"听见没有,你小姨妈那可是为你好,你一定要听话,不要让小于出国,出什么国呀?国内不也有的是机会吗?"叶秋实的妈妈又抢回了电话。

"不跟你们聊了,我这里还忙着呢。明天吧,明天我给你们个准信。"叶秋实几次都想直接挑明她和于向垚的关系,但一想象到电话那端两个亲人的渴盼心情就有些于心不忍,最后只好含糊其词地挂了电话。"缓一天算一天吧。"她也不知道明天会怎样,又该如何向老人交代。

"叶姐,我今天问遍了所有部门的想法,大家都出奇一致,咱们单位单身人士居多,大家都想自己安排时间,好不容易有个假期,希望自己做主支配呢。"叶秋实挂了电话之后怅然若失的时候,任佳佳走了进来。

"也好,自己安排就自己安排吧,这个也不好勉强。对了,今天伍主编来电话了,说按惯例,给大家发些红酒和月饼什么的,你要不进来,我差点忘了,抓紧安排吧。至于金额,查查去年的情况,跟去年基本持平即可。"叶秋实叮嘱。

"好的,叶姐,那我今天晚上就去预订。你也知道,节假日,礼品抢手,咱们这都有些晚了,到时候,货品不一定那么充足,有可能不好安排。"

"也行,你叫上行政部的齐菲钰一起,辛苦一下,今天就办妥这件事情。"叶秋实知道临近中秋佳节,各大超市生意兴隆,不凑巧的话,礼品的确容易出问题,所以还是早一点办为好,虽然这已经算不上早。

"这是好事,这个没问题。"任佳佳轻松地走了出去。

是啊,毕竟是发福利,即使辛苦,看得出任佳佳也是高兴的。但叶秋实却无论如何也高兴不起来,一想起妈妈催她和于向垚回家的事情就开始头疼,有种百爪挠心的不自在。她突然很羡慕韦晴珊,想起韦晴珊上次和她说过的话,韦晴珊还真是她向往的境界!可是,她做不到,至少目前做不到!该如何安排这迫在眉睫的中秋节呢?又如何能够既不伤害到家人的感情又不让自己太为难呢?老实说,此时的叶秋实毫无头绪,她不知道,不知道下一分下一秒该如何是好。

第十一章 决定带张丞骏回家

"姐妈,下班了吗?过来接我一趟好吗?"正在叶秋实有些不知如何是好烦躁不安的时候,林咏薇的电话打了过来,有些兴致勃勃。

"你个臭妮子,还敢给我打电话呀!"可能是因为受妈妈和小姨妈刚才来电的影响,心情本就郁闷不堪,再加上想起上午于向垚的电话,就有些气不打一处来,一接通电话,叶秋实就忍不住痛骂起林咏薇来。"你说你都干的什么事啊?上午于向垚给我打电话了,你知不知道?他非得要求中秋节跟我回家。你说咱们只是那么顺口一说的事你就告诉他,这事你经过我允许了吗?到最后弄得大家不欢而散!"叶秋实越说越生气。

"哎,我这心真是操得多余!我还没跟你说呢,于向垚上午就给我打了电话,抱怨我说你告诉他回家的事还没想好。还说什么,他话没说完,你那边手机就被张丞骏给抢过去了,再打就没打通,真是弄得我里外不是人!你说你,让于向垚跟着一起回家是不是咱们提的方案?也是最可行的方案?当时你是不是也同意了的?你想想离中秋节还有几天?你不提前跟人家说,到时候万一他不同意去怎么办?提前说的话,是不是还有时间想想其他办法?这种事你不好意思跟人家说,我替你跟他说了,还成了我的错了!"林咏薇一听叶秋实的抱怨也生气了,嘟囔嘟囔一连串的话蹦了出来。

"可是,可是……"叶秋实还想说林咏薇的做法。

"可是什么?我问你,张丞骏找你干什么去了?是不是又献花献殷勤去了?我跟你说,你跟张丞骏来往,还不如跟于向垚呢。我看于向垚倒是真心喜欢你,也比较专一。"没想到林咏薇竟然又开始拿张丞骏说事,这反而让叶秋实很有些腻烦。

"得,得,又拿张丞骏说事!张丞骏哪里不好了?我还就觉得他现在挺适合挺好的。"叶秋实故意反驳林咏薇。

"行,好,那你去跟张丞骏好吧,跟他结婚呀!嫁给他去!"被叶秋实的话一激,林咏薇倔强十足的个性也展露无遗。

"跟就跟,跟他怎么了?人家现在可今非昔比呢,你不要老拿旧眼光看人!"叶秋实依然没有妥协的意思。

"好啊,那你去约他呀!我这里也不需要你接了!真是气死我了,本来是拿了东西不方便,这下可好,惹了一肚子的气!"林咏薇说完最后一句话就挂了电话。

"好,敢直接挂我电话!"叶秋实这次也有些真生气,"你不是不希望我跟张丞骏好吗?那我偏偏跟他好!他到底哪里不好了?你那么横加阻拦,我看你分明是有些嫉妒!我现在就约他,约他一起吃晚饭!"人在气头上,思维总是会脱离常轨,叶秋实有些赌气,竟然主动打电话约起了张丞骏。

"晚上有空吗?来接我吧,上午没有请你,弥补一下,今晚请你吃饭。"电话一拨过去,听得出张丞骏有些喜出望外。

"今天这是吹的什么风?女王陛下竟然主动召见臣下?什么话!有空吗?女王有空,我再没空也得有空啊!好,我立即赶过去。"张丞骏快言快语有些奉承的话让叶秋实的心情似乎有所好转。放下电话后,她竟然又有了心情去收拾一下自己。

很快两个人出现在了一家不错的餐厅，餐厅是张丞骏推荐的，说那里的菜都是有机蔬菜，环保、健康，最主要的是张丞骏熟悉那里的老板，可以优惠，而且有代驾，可以放心地喝酒。

"快过节了，来，咱们算是提前过节，干一杯！"叶秋实竟然主动提议，两个人直接干了第一杯酒。

"对了，过节你到底怎么过？还回不回去了？"张丞骏不知出于什么心态，竟然又扯到了叶秋实最不愿面对的事情上。

"不提，不提这事，咱们只过好眼前，过好现在。来，再干一杯。"一杯酒下肚，叶秋实有些心热，听张丞骏提及自己的事情，立即打住了话题，继续喝酒。

"好，不提，不提。对了，跟你说点高兴的事吧，上次我提到想开发运动服装的事情有了新进展，正在积极推进中，不出意外的话，年底应该就能实现。"张丞骏开始聊起自己的事业野心来。

"嗯，真不错，其实，我真心觉得你现在干得真不错，挺棒的，事业干得这么好，在咱们老同学当中估计也是数一数二的。来，为老同学的事业干杯！"叶秋实竟然少有地再一次一饮而尽。

几杯酒过后，因为心情郁烦，酒意渐浓的叶秋实开始有些头晕，在她面前坐着的张丞骏开始变得模糊，一会是陈伟嘉，一会像于向垚，一会又是张丞骏！她的脑子里时不时浮现出一些平日只是潜意识当中存在的意象，但无论如何，脑子里似乎一直有个声音："我是真心喜欢你！你是我一直以来都喜欢的女人！"

"真心喜欢我？那就娶了我呀！你敢娶我吗？"说完这句话，叶秋实哈哈哈地笑了起来，让旁边的"陈伟嘉"有些不知如何是好。

"不敢了吧？你怕你的老婆，你不敢和她离婚是不是？是不是？陈伟嘉你就是个熊包，怕老婆的熊包！"叶秋实竟然指着面前的张丞骏厉声呵斥起来。张丞骏这才意识到叶秋实竟然把自己看作是一个叫作"陈伟嘉"的男人了！可是这个陈伟嘉是谁呢？怎么从来没听叶秋实提及过，也从来没见过这个男人，这到底是个什么样的男人？竟然能让叶秋实这么惦念着！

"你喝多了，不要再喝了，再喝就真醉了！"看叶秋实又要举杯一饮而尽，张丞骏试图阻拦。

"不要管我，喝多了又怎样？喝醉了又如何？我还不如喝死算了，喝死省得再为你苦恼！喝死省得让那些烦心事整天折磨得我睡不好觉！"叶秋实再次喝完了酒杯里的酒。红酒本就后劲大，叶秋实的意识开始进入一种朦朦胧胧，现实和潜意识交相出现的混沌状态。

正在此时，叶秋实的电话响了起来，醉意渐浓的她连行动似乎都变得迟缓。张丞骏见状主动拿起叶秋实的手机，显示是林咏薇的来电。不看见林咏薇的名字还好，看见她的名字，张丞骏的内心就有些气不打一处来："这个林咏薇每次都坏我的好事，要不是她，我也许早就得到叶秋实了！"一想到这一点，再看看面前喝多了的叶秋实，张丞骏的内心开始变得蠢蠢欲动。他突然心生邪念，悄无声息地挂掉了林咏薇的电话，然后又直接关掉了叶秋实的手机。

"谁？谁的电话？"叶秋实隐约听到了自己手机的响声，半天才反应过来问道。

"林、林咏薇的。"张丞骏本来想随便编个理由说是别人的电话，可是转念一想，林咏薇见了叶秋实肯定会直接告诉她打过电话的事，所以就说了实话。

"这个死妮子，不接！不接！她就知道说我，陈、陈伟嘉结婚了，有家庭，她反对也就算、算了。凭什么，你张丞骏，单身她也反对，她就是见不得，见不得我好。"叶秋实断断续续地嘟囔着。

"就是，她凭什么反对你和我好！不接！不接！"张丞骏本来就已经挂掉了林咏薇的电话，现在听叶秋实这么一说，更觉得自己的行为没什么过分之处了。

而恰在此时，张丞骏的手机又响了起来，一看竟然又是那个林咏薇！

"看来她一准知道叶秋实和我在一起呢！不接，就不接，看你怎么样，气死你！"多杯酒下肚的张丞骏在酒意的撺掇下，愤恨地又直接关掉了自己的手机。他了解林咏薇，如果不关机的话，她一准会打个没完没了。

"谁？是谁？手机又响了，不接，不接。"酩酊大醉的叶秋实嘟囔着直接趴在了桌子上。"对了，秋实，谁是陈伟嘉？你们是怎么认识的？"此时的张丞骏很想从叶秋实的嘴里套出些陈伟嘉的信息。

"不接，就不接。"叶秋实抬头又嘟囔了一句就又趴在了桌子上。

看着此时的叶秋实，张丞骏想起刚刚叶秋实对陈伟嘉的念想，他内心的欲望变得更加强烈，一个邪恶的念头越来越清晰，他想得到叶秋实！想要彻底拥有这个多年来一直高高在上的女人！这是许久以来一直压抑在心的欲望！今天这个欲望就要突破他的身体，他再也无法等待下去！他已经按捺不住！

第二天，一直处于昏睡中的叶秋实被一阵电话铃声惊醒。她一个激灵坐了起来，看着全然陌生的空间，恍如做了一个很长很长的梦！慌乱中抓起自己的手机。

"谢天谢地，你终于肯接我的电话啦！昨天晚上你死哪里去了？我打你的电话都打爆了！"是林咏薇慌里慌张又满怀着急的声音。

"昨天晚上？昨天晚上你给我打电话了？我怎么不知道。"叶秋实对昨天晚上的事情全然没了印象。

"装！你就装糊涂吧！昨天晚上给你打电话，一开始还是通的，后来你就关机了，再打就没开机过。不过，后来我又给张丞骏打电话，他也关机了。你不会是和他在一起吧？"林咏薇的话倒让叶秋实依稀记起昨天晚上的确是和张丞骏一起吃的晚饭。

"可是张丞骏呢？他人呢？我现在这是在哪里？"叶秋实心里有些犯嘀咕，然后又掀开被子看了看自己。不看不知道，这一看真把她惊得一身冷汗，她发觉自己根本没穿任何内衣！平时并没有裸睡的习惯，这到底是怎么回事？她脑子里试图回想从昨天晚上到现在所发生的一切。

"张丞骏，对，张丞骏昨天晚上一直在自己的身边呢！"叶秋实本来有些自言自语，是对自己记忆的一个确认，但电话那端的林咏薇听得一清二楚。

"怎么？你们真的在一起了？"林咏薇显得气愤。

"我不知道，我不知道，我不知道到底怎么回事。"林咏薇的反应让叶秋实忽然意识到昨天晚上也许真的发生了什么最不该发生的事情！至少目前来说不应该发生。她依稀想起"陈伟嘉"的影像，她似乎觉得昨天晚上和"陈伟嘉"在一起，但现在可以肯定的是昨天晚上是张丞骏一直在自己的身边！

正在此时，叶秋实感觉有电话打进来。

"我脑子有些乱，先不跟你说了，有电话打进来，待会再说。"说完，叶秋实就挂了林咏薇的电话，然后接起了新进来的电话。

"怎么样？秋实你醒了？头还疼吗？我给你叫了早点，待会吃了早点再去上班。"是张丞骏！

"张丞骏，你在哪呢？昨天晚上到底什么情况？你到底对我做了什么？"叶秋实内心有种明确的预感，昨天晚上和自己睡在这张床上的就是张丞骏！

"我在公司呢，因为有些急事，一早赶回来的。当时看你睡着，睡得那么香，就没忍心叫醒你。"张丞骏的声音里饱含着关切，但又隐隐透露出一丝得意。

"这么说昨天晚上，昨天晚上我们真的在一起了？"叶秋实依旧有些将信将疑："难道就这么稀里糊涂地成了他张丞骏的女人？！"

"对呀，千真万确，难道你一点也不记得昨天晚上的事情了吗？开始的时候，我看你喝得有些多，就劝你不要再喝了。可是你不听，非得喝，结果就喝大了。看你喝那个样子，我就给你订了个房间，想让你在酒店休息一晚。可是等把你安顿好，我要离开的时候，你就拉住我，不让我走。你也知道我喜欢你那么久，那种情况下，所以最后就……"

"够了！够了！你不要再说了！"不管张丞骏说的细节是不是属实，但结果都是一样的，就是她叶秋实已经成了张丞骏的女人！叶秋实骨子里是个传统的女人，一想到这一点，她就不寒而栗，自己怎么这么傻！怎么能犯这么低级的错误，竟然在还没完全想清楚的情况下，就把自己给交了出去！

放下电话，叶秋实有种恍如隔世的不真实感。一个晚上过后，一切似乎都变了，她和张丞骏的关系变了，她和于向垚的关系变了，她梦寐以求的哪怕是虚幻却一直在心的陈伟嘉变得越来越遥远了，甚至她觉得和林咏薇之间的关系也发生了莫名其妙的变化！

叶秋实拎起自己的衣服，穿得非常仔细，她仿佛在和昨天的自己告别，做着某些只有她自己知道意味所在的告别！

"叶副主编，咱们的期刊昨天夜里已经正式印刷，今天早上正式出版发行，从目前各个站点的反馈消息看，销量会有所突破，随后我会向你正式汇报本期的发行情况。"负责发行工作的巫奇旷的一条短信带来了本期杂志的利好消息。前期的努力已经充足，这两天没有再过多参与期刊的具体出版工作，叶秋实甚至忘了今天是新一期杂志出版发行的大日子，新刊物终于赶在了假期之前正式面世！看到这么一条利好消息，往日她会高兴许久，但今天带给她的喜悦却瞬间即逝。

"好，多关注跟进有关工作。"叶秋实回了一条简短的内容之后，心思又落在了自己的身上，自己该怎么办？她甚至有种预感，今天晚上妈妈有可能会再次打电话要求自己和于向垚一起回家。本来就打定主意不再牵扯到于向垚，现在这种局面更不可能了。

"带张丞骏回家！"一个念头突然在叶秋实的心里萌生，虽然这个念头之前从来没有明晰地出现自己的意念里，但现实境况迫使叶秋实的思路不得不开始往如何与张丞骏更好地再续前缘的路上考虑。

虽然张丞骏一直并不是自己最理想的人选，但对他也的确曾有多次动心的时候，只要他个性上稍加收敛，对自己再诚恳一些，带给自己的安全感再强一些，也并不是那么不可以接受吧。叶秋实在心里开始劝说自己。

此时叶秋实的手机再次响起，是林咏薇的来电。几乎同时，房间的门铃响了起来。叶秋实急忙走过去开门，应该是张丞骏预订的早餐，看着牛奶、面包和水果拼盘，叶秋实有些小感动，她内心开始觉得也许与张丞骏一起回家是最好的选择。

电话依旧在响，叶秋实不想接，当内心的念头越发明晰的时候，她不知道该如何面对林咏薇，该如何跟她讲。但该发生的终究要发生，躲避终究不是办法，叶秋实最后还是又接起了电话。

"姑奶奶，你这是要急死我呀！你知不知道我一直在为你担心！"林咏薇一如既往地表达着她的关切，"对了，刚才我话没说完，谁打的电话呀？"

"张丞骏。"叶秋实尽量让自己平静地回答。

"老实告诉我,你们现在是不是已经在一起了?"林咏薇似乎特别想知道叶秋实和张丞骏的真实关系,想了解两个人究竟到了哪一地步。

"是,我们已经在一起了。"叶秋实稍微犹豫了一下,终于说出了实情。"我想过两天和他一起回老家面见父母,将于向垚的事情告诉爸妈,将我和张丞骏的关系讲明白。"叶秋实继续说着她的想法。

"好,好,事已至此,看来也只能这样了,希望这次他张丞骏是认真的!"林咏薇声音有些哽咽,好像有什么事情一直压抑在心底。

"咏薇,我觉得你也应该改变一下对张丞骏的看法,他对我说他一直喜欢我,并不是那种朝三暮四、见异思迁的人。"叶秋实对电话那端林咏薇的话并未想太多,只是想当然地以为林咏薇仅仅是不喜欢张丞骏。

"但愿吧。我希望你好,现在当然希望他对你是真心喜欢,对你是真的好。"说完林咏薇竟然直接挂了电话。

突然安静的房间里,只有热腾腾的牛奶在冒着热气,一切仿佛很美好。只是叶秋实的心里有种无法言说的不真实感,这种不真实感来得有些不可思议,或许只是女人的第六感在作怪。

虽然因为住在酒店,耽误了一些时间,赶到单位时大家已经各自在忙,但因为伍梅里一直未能上班,工作上的各种事情倒也相安无事。任佳佳和齐菲钰昨天晚上的付出,让过节礼品及时发放到位,一切似乎还算顺利。临下班前,叶秋实给张丞骏打了个电话,将自己过节的打算告诉给他,虽然一开始他有些愕然,觉得直接回家是不是太唐突,但最终也同意了叶秋实的方案,答应一起回老家见叶秋实的父母。张丞骏本意是要和叶秋实一起共进晚餐的,但一想起昨天晚上因为晚餐醉酒而造成的局面,叶秋实心情复杂,最后还是以"我今天有些累,头到现在还不舒服,想回家休息"的话婉言谢绝了张丞骏的好意。

"反正过两天有的是时间一起吃饭。"最后叶秋实竟然因担心张丞骏情绪会受影响,及时安抚了一句。

"那好吧,昨天晚上你的确也一直没有休息好,早些回去也好。"张丞骏的话有些意味深长,叶秋实当然知道他指的什么。

挂了电话,叶秋实有些愣神,张丞骏一句"昨天晚上你的确也一直没有休息好",让叶秋实隐约想起昨晚的情形,她仿佛依稀看到"陈伟嘉"的影子,是"陈伟嘉"将自己抱上了床,而后,两个火一般燃烧的躯体就融合到了一起!

叶秋实甚至有些情不自禁地轻微呻吟了一下,脸也有些灼热。

她急忙站了起来,打断了自己有些沉浸其中的联翩浮想,收拾东西回家。路上,一想到林咏薇,想到昨天两个人电话里的争执,叶秋实就不是滋味。因为现在无法预言是好是坏的事实,她有些生林咏薇的气,也一度设想,如果没有林咏薇的那些话,自己不那么执拗地非要去邀约张丞骏,也许就不会有今天这一切。可是一切已成定局,根本不会有任何更改!生气又管什么用呢!

到家后,从门后的衣服架来看,林咏薇已经回来。

叶秋实没有像往常一样吱声,林咏薇也少有地没有回应。

放下包,换了鞋子,叶秋实只是习惯性地走到林咏薇的卧室,门虚掩着,林咏薇和衣仰躺着。

"怎么啦?你病了?"看到林咏薇的状态,叶秋实条件反射,疾步走过去,伸手摸了摸林咏薇的额头。

"没事,只是感觉有些懒。"林咏薇出乎意料,一个骨碌直接坐了起来,然后顺势又站到叶秋实的面前。

"对不起,秋姐,都是我不好,昨天也许我不该跟你发脾气。"林咏薇心里也一直念叨着昨天她和叶秋实之间发生的事情,所以站起来后直接抓住叶秋实的手道歉。

"没什么,什么好不好的,不怪你,事情都是赶的,既然这样了,有什么可怪罪的。不过,我也没想到事情会发展成这个样子,也许这就是我的命。"叶秋实心软,开始安抚林咏薇,但又的确有些伤感。

"好了,没事啦。祝福秋姐吧,希望他能真心对我好。"叶秋实试图打破两个人一时间尴尬的沉默,提起精神微笑道,但她却没有提起张丞骏的名字。

但即使不提张丞骏,叶秋实仍旧觉得有些说不出来的不自在,她不知道问题出在哪里,反正心里的感觉就是如此。

"谢谢秋姐,既然无法改变现实,那么我们就要努力让现实变得更美好,来吧,看我昨天捎了什么好吃的。"林咏薇也许意识到再多说什么都于事无补,干脆直接绕开了让两个人都不开心的话题,拉着叶秋实的手直接奔厨房而去。

拉开冰箱的门,冰箱里鲜美的物品琳琅满目。

"这都是我们昨天发的。我都没想到,韦董事长这么关照我,我本来以为刚到那里工作不久,这次过节福利可能会没我的份呢!但事实是不但有,而且一点也没少!"林咏薇面带微笑地注视着叶秋实有些惊讶的表情,"不错吧?"

"嗯,是不错,福利可是比我们单位要丰盛不少,你看这牛肉多嫩多新鲜。"叶秋实指着冰箱里看上去的确很不错的牛肉说道。

"不过,这可是有我的功劳的,这么好的地方,当初让你去,你竟然还拒绝,现在知道秋姐的选择没错了吧?"叶秋实故意有些调侃地反问道。

"嗯,还是秋姐有眼光!我进去以后才知道,红珊瑚酒店管理集团还真是一家实力非常雄厚的集团公司,韦董事长,不,韦姐的宏伟版图看了都让人惊叹。你猜,她的目标是什么?她的目标是要让每个地市级以上规模的城市都要有她们的酒店!"林咏薇没等叶秋实回答就兴奋地说出了韦晴珊的雄心。

"嗯,韦姐的确不是个简单女人,她是我们俩的目标和楷模!"

两个女人终于再次找到共同话题,也再次回到了正常的交流轨道。但谁的内心都有秘密,即使是好闺密、好姐妹之间也不例外。

"闺女,我是你妈。"昨天晚上没有接到家里的电话,叶秋实还有些庆幸,但第二天一大早,妈妈打过来的电话就响了起来,又开始了她的老一套理论。

"妈妈真是老了,昨天晚上想着给你打电话的,后来有人叫我出去办了点事,就给忘了,你说我这脑子。"接通电话后,叶秋实的妈妈一个劲地检讨着自己,仿佛昨天晚上没有打电话竟然是她自己犯了弥天大错。

"没给我打就对了。"叶秋实接听的过程中不由自主地小声嘟囔了一这么一句话。

"什么?你说什么?"叶秋实的妈妈没有听清,但好像也嗅到了叶秋实有些不满的意味。

"我说你怎么没打。"叶秋实急忙改口认真地说道,她也的确担心妈妈会生气。

"你说说你这个闺女真不让人省心,这给你打个电话还不高兴上了。说吧,给个准信,你们到底什么时间回来?明天是不是就应该放假了?今天晚上回来,还是怎么样,也好让我们有个准备吧。"

"单位还有事情需要安排一下。明天吧,明天我们一早出发,中午到家吃饭。"叶秋实脑子里盘算着怎么都躲不过回家这一关了,反正也跟张丞骏说好了,就明天回去吧。

"真的？好，太好了！这就对了！你们不往前走，怎么可能会走到结婚的地步呢！"叶秋实的妈妈终于听到了闺女准备带"准女婿"回家的消息，高兴自然溢于言表。

"妈妈，我是和……"但没等叶秋实再多说什么，叶秋实的妈妈就在一句"太好了，我得赶快告诉你爸爸"的话中结束了通话。

"唉，算了，这种事情电话里一句话两句话也解释不清楚，还是直接回去算了。"趁叶秋实接听电话的间隙，已经穿好衣服走到叶秋实面前的林咏薇知道叶秋实最后想做什么，直接说出了自己的想法。

"也是，既然是无法改变的事实，就直接将军，回家见面再说吧。"叶秋实的确想打回去电话向妈妈再解释一下她是要和张丞骏回家的，但想想似乎也没多少必要。

"唉，你这里算是暂时没事了，我这里还窝心着呢，昨天夜里堂弟QQ上告诉我，我爸妈经常为我的事情唉声叹气呢。这次只是以刚到一个新单位无法休假没办法回家为理由搪塞过去了。"

"真是搞不懂，怎么这些老人比我们当事人还急，难道结婚就那么重要吗？"叶秋实慨叹了一句。

"没办法，谁让我们的父母都是那种传统观念特别强的人呢！赶紧走吧，先上班要紧。"林咏薇看了看时间，急忙制止住还想多说些什么的叶秋实。

两人急匆匆出门，很快消失在疾驰的车流人流里。

白天处理完单位的各种事情，临出单位前叶秋实又和张丞骏通了一次电话，确认了一下回去的细节。但没想到放下张丞骏的电话后，却接到了陈伟嘉的节日祝福短信，虽然只是普通的几句话语，但对于爱的人来说却似乎蕴含着巨大的能量，一时间让用忙碌来忽视自己真实内心情感的叶秋实有些感伤，眼前竟然忍不住又浮现出陈伟嘉的身影和那天晚上意念里与陈伟嘉在一起时的画面，虽然现在她知道那个"陈伟嘉"只是张丞骏。但想着想着，就又想到了她所见到的陈伟嘉的妻子，想到节日里他们所可能共同出现在一起时的画面，眼角竟然不知何时流下一滴泪，当叶秋实意识到这一点时，急忙用手抹了抹眼睛，调整了一下情绪。

"谢谢祝福。也祝你们节日幸福，甜蜜安康。"她及时回复了一句礼节性的祝福语。她觉得她只能如此，而不能全然表达自己的真实感受，只能将心头的思念之火悄然熄灭，也将陈伟嘉心头的欲望之火冷却。

第十二章 母女反目

第二天,天刚刚蒙蒙亮,张丞骏就赶早来到了叶秋实住的楼下。

昨天尽管张丞骏说准备礼品的事情全然交给他,但在下班途中,叶秋实还是忍不住又买了一些东西。平时回家次数少,家里亲戚又多,到时关照不到谁都会显得不好,还是多准备些礼品为好,加上晚上有些想东想西顾虑多,所以尽管睡得早,但却醒来得晚。要不是张丞骏的电话,都不知道会睡到什么时候。

林咏薇尽管可以不用起那么早,但还是被叶秋实的各种动静给惊醒了,这种情况下,出于情分,她怎么也不好意思再行多睡,而且也知道今天张丞骏会过来接叶秋实,所以也及时起了床。

等两人准备妥当,张丞骏已经足足在楼下等了将近一小时,弄得叶秋实很不好意思。

"不用不好意思,这是对他的考验,懂不懂?这个时候,如果他小子连这点耐性都没有的话,那你还不如干脆让他直接歇菜。"林咏薇毫不留情地对叶秋实说。

"我可跟你说,这次秋姐算是交给你了,这是你张丞骏千年修来的福分,可一定要懂得珍惜。今后如果有什么对不起秋姐的事情,我可饶不了你。"张丞骏刚一进门,林咏薇就没给张丞骏好话。

"行了,你就不能对人家丞骏客气点好一些啊!"让张丞骏等了这么久,林咏薇又这么对待他,叶秋实突然觉得张丞骏也够受的了,所以就忍不住想帮张丞骏说话。

"哎哟,这就不一样了,有没有搞错,我可是在替你说话呢!白眼狼!"林咏薇见叶秋实替张丞骏说话,有些不满地说道。

"行了,你少说我两句,没人当你是哑巴。"张丞骏尽管心里很不高兴,但依然面含微笑,半开玩笑地说道,分寸拿捏得也算恰到好处。

"好了,好了,大家都少说两句吧。快帮我提提东西。"叶秋实急忙以拎东西为由制止了两个人想要继续拌嘴下去的势头。

因为叶秋实家的距离比较远,顺利的话,开车也得3个多小时,所以收拾完毕后,叶秋实和张丞骏没敢再多逗留。林咏薇也已经到了去上班的时间,张丞骏和叶秋实前脚出门,林咏薇后脚也离开了家。

一路上,张丞骏就像是个专业司机,叶秋实一直坐在他的保时捷车里,陪他聊一些家里的事情和需要注意的事项。有那么几次,看着张丞骏专注开车的表情,叶秋实忽然觉得这样也很好,毕竟张丞骏也算是自己比较熟悉的人,至少叶秋实觉得她很熟悉他,虽然也许只是一种错觉。

一切还算顺利,但比一开始告诉爸妈的时间的确是晚到了一些。所以等赶到家中时,刚到小区门口,叶秋实就看到爸妈在焦急等待的身影。

"记住,待会无论他们有什么样的反应和说辞,你都装作没听见,一定要微笑,面带微笑面对他们,后面的事情我来搞定。"临下车前,叶秋实有些紧张地再次叮嘱张丞骏。

"好,好,一切听你的,你就放心吧。我,你还信不过,别的不行,这点能耐还是有的。"张丞骏朝叶秋实微笑着说道,这多少给叶秋实一些信心。但张丞骏内心其实还是有些紧张,不过好在掩饰得好,根本看不出来。

"你们可算是到了！我们还担心路上出了什么事情！"叶秋实下车后，叶秋实的爸妈慌忙跑到面前惊喜地说道。

"小于呢？怎么他没在车里？"叶秋实的妈妈急忙又往车里看了看，她没有看到张丞骏的脸，但感觉不是于向垚，就以为是路途远，叶秋实专门找司机开的车。

"爸，妈，有件事情我说出来你们不许急。"叶秋实突然神情肃穆地说，她知道这一刻迟早要来，她必须面对接下来可能要发生一切不测的准备。

"这是干吗？什么事情，还这么严肃？"叶秋实的爸爸微笑着问道。

"就是，什么事情？怎么呢？难道是小于没有一起来？"叶秋实的妈妈忍不住猜测道。

"是，他没有来……"叶秋实的话还未说完，就注意到妈妈的脸色开始变得不自然。

"什么？你是说你男朋友没有来？"叶秋实的妈妈开始变得有些生气，"闹半天你自己来了？你这不让我们空欢喜一场吗？"叶秋实妈妈不满意的表情此时已全部写在脸上。

"不是，我是和我男朋友一起来的，但不是上次你看到的于向垚，而是你在家里见到的，我的老同学张丞骏。"叶秋实说出实情后，心里反而开始变得笃定。

"丞骏，下车吧。"叶秋实走到车边，敲了敲车门，这是他们先前商量好的，等叶秋实觉得张丞骏适合下车的时候再让他下车。

"伯父、伯母，二老好，我、我是张丞骏。"张丞骏下车后，略显尴尬地打招呼。

"你，你……"叶秋实的妈妈面带愠色地指着张丞骏想要说什么。

"好了，好了，咱们进家里再说吧，有什么事情进家里再说。"叶秋实的爸爸见状，急忙扯住了想要继续说话的老伴，然后拉住叶秋实的妈妈就往家里走。"有什么事情回家再说，别在外边弄得丢人现眼的。"一边往家里走一边急切地叮嘱。

叶秋实有些抱歉地看了看张丞骏没有说话，两个人就那么默然地跟在两位老人的后面往家里走。

"不管怎么样，至少现在可以进家门了。"张丞骏试图安抚心事重重的叶秋实，用调侃的语气说道。叶秋实只是轻轻叹了一口气。

"真是对不起，难为你了，丞骏。"叶秋实真心有些歉意地说道，她不知道接下来还会发生什么，她现在不敢多想，也不愿多想。但正如张丞骏刚刚所言，无论怎样现在可以进家门了，至于接下来会怎样，只能听天由命了。

一进家门，叶秋实的妈妈一直压着的火气腾腾直冒。叶秋实和张丞骏的腿刚迈进屋里，她一把拉住叶秋实就往卧室里拽。

"你跟我进来，跟我进来，我有话问你。"

"丞骏，你跟我爸在外边聊会天哈。"叶秋实在妈妈的搡拉下，急忙回头对跟在后面的张丞骏说。

"你去吧，没事，不用管我。"张丞骏似乎倒还镇定。

"你说说，这到底是怎么回事？上次见的那个小于多好啊？人又帅，家境又好，怎么突然就换了？而且还换成了以前我们就不同意的叫什么张……"一进卧室，叶秋实的妈妈猛地一下子关上了门，急不可耐地问道。

"张丞骏。妈，实话跟你说吧，我和小于根本就不是男女朋友关系，只是认识而已，并不是特别熟悉。"叶秋实觉得事已至此，再隐瞒她和于向垚的真实关系已没有任何意义，就实话实说道。

"什么？说了半天，原来你们上次都是糊弄我呢？随便拉了个人就说是你男朋友？你这还是我女儿吗？真是太不像话了！"叶秋实的妈妈听了叶秋实的话，变得非常气愤。

"这还不是你给逼的，你整天催着我去相亲，相了那么多，根本就没找到靠谱的。我要不是给你临时找个，你上次去了还不得一直在那里逼着我找呀！"想起前一阵子的种种经历，叶秋实也开始变得生气。

"哟嗬，这说了半天，都是我这个当妈的错了！你也不想想你都多大了，再不加把劲，还有人要吗？"

"没人要，没人要我自己过，自己过有什么不可以！一个人过的多了去了！"叶秋实的心里充满了委屈，在妈妈话语的刺激下情绪也越发激动。

"净说些不着调的话，你这是存心要气我是不是？"叶秋实的妈妈用手捂住胸口说。

叶秋实看在眼里，担心老人身体真出什么状况，急忙转移了话题。

"谁成心气你了，人这不是都给你带回来了吗？"叶秋实开始拿张丞骏说事。

"就他？可是当初我和你爸不是不同意你们处吗？他家里条件不好，长得也一般，怎么能配得上你？"叶秋实的妈妈跟着说。

"那是当年，人家现在可不一样了。"叶秋实觉得有必要多说些张丞骏的优点，"他现在可是经营着10家体育健身馆，连锁式的，而且还准备开发运动服装品牌，生意做得很成功。"

"是吗？听起来小伙子还蛮上进的。这些你和小林可都没跟我讲过。"叶秋实的妈妈似乎开始对张丞骏有所好感。

"那你跟妈说实话，你和他现在进展到了什么地步？是不是完全确定了男女关系？"叶秋实的妈妈情绪开始变得平缓，语气也开始充满了关怀。

"是。这次之所以决定带他回家,一是给你们一个交代;二来我也的确有些想往前再走一步,看有没有可能实现你和爸的设想,春节结婚。"

"这样啊,这样的话,唉,算啦,事情既然这样了。去,去到外边,把你爸爸叫过来,我跟他商量一下。"

"好吧,反正刚才就是我的真实想法。"叶秋实边说边走向客厅去喊爸爸。

客厅里,张丞骏和叶秋实的爸爸在聊着什么,似乎相处得还可以,这让叶秋实稍稍安心了一些。

"爸,我妈叫你,要和你商量点事。"叶秋实的爸爸起身朝张丞骏点了点头,然后走进了卧室。

"怎么样?我爸爸没为难你吧?"爸爸一进卧室,叶秋实就急不可耐地走过去问一直坐在那里的张丞骏。

"没有,伯父挺好讲话的。"张丞骏面带微笑地说道。

"嗯,他还好一些,不像我妈妈,整天咋咋呼呼,特别爱唠叨人。"

一时间氛围倒也怡然,没有刚进家时的不安。

"我说你这是要干吗?不行,不行……"正当叶秋实觉得一切似乎正在朝自己希望的方向发展时,妈妈率先冲出卧室的门,后面跟着想拽却没有拽住妈妈的爸爸。

"张丞骏你说什么?你说你离过婚,还有一个孩子?不行,这绝对不行,我们家秋实可没有结过婚,这要是跟了你,一进门就得去做后妈,这可绝对不行!"

"什么情况?你把这些刚才跟爸说了?"叶秋实转头不解地看着张丞骏。

"我不是觉得应该实话实说吗？你爸问了，他问我这个年龄了，怎么也还没结婚，我就是告诉了他实情。"张丞骏急速地解释。

"唉，这下估计麻烦大了！"刚刚明媚起来的心情瞬间又灰暗一团。

"孩子判给了女方。"叶秋实的爸爸在后面解释着。

"判给谁也不行，咱们家秋实可不能跟个二婚的。你走吧，张丞骏，我们家不欢迎你，以前不欢迎你，现在也不欢迎你！"叶秋实的妈妈走到张丞骏的面前，毫不留情地对张丞骏说道。

"妈，你这是干什么？要撵张丞骏走吗？"叶秋实觉得妈妈的做法实在有些过分，忍不住质问。

"对，找来找去，找个二婚的，说出去丢不丢人！"叶秋实的妈妈气呼呼地嘟囔着。

"好，不找，你们不愿意！找了，你们嫌丢人是吗？走，丞骏，咱们走，这个家咱们不待了！"说完，叶秋实拉起不知如何是好的张丞骏就往门外走。

"走，走，你们都走，你这是纯粹要气死我！走了，就不要回来，别认我这个妈！"叶秋实的妈妈见状更加气愤，指着两个人的背影喊道。

"唉，我说，你，秋实，唉……"整个家一时乱成了一锅粥，叶秋实的爸爸一时间也不知劝谁好，只能眼睁睁地看着叶秋实和张丞骏走出了家门。一桌子早已做出来的美味菜肴也没了热气。

"你慢点，慢一点！"张丞骏试图拽住急匆匆走下楼的叶秋实，叶秋实正在气头上，动作非常迅速，很快走到楼下，走到车边。张丞骏见状，急忙小跑两步，叶秋实猛地拉开车门，一屁股就坐在了主驾驶的位置上，趴在方向盘上抽泣起来："这家真是没法待了！"

张丞骏拉开后座的车门，顺势也坐到了车里，然后抬头看了看楼上，叶秋实家的窗户前，叶秋实的爸爸似乎正在往下看，看见张丞骏的举止又缩了回去。

"他们老两口这是对自己一直不满意呢!"张丞骏突然觉得有些心塞,说不出的难受。他突然就想起了大学时追求叶秋实那阵子,有次叶秋实的爸妈开车去看叶秋实。在那个时候,谁家爸妈能开着车去看自己的孩子,那家长都应当是相当了得的人物了!而自己的父母地位卑微,别说是车了,连辆像样的自行车都没有。所以,当时两位老人明确表达不同意他和叶秋实处对象谈恋爱时,他就暗下决心,早晚有一天我会让你们对我刮目相看!可是,时至今天,多年过去了,他也的确已非当年那个内心充满自卑感的张丞骏,他也正一直窃喜上天给了自己绝佳的机会,终于得到了面前这个梦寐以求的女人的时候,没想到,两位老人还是不认可自己!张丞骏就开始怨恨之前的懦弱,没有顶住父母的压力,早早地结婚生子,造成现在即使得到了叶秋实,依旧无法得到认可和祝福的尴尬局面。

正在张丞骏思虑良多,满怀惆怅的时候,车子突然急速启动,一直在抽泣的叶秋实突然启动了发动机。

"走,我们回家,这个节我看也没法在这里过了!"叶秋实边开车边说。

"怎么?咱们这就走啊!"张丞骏尽管也很讨厌待在这里,可是他又觉得这样做的确不妥。

"还待在这里干吗?人家又不欢迎咱们!"

"可是,他们毕竟是老人嘛,老人们顾虑多也情有可原。"张丞骏表面上一直显得很开脱,竟然替叶秋实的爸妈说话。

"谢谢你能这么想,丞骏!他们不认你真让人痛心。"听了张丞骏刚刚讲的话,叶秋实忍不住言谢。

"不过,既然决定回去的话,还是停一下,我来开车吧。"张丞骏担心叶秋实的状态。

"没事,市内我熟悉,待会咱们停个地方吃些饭,等上高速时你来开。"叶秋实回应。

一时间车内静默下来,两个各怀心思的人似乎找不到可以开心聊的共同话题。

"对了,反正放假了,要不,跟我回我的老家一趟吧,我也很长时间没有回去了。虽然高速无法直接到我家,但现在回去,天黑以前应该可以到的。说实话,一直忙得厉害,我也很长时间没有见到老人、看到孩子了。"张丞骏开始提议,他这个提议其实一直就在他的脑袋里盘旋。没来之前就有想过回趟老家,当时只是想看情况再说。现在的话,叶秋实既然决定不在她的家里待了,回自己老家一趟正是机会。

"这个……"叶秋实有些犹豫。

"对了,我老家那里盛产特产,有许多小吃你一准喜欢,很多对女人美容也很好的。"张丞骏似乎又恢复了他能说会道的本性。

"当然你已经足够美了。不过,那些产品都是纯天然、环保、无污染,的确很好的。"张丞骏说得越多,他想要回家的心就显得越迫切。

"想见父母倒是其次,估计张丞骏的确很想见他的孩子。既然已经这样了,父母不愿意又能怎样,我还就不能做一回自己的主了!"一想到妈妈强烈反对的神态,叶秋实和张丞骏在一起的决心反而更加强烈,只要他是真心对自己好,其他的又有多少意义呢!

"好吧,咱们就去你的老家看看,看看你的家人,待会我们先去给老人和孩子买些东西。"一旦决定跟张丞骏回家,叶秋实突然有种准儿媳去看公婆的心理,忐忑地说,"不知道一会买些什么才好?"

"这个你就不用管了,待会我来买就好!"见叶秋实终于答应自己的提议,张丞骏高兴地说道。

改道去张丞骏家，去看准公婆，这完全是在计划之外的事情，但计划赶不上变化，生活常常充满无法完全预知的事情，谁知道接下来究竟还会发生什么让人始料不及的故事呢！

毕竟刚刚发生了母女反目这种极端的事情，所以叶秋实根本没有多少胃口。张丞骏虽然有些饿，但真吃的时候又突然觉得那些食物全然无味，所以两个人只是简单地吃了一些东西，然后又在一个大型商场里尽可能地买全了感觉该买的物品，便驱车驶上了前往张丞骏老家的路。

高速公路上还好，车速快，一切比较顺利，感觉不到什么。等下了高速，许多道路就不那么理想了，中途碰到了道路改道施工的，不得不重新折返选择其他迂回的道路。有些地方则因为路边摊摆放比较乱，车速特别慢，有时甚至没有走路快。张丞骏尽量扯着有趣的话题，吸引叶秋实的注意力，但有几次叶秋实的心里还是多少有些悔意："真不该跟张丞骏走这一遭，太折磨人了！"

"咱们大概还得多久才能到？"实在忍不住内心的煎熬，叶秋实看太阳已经西斜，忍不住问起张丞骏。

"快了，应该不出半小时吧。饿吗？"看了看时间，他们已经开车行驶了近五小时。其间，除了高速上在休息点歇了不到半小时，就再没停下过。

"饿倒不饿，只是坐车坐得有些难受。"叶秋实实话实说。

"嗯，路程是有些远，让你跟着受累了。"张丞骏边开车边扭头看了看此时坐在副驾驶座上的叶秋实说。

正在此时，张丞骏放在主驾驶和副驾驶座位间的手机响了起来，张丞骏瞟了一眼手机。

"秋实，你帮我接一下吧，估计是家里等得有些急了，问咱们到哪里了。"张丞骏猜测。

"我接？你还是停一下车，自己接吧，我都不知道该怎么称呼他们。"叶秋实不像张丞骏，在今天家里那种情况下，见到自己的爸妈还能叫得么亲切自然。她就不行，她担心自己一接电话会不知道该怎么称呼张丞骏的家人。

"叫什么都行，囫囵喊也没关系，他们没那么多讲究。"张丞骏似乎很愿意叶秋实能接这个电话，好跟他的家人及时建立起某种联系。

"我，这……"叶秋实还是有些犹豫。

"你就接吧，接个电话，又不是让你上刑场！"张丞骏有些开玩笑，但似乎又多少有些生气。

"接就接，不就是接个电话嘛！"叶秋实倒不是扭捏之人，见张丞骏执意让自己接，便拿起了他的手机。

"喂，牙仔呀，你们到哪里了呀？没啥子事吧？咋的还没影呢！"是个老年男人的声音，满口的方言，让叶秋实听了觉得有些滑稽想笑。

"叔叔，我们快到了的，莫着急喔。"叶秋实可能是受了对方的影响，竟然说话走音，听起来有些像对方说话的味道，张丞骏听了直接大笑了起来："还真有你的，还别说，有那么些味道。"一边忍不住伸出拇指夸赞起叶秋实，让一直待在大城市没怎么听到地方乡音的叶秋实突然觉得还蛮有趣的。

"你爸爸怎么称呼你'牙仔'？"等挂了电话，叶秋实忍不住好奇地问张丞骏。

"我小时候调皮，有次牙磕掉了一块，好长时间都没长好。每次我老爸见了我就问：'让我看仔的牙长好没？'久而久之，竟然习惯叫我'牙仔'，算是我的小名了，他到现在一直也没改口，真难听，土气。"张丞骏解释。

"嗯，是挺土气的。不过，从老人嘴里喊出来，听上去倒挺可爱亲切的。"叶秋实说着自己的感受。

"哈哈,你不嫌弃就行,你愿意这样喊我,我也没意见。"张丞骏见叶秋实心情转好,心里也开始觉得轻松了不少,有意开玩笑说。

"我还是算了,喊小名是家长的特权,我可不敢造次,和老人家争这个权利。"叶秋实用开玩笑的口吻回应。

落日余晖下,一辆保时捷跑车行驶在拥挤混乱的市镇道路上,一切似乎很美好。

离张丞骏的家越来越近了,可是叶秋实有种感觉,只是一种直观感觉,也许马上面临的一切可能并不会像想象中那般美好。

第十三章 遭遇张丞骏前妻

终于在天没有完全黑下来之前赶到了张丞骏的老家。

张丞骏的老家坐落在小镇的一个背街巷子里，位置很不起眼。叶秋实尽管努力想记住走过的路线，但绕来绕去，一会就把她给绕迷糊了。

"你家怎么这么严实啊，我都绕晕了。"未到家之前，叶秋实忍不住对张丞骏说。

"嗯，是的，你没在小地方住过，不了解下面的情况。小地方是人口文化，谁家人多谁家沾光。我家本来可以住到临街的宅子的，因为是独子，家里人少，调整宅基地时，就给调换了，吃了哑巴亏。父亲又是个老实人，就没多计较，他的想法是在哪里不是住，里面背街小巷住起来更安静。当时我还小，也撑不起门面，所以就住到了现在这个地方。"张丞骏的解释在叶秋实听来的确有些费解："那分的宅基地还能随便调换？"不过，正如张丞骏所言，她没在小地方真正住过，连亲戚也很少，所以对下面的情况根本就不掌握，基本上算是文盲。

微弱的街灯下，站着两位老人和一个孩子。如果没有猜错的话，那个孩子应该就是张丞骏的儿子。

"这是爸，这个是妈。"张丞骏指着面前的人介绍说，"对了，那个是我儿子张启猛。"

"爸妈，这就是我电话里跟你们说的叶秋实，你们叫她小叶或者秋实都可以。"然后又将叶秋实介绍给两位老人。

"进屋啦,屋里啦。"张丞骏的爸爸接过一些东西,然后就往屋里走。

"你们可算是到了,我和孩子他爹一直盼着呢。"奇怪的是张丞骏的妈妈说话却有普通话的味道,显得很贤淑达礼。

"快,叫爸爸。"张丞骏的妈妈拉着一直躲在后面的孩子让他喊张丞骏。

"好长时间没见了,又长高了。"张丞骏爱抚了一下孩子的头,"来,叫阿姨。"张丞骏指了指叶秋实,叶秋实冲孩子笑了笑,许是怕生,孩子始终一言不发。

"对了,妈,是你们专门把启猛叫过来的吗?"张丞骏边往家里走边问道。

"也不算吧。主要是巧了,今天不过节吗,白天孩子他妈过来过,本来只是过来玩玩,给我们送点吃的,让我们见见孩子,和孩子玩一会的。听说你要回来,加上我们提出请求,她就答应让孩子在这住一晚上,明天再接走孩子。"

张丞骏的家是个四合院,看得出是后来经过装修整饬的,建得倒是不错。只是家里的卫生习惯不好,到处堆满了杂七杂八的物什,显得有些凌乱。

进到屋里,桌子上扣满了盆碗。

"赶快洗洗吧,我和牙仔他妈听说你们俩来,就没敢停歇,做得有些早嘞,有些菜凉了吧,我再去热吧一下子。"张丞骏的爸爸先洗了把手,对张丞骏和叶秋实说道。可能是新鲜的缘故,老人的话在叶秋实听来总是充满了喜感,甚至忍不住有些想笑。

"他说话就那样,改不了了。"张丞骏看到叶秋实的表情,因为好久没在家了,听着爸爸的话,他也觉得有些新鲜。

晚饭吃得还算顺利。

其间，叶秋实的爸爸打过来一个电话，问叶秋实的情况，电话里还说老两口因为叶秋实的事情大吵了一架，说是让叶秋实和张丞骏在家连饭也没吃成，觉得有些内疚。叶秋实安抚了几句，谎称已经回到了自己的家里，想静静，就及时挂掉了。

等吃完晚饭，张丞骏的妈妈把叶秋实拉到一边，说是想和叶秋实聊聊，其实看得出，她是想给张丞骏多些时间和他的孩子单独待待。

"小叶呀，家里条件有限，饭菜不可口的地方，你多担待。"尽管只有这么短时间的接触，叶秋实已经有些喜欢上这个可能会是自己未来婆婆的老人，很温和，很体谅人，不像自己的妈妈那般强势，与自己想象中"婆婆"的感觉区别很大。

"哪里，挺好的，家里的饭菜很有味道，我很喜欢。"叶秋实说的是实话，她真心觉得两位老人准备的饭菜挺合她的胃口。当然，也可能是从早上一直没怎么吃好，真饿了的缘故，反正她觉得这次过节晚餐吃得十分舒服。

"你喜欢就好，喜欢就好。"张丞骏的妈妈拉住叶秋实的手，很亲切地微笑着说。

"对了，你也知道丞骏他结过婚，有了孩子，你不嫌弃他？"张丞骏的妈妈开始试探起叶秋实的心思。

老实说，对于这种问题，叶秋实不知道该如何回答，因为她也不清楚自己到底是怎么想的，有时觉得和张丞骏在一起就很好，有时又觉得绕来绕去，结果又绕到张丞骏身上，就有种莫名其妙的不真实感。正如面前的这位老人，这是张丞骏口中那个当年非要逼迫他结婚，不结婚就如何如何的老人吗？还是张丞骏本身就在撒谎？

因为对张丞骏妈妈的感受引起的心理波动，让叶秋实依稀记起大学时的张丞骏曾告诉她说他的老家在县城,而这里根本算不上县城,顶多也就是个规模比较大的城镇。所以,依此判断,张丞骏之前对她的描述存在夸张和虚假的成分偏多,这让叶秋实更加不知道该如何回答张丞骏妈妈的问题。"我,我觉得还好吧。"叶秋实有些支支吾吾地含糊道。

"闺女,说句良心话,我一见你,打心眼里就很喜欢你。如果你和我们家丞骏真能在一起,让我天天烧香拜佛我都愿意,那才真是我们张家烧了高香,修来的福分。只是我很了解我们家丞骏,他人很勤奋能干,就是有时候,唉,怎么说呢,反正不像他爸那般老实、实在。"张丞骏妈妈的一番话让叶秋实瞬间喜欢上了面前这位老太太,善良,不护短,明事理,如果将来真有这么一位婆婆,还真是一种福分。

"哪里,我哪有那么好,其实,我……"正当叶秋实还想继续和老人深聊下去的时候,突然听到外面孩子"我要找妈妈,我要妈妈"哇哇大哭的声音,老人一听,急忙小跑着离开了她们一直坐着的侧房。叶秋实见状,也急忙跟着跑了出去。

"怎么啦?孩子怎么哭了?你揍孩子了?"几个人同时跑到了张丞骏和孩子的身边。

"哪里?我疼还疼不过来呢,怎么会舍得揍他。"张丞骏解释。

"乖,到奶奶身边来,跟奶奶说,到底是怎么回事?"张丞骏的妈妈拉过孩子,轻柔地问道,孩子只是嘤嘤哭泣不吱声。

"是这样,妈,您别着急,我真没揍他。我只是想让他明天跟我回去,他都该上学了,我想让他去我那里上学。我说了句给他找了新妈妈,他就这样了。"张丞骏说完,抬头看了看面前的叶秋实。

"你还真是的,这么大的事,你能这么快就跟他说嘛,他不吓坏才怪呢!去,去,你们先去那屋,让我跟孩子单独待一会。"张丞骏的妈妈抚摸着孩子的头,然后对张丞骏和叶秋实说。

"对滴,对滴,你们先出去一会,孩子慢慢就好嘞。"张丞骏的爸爸附和。

"你怎么可以这么急,跟孩子刚一见面就提我。"一进刚刚和张丞骏妈妈待的屋子,叶秋实有些不解地跟张丞骏说。

"咱们都这样了,我觉得,主要是时间不是急吗?我看他都这么高了,该上学了,有些着急,想让他读书,受最好的教育,所以就忍不住提到让他跟我走,让他认你这个妈妈。没想到他会那样,真是让人生气。"张丞骏解释。

不知何故,每次提到"妈妈"两个字,尤其指的就是自己时,叶秋实还是会脸红发烫。

"老实告诉你吧,你刚刚提到我会是孩子的妈妈时,我都觉得很难接受,觉得心理冲突很大。换位思考,孩子那么小,你说我就是他的新妈妈,他一定是吓坏了,所以才会哭得那么厉害。"叶秋实看张丞骏说起孩子的表现有些生气,就解释道。

"而且,这种事情,你跟他妈说了吗?再说了,她能同意吗?之前听你说,不是他妈妈说什么也不会同意孩子跟着你的吗?"叶秋实又想起之前张丞骏的话。

"是,我是说过,之前她也的确如此,一提孩子她就跟我急眼,要死要活的,那时不是孩子小嘛。可是现在不一样了,我的条件也和之前不一样了,我能给孩子更好的教育条件,她能吗?她能给孩子什么?就这种地方,孩子能受到什么教育?"说着说着,张丞骏竟然显得越发气愤,看着面前的张丞骏,叶秋实的心理异常复杂。

"看来,孩子在他心目中永远是第一位的。"一想到这一点,叶秋实脑子里马上想到白天自己妈妈的表现和她当时极力反对的言辞,就觉得心里很不是滋味,不知道这一切究竟意味着什么。

"可是条件再好也抵不过一个妈妈的好。"叶秋实瞬间的一个念头说出了口。

"你什么意思?你反对我带走孩子?还是你根本就不愿意做孩子的后妈?"没想到张丞骏听后,竟然如此诘问起叶秋实。

"我说的是实话,你不要以为可以提供好的物质条件就一定对孩子的成长好,有时候爱就是最好的教育。"尽管叶秋实对刚刚张丞骏的态度和话语十分反感,依然尽量和颜悦色地说。

"我看你根本是在给自己找借口。"没想到张丞骏随后的话更伤人。

"你就这么想我?"叶秋实因为刚刚想到妈妈,想到因为张丞骏与妈妈争吵反目,现在听张丞骏这么说自己,就忍不住有些委屈,眼泪开始在眼睛里打转,就差那么一点儿就要落下来。

紧张的局势让争吵一触即发。

"对,我就是这么想的。你难道不是这么想的吗?"张丞骏拿眼睛瞪着叶秋实说。

"好,好,是的,既然你这么认为,那就是这样吧。"叶秋实看着张丞骏责怪的表情,突然觉得懒得再解释什么,而且突然觉得张丞骏很陌生,这是瞬间在心里升腾起来的感觉。对,很陌生,仿佛从来没有认识过一样的陌生!

"随你怎么想吧,我有些累了,我想休息。"叶秋实真的觉得有些累。

"是,我知道我一直都配不上你,到现在还是配不上你!可是我一直在努力呀,我有了孩子,我也不想这样啊。"张丞骏不知道是因为心虚还是别的原因,竟然咆哮般地继续说道。

"你不会希望老人们过个不省心的节日吧?"因为顾及老人的心

情,尤其是张丞骏的妈妈,叶秋实觉得能忍则忍,不要和张丞骏发生正面冲突为好。

"你们没事吧?"许是刚刚张丞骏的声音提高了许多,张丞骏的妈妈听到了什么不对劲,又匆匆忙忙地从正屋一路碎步跑了过来。

"没事,没什么,妈,启猛怎么样了?"应该是叶秋实的话提醒了张丞骏,他的表情也是一百八十度大转变,笑意盈盈地对跑过来的老人说,并及时转移了话题。

"就是,没什么,没什么。"叶秋实也急忙帮衬着说。她真心不希望因为她和张丞骏的到来在这个家里引起什么轩然大波。

"喔,你们没事就好。孩子还好,我哄着他已经睡着了,估计也是白天玩累了。"老人家解释。

"对了,不早了,你们开车开了这么久,估计都累了,你们就睡在这屋吧,这屋里的用品白天都换过的,新的。"老人家指了指旁边床上的用品说。

"嗯,你也休息去吧,白天准备了那么多饭菜,也够累的。我们你就不用管了。"叶秋实觉得此时她应该表现出自己应有的素质,和颜悦色地对老人说。

等老人离去,屋里一下子又安静下来。一开始依稀有些模糊的月光似乎暗淡了。

"对不起,刚才是我的不对。可能是我太累了,再加上看到孩子后又欢喜又着急,所以刚才才会那样。"张丞骏主动打破沉默道歉。

"没什么,可能我的表达也有问题,我的意思和说的话之间也有表达不清楚的地方。"张丞骏一道歉,叶秋实反而有些不好意思,而且心里刚刚突然意识到是不是自己真的就不希望张丞骏把孩子带在身边?如果张丞骏直接把孩子带走,那么自己就千真万确,真的成了别人的后妈！而这也是自己妈妈强烈反对的地方！因为从她对妈妈的判断，妈妈对目前张丞骏的状态还算基本满意，尤其他的事业，妈妈是认可的，只是后来知道了张丞骏离过婚有孩子才歇斯底里般地反对起来。

"你说的话我会认真考虑，等明天真见到孩子的妈妈，问问孩子妈妈的意见再说吧，我也许只是一厢情愿，她可能还会像以前一样，坚决不同意呢。"

"来，我给你打些水，你一会洗洗脚。我给家里老人装了淋浴间，可是家里卫生习惯不好，我刚才到卫生间看，那里成了杂物间，根本没法用。"张丞骏开始变得体贴，与刚才发脾气的时候形成了鲜明对比。嗯，这一点，张丞骏还是值得肯定的，他一直以来都比较活泛，并不是那么死板，这个，叶秋实多少还是有些了解的。

"没什么，洗洗脚，泡一下就可以了。"叶秋实也开始平静下来。

等一切收拾妥当，夜已深沉。

叶秋实先行躺到了床上，有种身心俱疲的感觉。张丞骏熄了灯，借助微弱的月光，摸索着上了床，他试图想要些温存。

"睡吧，太晚了，的确太累了。"叶秋实小声说道。

"累什么累，人家想你。"张丞骏似乎兴致不减，手继续不停地在叶秋实身上摸索。

可能张丞骏本身也是累了，见叶秋实没有任何反应，兴致好像突然消失，一下子像泄了气的皮球，半压在叶秋实身上的身子又缩了回去。

城镇的夜寂静无声，远没有大都市的喧嚣和灿烂，屋里静得出奇，仿佛每一次心跳都能听见。

很快，叶秋实听到了张丞骏的鼾声，时急时缓。想想白天绝大多数时间都是张丞骏在开车，他应该是真的累了。

微弱的月光照洒在床头，叶秋实的心里有着难以捉摸的情绪波动，在寂静的月圆之夜悄无声息地汹涌着，不肯停歇。

环境的剧烈改变，身边突然多了个张丞骏，而且张丞骏竟然鼾声四起，所以尽管很累，叶秋实睡去得特别晚，而且竟然一夜多梦，睡眠质量可想而知。

第二天，如果不是外面的大声争执，叶秋实不知道会睡到什么时候，醒来后仍觉得头昏昏沉沉。叶秋实醒了，在一片争执声中醒来。她睁开双眼，使劲眨巴了几下眼睛，终于确认自己已经醒来。竖起耳朵，听了听依稀是个年轻女人的声音。再摸旁边，张丞骏不知什么时候已经离开。

"不像是张丞骏妈妈的声音，会是谁呢？是他家里的亲戚吗？"叶秋实猜测着，她想起某些电影里的情节，在城镇或者乡村，家里孩子的男女朋友或者未婚妻未婚夫上门的话，亲戚四邻常常会过来瞧个热闹！莫不是他们来看她叶秋实来了？叶秋实想到这里有些难为情，虽说见惯了大场面，但这种被别人围观的事情还没怎么或者说根本就没有经历过呢！

她急忙起身，幸亏屋里的脸盆架上已经放上了清水，估计是张丞骏洗脸后给自己预备的，这多少让叶秋实稍微宽慰了些。

她匆匆洗脸刷牙，然后简单地涂了层淡淡的口红。她知道这里不比自己的家，当然更没法和自己上班的地方相比，还是素颜淡妆为好。

可是等叶秋实终于梳洗完毕，走出她所居住的侧房的时候，对面侧房里虚掩的门里依稀传出张丞骏的声音，刚刚有些嘈杂的争执声似乎也是从这里传出来的。

"快进来，快过来，孩子，早餐我都给你们准备好了。"张丞骏的妈妈看见叶秋实后，急忙伸手朝叶秋实招呼。

叶秋实在去正屋路过对面侧房时，朝里瞥了一眼，里面站在张丞骏旁边的是个女人，从背影看应该年龄不会太大。

叶秋实脑子里咯噔一下，一个念头突然清晰起来，她突然觉得那根本不是什么张丞骏的街坊四邻，而很可能就是张丞骏的前妻！

进屋后，叶秋实不动声色，只是故意问张丞骏的妈妈："怎么不叫张丞骏过来吃饭？"

"他、他有些事，一会就过来。"老人似乎很顾虑。

"牙仔他那个老婆子过来了，一早就过来喽，他们在商量孩子事情。我和他娘也不好参与。"张丞骏的爹倒很直接，尽管张丞骏的妈妈一再递眼色，他还是直接说出了实情，"怕啥子滴嘛，人都来哩。"

"就是，要不，叫他们一起过来吃饭？"叶秋实尽量装作镇定地说道。

"不用了，她吃饭早，咱们今天吃饭晚，刚才问她，她说她已经吃过了。"张丞骏的妈妈解释。

"是吗？主要是昨天太累了，我起得太晚，耽误大家吃早饭的时间了。"叶秋实看了看张丞骏老家正屋里摆放的钟表，对早饭来说的确已经很晚，就表示歉意地说道。

"晚个嘛，自家不啥时候想吃饭就吃饭？"张丞骏的爸爸还真是直筒子，什么话都不带拐弯抹角的。

"就是，如果不是小琴来得早，丞骏也起不来，你们昨天都太累了。"张丞骏的妈妈跟着解释，"孩子她妈叫姜淑琴。"

不过，这倒是叶秋实第一次听到张丞骏前妻的名字，张丞骏一直没有在她面前提及她的名字。

"孩子呢？启猛呢？"说到孩子，叶秋实突然想起张丞骏的儿子。

"还在睡呢。昨天夜里估计是做噩梦了，醒来两次，没怎么睡好。"张丞骏的妈妈转头看了看孩子睡的方向。

"我们先吃嘛，牙仔啥子时候谈完啥子时候再吃。"张丞骏的爸爸开始拿筷子。

"不行，你给我多少钱也不行，孩子我坚决不能让你带走！"张丞骏的爸爸刚往嘴里夹了一筷子菜，张丞骏的前妻突然嚷嚷着发疯似的从侧房跑进了正房的客厅。

"孩子呢？孩子呢？我要把他抱走！"后面张丞骏紧跟着进了屋。

"哟，这就是那个狐狸精吧？张丞骏说他快要结婚了，就是你吧！"姜淑琴上下打量着叶秋实，那目光仿佛是在审视一个犯人，让人特别不舒服。

"姜淑琴，你别太过分啊。"张丞骏厉声呵斥。

"哟嗬，心疼了！我说她两句就不愿意了？难道我说得不对吗？你现在有钱了，长本事了，看上你这样男人的女人，哪一个不是图你的钱？她们哪一个不是年轻貌美，凭着几分姿色就想要钓到你这金龟婿？"姜淑琴的话句句像根针刺在叶秋实的心上！这是她始料未及的场景，也是她从没设想过的场面！一时间，叶秋实只是气得睁大眼睛看着面前这个叫作姜淑琴的张丞骏的前妻，竟然不知道该说什么好。都说当后妈难，没想到当别人的二婚妻子也这么不易，何况现在还根本谈不上是张丞骏的未婚妻！

叶秋实一怒而下，有种想要离开的冲动，离开这个是非之地，离开这个自己内心做了诸多挣扎来到的地方！张丞骏看到事态的发展，似乎也有些发蒙，只是傻愣愣地站在那里。两位老人不知道是从来没有见过自己前儿媳妇的这种状态被惊呆了，还是觉得她说的话在理，一时间也只是惊讶地看着面前发生的一切。

"被我言中了吧？怎么都不说话了？就这样，还想把我的儿子带走，去那种五颜六色的花花世界，还能把孩子带好！"张丞骏的前妻姜淑琴似乎更加忘乎所以，更加大声地呵斥叫嚷着。

"够了，你说够了没有？真是没文化没素质！"张丞骏终于反应过来，大声制止着姜淑琴。

"是，我是没文化没素质，可我不会随便勾搭男人，还是离过婚的男人！"姜淑琴的逻辑一点也不合乎常理，竟然很占理地斜睨着叶秋实。

"你、你，真是气人，太不可理喻！你给我住嘴！"说完，张丞骏一个耳光朝姜淑琴的脸上扇了过去。

这一幕让面前所有的人都惊呆了！连张丞骏自己似乎也被刚才的举止惊住了，呆呆地看了看自己的手，又看了看姜淑琴的脸，她的脸上瞬间冒起了五道红印。

"好，你敢打我，我今天不活了，跟你拼了！"说完，姜淑琴扑向张丞骏，又抓又挠，让张丞骏一时间毫无招架之力！

两位老人看着面前的一切，急得团团转，不知道该帮谁是好。张丞骏的爸爸嘴里喊着"牙仔你住手、娃子妈不要挠了"的话，让叶秋实觉得十分滑稽，这种只可能发生在小说、电影或电视剧里面的情形，自己今天全然置身其中，真是个莫大的讽刺！而此时张丞骏的儿子张启猛也被屋里的吵架声惊醒，坐在床上哇哇大哭！

孩子是无辜的，这是叶秋实的想法，这么小的孩子遭遇这样的变故，遇到这样的环境真是不幸。

"看在孩子的分上，你们都住手行不行！"不知道哪里来的力量，叶秋实大声呵斥的话显然起了作用，扭作一团的张丞骏和姜淑琴立即停止了打斗，回头惊讶地看着叶秋实，可能是他们谁也没有想到面前看上去有些柔美的叶秋实发起火来竟然可以这样！

"你们口口声声都说是为孩子好，你们这是为孩子好吗？孩子看到你们这样，他会怎么想？他会健康成长吗？你们的行为又会在孩子幼小的心灵里产生怎样的负面影响？你们想过这些吗？"叶秋实一系列的反问让张丞骏和姜淑琴哑口无言。

"你们要是真为孩子好,就静下心来,好好商量一个最可行的方案,为孩子努力创造一个最佳的成长环境!这样,等孩子真长大懂事了,也许他还会念你们的好,也才会不记恨你们!"叶秋实句句说在张丞骏和姜淑琴的心里,两个人终于安静了下来。

"就是滴,就是滴,看看人家闺女说得多在理哩!你们这两个当父母的要好好想想嘞。"张丞骏的爸爸一开口就打破了刚刚过于严肃紧张的局面。屋里一下子从刚才喧闹嘈杂的状态回归到了平静,只有孩子还在时缓时急地啜泣着。

"来,俺们家启猛是乖孩子,不哭,不哭。"张丞骏的妈妈急忙跑到里间哄起了孩子。

"说吧,到底怎么办?关于孩子,我想咱们还是静下心来好好商量商量。"张丞骏终于恢复了理性,用手抚摸着刚刚不小心被前妻姜淑琴抓挠的手印。

"不管咋商量,反正孩子我是不会让你带走的!"姜淑琴的态度依旧坚决。

叶秋实见状,悄悄扯了扯张丞骏爸爸的衣角,然后叫上张丞骏的妈妈,抱着仍在哭泣的孩子走出了正屋。

屋里一时间又剩下了两个曾经是夫妻、刚刚打过架的张丞骏和姜淑琴。关于孩子他们究竟会做出怎样的谈判,张丞骏能否如愿以偿地让儿子跟随自己去大都市学习生活吗?一切暂时都是未知数。

"叔叔,阿姨,二老能跟我说说你们家丞骏和姜淑琴的事情吗?他们是怎么认识的,最后因为什么离的婚?"等几个人走到其他房间后,叶秋实忍不住内心的疑问好奇地问道。因为单纯从外表上看,姜淑琴也算是长得不错的女人,只是因为受条件限制,皮肤打理不当,显得有些粗糙而已，五官却十分鲜明，线条轮廓都还不错。

"怎么？丞骏他没跟你说过他们之间的事情？"张丞骏的妈妈显得有些顾虑，顺口问了叶秋实一句。

"嗯，说是说过，但只是说他结婚然后离婚这个事情本身，没有提及任何他们之间的具体事情，甚至，如果不是来这里，我根本就不知道她的名字。"

"唉，怎么说呢，原本他俩也很恩爱，倒也算得上般配。姜淑琴家就住在一进这个镇子的临街处，家里有两个哥哥，她在家老小，条件也不错。当年考大学没考上，就没再复读，在家开了个小型超市，生意一直做得也可以。俺们家丞骏大学毕业后分到了县里的一个单位，可是他不喜欢，也觉得没前途，就想自己单干些什么，想挣大钱。每次出去都路过姜淑琴家的超市，偶尔会进去买包烟啥的，慢慢地，两个人就好上了。我和他爸担心出现其他情况，你可能不知道，在俺们这种地方，要是未婚男女出现其他情况很容易传开了，影响会不好。我们看他们真好上了，就找人及时托媒，撮合了两个人，张丞骏就娶了姜淑琴，后来就有了我们家启猛。"说到这里，张丞骏的妈妈用手爱抚了一下此时乖乖躺在她怀里的张启猛。

"姜淑琴有了孩子后，希望俺们丞骏能踏实下来，好好过日子，就劝他好好在单位上班，挣多挣少的她不在乎，只希望一家人平平安安过日子就好。可是俺们家丞骏这孩子有股子邪性劲，谁越不让他干什么，他偏偏干什么，就是不听姜淑琴的劝阻。后来，竟然偷偷地办了辞职手续，从那以后两个人就开始天天拌嘴吵架。有一次，竟然还说俺们家丞骏花花肠子，一直念念不忘旧情人，从此就没再怎么好过过。而且随着孩子一天天长大，家里经济压力也开始大起来。他见在家里这种地方根本就无法挣到大钱，说什么也要回他读大学的城市去，说那里同学多朋友广，能干大生意，挣到大钱。最后，这不，就闹到了离婚。"老人家说完深深地叹了一口气。

"那姜淑琴这几年就没再找一个？"因为从姜淑琴的表现来看，姜淑琴应该还在乎张丞骏，虽然张丞骏心里应该早已没了她。

"怎么没有，家里着急，经常张罗人给她介绍对象。可是不知道什么原因，她就是没有相中的，当然，也可能跟她带着小启猛有关，对方有时候嫌弃。唉，也是难为她了。"张丞骏的妈妈深深地叹了一口气。说这句话时，张丞骏的爸爸用胳膊肘轻轻捅了张丞骏的妈妈一下。

"对了，我说这么多，你可千万别介意啊，我没有别的意思，可是她毕竟是孩子的妈妈，而且，她有时没事时就带孩子过来看看我们，也算是做得不错。"张丞骏的妈妈这次意识到可能是自己说得太多，怕引起叶秋实误解生气。

"没有，没有，毕竟那些都是过去的事了，我不会介意的。我只是想多了解一下丞骏和她的关系，看看能不能在孩子的问题上帮到他。"叶秋实急忙解释。

可是叶秋实的心里其实是有些介意的。当然，她介意的不是老人家对待张丞骏前妻姜淑琴的态度，而是觉得张丞骏一直没有实话实说！在讲述他自己的过往故事时，张丞骏一直在给他自己增添光彩，甚至故意夸大了叶秋实对他的影响。当然这一切，老人们都无从知晓。叶秋实突然觉得也算没有白来张丞骏老家一趟，至少知道了更多关于张丞骏的实情。而这一切她只能悄然藏在心头，只是谁也不知道这些事情某个时候会不会影响到一些抉择，或者成为促发某些事情的动因，而发生一些重大变故。

"唉，你说这孩子怎么办好呢？我们也经常为这事难过发愁。"说到孩子，两位老人一个劲地叹气。

"我们也知道俺们家丞骏现在条件不孬,能够给孩子提供更好的教育条件,让孩子受到更好的教育。可是真要让他给带走了,别说他妈妈姜淑琴受不了,俺们俩估计也会受不了。你说在这里,不管跟谁,方圆不过几里地,俺们总还是可以经常看到他的吧。就算他妈妈不让俺们见,说不了哪天都能碰得见。"张丞骏的妈妈继续絮叨着。

"嗯,那就……"叶秋实刚想表达一下自己的想法,这时张丞骏走了过来。

"怎么样,牙仔,你们咋商量嘞?"张丞骏的爸爸离门口近,及时拦住张丞骏问。

"嗯,孩子她是坚决不让带走,一定要留在她身边。"张丞骏话一出口,叶秋实倒本能地多少松了一口气。是的,自从和张丞骏突破普通的同学关系后,他的一举一动、一些事情的处理的确开始和自己的关系密切起来,孩子不在他身边的话,自己至少不会每天有种当后妈的感觉,至少不会经常遭遇人们的非议,叶秋实此时就是这么想的。但这种结果似乎也在她的预料之中,毕竟,从一般道理上来讲,孩子的妈妈跟孩子的感情更直接、更感性、更不容易分开一些。

听了张丞骏的话,两位老人似乎也松了一口气,正如他们刚刚所表达的那样,他们也是爱孩子心切,希望能经常见到他们的孙子,不希望张启猛离他们太远。

"不过,她总算松口,决定接受我的资助,为孩子提供更好的教育条件。"张丞骏继续说着他们两个人的决定。

"这不是秋季刚刚开学嘛,我们准备让他换学校,去县里最好的小学上学,费用我来出,这一点姜淑琴也答应了。对了,秋实,你包里有纸吗?给我两张,我准备草拟个关于孩子上学问题的协议,让姜淑琴签字,到时候省得她再变卦,不认我们好不容易商量成的方案。"张丞骏似乎对已有的成果很不放心。

叶秋实觉得张丞骏说得在理，就从包里给他找了两张纸。

"可是有这个必要吗？毕竟怎么说，姜淑琴也是孩子的妈妈，这对孩子好的事情到时候她还能不认账了？"张丞骏的妈妈似乎担心签协议会弄僵了大家的关系。

"怎么没必要，妈，你又不是不了解她，万一她不认账，不肯按我们的方案执行，到时候启猛的教育不还是会成问题，到时候吃亏受影响的不还是咱们家启猛。"张丞骏说完俯下身子，用手抚摸了一下哭累了正乖乖地躺在张丞骏妈妈怀里的自己的儿子。

"谁不认账？你说谁不会认账？你起草吧，起草好了，我立即签字！"姜淑琴不知道什么时候悄悄走到了叶秋实他们所在的屋外，听张丞骏说她的不是，有些赌气地说。

"要我说这根本不需要写什么协议。不过呢，你既然答应了，走，咱们去那屋等着他，让他在这屋写，写好了让他拿过去咱们再签。"张丞骏的妈妈见姜淑琴气呼呼地走过来，担心两个人再发生争执，急忙起身，迎合着把姜淑琴拉回了正屋，张丞骏的爸爸也急忙跟了过去，屋里一时间只剩下了张丞骏和叶秋实。

"你还真想签下这个协议啊？"叶秋实有些小心翼翼地问道，她生怕在这个节骨眼上再生什么变故。

"当然啦，这是为孩子好，不签，我不放心。"张丞骏异常果断地说。

"好吧，那你抓紧起草吧。关于孩子，我觉得这样安排也许是最好的。刚才我跟老人们聊，他们俩也很担心你把孩子带走。"叶秋实如实说出老人们的心声。

"嗯，这个我倒是知道，如果不是冲着这一点，我可能会更坚决一些。而且我也知道，无论我条件怎么好，他们两位老人在老家住习惯了,也不愿意跟我去大城市住,他们说不习惯也不喜欢大城市的环境,所以刚才和她在那屋谈判时也没敢过于强硬。"张丞骏看来很明白自己在孩子的问题上应该持有的立场。

"这几年他一直在家跟着他妈妈,我就是心里觉得有些愧对孩子吧,所以才特别想让他现在能够跟我。"张丞骏一边起草协议,一边嘟囔。

叶秋实此时懒得多说什么,她能够想象一个为人父亲却无法尽到父亲责任的人的内疚心理。但如果这个人是要成为自己的爱人的话,感受就会复杂很多,所以还是别过多表达想法和意见吧,你愿意怎么弄就怎么弄,省得像昨天晚上,落一通埋怨。

等终于把孩子的教育问题解决好,姜淑琴签完张丞骏起草的协议之后,已日近正午。看时间不早,老人们出于情分或者是因为想让孩子多在身边待些时间,非要留姜淑琴吃饭。不知道姜淑琴出于什么心态,竟然出乎意料地答应了,说是难得赶上个节日,就算是陪老人家过节了,而且非常勤劳麻利地帮老人做起饭来,从话语到言行变得无可挑剔地好。叶秋实对张丞骏老家的一些设备不太熟悉,想帮忙又不知从何下手,而且有姜淑琴在,说心里话,叶秋实也不愿意跟她多待在一起。人就是这么奇怪,尽管叶秋实不是个小气的女人,也不是不懂人情世故,从理性上觉得与张丞骏的前妻一起吃个饭也没什么大不了的事情,但内心情感的小波浪却不受控制地到处蹿腾:"真是没想到的事,竟然还要跟他见张丞骏的前妻一起共进午餐!"

"你打开电视,坐那看一会电视吧,我去厨房看看有没有什么需要帮忙的。"可能是经过上午这么长时间的折腾,张丞骏一时间也沉默了许多,两个人坐在正屋沉默了一阵子之后,张丞骏起身拿过电视遥控器递给叶秋实说。

叶秋实也懒得说什么,就默然地接过了遥控器,打开电视,随机选了个台，茫然地盯着电视机看，张丞骏则起身去了厨房。

正在此时，叶秋实的手机上收到一条短信，她打开一看是林咏薇发过来的。

"怎么样？月圆之夜回家和爸妈待在一起幸福吧？不过到底什么情况，你没上微信吗？怎么给你的留言都没有回。于向垚去酒店找我了，说是想你了，想和你有机会一起过节，说你要是不同意你们两个人单独过，咱们三个人一起过也行。你说气人不气人，还说什么一想起来你和张丞骏回家就非常气愤，说是本来男主角该是他，看得出他还真对你一往情深呢！我在微信上发了他吃饭时的照片，有机会看一下，很可爱的。不过，他不是你的菜，真是没办法。回来再详聊吧，有你惯了，你一不在，想死你了。"后面还跟了几个大大的吻的图片表情，让叶秋实心情有所好转，想起林咏薇那可爱的表情，竟然忍不住会心一笑，在心里说道："这个薇妮子，你都不知道我现在有多煎熬，我也想你了呢！"

可是林咏薇绝对没有想到的是叶秋实现在根本没有和爸妈在一起，而是在张丞骏家。因为信号不好，张丞骏家里又没有Wi-Fi，不过即使信号好，估计也够呛，手机流量来之前就基本上用光了，所以叶秋实根本没上什么QQ和微信。

一想到于向垚，想到张丞骏对待于向垚的态度，想到于向垚那次假扮自己男朋友之后的深情表白，叶秋实有种说不清道不明的情怀。与张丞骏相比的话，于向垚的确显得太稚嫩了，但也少了许多让人不开心的故事吧！叶秋实望了望厨房的方向，突然觉得自己很像个不速之客，无意间闯入了张丞骏的家，至少现在从表面看就是这样。张丞骏的儿子在厨房门口玩，虽然看不到厨房里面的情景，但可以想象着一家人忙忙活活地各自干着自己力所能及的事情，也算是其乐融融，十分和谐。这样想来，叶秋实不免有些莫名的感伤，觉得自己这是图的什么呢！

正在叶秋实开始胡乱思忖的时候,张丞骏已经端着做好的菜跑了进来。

"快,收拾一下桌子,一会就可以开吃了。"他支使着叶秋实。

"你自己不会收拾呀。"可能是受到刚才思绪的影响,叶秋实竟然没有动身,毫无配合之意。

"大懒虫,大家都忙着做饭,你等着吃,收拾一下桌子都不行呀。"张丞骏本意可能只是开个玩笑,至少他是嬉皮笑脸地说的,但在此时的叶秋实听来却如此刺耳。

"她勤快,让她过来收拾。"叶秋实没好气地回应。

"什么话,跟你开个玩笑,还当真呀!"张丞骏依旧嬉笑着说,然后急忙把菜放在了一边,自己收拾起桌子来。可以看得出来,张丞骏为了顾全大局,一直在忍着叶秋实的态度。

叶秋实看在眼里,却故意使着小性子,她想起了林咏薇的话,很多时候是需要考验的,她现在就有意考验张丞骏对自己的忍耐程度。

姜淑琴倒是个有分寸的女人,她本意是要和孩子单独吃的。但叶秋实觉得那样的话,也显得自己太过于小气了,吃个饭也用不了多长时间,忍一会也就过去了,所以她表态让姜淑琴一起吃。两位老人见状,当然正合他们的意,大家就围坐在了一起。

"来,尝尝姜淑琴做的菜,别的不说,她做饭的手艺可是真心不错呢!"等终于把菜上齐后,张丞骏的妈妈可能是真心喜欢张丞骏前妻姜淑琴做的饭菜,也可能是放话给叶秋实听。天底下,哪个做妈妈的不希望自己的儿子能找个厨艺精湛的儿媳妇呢?民以食为天,饮食为大,有一手好厨艺的儿媳妇那可是自家儿子的福分。

这实在让叶秋实有些忍无可忍,当着未来儿媳妇夸赞儿子前妻的厨艺,这不是给人添堵吗?如果不是想到老人之前评价张丞骏时的客观态度，她真会觉得这就是老人故意在损她，所以只能当作是老人的无心之言，最终忍了下去。

再好的饭菜，在这种情境下估计都会索然无味。

菜肴丰富，张丞骏还特意开了一瓶红酒，大家共飨盛宴，各怀心思的一桌人吃起来的味道却迥然不同。不过，好在终有宴席结束的那一刻！

吃过午饭，因为孩子的事情商量妥当，姜淑琴坚持要回去，说家里的店需要照看。临出门前，张丞骏似乎有些不甘心，拉住张启猛："叫爸爸，叫一声爸爸。"非要让孩子喊他爸爸。

孩子无形中被卷入这么多争端，对张丞骏显得有些畏怯，张丞骏不让喊爸爸还好，一让喊，他拉着姜淑琴的手走得更快。

"慢点，你们慢点走。"张丞骏的妈妈看孩子拉着姜淑琴走得那么快，有些不放心地叮嘱。

看着孩子和姜淑琴消失在巷口，张丞骏和两位老人一家三口才返回院子里。

在此期间，叶秋实有种说不出来的不快，因此坚决否定了张丞骏继续再住一晚的提议。

"你的时间好安排，我今天必须回去，因为回来得匆忙，明天还有很多事情需要处理。"叶秋实解释说。

"好吧，既然这样，咱们歇一会，下午就回去吧。"张丞骏看叶秋实脸上有些阴郁，便没再坚持。

"也别歇了，我来开，你在车上先休息休息。"叶秋实觉得在这个院子里有种说不出来的不愉快，就想赶快回去，回到自己的家，所以对于张丞骏提议歇息一会的建议也予以了否定。说完便径直去昨天晚上休息的屋子准备收拾东西。

"你们还是再歇一会吧，一直也没休息好，路上不安全。"两位老人也不太赞成两个人立即就走的决定。

但叶秋实却坚持要返程。

匆匆告别之后,张丞骏的车又出现在了来时的路上,在繁杂嘈乱的路上显得很扎眼。

因为张丞骏午饭时喝了两杯红酒,叶秋实还是坚持自己来开。

车内两个人静默不语,连张丞骏这个十分善于调剂氛围的人似乎也没了以往的热情,一只手撑着头,在副驾驶座上休憩。

叶秋实感触良多,这两天她的内心发生了很多悄无声息的变化,既有对两个人相处不易的感叹,也有与老人之间思想隔阂的不适。她想起妈妈因为听说张丞骏离过婚有孩子时极力反对的态度,当时她有些不解妈妈为什么会对张丞骏这一点持如此反对的强烈态度,现在看来的确是自有她的道理。今天经历的一切让她切实感受到孩子对于张丞骏的影响。她又想起之前张丞骏告诉她说他能取得今天的成就全然是因为她,还说什么他离婚也是因为她的那些话,但事实显然并非如此,至少不完全如此,或者说自己只是潜移默化地多少影响到张丞骏的生活而已。

她悄然又瞥了一眼张丞骏,他一直在假寐,应该没有睡着。"他在想什么呢?"叶秋实不由得在脑际闪过这个念头。

因为心绪繁杂,再加上这一分神,前面突然横过一辆三轮车,是那种人拉的老式木质三轮车。

叶秋实紧急刹车,张丞骏猝不及防,头猛一往前冲,差点碰到前窗玻璃上!

"怎么啦?怎么啦?"张丞骏猛地睁开眼,惊讶地喊着。

车前一步之遥,一位上了年纪的老人呆呆地定在了那里,车把松开在地上。许是吓蒙了,看着车也没说话。

突然的变故,叶秋实也被惊呆了,脚死死地踩住刹车,不知道说什么好。

张丞骏明白过来怎么回事后,气呼呼地开门下车,仔细检查车。

"你怎么回事?怎么拉车的,碰了车你赔得起吗?"张丞骏竟然责怪起面前的老人。

叶秋实这才急忙走下车,看车有没有剐蹭的痕迹。

"算了,不怪老人,车既然没有问题,咱们还是上车吧。"叶秋实想要息事宁人,赶快离开。

"算你走运,要是车出了问题,有你受的。"张丞骏似乎在往老人身上撒气。叶秋实见状急忙拉张丞骏坐进了车里。

"这人横过马路,真是一点也不懂规矩。"张丞骏仍然嘟囔着。

"算了,不要再怪他了,好在有惊无险,没有酿成车祸。不过,这件事我也有责任,刚才没有及时调整车速。"叶秋实有些不理解张丞骏为什么抓住老人的不是一直不放,她哪里知道张丞骏自有他内心无法言说的烦恼,这是借事说事呢!

见叶秋实一直似乎心有旁骛,为了安全起见,早已休息过来的张丞骏在上高速前替下叶秋实,开起自己的爱车。车一上高速,速度也立即提高数倍。未上高速前,路况实在过于复杂,各种不守交规的行为太多,让人根本不可能提速,即使开得不算快,就那样还差点酿成惨剧呢!

一路风驰电掣,返程途中,他们只在一个休息区里上了趟卫生间,歇了一会,就再也没有停过。

叶秋实希望快些,她一心希望及时回到自己习惯了的地方,远离这一路的不愉快。而张丞骏也似乎猜到了她的心思,所以车速一直就没减下来。

这个节过得还真是够丰富的,下了高速,进入自己熟悉的城市后,叶秋实才有种真实的感觉。

"嗯,我回来了。"叶秋实甚至忍不住小声喊了出来。

"让你受委屈了，在我老家那地方是不是待得特别不习惯？"叶秋实这么一句小声的喊话，让张丞骏觉得回家的事情的确有些难为了叶秋实。自己这次也去了叶秋实的父母家，叶秋实父母的家还真是相当宽敞大气，屋里家什看得出来也都是够新够好，十分讲究。难怪叶秋实身上似乎总有种优越的气质，她的家庭成长环境的确十分优越。而自己的父母家即使这几年里里外外翻修了个遍，硬件还说得过去，甚至很不错，可是家里的卫生习惯不好，再加上喂了些鸡鸭什么的，还是显得有些不入流、脏乱。当然这些都是次要的，估计见到自己的前妻姜淑琴才是让叶秋实觉得最难熬的。关于这一点，张丞骏也有些始料未及。按他自己的设想，他会去见姜淑琴，他这次回家就有想要再为孩子的教育条件争取一下的想法，但不是在自己父母的家里，不是在叶秋实的面前！可是一切似乎都无法按自己的预想进行！虽然很高兴一回去就能见到自己的孩子，可是作为叶秋实，估计从那时起就开始备受煎熬了！

"没什么。"叶秋实淡淡地回应了一句。

"其实，我也没想到会让你和姜淑琴在一起那么久，而且还一起吃饭。"张丞骏很真诚地道歉。

"没事啊，其实我也想见见她见见孩子的。"这倒也是叶秋实的真心话，不过这种方式这种局面还是离她想象的远了些，她只是想远远地看一下姜淑琴长什么样子就足够了，至于孩子也就是见一见，让孩子知道自己就好了。

"可是，你不觉得姜淑琴对你还有念想吗？"叶秋实突然忍不住说出了自己一直存有的感觉，她觉得姜淑琴还喜欢着甚至爱着张丞骏。

"怎么可能？她怎么可能会一直爱着我，你一定是误会了。"张丞骏听了叶秋实的话显得有些吃惊，看来男人的感觉和女人还真不一样。

"怎么不可能？她就是还喜欢着你爱着你呢。"叶秋实开始帮张丞骏分析姜淑琴的种种表现。

"从她见到我的第一眼，我就感觉到了她还爱着你。如果一个女人对一个男人不在意，是不会对他交往什么人那么介意的。她的目光里对我充满了敌意，她对我说的话越尖酸刻薄越能证明她很在意你。"叶秋实说这句话时立即浮现出姜淑琴看见自己第一眼时充满愤恨的目光，好像正是自己夺走了张丞骏，让张丞骏和她离的婚一样，尽管事实根本不是她想象的那样。

"不对吧，我觉得不论是姜淑琴还是任何其他一个女人，在这种情况下，知道你是我女朋友的话，见到你都会充满敌意的，因为你太美了，她那是在嫉妒。"张丞骏说着自己的感受。

"当然，是有这种成分。但你没觉得后来中午饭，她也是想和你多待一些时间吗？"叶秋实想到当时张丞骏的妈妈也就是顺口一说让她留下一起吃个饭，如果换作自己，在那种情况下，是绝对不会留下来吃饭的，但没想到姜淑琴竟然留了下来！

"你一定是多想啦。我怎么一直没有这种感觉？"张丞骏其实心里开始觉得叶秋实的分析可能是对的。有一点似乎让他有所触动，就是在孩子硬拉着姜淑琴快走的时候，姜淑琴回头看了他一眼，那一眼似乎充满了柔情或者是哀怨！而那一刻，张丞骏的心里也被瞬间触动到，但只是瞬间，因为很快在孩子的拖拉下，她就消失了。但即使这样，他口头上也绝对不会承认的。

"我为什么要承认？她爱不爱我是她的事。我现在想要的女人是你！你现在才是我的女人！"张丞骏心里暗想，一想到那晚占有叶秋实的情形，张丞骏甚至有些得意，"你才是勾起我占有欲的女人，我还是得到了你！"

第十四章　四美成席

张丞骏没有承认姜淑琴仍然爱着他这回事，但叶秋实却毫不怀疑自己的直觉，她甚至觉得如果不是自己的出现，姜淑琴很有可能会抱有复婚的幻想，当然，也只能是幻想。通过与张丞骏的妈妈聊天知道，其实张丞骏根本不是在父母的严厉逼迫下才结的婚，而是因为与姜淑琴一来二往，产生了感情，发生了关系，害怕出事，担心影响不好才结的婚，所以他们两人是有一些感情基础的；尤其从女人的角度看，姜淑琴如果不真喜欢他张丞骏，在他们老家那样风气的地方，她是不会那么不明所以地就以身相许的。但以叶秋实对张丞骏的了解，彼时的张丞骏也许是真心喜欢过姜淑琴，现在的他却不可能会对她还有多少兴趣，所以估计复婚从来没有出现在他张丞骏的脑子里。

可是张丞骏对自己呢？叶秋实突然就不由自主地联想到了自己，虽然她和姜淑琴除了都是女人之外，并没有多少可比性。

"管他呢，只要他张丞骏对我好就行，不管过去他有过怎样的经历，那些毕竟都是过去的事了。"叶秋实望了窗外霓虹幻影般的花花世界，又看了看认真开车的张丞骏，豁达地想，"之前的自己不就是太在意对方的方方面面了吗？这世间哪有那么尽善尽美的人呢！所以自己还不是一直这么单着！不过，现在看来的话，估计自己这单身时代也快要结束了吧？"叶秋实甚至有些开心地想。

"丞骏,关于咱俩的关系你是怎么想的?"此次回家之行,虽然尽是些不愉快,但从对张丞骏的了解来说,叶秋实还是收获不少,心里面对张丞骏的立体把握感也更强一些,加上爸妈的反对,反而让她希望尽快有个结果,免得夜长梦多,最后受折磨的还是自己。因此,叶秋实忍不住问道。

"我当然希望能够早日娶你回家喽!"这似乎应该是张丞骏的真心话,他听了叶秋实的问话,毫不迟疑地回答。这让叶秋实不由自主地高兴。

"你真是这样想的?"叶秋实依旧故意追问着。

"可不是嘛,你也不想想我追你追了多少年,这好不容易到手的鸭子我还能让它飞了不成!不对,不对,这个比方打得有些不太恰当,嘿,不管怎么说就是这么个意思吧,我是吃定你了。"张丞骏急忙纠正他的言辞。

这倒惹得叶秋实哈哈哈地大笑起来,张丞骏也跟着嘿嘿嘿地笑起来,一时间,车内笑声荡漾。

"偶吔酒吧,偶遇特别美",突然一句醒目的广告语跃入眼帘,"偶吔"这个名字怎么这么熟悉?刚刚一闪而过的广告语竟然一下子印到叶秋实的脑海里,她突然想起了那次和张丞骏在广东餐厅的晚餐,碰到了一个叫陈艳尘的妖艳女人,那个女人不就开了家叫"偶吔"的酒吧吗?难道刚刚那家就是她开的?嗯,很可能就那个女人开的!一想到陈艳尘,叶秋实就想到了那天她对张丞骏搔首弄姿的神态,就觉得浑身不舒服。

刚刚看到那家酒吧的时候,叶秋实差点脱口而出那家酒吧的名字。如果那样的话,估计会很尴尬,叶秋实清楚地记得那次晚餐见陈艳尘走后,她问张丞骏有关陈艳尘的事情,他只是一带而过,然后就急忙转移了话题。此时再旧话重提的话,估计只会破坏掉刚刚恢复的氛围。但现在既然看到了那家酒吧，叶秋实就开始悄悄记起路线来，她决定抽空一定要来偶吔酒吧看一看，一探究竟！

女人的心思是善变的也是敏感的，恋爱中的女人尤其如是。叶秋实本来甚至已经暗暗下定决心，晚上和张丞骏共进晚餐，如果他提出其他要求，自己也会答应的。因为，有时候叶秋实觉得自己过于保守了，相比于那些90后、95后的女孩子，她和林咏薇这种类型真的显得活泼不足，开放又不够，对于那些符合她们年龄要求的男人的吸引力的确少了很多呢！虽然这种现象也许并不正常，或者在她这类知识女性的眼里，这种现象就是男权社会男性主义的重要表现之一，为什么要迎合这种现象？可是现实是她活在当下，活在今天，活在依然是男权社会的社会里！

刚才手机响了，张丞骏知道是林咏薇打过来的，还不让接，说什么一接通肯定会让叶秋实按时回家。叶秋实也答应了张丞骏，没有接听林咏薇的来电，甚至还开玩笑地说，她这是嫉妒呢。可这会，她却突然很想林咏薇，想和林咏薇聊聊她的所见所闻所思所想。

"在想什么？怎么不说话了？"张丞骏扭头又瞅了一眼叶秋实。

"喔，没什么。只是觉得有些事情挺奇怪的。"叶秋实的话有些让人匪夷所思。

"怎么啦？怎么会发出这样的感慨？"张丞骏觉得叶秋实的话的确有些费解，不解地问道。

而叶秋实理所当然地认为张丞骏一直在装，对于路过偶吔酒吧，他竟然视而不见，只字未提那酒吧。他是真的没有看见，还是只是装作没看见呢？叶秋实觉得后者的可能性更大！

他装作没看见，那就只能说明那个酒吧于他张丞骏有着某些不可轻易言说的意义！那就证明那个叫作陈艳尘的女人并不像张丞骏口中说的只是纯粹认识或者去她的酒吧消费过而已!

"是啊,你说这么大个城市,这多少人啊,时隔多年,你我竟然能够又走到一起,我都奇怪老天爷这是在眷顾我呢!"见叶秋实不应话,张丞骏开始拿他和叶秋实的重逢说起事来。

"你说开业那天,我请的老祁他要是能够去的话,那你就不可能出现。如果他的爱人去了,也不会碰见你。可偏偏是让你去了,这件事情想想都觉得奇怪,不可思议。"张丞骏依然东扯西拽地说着一些无关紧要的事情。

张丞骏提到伍梅里的老公时,竟然用"老祁"二字,可见两人私底下的关系的确非同一般,应该熟稔得很。

"唉,这才多久,已经物是人非了。"一提到祁励勤和伍梅里,叶秋实忍不住慨叹起来。

也不知道伍梅里这个节是怎么过的,叶秋实在回自己家的路上,虽然给她发过一条祝福和略带安慰的短信,但一直没见回复。

"是啊,我不该提他们,让你发感慨难受啦。"张丞骏听到叶秋实的话急忙说。

"还不至于吧。不过,他们的事情是我觉得最不应该发生的,那么好的家庭说解体就解体了。"叶秋实真心觉得伍梅里那样的家庭应该是很多人羡慕的家庭吧,两个人单位都没得说,孩子又聪明可爱,还出国留了学,家里经济条件又那么好,你说这样的家庭不稳固会解体,那还有什么样的家庭能经得起折腾呢!

"是啊,不应该啊。老祁啊老祁,你说你再好好十几年该多好啊!"张丞骏的话自然意味不同,但不知怎的,叶秋实竟然对张丞骏这句话很反感,真不知道祁励勤的变节中有没有你张丞骏的"功劳"!当然这种念头也就是一闪而过,正如一闪而过的街灯,过去了也就没了多少痕迹和影响。

"前面拐弯就可以去我新买的房子了,时间还早,要不去我那里看看吧。"张丞骏抬头瞅了瞅前面提议。

听到这句话,叶秋实把思绪集中到眼前的道路,仔细分辨了一下,如果按张丞骏指的方向,他们到前面的路口似乎要往左开,而那条路往右开,再往前一直开就应该可以到自己的家。

"改日吧,改日一定去。这次回家之行你也很清楚,发生那么多事情,我真的觉得有些疲惫。而且杂志的发行上出了一些问题,今天晚上回去好好休息一下,可能明天就得去单位。"叶秋实说的倒是实话,她其实昨天在自己父母家时就收到了任佳佳的一条短信,说是有的销售点出现了杂志退订的现象,具体原因还不太清楚,当时忙于家里的事情,就没太放在心上,也根本没有再想起这件事情。这是叶秋实第一次全面抓杂志的事情,而且主编伍梅里对这期的发行抱有很大的期望,虽然发行部一开始说趋势不错,但也绝不能大意,绝不可因为某些小事影响了大局。当然,其实这些都是次要的,之所以拒绝张丞骏的邀约,是因为叶秋实对张丞骏的感觉一直存有犹疑,对这份爱一直有着某些不满意的地方,或者仅仅从感觉上觉得并不是自己发自内心想要的,她还需要再观察,也需要再确认某些东西才敢义无反顾地走下去。

"好吧,那我把你送回去,你好好休息休息也好。"已经行驶至岔路口的张丞骏及时调整路线,驶向叶秋实示意的右边,然后朝叶秋实家所在的方向驶去。

"你就别上去了,林咏薇应该在家里,到时省得听她的唠叨,听了不舒服。"叶秋实抬头看了看楼上自己的家,见家里灯亮着,就对张丞骏说。

"也好,你上去及时休息。"说完,张丞骏快速将妈妈为叶秋实准备的一些特产拿了下来。

"要不,我帮你把这些东西拿到家,然后我再下来吧。"

"算了,这些东西也不太沉,而且有电梯,又不费劲。"叶秋实接过张丞骏拿的东西。

"嘿,这次咱们就是回来得太匆忙了,要不然从镇上多买些地道的特产就好了。"张丞骏觉得这次为叶秋实准备的东西实在有些寒酸,就不好意思地解释。

"没什么的,老人的心意有了就够了。你快回去吧,离你那里还很远,回去也好好歇歇,这两天你也够辛苦的。"叶秋实觉得张丞骏这两天也的确够累的。

"我看着你上去,然后我就走。"张丞骏微笑着说。这让叶秋实有些过意不去,今天算是全然打乱了他的计划吧,但他能够做到如此的份上,也算是不错了吧!叶秋实在进入楼梯的瞬间,又转身看了看,张丞骏依然倚在车旁看着她。

叶秋实朝张丞骏挥了挥手,示意他快些回去歇着,然后便消失在了张丞骏的面前。

叶秋实本来想自己开门,给林咏薇一个惊喜的,可是身上背着包,手里拎着东西,实在不方便,就摁响了门铃。

叶秋实立即就听到屋里林咏薇快跑的声音,像个欢快的小燕子出现在了门前。

"你怎么这么突然就回来了?我还以为是我叫的外卖到了呢!"原来林咏薇的惊喜在这里呢,叶秋实听了有些小失落。

"我还以为是我的到来让你高兴的呢,原来是为外卖!"叶秋实噘着嘴就往屋里走。

林咏薇站在门口,左右看了看,然后才带上门。

"咦，怎么就你自己？张丞骏呢？"林咏薇不解地问道。

"他回去了。"叶秋实简单地回答道。

"送人送到家，怎么连楼都没上就回去了，没有诚意。"林咏薇嘟囔道。

"他是要上来的，是我让他回去的，就怕上来你说他。真是的，别老往坏处想人家张丞骏好吧。"叶秋实听了林咏薇的话，替张丞骏有些鸣不平地回应道。

"好吧，好吧，这次算我冤枉他了。对了，你们回家还好吧，快跟我讲讲，婶婶和叔叔还认可张丞骏吧？他们有没有故意刁难他？"不知道任何情况的林咏薇嚷嚷着。

可是林咏薇哪里知道期间叶秋实经历了怎样的故事，又是如何挺过来那么多的不顺利不开心的事情的呢！

林咏薇不问还好，这一问，好像是遇到了亲人的关怀，叶秋实内心的委屈瞬间爆棚，忍不住要落泪。

"哎哟喂，这是怎么啦？张丞骏欺负你了？"林咏薇看到叶秋实的表情有些被激怒，"走，咱们找他去，他有什么资格欺负俺们秋姐！"一边说一边拉住叶秋实就要往外走。

"松手，松手，你这是干什么？你什么时候才能改掉你这动不动就动真格的毛病。"叶秋实使劲掰开林咏薇攥得紧紧的手。

"怎么啦？我猜错了？那到底是因为什么？你看看你那委屈的表情！"林咏薇松开手，然后指着叶秋实的脸说道。

"我因为张丞骏和我爸妈闹掰了。"叶秋实将整个经过对林咏薇讲述了一遍。

"喔，原来这两天你都在张丞骏老家过的？这么早就上门了？"林咏薇听后，有些惊讶地说道。

"我也是没办法,你说在那种情况下,我们从家里出来后,我本来还以为父母能追上来,拦住我们,不让我们离开的,可是他们竟然任由我们离开!我父母家没法待了,你说他提出去他父母家,我哪还有不去的理由啊!"

"按说去也没什么,倒也有好处,起码这次对张丞骏有了更多了解,对他的父母家人也有了认识,总比到时候结婚了,什么都不知道,两眼一抹黑强吧。"林咏薇开始帮叶秋实分析既成事实的好处。

"嗯,这倒是对的,说实话,他家里的环境我肯定不习惯。你说我们从小都在城市长大,乍一去那些地方,总是很多的不习惯。不过,想想,那里一年能去上几次呀!所以也倒没什么。另外,张丞骏的妈妈还是挺好相处的一位老人,让人感觉挺舒服的。"叶秋实实话实说。

"嗯,听说结了婚,最难处的关系就是婆媳关系,如果张丞骏的妈是个好婆婆,那倒真是件好事。"林咏薇看叶秋实说起张丞骏妈妈时的表情就猜到老人家还真不错。

"其实我觉得你这次去张丞骏家呢,也算是歪打正着。你想啊,如果不是这次机缘巧合,张丞骏叫你过去,你说你得以什么理由才能去他家考察一番呢?"林咏薇说着说着,开始觉得叶秋实这次去张丞骏家去得挺值的。

"我倒是真没想那么多。不过,见到张丞骏的前妻还是觉得有些不舒服。"叶秋实开始也觉得林咏薇说得有道理,但一想到姜淑琴和她刚见到自己时说的话,叶秋实就又觉得很是窝心。

"这个很正常,正如你刚才讲到的,他那个前妻一准还喜欢着张丞骏呢。你想啊,张丞骏估计就是她姜淑琴的第一个男人,又是孩子的爸爸,而且还是个有学问的人,至少在她的眼里应该算是有学问的爸爸,所以处于那种环境,张丞骏就是难得的老公人选了。估计他前妻这几年找来找去也没找到比张丞骏更好的，所以心里难免会有不舍和其他想法吧。"林咏薇继续帮叶秋实分析。

"不过你放心，张丞骏咱们又都了解，以他现在的情况，估计打死他，他也不会回去再找他以前的老婆。"林咏薇又急忙安抚了一句。

这恰恰和叶秋实的判断一致。

"嗯，这个我倒不担心。可是，我一想到他前妻说我的那些话我就来气，她凭什么那么说我？我哪里像狐狸精了？我是图他张丞骏的钱吗？而且一想起他的孩子我就有些不安。你不知道，薇薇，当时张丞骏说他想把孩子带回来时，说实话，我内心挺紧张的，甚至暗自祈祷孩子不要跟他！虽然当时觉得孩子很可能不会跟他过来，结果也的确如此，可是我当时那么想是不是很不应该啊？你说我的心理是不是也有些不正常呀？"在林咏薇面前，叶秋实开始吐露自己内心最真实的想法。

"就是，俺们秋姐脸蛋这么美，有着那魔鬼身材，哪里像狐狸精了？"林咏薇用手比画着叶秋实标致的脸庞和曼妙的身姿，竟然开起叶秋实的玩笑。

"坏薇薇，你还有心思开玩笑！"叶秋实竟然被林咏薇的表情给逗乐了。

"狐狸精她也是女人啊，哪个女人愿意给别人当后妈呀？所以你的所思所想完全在正常狐狸精的行为范畴。这也就是你，表面上能装。要是我在那种情况下，估计早表明自己坚定的立场了：'张丞骏你不能带孩子，如果你敢带孩子回来，我立即和你分手！'"林咏薇的表情突然变得严肃认真起来，那腔调和神情，让叶秋实有些忍俊不禁，两个女人随后大笑起来。

两个好姐妹聊了很久，因为突然分开了两天，再次见面，林咏薇竟然有些舍不得和叶秋实分开，叶秋实也乐于向林咏薇倾诉此行的点滴感受，所以两个人就睡在了叶秋实的房间。叶秋实的房间是主卧，空间毕竟宽敞一些。最后聊得实在累了，两个人相拥而睡。

因为心里想着要去处理单位的事情，第二天，叶秋实先于林咏薇醒了过来。她轻轻拿开林咏薇一直揽着自己的手，然后蹑手蹑脚地起身去卫生间洗漱。等叶秋实梳洗完毕回来时，没想到林咏薇也已经起身穿好了衣服。

"我今天准备去单位一趟，你干吗也起来了？怎么不多睡一会？今天不是还在假期内吗？"叶秋实不解地问林咏薇。

"人家想和你一起去，陪你去你的单位，我一个人在家好无聊的。你不是说今天只是去了解一下情况，单位也只有发行部的人会过去吗？"林咏薇表达着自己的愿望。

"也好，那你就陪我去趟单位，然后中午咱们一起外出就餐，也算是补过一下节日。"叶秋实看林咏薇既然起来了，干脆两个人中午一起在外边吃算了。

"嗯，这个可以有！"林咏薇一听说中午要在外边吃饭，喜滋滋地响应。

因为是节日的最后一天，该串门走动的基本都忙完了，又不在上班的时间内，路上行人和车辆都比平时少了许多。两个人驱车很快赶到了单位。

但让叶秋实惊讶的是在停车区看到了主编伍梅里的车。

"怎么？我们主编今天也到单位了吗？"叶秋实觉得甚是意外。

"什么意思？这是你们主编的车？"林咏薇指着叶秋实旁边的一辆车问道。

"可不是嘛，就是她的车，看来她也来单位了。"叶秋实揣测。

"那，我，是不是跟着不太好啊？"林咏薇听叶秋实说她们主编也在，就有些怵头，不想上去。因为从叶秋实的嘴里，她知道他们主编伍梅里可是个厉害的女人。

"没事，来都来了，还有回去的道理不成！再说了，有我在，你担心什么？"叶秋实当然知道林咏薇的心理，及时安慰说。

"那好吧。"尽管知道叶秋实的领导很可能就在单位，但都已经到了，再回去的确说不过去。

停好车，等到了单位，果不其然，伍梅里办公室的门虚掩着，里面隐约传出她说话的声音。

叶秋实让林咏薇先到自己的办公室等一会，她径直去了伍梅里的办公室。

"请进。"叶秋实敲了两声门后，听到了主编伍梅里的声音。从声音来判断，她今天的心情应该还不错。

"好了，杂志出错的事情给你们添麻烦了，改日一定当面致歉，今天先聊到这里，再见。"然后伍梅里就挂了电话。

"主编，杂志有退订的消息你也知道了？"

"嗯，不过我已经处理好了。退订的客户很快就会恢复订购。责任呢，不在我们，在印刷公司。我们的期刊内容没任何问题，印刷公司因为打印设备出了一点小故障，最后那批杂志的印刷有明显错误的地方，所以才导致客户的不满，要求退订。我刚刚让发行部的人员离开，他们会及时把改正过来的刊物重新送到客户手里。我们也已经和客户达成协议，此次期刊我们免费赠送给他们。失去几个订单事小，维护声誉事大，他们对我们的做法很满意，已经同意继续维持长期订购协议。"伍梅里一口气说了很多，人显得精神飒爽，根本看不出来是位老公刚刚因经济犯罪入狱又离了婚的女人。人们常常说工作着的女人最美丽，这一点从此时伍梅里的身上体现得特别鲜明！

"你傻愣愣地站着干什么呢？"伍梅里的一席话听得叶秋实有些目瞪口呆，她竟然只是那么睁大眼睛地看着伍梅里忘了说话。

"喔，主编你刚才的神情让我又看到了昔日的你，我都被你的状态惊呆了！你这身衣服也是新买的吗？以前从来没有看见你穿过，穿在你身上真的好有味道！"叶秋实回过神来，看着伍梅里的衣服由衷地赞叹。

"嗯，是的，新买的。节前打折时买的，比平时真便宜了不少。你也知道，我平时很少关注打折衣服，总以为那些衣服要么过量了，要么过时了，才会打折处理。可是，现在不一样了，现在一个人过，还有孩子，要精打细算。"说完这句话，伍梅里的神情多少有些落寞。不过，很快，她就又恢复了自信和端庄的姿态，显得更加成熟和具有知性魅力，仿佛是经过风霜雨雪的傲梅，更加有味道呢！

"改天我带你去那家店里看看，那里一定也有适合你穿的衣服。他们老板我熟悉，可以给优惠的。说实话，我觉得他们店里的衣服挺适合咱们这类知识女性穿的。"说到衣服，女人似乎总有聊不完的话题。伍梅里的话题立即引起了叶秋实的兴趣，她想起上次和林咏薇去逛店没有买成衣服的遗憾，觉得自己也的确需要买几件换季的新衣服，所以一听伍梅里的提议，觉得找个时间真得去看看。

"要不，咱们现在就去怎么样？反正工作上的事情已经处理完了，今天又还没有正式上班，而且现在这个点过去，正好还来得及。"看了看时间，雷厉风行的伍梅里立即提议道。

"好啊，好啊，正好中午一起吃个饭，算是一起过节了。"说完，两个女人即刻动身。

两个人走到单位的门口时，叶秋实忽然想起林咏薇还在自己的办公室里等着自己呢！

"哎呀，你看我这脑子，我今天不是一个人过来的。"叶秋实就把事情的经过向伍梅里解释了一番,及时给林咏薇打了个电话,把林咏薇喊了出来。

"主编好,我是林咏薇,你喊我小林或者咏薇都行。"林咏薇走到伍梅里和叶秋实面前时,急忙自我介绍。

"嘿,喊什么主编呀,多生分,又不是工作场合。你是秋实的好姐妹,私底下咱们就是姐妹,就喊我梅姐吧。至于秋实,她喊惯了,没办法,不过她叫我梅姐也完全OK,没关系的。工作跟生活我还是分得很清的。"伍梅里的话透露着她的真性情。不过,倒符合叶秋实对她的一贯描述,人美丽端庄大气,而且看上去就很能干,林咏薇心里暗暗想着。

"好,梅姐,你这个梅姐我认了。秋姐估计没跟你说过,我其实是男孩子性格,并不认生的哦。"不知道什么原因,也许是伍梅里毕竟比她们的年纪稍微大一些,感觉既有姐姐的风范也多少有些长辈的亲切,林咏薇真见到伍梅里时,并没有设想见到她时的紧张,在她面前反而觉得很轻松,不拘谨。

"嗯,是,性格大大咧咧的,有时候没大没小的,主编你别跟她一般见识。"叶秋实使劲瞪了一眼林咏薇,觉得林咏薇今天的表现的确够不认生,直接喊伍梅里"梅姐",伍梅里毕竟是自己的直接上司呢。

"没事,没事,这样很好,直接率真,看着十分舒服。"伍梅里倒是真心很喜欢面前的林咏薇,够真诚实在。

然后叶秋实告诉林咏薇,一会她们买完衣服会一起吃饭。

"这样啊,可是刚才我在等你的时候,我们的董事长韦姐给我打了个电话,还问我中午是不是和她一起吃饭,她说怕我孤单,因为她以为你还没从家里回来呢。听说你回来啦,还要请咱们一起去吃饭呢。"

"没关系,如果是这样,买完衣服,你们去吃你们的饭,我和秋实改日或者晚上再一起吃。"

"不用吧，主编，咏薇刚才说的董事长就是韦晴珊，也不是外人。要不，我看咱们四个中午一起吃算了，你也跟她正式认识一下。她也像你一样，接触后就会知道其实挺好相处的。"叶秋实提议。

"好啊，好啊，这个方案我赞成，梅姐去吧，我们韦董事长人也挺好的，也挺好客的，你去了，她一定高兴。"

"这样，那我倒真得去呢，见见这位神秘莫测的女强人，看看今后有没有更多可以合作的地方。"伍梅里弄明白林咏薇和叶秋实要去见的人正是红珊瑚酒店管理集团的董事长韦晴珊后，有些兴奋地说。

"走，先买衣服去，买完，我这个梅姐带着你们去拜会你们的韦姐。"决定去见韦晴珊后，伍梅里开玩笑地带头走在前面，径直走向她们停车的地方。

女人天生都是衣服控，叶秋实本来只是想买两件换季的衣服调剂一下心情，但进了店之后，冷静的理性之神好像就脱离了她活生生的身躯。看到那些款式、颜色、质量都不错的衣服之后，叶秋实欢欣雀跃，内心冲动的小鬼跳动个不停。

林咏薇的表现甚至更加明显，口里不时叫嚷着："这件我喜欢，我喜欢这件。啊，那里还有一件，我爱死这件了！嗯，这件真的好有味道！"恨不得每一件都收入囊中。就连不久前刚买过衣服的伍梅里在叶秋实和林咏薇的感染下，也忍不住想要再买上一两件呢。

空手而进的三个女人出门时大包小包，满满的收获，幸亏是开了车，要不然，真不知道这些衣服该怎么拿才好。

虽然林咏薇在去服装店之前就给韦晴珊发了她们会是三个人一起过去吃饭的消息，也初步预定了时间，但韦晴珊似乎担心有什么变化，在快到约定时间的时候，又专门给林咏薇打了一个电话，确认是否能按约定时间到达。幸亏韦晴珊打了个电话，否则的话，因为购兴大发，购物多多的三个女人真不知道会到什么时间才能尽兴。

"你们发觉没有,这单身,自己挣钱自己花的感觉就是不一样,心里踏实、高兴,有种愿意怎么花就怎么花的酣畅淋漓。"出来之后,伍梅里忍不住慨叹。

"不过,你们两个可能没有什么深刻的体会,毕竟,你们一直都是自己挣钱自己花。不像我,刚回归到单身状态,所以心理上感觉跟两个人生活时消费好像有很大的区别。虽然我以前也还算比较自由,可是两个人之间的一些约定还是有的,真花了什么钱,尤其是数额稍微大些的,难免会被有意无意地询问钱花到哪里去了。"伍梅里意识到叶秋实和林咏薇的情况后补充说。

"不过梅姐,秋姐可是很快就会有你之前的体会了,她要是真结了婚,可不就能体会到你的感受了。"伍梅里话音刚落,林咏薇忍不住说道。

"是吗?什么情况?不会吧?难道是好事将近了吗?真是太出乎意料了,快告诉我是谁?谁有这么大能耐,能这么快就把我们的叶大美人给征服了?"没想到伍梅里也有这么真性情的一面,竟然兴奋地开起叶秋实的玩笑来。

其实叶秋实并不想让伍梅里知道,准确地说,是不想让伍梅里这么早就知道她和张丞骏之间的事情。

"嘿,主编你别听咏薇在那里瞎嚷嚷了,八字还没有一撇的事情都能让她说成是板上钉钉的事啦,更不要说结婚,那还是远得看不着影子的事情!"叶秋实正是考虑到这一点,所以潜意识里有些顾虑,试图避开提及张丞骏,并一再给林咏薇使眼色,暗示她就此打住。

林咏薇不知道是急于在伍梅里面前表现,还是刚买完衣服内心兴奋太喜形于色,她明显没有了平时的机灵劲,根本没明白叶秋实到底什么意思，甚至以为叶秋实不好意思说，所以急不可耐地就把叶秋实去张丞骏老家刚回来的事情一股脑地讲了出来，讲得头头是道，比叶秋实告诉她的还详细。

"噢，是张丞骏，这小子可真有一套，追人也追得这么快！祝贺，祝贺。"听到是张丞骏，伍梅里的情绪果然受到了某些影响。尽管口中说着祝福的话，但叶秋实能够感觉到她话里有话，似乎并不是真心道贺，而且情绪上也能感觉到跟没听到张丞骏的名字时有些细微的变化。但不知道内情的林咏薇似乎根本没有注意到伍梅里的情绪有什么不同，依然兴高采烈地说："别的我不好说，张丞骏他追人可真不行。我跟你说梅姐，他追秋姐可是追了好多年，从大学那时候就开始了。"林咏薇又滔滔不绝地讲起大学时候张丞骏追求叶秋实的一些事情，急得叶秋实一个劲地直扯林咏薇的衣服也无济于事。

"你今天到底怎么回事？你没有看见我一个劲地在给你递眼色吗？你没注意到后来我们主编情绪上有些不对劲吗？"林咏薇衣服放好，刚一坐上车，叶秋实就说。

"怎么啦？你什么意思？我看到你使眼色了，难道我说错什么了吗？"林咏薇不解地问道。

叶秋实就将张丞骏和祁励勤之间的利益往来大概地描述了一番，当然叶秋实还是十分有分寸的，根本没有提及祁励勤主动向张丞骏要那么多钱的事情，只是提醒林咏薇尽量少在伍梅里面前提到张丞骏，免得引起伍梅里的联想产生不愉快。

"噢，原来是这么回事。那我怎么知道，这事你不能怪我，你从来没有提及这层利害关系。我只知道你是因为你们主编伍梅里，阴差阳错才又遇见的张丞骏，所以我才那么急于讲到你和他。因为，从某种意义上说，伍梅里就是你们的媒人呢！你不想想，如果不是她当时无法出席张丞骏那次开业典礼,你怎么可能会碰到张丞骏!碰不到他,又怎么会有今天的结局?"林咏薇的解释让叶秋实陷入了回忆,她又想起那天匆匆忙忙赶到张丞骏开业典礼现场时的情形,那样的画面现在想来却也有些温馨甜蜜。

也许一切都是天意,命里有时终会来,但命里无时呢?是否终究会要离去?

叶秋实和林咏薇前面带路,伍梅里的车一直跟着,几个人很快抵达了韦晴珊所在的酒店,红珊瑚集团旗下的另一家五星级酒店。韦晴珊的时间观念很强,已经出现在了她们约定的地点。

"不好意思,韦姐,我们今天有点迟到了。"叶秋实一见到韦晴珊就急忙道歉。

"没事,这又不是工作,我请客,我在这里等你们也属正常。"看来,韦晴珊也是对工作和生活分得很清,如果是工作时迟到,估计她就绝对不会是这种态度了。

"好,我来介绍一下,这位就是韦姐,红珊瑚酒店管理集团的董事长。"叶秋实急忙把韦晴珊介绍给自己的主编伍梅里。

"韦董事长您好,久仰您的大名,今日一见,果然气度非凡。"伍梅里握着韦晴珊的手忍不住发自内心地夸赞,并且主动介绍了自己。

"嗯,不要这么客气,工作上咱们互相帮衬,私底下呢,咱们就以姐妹相称,伍主编不会介意吧?"考虑到伍梅里是叶秋实的顶头上司,韦晴珊并不知道她们之间平时的关系模式,就明确地问起伍梅里。

"好啊,我喜欢,看来咱们还真是一路人,连对这类事情的观点和看法都如此一致。"伍梅里由衷地回答。

"就是,就是,我现在就称呼伍主编为梅姐呢。"一直站在旁边没说话的林咏薇听完两个人的对话,忍不住插话。

"好，好，这样也好，咱们平时都是好姐妹，工作上就是互相帮助的好同事。"看着面前两位非凡的女人如此和谐，其乐融融，叶秋实忍不住附和。

"走吧，都这个点了，咱们入座吧，边吃边聊。"韦晴珊提议，然后示意身边不远处的服务员引路，去到她们预定的位置用餐。

四美成席，几个美丽女人共同用餐似乎就是一道风景，引得邻桌用餐的人不时朝她们观望。几个女人当然也很享受这种感觉，仿佛吃起饭来也就更加高兴怡然。

"对了，你们谁看了最近热播的电视剧《欢乐颂》？"林咏薇一时兴起，想起最近一直追看的一部电视剧，"不过估计你们都忙，可能都没看吧？"

"那你们最喜欢里面的谁？"没想到韦晴珊竟然主动问起大家这个问题，看来她也看了呢，让林咏薇一下子觉得韦晴珊更加亲近。

"我最喜欢里面的关雎尔，她乖巧听话，工作认真努力，是让人疼爱的那种好女孩。"没想到，伍梅里竟然点评得如此到位，说明伍梅里也看了啊，林咏薇直接笑了出来。

"我还以为只有我和秋姐没事的时候看了这部电视剧呢，没想到韦姐和梅姐也都看了，真开心。"林咏薇开心地表达着自己的感受。

"怎么，只许你们这些没结婚的女孩看，就不许我们这些结了婚离过婚有孩子的女人看了？谁规定了？"伍梅里开玩笑地反问道。能拿自己的遭遇开玩笑，说明她已经能够客观和坦然地接受发生在她自己身上的一切。

"就是，谁这样规定了？谁这样规定，我这就找她评理去，这么好看的电视剧凭什么不让我们看？是吧，梅姐？"韦晴珊也跟着打趣，紧接着伍梅里的话说，然后又慧黠地朝伍梅里看了看，场面一时间显得特别有趣。

"哈哈，你们俩可真逗，太好玩了。"叶秋实捂住嘴笑。

"别光笑啊，说说你们到底喜欢那里面的谁？"伍梅里发问道，"你，你是问题的肇始者，赶快跟大家说说。"伍梅里指着笑得已经不行了的林咏薇说。

"我、我，让我控制一下再说。"林咏薇使劲控制了一下，平息了大笑的气息，然后开始认真地说，"我最喜欢里面的安迪，美得没得说，还那么聪明，而且智商太高了。具有无法言说的知性美，就像你和韦姐。"

"我？你就得了吧，像你韦姐还可以。"见林咏薇指着自己，伍梅里急忙解释。

"不要推脱了，其实你身上是有着安迪那种美的，不过，只是咱们年龄上比她大了些，是'大'版的安迪。"韦晴珊紧接着补充。

"对了，你是不是也特别喜欢安迪？韦姐？"林咏薇跟着问道。

"我？其实说实话，我更喜欢樊胜美。我觉得她太坚强了，我喜欢她那种坚忍不拔的韧劲，这一点我觉得很有点像我一开始走出来的劲，有种不服命运的劲头，只是她努力的方向有些偏差，太想依赖男人实现自己的梦想了。"韦晴珊仔细说着自己的感受，她说她喜欢樊胜美也让林咏薇她们几个有点意外。

"你呢？你还没说你喜欢谁呢？"大家将目光一致转向叶秋实。

"我，怎么说呢？她们每个人都有自己的优点和缺点。但要说最喜欢谁，我其实还蛮喜欢曲筱绡的。她敢爱敢恨，大胆泼辣，又非常懂得分寸。"

"她有懂得分寸吗？她太过了吧？"一听叶秋实说欣赏剧中曲筱绡的分寸感时，大家异口同声地惊讶道。

"哈哈,反正我挺喜欢她的,感觉活得很自我很潇洒。"叶秋实有些不知道再说什么好。

"那邱莹莹呢?没谁喜欢她吗?"林咏薇追问了一句。

"喜欢,喜欢,只是她显得太傻乎乎了,后来还好一些。"大家说完哈哈大笑起来。

几个漂亮女人就这么热烈地交流着,有说有笑。邻座的、路过的,引得各路男人的目光不时往她们身上聚焦。男人们的聚焦,反过来让几个女人的交流也越发热烈!美食加美女,真是一道不错的风景呢。

说完《欢乐颂》里最喜欢的女人们,又聊起剧中的男人们。

"怎么感觉那些男人都是咱们女人的衬托呢?竟然觉得没有一个男人是那种可以镇得住我的!"韦晴珊感叹。

"他们也不看看韦姐是谁呢!嗯,我也觉得里面的哪个男人都不一定能镇得住韦姐。"林咏薇随声附和。

"是吗?我就觉得安迪的上司老谭挺能镇得住我的。"叶秋实有不同的感受,"他成熟,稳重,想事情又周全,很会照顾人。"

"那还用说吗?那样的男人有吗?现实中有吗?那么有钱,还那么用情专一。对了,梅姐你觉得呢?里面有你相中的男人吗?"林咏薇话锋一转,问起正拿起饮料要喝的伍梅里。

"我?我过了吧。如果非要选一个喜欢的男人的话,我会选那个叫什么王凯演的赵医生吧,有一份不错的工作,为人也算正直,又长那么帅,真有这么一位男人也挺受用的。不过,他真是被曲筱绡虐得不轻。"伍梅里还真会选,应该说是选了个里面最帅的男人了吧。

"算了,还是别说那些男人了吧,要不咱们开一瓶红酒吧,喝点酒助兴吧。"韦晴珊提议道。

"可是,今天我们都开车来的,不好吧,现在交通管制可是严厉得很。"叶秋实有些担心,她想起上次被贴罚单的事,由于忙,一直没找到合适机会去交罚款,后来还是麻烦任佳佳特意去办的。

"没事,大不了在这住一晚上,怎么?还担心韦姐管不了你们住的地方?再说了,我不还有司机吗?等下就让我的司机专程送你们回家。"韦晴珊的话打消了大家的顾虑。

很快,上等的红酒拿到了饭桌上。服务员及时将酒倒进醒酒器醒了起来。

"来,再吃些菜,待会好喝酒。"韦晴珊招呼着大家。

大家吃兴正浓的时候,突然有手机铃声响起。

因为餐厅里人声嘈杂,大家一时间没能确认是谁的电话在响,纷纷掏出自己的手机看。"我的手机,我的手机响。"叶秋实指着手机,然后示意太吵怕听不清,拿起手机去外边接听。

但很快叶秋实就回来了。

"谁的电话,什么情况?"林咏薇总是显得有些急性子,早早地问道。

"是张丞骏来的电话。"叶秋实刚说完。

"谁是张丞骏啊?"不知道张丞骏是谁的韦晴珊忍不住插话。

"她男朋友。"林咏薇解释。

"咦,上次不是说还没有男朋友的吗?这么快就有了?速度够可以的呀!"韦晴珊有些惊讶。

"可不是吗?神一般的速度。"林咏薇本来只是一句玩笑话,也是诙谐着说出口的,却让叶秋实想起上次事发突然的变故,脸色立即变得有些阴沉。

"怎么?他这时候给你打电话有事吗?"伍梅里注意到了叶秋实情绪的变化,及时转移了话题。

"嗯,他说他现在有位重要的客户,他们一起喝酒,想让我过去陪一下。"

"什么？这个时候？他们在哪里？也太突然了吧，咱们才吃了点菜，连酒都还没喝呢！"韦晴珊一听有些急。

"就是，别管他，肯定没提前约嘛，什么重要客户？还非得秋姐作陪，就是想让秋姐给他长脸呗。"林咏薇一听张丞骏现在这个时候要叶秋实去他那里，本能地觉得不得劲。

"小薇，别乱猜。"伍梅里觉得林咏薇说的话有些不中听，就打断了她。

"本来就是嘛，又没提前告诉秋姐，肯定是喝酒喝多了，然后就想让秋姐过去露个脸，给他长长面子。"林咏薇毕竟是个直性子，也不管叶秋实的脸色难看不难看，继续由着自己的想法说。

"秋实，你自己决定吧，我们也不为难你，我没见过你的男朋友，不好评价他。但他没有提前告诉你，突然叫你过去陪酒，我觉得挺不妥当的。"韦晴珊把选择权交给了叶秋实。

"不过，咏薇说得对，听他的口气喝得有点多，说非得我过去一趟才好，让人听了就有些不高兴。我刚才回答他的时候没敢说死，就说我和我们主编在一起，我得问问领导才能决定过不过去。"叶秋实解释。

"既然咏薇分析得对，你又说和我在一起的话，那就说我不让你去好了，这个责任我替你揽着。当然，前提是你自己也的确不想去。"伍梅里听了叶秋实的话后说。

"可是，这样好吗？"叶秋实看着伍梅里说。

"你说你自己到底是想去还是不想去吧？"伍梅里看叶秋实有些犹豫，又追问了一句。

"我还真不想去，你又不是不了解我，熟人朋友之间我当然乐于奉陪，你说去陪他的什么客户，我又不认识，也不知道是怎样的人，怎么可能会乐于去呢!"叶秋实再次表达了自己的想法。

"那就回他,按我说的告诉他。"伍梅里示意叶秋实说。

于是,叶秋实按伍梅里的意思给张丞骏写了条短信,发之前内心多少有些犹豫,但还是发了出去。

张丞骏没有及时回复。

"来,既然决定不去了,不要让他的电话影响咱们,喝酒,喝酒。"韦晴珊招呼服务员斟酒。

波光潋滟,酒色醇厚,美酒美女,人间美事。

但因为张丞骏的来电,四美成席,席间本来和谐融洽的氛围却多少有些变了味,说不出来的意味在觥筹交错间慢慢溢出,从几个女人的心里溢出,只是谁也看不见,或者说是看见却不说。

第十五章 真相太伤人

张丞骏的来电让韦晴珊知道了叶秋实正处于热恋当中，既替她高兴，又多少有些潜忧，还有对自己往事的一丝回忆。

天底下哪个女人不希望有一双坚强的臂膀去依靠？可是当你发现本来的一双臂膀变成一对拳头时，那种生不如死的感受可想而知！叶秋实找的男人当然不可能像当年自己找的男人那样不堪，可是从梅姐和林咏薇的反应来看却似乎并非特别理想，她们对那个叫"张丞骏"的男人是有所了解甚至比较了解的，这说明那个男人至少是有着比较明显的不足或者是不好的地方。

"这选男人，可不比选件衣服，不合适就可以扔掉。我跟你说秋妹妹，你可不要因为急着脱单，就为了结婚而结婚。找的男人要脾气好，要对你是真好，不光要好看，更要实用。如果他动不动就跟你耍脾气使性子，这种男人咱们宁愿不要。"目睹了叶秋实在张丞骏事情上的犹豫和她回信后一直没收到对方回复的事实后，韦晴珊终于忍不住对叶秋实表达自己的想法。

"是啊，晴珊说得很对，这选男人可是件慎重的大事。他可以不那么富有，可以不飞黄腾达，只要能自食其力就可以，但关键是要真心对你好，是真爱你，而不是因为虚荣或者其他。"伍梅里忍不住跟着说道。

"我觉得，我觉得……"林咏薇似乎想说什么，却又欲言又止。

"你想说什么?说出来呀,吞吞吐吐可不像是你的风格。就咱们几个姐妹,还有什么不可以说的。"韦晴珊对林咏薇也算有比较多的了解,看她欲言又止的样子忍不住催促。

"好,那我就说了,秋姐你别怪我。"说完,林咏薇看了一眼叶秋实,然后抬头又猛地喝了一口红酒,因为喝得太猛,脸色立即红了起来。

林咏薇的举止让叶秋实预感,她的话会跟自己紧密相关。

"秋姐,其实、其实,张丞骏他配不上你。"林咏薇注视着叶秋实,然后话就又止在了那里。

"没了,就这句结论性的话?"伍梅里讶异地盯着林咏薇问道。

"是呀,有什么话,说吧,我没事的,我能挺得住。"叶秋实知道林咏薇这是顾及自己的感受呢,所以有些开玩笑地鼓励她继续说。不过,说实话,她也不知道林咏薇会说出的事,自己能否很好地面对。

"那我真说了。"林咏薇看大家焦急和期待的神情便继续说了下去。

"其实,大学时,张丞骏他也曾追过我。我当时不知道他也在追你,当我知道后,我就断然地拒绝了他,还骂了他,让他好好地对你。后来,我看他算是一心对你,也就放心了。可是,后来,因为父母的反对,你明确表态你们不可能在一起后,张丞骏又偷偷找我,你想在那种情况下,我和他也根本不可能。"林咏薇说完又喝了一口酒,仿佛是一直压在心底的一块石头落了地,人也好像轻松了许多。

"我说出这些是什么意思呢?我是想说张丞骏这个人有些猥琐,对我们都可以脚踩两只船,真担心今后他会怎么样。"林咏薇补充说。

叶秋实听后满心不是滋味。当然任何一个女人,在这种情形下估计都会很不是滋味。

"林咏薇你什么意思?这种事情你为什么不早告诉我?为什么不私

底下告诉我？让大家都知道，你脸上荣光还是我脸上好看？"叶秋实心里充满对林咏薇的抱怨。

"可是你为什么不早些告诉我？为什么到现在才说？"叶秋实别的想法没敢说出口，对林咏薇现在才说出来那些陈年旧事表达了不满。

"秋姐，你想想，我多少次提醒你说张丞骏的为人不实在，还说看到过他追别的女生，可你就是不相信。难道我非得说那个女生就是我才好吗？难道你没注意到他有些怕我，就没想过是因为什么？是因为我握着他的短处！"林咏薇一听叶秋实有些抱怨自己，也甚觉委屈，快速地反驳。

林咏薇的话虽然听着也不好听，倒是让叶秋实冷静了许多，许多往事的细节仿佛又闪现在自己的面前。

"薇薇，我跟你说张丞骏又向我表白了，我该怎么办？我到底是该接受他，和他做男女朋友呢？还是直接拒绝他呢？"叶秋实走进宿舍，就对正躺在上铺看书的林咏薇说道。

"什么？他跟你表白了？这个张丞骏脸皮还真厚，你不是明确对他说你们俩不合适了吗？"林咏薇一下子就坐了起来。

"是呀，可是他就这么死乞白赖地拦住我，还说什么，只要我一天没有男朋友，他当我男朋友的心就一天不会死。你说，我真是拿他没办法，都快被他感动了。他这么一心一意地喜欢我，我是不是得考虑考虑他呀！"叶秋实看上去真心有些为难。

"你问我的意见呀？要我给你做决定吗？"林咏薇指着自己问叶秋实，见叶秋实直接点头，就说，"要我说的话，直接把他PASS掉。你说你对他没那种你想要的感觉，这个多重要呀！爱人之间如果没有想要的爱的感觉，那还爱个什么劲呀！至于你说他对你一心一意地喜欢，我可不那么觉得。不瞒你说，他曾追……我见过他追别的女生呢。"林咏薇似乎有所顾虑，但还是说出了张丞骏的不好。

"是吗？真的吗？谁呀？你见过他还追过谁？我认识吗？"叶秋实听了林咏薇的话，十分意外，惊讶地问了一连串问题，然后有些失落地试图否认林咏薇说的话，"你一定是弄错了。"

"这个我还能骗你呀？肯定是真的，这个绝对错不了，因为那个人就是……"直性子的林咏薇差点说出来实情，见听了自己的话的叶秋实满脸的沮丧就心软了。

"那个人我也不知道，只知道她应该也是咱们学校的。我听到过张丞骏对她说他喜欢她，喜欢她的率真，喜欢她的大方，喜欢她的美丽。呃，想起听到他说的那些肉麻的话，我现在身上还直起鸡皮疙瘩。"林咏薇边说边挠身上，仿佛真的满身不舒服，"但如果见了她，我一定能认出她来。"林咏薇及时刹住了原先的话，变了说法。

"你的意思是他脚踩两只船？是追我的时候追的她吗，还是在我之前？那以后咱们俩在校园里要是碰到她，你一定告诉我，我一定要问问她，张丞骏是否也追求过她。如果是真的，我就……"

"你就是不信我呗？他应该就是典型的脚踩两只船，我见到他那样的时候，他应该已经在追你。还如果是真的？这一切就是真的，你就怎么地？还能怎样？"林咏薇见叶秋实根本不相信自己说的话，深知实情的她有些生气地质问道。

"那我就好办了，不用再这么纠结和张丞骏的关系了。"叶秋实吐了口气说道，看得出叶秋实似乎希望林咏薇说的是真的，又似乎多少有一些不甘心。

那次之后，在校园里，一碰到感觉还不错的女生，只要林咏薇在旁边，叶秋实总会忍不住问一句："张丞骏追过的是她吗？是这个女生吗？"好几次，林咏薇都想告诉叶秋实，张丞骏曾约会过她，只是当时她不知道张丞骏已经在追求叶秋实。可是，想想，如果真告诉叶秋实的话，她是不是会很伤心？两个人之间是不是会很尴尬？如此一来，与有些好面子和高傲的叶秋实之间是不是有可能连姐妹也做不成？所以好几次话到嘴边还是忍住了。不过，让林咏薇高兴的是，自从告诉叶秋实张丞骏曾追过别的女生之后，叶秋实似乎有意地在疏远张丞骏。任张丞骏脸皮再厚，也禁不住一而再再而三的拒绝，所以，张丞骏似乎也越来越少地出现在她们面前。一旦出现，林咏薇也绝不给张丞骏好脸色看。自知理亏的张丞骏对林咏薇也不敢怎么样。

为什么林咏薇总是对张丞骏爱搭不理，动不动还吆五喝六的，原来真正的原因在这里呢！叶秋实还一直以为林咏薇只是简单地不喜欢张丞骏这个人，原来这要比不喜欢强烈得多，张丞骏竟然背着她做过如此不堪的事情！

"可是，现在自己该怎么办？自己和他可是已有了夫妻之实啊！"陷入回忆的叶秋实突然有些不知道该如何对待她和张丞骏的关系。

"喂，该你了，轮到你喝了！"几个人拿酒杯提醒着叶秋实，叶秋实这才从恍惚中清醒过来。

"哦，好、好，喝酒、喝酒。"她喃喃地回应着。

"就是，喝酒，先喝酒，别想那么多陈芝麻烂谷子的事情，好不容易聚到一起，别让那些烦心事影响了咱们。"做东的韦晴珊许是猜到了叶秋实的心思，热情地开导。

"就是，先喝酒吧。你们又没结婚，真不行，到时咱们就换人嘛，我原先给你介绍的不满意，我接着给你物色。"可能伍梅里对张丞骏的印象也不够好，没想到她竟然直接说出了这样的话。

"可是、可是，我和他，我们都回他老家了，我们、我们都住一起了。"叶秋实有些不好意思地说出了已经发生在自己身上的事实。

"住在一起又怎样？夫妻结婚了，有了孩子，最后离婚的不也多了去了！难道有了夫妻之实就非得嫁给他呀？亏你还是大城市出来的呢，还不如我这个从小长在农村的人。你看看现在这些年轻的孩子，认识不到一天就能啃到一起。当然，我这也不是说那样就一定好。但起码现在的孩子们绝对不会拿这种事情束缚自己，前提是采取了安全措施。作为成年男女，有那种关系不是太正常了吗？你看看你那表情，竟然还有些难为情，在这方面也要稍微学会适当地解放一下自己。"韦晴珊当然绝非昔日的韦晴珊，这么多年的摸爬滚打，早已谙熟社会动态，对各种现象也见怪不怪，当然很有自己的一套理论和分析事物的原则。

"就是，秋姐，我看你就是被叔叔婶婶整天教导得有些过了，他们的思想也太保守了。另外，你不是说就是叔叔婶婶也对他不满意吗？"非常熟悉叶秋实家庭情况的林咏薇跟着说道。

"一开始如果就没有感觉特别满意，我跟你说，我的经验是就不要勉强。我就是很好的例子，其实我的婚姻一开始就注定了会以失败告终，因为我知道自己的内心对他一开始就不满意，只是迫于生计，才无奈跟他结合到一起，所以，怎么样？最后还不是以分开结束。当然，我现在还得感谢他，如果没有那段经历，也许就不会有今天的我。"说完，韦晴珊仰头干了杯中的酒，示意服务员再次斟满。

叶秋实和林咏薇已经知道了韦晴珊的故事，林咏薇和伍梅里挨着，就低声向伍梅里简单地讲了一下韦晴珊的婚姻情况。

"让梅姐见笑了。"等伍梅里听完故事，韦晴珊笑着说道。

"嘿，什么见笑不见笑的，秋实知道我的情况，我还不是一样，现在也是个单身母亲。前些天我在家里还闭门思过，后来，想来想去，觉得自己也没什么错，并没有什么做得不好。是他造孽，他找女人，那是他的选择，所以他出了问题，最终我们离婚。说出来不怕你们笑话，我一开始还很难过，有两天不吃不喝，甚至一度想过自杀。后来，慢慢地我也想开了，我凭什么因为他的罪过来惩罚自己？我一定要活好自己的日子，过好自己的生活，这是对那个男人最好的嘲讽，也是对另外一个女人最大的蔑视。"伍梅里回忆起往事，一反平时的镇定自若，情绪有些激动。

这也实在是太正常了，任何一个女人离了婚，如果不是自己的错误造成的，估计都会悲伤难过很长一段时间。伍梅里应该算是属于自我调控能力比较强的，所以才能在那么短的时间内比较正确地对待自己失败的婚姻。

"是吗？原来我们是同道中人，都经历过离婚，也都经受过男人的苦。好，为梅姐最后的一句话干杯，说得太好了！"韦晴珊发自肺腑地再次举起酒杯。

"我们说这么多，也都是希望你好，希望你能找到一个值得你全身心付出的好男人，如果这个男人不够好，那还不如自己一个人过。我们又不是非得靠男人生活，又不是养活不起自己！"伍梅里又补充说，然后，与韦晴珊碰杯。

"就是，就是。"林咏薇见状，也举起了杯中酒。

喝了些酒的叶秋实，一下子接收到这么多信息，有些蒙。她有些茫然地也举起手中的酒杯，猩红的液体流入体内，仿佛是一团嗜血魔兽，又似一簇魅惑的花，让人有些眩晕。

叶秋实最终没有离席，觥筹交错，畅所欲言，几个女人喝得很尽兴。然后，韦晴珊又为叶秋实她们安排了SPA服务，并安排了两个房间临时休息，安排好一切之后，她自己因为临时有其他事情要处理则先行离开。

伍梅里单独一个房间，叶秋实和林咏薇在一个房间，大家相约谁醒得早就叫谁。林咏薇因为说出了自己心底多年的秘密，反而轻松了很多，进入房间后，躺在床上很快就睡着了。

叶秋实反而多了件心事，毕竟自己才是当事人，才是和张丞骏关系最紧密的人，张丞骏有什么情况对她的影响也就最大。辗转反侧，有些累，但就是睡不着，加上酒精的作用，满脑子胡思乱想，想着想着就又想到了陈伟嘉，想到那次意外梦里她和陈伟嘉之间发生的一切。不知是酒精的作用还是真的很想念陈伟嘉，叶秋实甚至觉得浑身有些燥热，竟然情不自禁地抚摸起自己的身体。

"陈伟嘉还好吗？他这个节过得怎么样？"叶秋实又想起陈伟嘉节前给自己发的祝福信息，尽管字面上很简单，但她知道他的内心远比字面上表达的要复杂，叶秋实觉得她能体察到陈伟嘉的心迹。

"你在干什么？这个节日在哪里过的？过得怎么样？"叶秋实忍不住对陈伟嘉的思念，竟然主动拿起手机给他发了条短信。

"怎么这么巧，我正想问你这个节过得怎么样，你就发来了短信。我们本来打算回我老家的，但因为临时有其他事情就没去成，所以是和她们一家过的。"陈伟嘉很快就回复了短信。

"对了，晚上有安排吗？没有的话，我想请你一起吃个饭，今天晚上我正好有空。"很快，陈伟嘉又发过来一条短信。

叶秋实犹豫了一下，她看了看已经睡熟了的林咏薇，脑子里突然很想现在就见到陈伟嘉，哪怕两个人只是在一起走走，坐下来喝杯咖啡。总之，她现在睡不着，她想找人聊聊，哪怕只是随便聊聊，她现在就是不想窝在屋子里！

迫切地想要见到陈伟嘉的心情让叶秋实很快就回复了陈伟嘉的信息："我现在就有空。""那你现在出来，咱们在蓝典西餐厅见怎么样？可以在那里先喝杯咖啡。"陈伟嘉的回复让叶秋实有种说不出来的惊喜，因为她在回复陈伟嘉短信的时候，满脑子都是他们在那里时的画面！从刚才问候节日过得如何，到现在约见的地点，难道这就是传说中的心有灵犀！叶秋实更加觉得陈伟嘉才是自己真正爱的男人。可是一想到他的现状，叶秋实的头就又疼得厉害。

"不过现在顾不了那么多了！"叶秋实现在只有一个念头，就是想尽快见到陈伟嘉。打定主意之后，叶秋实急忙到镜子前补了个妆，因为酒劲还没有完全下去，脸有些绯红，但似乎显得更加娇柔妩媚！

她轻轻地喊了两声"咏薇，咏薇"，见没有任何回应，便蹑手蹑脚地走出了她们临时休息的房间，悄悄听了听隔壁伍梅里所在的房间，里面没有任何动静。然后，叶秋实便悄无声息地离开了酒店，满怀欣喜地奔赴此时在她心目中无比美好的蓝典西餐厅！

一想到很快就能见到自己喜欢的人，叶秋实觉得心里充满了无限甜蜜，这种体验一旦有了之后，什么样的人是自己发自内心地喜欢就会非常明白。至少在她认识的男人里，她现在只钟情于陈伟嘉，哪怕明明知道他有老婆孩子，而且还明确表示过不会离婚。但她觉得还能和他偶尔见上一面，哪怕只是简单地吃个饭也很愉快，这就足够了。虽然这有违于她曾经对自己的要求。但在真实的情感面前，现在似乎根本管不了那么多了。

远远地看见了嘉实传媒集团总部的牌子，在下午的阳光里熠熠生辉！即使这么几个字，因为与陈伟嘉有着紧密的联系，在叶秋实眼里也觉得倍加亲切。而到了嘉实传媒集团也就意味着马上就到蓝典西餐厅了。

一进蓝典西餐厅，一股熟悉的气息扑面而来。因为后来与张丞骏也曾到此用餐，叶秋实已经数次来到过这里。但让她记忆深刻的依然是她和陈伟嘉第一次来到此地的情形，甚至那天大厅里放的什么曲子她都清晰地记得,对,就是久石让的《人生的旋转木马》!没想到,自己的人生木马转来转去又转到了陈伟嘉的身边!

她侧耳听了听,今天播放的曲子她没有听出来到底是谁的作品、到底是哪首曲子,只是恰如自己此时的心情,时而激荡时而低缓,一如沉静的外表下一颗澎湃的心有力地跳动着。

"这边,这里!"和第一次的情形如此相似,那次也是陈伟嘉先到,早早地站起来向叶秋实打招呼。

叶秋实竟然也还是像第一次的心情,紧张忐忑,生怕自己哪里表现不好,破坏了在陈伟嘉心目中的美好形象。

等两个人落座后,叶秋实和陈伟嘉相视而笑,两个人非常默契地各自点了杯摩卡咖啡,一切似乎很完美,是叶秋实想象中的情形。

"怎么样?回家见父母了吗?"陈伟嘉关切地问道。

"我,哦,去了,待了一天就回来了。"叶秋实当然不可能说她回家所发生的一切,更不能说出她和张丞骏之间的事情,所以只是轻描淡写地一笔带过。

"我本来是想回趟家去见见父母的,你也知道我父母年纪比较大了,但没想到最后没有成行。"陈伟嘉对没能和父母一起过节似乎有些遗憾。

"为什么不把他们接到身边住?"叶秋实知道陈伟嘉的父母也在另一座城市,一直没过来。

"他们说在那里住了一辈子,到别的地方再好也不习惯。而且,不怕你笑话,他们有时候看不惯我那媳妇在家里颐指气使的样子,所以,干脆眼不见心不烦,就坚持没有过来。"陈伟嘉说到这里有些沉默。

这让叶秋实有些不知道再说什么好。正在沉默间,忽然看到一个熟悉的身影走了进来,是于向垚!他和两个年轻人走了进来。

叶秋实有些想躲，故意用手遮挡住了脸。但眼尖的于向垚一眼就看到了叶秋实，很唐突地撇下一同进来的两个人就直奔叶秋实而来。

"叶姐，这么巧！你回没回家？我说跟你一起回家，你不让，你到底怎么过的节？"于向垚竟然如此冒昧地直接问起叶秋实，尽管叶秋实在使眼色，示意有人在，让他闭嘴。

"喔，噢，是挺巧的。我、我没回家。"叶秋实说完这句话见陈伟嘉一脸诧异，想到刚刚告诉他自己回家了，然后又忙不迭地说，"喔，嗯，回家了。"

"嗯，我来介绍一下，这是我朋友于向垚，这位是嘉实传媒集团的陈伟嘉副董事长。"叶秋实急忙起身介绍，试图以此化解自己的尴尬。

不知道是不是感觉到了叶秋实对陈伟嘉的感觉，还是觉得他们正在处男女朋友，陈伟嘉的年龄明显要大于叶秋实，于向垚竟然一反往日很有礼貌的形象，直接有些鄙夷地斜视起陈伟嘉。

"我是叶秋实的'男朋友'，如果你是婚姻疲惫了，想找叶姐解解闷的话，请你及时刹车，不要伤害到她！"他竟然如此大胆地直接对陈伟嘉说道。

"于向垚你想干什么？你什么时候是我男朋友了？"叶秋实尽量压低声音地质问道。

"怎么？这么快就不认了，在阿姨面前时怎么不这么说？这么快就想把我甩了？"他的话听起来似乎更加刺耳。

"你住口，于向垚，那些不都只是临时的吗？当时不是都跟你说得很清楚了，我们之间是不可能的吗？"叶秋实开始愤怒，她觉得自己在陈伟嘉心目中的美好形象正在因为于向垚的故意行为而变得惨不忍睹！

"什么是不可能的？什么才是可能的？我比你小，你觉得不可能，那他还比你大呢，你和他就可能吗？"于向垚许是因为节前曾多次给叶秋实打电话都被无情地拒绝而积聚了太多的怨情，所以听了叶秋实的话，他非但没有偃旗息鼓的意思，反而变本加厉地回击起叶秋实。

"你真是不可理喻！当时就不应该找你假扮什么我的男朋友！"于向垚的话从字面逻辑上让人无法辩驳，叶秋实就开始后悔当初为了糊弄妈妈一时心血来潮想到的那个鬼点子。

"后悔了？后悔也晚了。你认为是假扮的，我可是真心把自己当作是你的男朋友。"于向垚竟然十分认真地说。

于向垚的突然现身，陈伟嘉不明就里，一直插不上话，但现在他也大体明白了到底是怎么回事。

"来，来，坐下来慢慢说。我想你误解我和秋实的关系了，我们只是普通的朋友关系，因为业务关系才约来这里喝杯咖啡，聊一聊的。"陈伟嘉这么说也算基本符合事实，但今天的约见却显然与公事无关，的确只是因为私人情感。

"你蒙谁呢？你也把我当孩子糊弄是吗？我第一眼看到你们，就知道你们之间绝非业务关系那么简单！"于向垚根本就不听陈伟嘉的解释。

"你不信我？你总该信你的叶姐吧？你问问到底是不是这样？"其实在说这句话时，陈伟嘉还真有些嘲讽面前这位看上去形象不错但的确显得很是稚嫩的男人。

"再说了，我们之间是什么关系用得着你来管吗？"陈伟嘉不知道是不是因为于向垚莽撞的行为直接破坏了他和叶秋实难得一见的氛围有些生气，还是因为他内心一直喜欢着叶秋实，被面前这个自称是叶秋实男朋友的人激发出某些潜在的嫉妒心，总之，这句话一出口，让本来有可能趋缓的局势瞬间升级。

"伟嘉，不要这样。"叶秋实示意陈伟嘉息事宁人，不要拿话激于向垚。

"怎么？我说错了吗？听了这么多，我也算是听明白了，你找过他假扮你的男朋友，他根本就不是你的男朋友。他就死皮赖脸地一心想做你的男朋友，不就是这么回事吗？"陈伟嘉开始表达自己的不满。

"我就是喜欢她，我就是想做她的男朋友，你能怎么样？"于向垚不甘示弱，直愣愣地盯着陈伟嘉看。

"感情是双方的事，是两个人的事情，不是一厢情愿。小伙子你省省吧，我看你人也不错，怎么这么死心眼呢。"陈伟嘉的话也许符合事实，但却直接激怒了于向垚。

他一个箭步冲到陈伟嘉面前，拉起一直坐着的陈伟嘉，伸出胳膊就要揍陈伟嘉。

"你干什么？于向垚你住手！"看到这种情形，一直压着声音说话的叶秋实直接惊叫了起来。

一直坐在远处的于向垚的两个朋友一开始不知道什么情况，看到于向垚的举止，听到叶秋实的尖叫，直接跑了过来。

"什么情况？什么情况？"两个人见于向垚正扯着陈伟嘉的胳膊，跑到叶秋实他们身边着急地问道，不明白什么情况的他们甚至也想要帮忙揍陈伟嘉。

"你们都住手。于向垚你给我走，请你及时离开，否则我就要报警了！"担心陈伟嘉会有危险的叶秋实厉声呵斥道。

因为这个时间段整个大厅里人并不多，仅有的一些人也开始齐刷刷地朝这边看，他们的动静已经引起了咖啡厅值班经理的注意，他正带着两个保安朝他们走来。

"走，走吧，于向垚。"看到这种情形，于向垚的同伴开始拉于向垚往外走。

"这次算你幸运，下次让我再碰到你，有你好看的。"于向垚见事情要闹大，急忙收手，与其他两个同伴从另外一个出口匆匆地离去。

"没事吧两位？刚才那些人怎么回事？"餐厅的值班经理带着保安人员来到陈伟嘉和叶秋实的面前时，有些担心地问道。

"没事，没事啦，刚才只是一场误会。谢谢，谢谢几位啦。"陈伟嘉急忙解释，并示意他们离开。

等终于再次安静下来，整个氛围却突然变了味，本来很美好的一次约见却因为刚刚突发的一幕，因为于向垚他们的出现，现在全然没了美好的心情。至少叶秋实现在是这样。

"刚才真没想到会是这样，我和他之间……"叶秋实似乎想要解释。

"没关系，你不用做任何解释，真的，秋实，不管你和他之间到底是什么关系，其实我都没有资格和权利过问的，这一点我还是有自知之明的。"陈伟嘉直接打断了叶秋实的话。

陈伟嘉的话倒是对的，但在叶秋实听来却充满了别样的滋味。

"是啊，你陈伟嘉算是我什么人呢？虽然算不上陌生人，可是我对你又了解多少？我们之间甚至连好朋友都算不上吧？好朋友总会将自己的喜怒哀乐向对方倾诉，可是我能吗？我能把心里的委屈和难受跟你讲吗？"

"可是我要说，我觉得不说出来憋在心里会更难受。"一想到委屈，叶秋实在陈伟嘉面前突然觉得有种想爱又不能爱，不爱又不甘心的委屈，很想直接告诉给陈伟嘉。

"好，那你说吧，也许你是对的，说出来也许会好受些。"陈伟嘉一反常态，竟然做认真倾听状，示意叶秋实说出她想说的话。

"我觉得我真的很喜欢你，很爱你……"叶秋实似乎还有些顾虑。

"怎么？你不是想讲你和他之间的关系吗？怎么突然又说起我？"一听叶秋实的话，陈伟嘉甚觉意外地打断了。

"你不要打断我好吗？让我把心里的话全说出来，这些话你可以听进去，也可以只是左耳朵听右耳朵冒，就当我什么也没说。我觉得今天我必须说出来，再不说出来，也许再也没有机会。"想到家里父母的逼迫，想到和张丞骏的事实关系，叶秋实突然觉得今天真就是一个机会，一个向自己发自内心喜欢和爱的人把所有心思都说出来的绝佳机会！

"好，好，那你就继续说。"陈伟嘉表示了一下歉意，然后让叶秋实继续说下去。

"我其实真的很傻，当时第一次见你之后，回去就开始浮想联翩，把自己整个陷了进去。我当时应该想到的，像你这么优秀的人，怎么可能会是单身？怎么会没有家庭？但我却过早地把自己设想进你的人生里。后来交往了几次之后，我甚至开始幻想着能够穿上最美的婚纱，成为你最美的新娘。可是，我潜在的祈祷终究没有实现，你果然是有家庭有老婆的人，而且你告诉我说你不可能离婚娶我时，我当时觉得天都要塌了下来！"叶秋实似乎又想到了当时因为知道了陈伟嘉真实情况后的情形，人的情绪也一下子陷入了低沉，她低头拿着明洁光亮的小勺呷了一小口咖啡。

"对不起，对不起，都是我不好。"坐在对面的陈伟嘉见状，忍不住伸过手轻轻地抚摸着叶秋实，试图给悲伤难过的叶秋实以安慰。

叶秋实的手直接从陈伟嘉温暖而轻柔的手里抽了出来。

"不，不，这一切都不怪你，真的，我说这些也绝对没有想要责怪你的意思。只怪命运太会捉弄人，只怪我情路不济，没有好的运气。所以等我想明白了这一切之后，我断然和你做了了断，那段时间我直接回避一切与你有关的信息和物品，你当时送给我的那份丝巾礼物也让我直接封存了起来。"关于丝巾，叶秋实又补充说，"其实，我当时想烧掉的，后来，还是没忍心。"

"我、我真没想到自己会给你带来这么多痛苦。"陈伟嘉听得眼睛有些湿润,手也再次不由自主地抓住了叶秋实的手。这次叶秋实没有再抽动,她任由陈伟嘉的手抓着自己温润细腻的手不停地抚摸。此时叶秋实多想投入陈伟嘉的怀抱,把自己的委屈尽情地哭出来,为自己多舛的情路哭个痛快!

氛围有些太煽情,看着叶秋实楚楚动人却又充满委屈的美丽脸庞,陈伟嘉忍不住起身站到了叶秋实的旁边。叶秋实坐着情不自禁地顺势就倚在了陈伟嘉的怀里,忍不住嘤嘤而泣,像个委屈的孩子终于找到了一个可以栖息的港湾。

正在此时,叶秋实的手机突然响了起来,响得如此突兀,如此刺耳!
她不忍离开陈伟嘉充满成熟男人气息的怀抱。

"接一下吧,别万一有什么急事耽误了。"陈伟嘉淡定的语气总是能带给人一种心安的力量。叶秋实终于平息了内心的波动,她轻轻推开陈伟嘉。

"让你见笑了。"然后抹了抹眼睛,直接接听起已经响了许久的电话。

"姑奶奶你可接电话了!你现在在哪里?你到底什么时候走的?连个屁也没放一个,我们找遍整个酒店也没找到你的影子,你想吓死我们不偿命呀!"是林咏薇,也只有她急起来会什么都不顾,说话也常常会有失她的淑女形象,不过倒真实得可爱。

"我、我和张丞骏在一起呢。"当然无法直接告诉林咏薇说她是和陈伟嘉在一起的,情急之下,叶秋实突然有些失口,竟然连谎话也说得很不靠谱。

"什么?你和张丞骏在一起?是他叫你过去的吗?你给他电话,我有话跟他说。"一听说叶秋实和张丞骏在一起,林咏薇许是想要警告张丞骏要注意对叶秋实的态度，所以急不可耐地要叶秋实将电话给张丞骏。

"张丞骏，他、他这会去洗手间了。"叶秋实当然无法把电话直接给张丞骏，一时慌乱的叶秋实不知道该如何回答，只得再次编造起谎言。

"好，那就等他解决完他的内急，让他给我回电话，我有些话必须跟他说清楚，别让他觉得他现在和你怎么样了，就能那样对你。"林咏薇是一心对叶秋实好，对中午张丞骏的态度仍然耿耿于怀。

"咏薇，我知道你是真心对我好，但我和张丞骏两个人之间的事情你能不能不要再管？我这么大个人，借他个胆，他还能把我怎么着！"叶秋实此时真心觉得林咏薇在她和张丞骏之间的确参与得够多了，尤其是一想到张丞骏竟然也曾追求过她，就更觉得心里不是滋味，所以就忍不住对林咏薇抱怨。

"什么？大姐，你没有搞错吧？我这里一心为你着急，你竟然还这么说我？是不是因为中午吃饭的时候，我把之前张丞骏追求过我的事情当着她们的面说出来了，你就开始怨恨我了？"林咏薇也在揣测中午那件事情对叶秋实的影响。

"没有，没有的事，你怎么能这么想我？我怎么可能因为那件事情就怨恨你呢！只是我太愚钝，你一次次提醒，我早该想到的。"叶秋实急忙解释。但叶秋实自己清楚，她的确因为这件事情对林咏薇有所介怀呢。

"鬼才信你呢！你一定是觉得我在她们面前说出这件事让你颜面尽失，所以才觉得我碍事了！不顺眼了！管得宽了！"林咏薇竟然抓住中午的事情不放。

"随你怎么想吧！反正，我不希望你再插手我和张丞骏的事情，我自己的事情我自己会处理！"叶秋实想到之前于向垚的无理取闹，现在林咏薇又这个样子，看着刚刚识趣地走到一边的陈伟嘉，叶秋实心里烦透了。本来出来是想与自己喜欢的人喝杯咖啡，调节一下心情，这下心情却变得更加糟糕了，就直接不耐烦地对电话那端的林咏薇说道。

"好，话既然说到这个份上，将来你哭的时候也不要再找我倾诉！从今以后，我要是再管你和张丞骏的事情，天打五雷轰！"说完，林咏薇就直接挂了电话。以林咏薇的个性，估计她也根本不可能再直接给张丞骏打电话了。

这下倒是不用发愁如何去圆刚才情急之下撒下的谎言了，但却直接得罪了林咏薇，好姐妹闹到这个地步也真是让人不得安心，此时再好喝的咖啡，再优美的旋律，似乎瞬间都失去了意义！

第十六章 前往偶吧酒吧

因为一系列的不愉快，叶秋实本来十分憧憬和向往的与陈伟嘉的咖啡时光变得索然无味。陈伟嘉敏感地感觉到了叶秋实本身所面临的苦恼和困局，而他自己的境况又限制了他的许多行为，显得爱莫能助。后来陈伟嘉早早地又接到了家里打过来的电话，看得出，需要早些回去。叶秋实总是无意间就会想到林咏薇生气至极的表情，觉得两姐妹闹到这个份上，也很不是滋味。两人连晚餐也没了多少胃口，只是叫了两份点心充饥，草草了事。夜灯初上，沉默中两个人便匆匆告别，没有挥手，没有依依不舍，没有说"再见"，因为他们也不知道还有没有机会再见，或者说有没有勇气再相见，现实的无奈让两个人很有些不欢而散的味道，纵心中百转千回，只能任相思悄然在心间绵延。

回到家里，屋子里寂然无声，但从一些迹象上看林咏薇应该是回来过的。叶秋实蹑手蹑脚地走到林咏薇的卧室门前，门虚掩着。她用手轻轻推了推，门吱的一声打开了，借助外边客厅的灯光，看到林咏薇屋里空无一人，床上也空无一物，她后来邮寄过来的一直没打开过的行李箱也不见了！

这下叶秋实有些惊慌，她本能地以为是家里被盗了，急忙打开林咏薇卧室里的灯，东西果然少了很多！她又急匆匆地走到客厅，走进自己的卧室，里面的东西却安然无恙！

什么情况？怎么唯独林咏薇的东西不见了？！

难道她走了？搬走了？一想到这个念头，叶秋实惊出了一身冷汗。她急忙掏出自己的手机看有没有林咏薇发过来的QQ留言或者微信消息，可是都没有！这个死妮子到这里时间又不长，也没有什么亲戚朋友，她能去哪呢？

急得有些口渴，叶秋实顺手拿起茶几桌子的水杯准备接杯水喝，低头一看，有张纸条被压在了杯子底下。她急忙拿起了纸条。

"秋姐，这些天我想了很多，尤其是最近两天，你和张丞骏的关系更进了一步，我觉得再住在这里也不方便。首先感谢你对我的无私帮助，在我最困难的时候接纳我，让我在你这里吃住，有个可心的窝。但我们毕竟是独立的个体，谁也无法替代谁，终究是要分开的。正巧放假前韦姐还问我要不要搬到公司员工宿舍去住，这样也方便偶尔晚上加加班。你也知道酒店的性质，虽然我属于行政岗，主要白天上班，但有时晚上加个班也是在所难免的，所以我就搬到我们员工宿舍去住了。放心，那里条件挺好的，我去看过。我现在级别还不够，住的是两人间，哪天给你介绍我的室友、同事。其次，真的有些抱歉，对于隐瞒张丞骏追求过我这件事情，我觉得我做得确实不好，应该早些时间明确地告诉你，可能结果对你会更好一些。最后我想说，既然已经这样，我也想了，我还真是最好少插手你和张丞骏的事情，你们应该尽量往好的方向处。就像你说的毕竟你们已经有了夫妻之实，所以最好的结果还是圆满吧。再说了，张丞骏除了人有些花心，有些太能说会道不够安全之外，也没其他太大的毛病吧。正所谓人无完人，我们也许都是太追求心动的感觉和完美了吧，所以才会单到现在。加油，希望我们都早日脱单。暂时不要给我打电话，我想好好想想，静一静。到时我会联系你的，爱你的薇薇。"

林咏薇在信纸的最后画了一个大笑的鬼脸。但读着读着，叶秋实忍不住哭了，她急忙拨打林咏薇的电话，她想对林咏薇大声喊："你个死妮子，给我滚回来！你怎么可以说走就走！"可是打过去之后却提示对方手机已关机，再打还是如此，看来她知道自己看到纸条后会给她打电话的。

叶秋实真心有些失落，林咏薇的话也许是对的，她终究会有只属于她或者他们的家。但她就这么走了，自己又恢复到了先前的状态，突然很有些不适应。她一屁股坐到了沙发上，极度失落，有些不知道该干什么才好。

第二天是节后的第一个工作日，各项例行工作又开始了各自的节奏。

这是伍梅里家境生变后第一天正式上班。尽管召开例会时，伍梅里已经俨然恢复了从前的状态，干练，雷厉风行，说话干脆，听取了各部门的工作汇报后，一如既往地及时进行了各项工作的统筹安排。但伍梅里还是发生了一些细微的变化，当然这些只有叶秋实才能感觉得到，她觉得伍梅里干练里多了些柔情，傲气里多了份平和，整个人的气质比往日要柔软亲近了许多。生活生了变化，人也许就会跟着发生一些变化吧，尽管这变化可能并不是那么显而易见，或者并不是本人主观意愿发生的。

假日后的第一天是大家收心的日子，所以总体上来说，节奏相比往日要慢一些，没事的人也常常会趁工作间隙找个机会交流交流过节的感受和心得，互相传达一下节日里的所见所闻。对此，伍梅里似乎也没有以往要求的那么刻板和严厉，很有些睁一只眼闭一只眼的味道，她自己甚至还主动跑到叶秋实的办公室闲聊了一会呢。这个大家看在眼里，看得目瞪口呆，不管大事小情，以前的伍梅里可都是通过电话把涉事人直接叫到她自己的办公室的，鲜少主动跑到副主编的办公室里唠嗑，这么稀奇的事反而让大家多少有些不适应，纷纷议论"女魔头"怎么变成了

"女教主"，这么有"大家风范"了，有了大家都有的风范！等伍梅里返回到她自己的办公室后，任佳佳忍不住偷偷跑进叶秋实的办公室。

"叶姐，叶姐，刚才主编都跟你说什么了？她主动跑到你屋里，平时可不多见呢。"任佳佳神秘兮兮地问道。

"有吗？她平时没来过吗？"叶秋实反问道。不过，粗略地回想一下，往常工作时间里，伍梅里还真是很少到自己的办公室呢，有些时候过来也往往是下班之后，只剩下她们两个人的时候。看来自己注意到的变化千真万确，伍梅里正在悄无声息地发生着变化。

"喔，也没什么。就是问问我昨天几点回到的家，一开始我们联系的时候，我还在外边。"叶秋实轻描淡写地说着伍梅里过来的情况。她当然不能告诉任佳佳说她昨天和伍梅里在一起喝酒喝多了的事情。不过想到昨天和主编一起畅聊电视剧《欢乐颂》，想到伍梅里对那部剧里赵医生赵帅哥的喜欢，叶秋实就忍不住笑了出来。

"你笑什么呢？有什么好玩的事情跟我说说呗，我这个假期过得超级无聊，无聊至极！本来想和一个姐妹去趟香港玩玩的，可是她临时爽约，我自己也没有去成。我不喜欢的人想约我吧，我又觉得不开心，所以就直接拒绝了。我自己喜欢的人呢，又不约我，盼着想着也白搭。"任佳佳噘着嘴表达着自己的不如意。叶秋实知道任佳佳的家离本市并不远，只要是双休日，周末就会经常回家，所以多出一天的假期对她意义也不是太大。

"哎，我还能有什么好玩的事情，到这个年龄的人了，除了自己的私事，还有什么事情值得在假日里认真安排的。我回了一趟父母的家。"叶秋实把她和张丞骏回家的事情简单地说了一下，只是回张丞骏的家说成了回自己父母的家。

"所以，在此我再次声明，我和于向垚没有任何男女朋友关系，你如果是真喜欢他，就尽管大胆地去追！"叶秋实知道任佳佳喜欢于向垚，揣摩她话里最后提到的"喜欢的人"应该就是指于向垚，昨天也见到于向垚，他们根本不可能在一起，所以及时把话挑明。

"真的？看来那天我真是误会你和他的关系了。这下可好了，没有叶姐这位大美女和我竞争了，我就可以直接大胆地冲上去了。"任佳佳竟然喜形于色，手舞足蹈地拥抱起叶秋实。"矜持点，矜持点，咱稍微矜持点好不好！"叶秋实忍不住笑着对任佳佳说道。

不过说实话，她还真有些羡慕像任佳佳这样比自己更小一些的女孩子，她们似乎更敢于真实地表达自己的喜怒哀乐，不藏着掖着，也不过于虚饰矫情。

"对了，叶姐，那你告诉我于向垚的电话呗，我问李墨墨要，他没有。他说你应该有他的号码或者微信什么的。"任佳佳开始主动了解起于向垚的信息来。

"这就开始了？"叶秋实盯着任佳佳，有些不怀好意地问道。

"那可不，这种极品帅哥稍纵即逝，必须得马不停蹄地追，能追上也就不错喽。"任佳佳的回答让叶秋实自愧弗如。

"我跟你说，可不能上班给他打电话，小心扣你的奖金！"看着拿到电话号码后喜滋滋离开的任佳佳的背影，叶秋实忍不住又叮嘱了一句。

"知道啦。"任佳佳快速地回到了她自己的岗位。

人心就是如此微妙，当叶秋实知道任佳佳决定去追于向垚时，内心却有种说也说不明白的东西在涌动，不是嫉妒，不是羡慕，又好像是嫉妒，好像是羡慕，或者希望自己干脆化身为任佳佳，大胆地去过一把想爱就去爱的瘾了。

一个上午的工作时光在有些无聊的闲谈中度过。

上一期杂志的各项工作基本结束，来自各个发行线上的消息显示，杂志发行量真的再创新高。在纸媒发行量全线下滑的情况下，这是很难得的成绩，既有选题好、定位好的原因，也有大环境更好的社会环境原因，毕竟女性的主体意识越来越强，女性群体消费能力也越来越不容小觑。

与此同时，新一期杂志的各项筹划工作也渐渐开始，但时限上还有些早，所以工作节奏赶得并不是太急。说实话，叶秋实的内心还是蛮希望能够接到张丞骏打过来的电话的，可是一等再等，始终没有接到他的只言片语，微信上也没有留下任何信息，一夜之间，他仿佛从叶秋实的生活中消失了一样。

"你到底在哪里呢？你就过来吧，我这朋友对我后期的服装开发至关重要。你只要过来，陪他喝杯酒，不，哪怕只是露个面，给我长长脸就行。"叶秋实想着昨天中午张丞骏在电话那端有些央求般说出来的话。

听张丞骏的口气，尽管一开始叶秋实很反感，知道自己过去也无非充当一下花瓶，给张丞骏面子上添些光彩而已，自己又不懂他的那些生意，也帮不上什么忙。尽管叶秋实观念里的确很排斥这些东西，但其实张丞骏说到最后，叶秋实当时还是有些想要答应下来的。但禁不住几个姐妹的劝说，最后竟然全然改变了主意。所以现在想来，可能对张丞骏的确造成了某些伤害，或者说直接驳了他的面子，他正在生气，嗯，很可能在生气呢！

要不要给他主动打个电话？还是算了吧。这才到哪呀？就开始服软了！叶秋实的面前仿佛出现了林咏薇指斥自己的画面。

是呀，这还没结婚呢，自己如果就习惯性地降低姿态，是不是太不像自己了！况且又是张丞骏，要是陈伟嘉的话还好一些，至少还可以考虑一下。当然，如果真是陈伟嘉的话，也就根本不存在昨天支支吾吾不去赴宴的情形了！

一想到陈伟嘉，昨天约见所遇到的诸多不顺、留下的些许遗憾就有些堵心。与此同时，叶秋实开始觉得心里有说不清的暧昧情愫在作怪。可能昨天晚上因为林咏薇的突然搬离，自己突然又恢复到了单身状态，整个人有些空落落的，竟然梦里又梦见了陈伟嘉，梦见他来到了自己的家，两个人欣喜地拥抱在一起，然后又滚倒在自己的卧室，接受着他狂热的吻，陈伟嘉的气息裹袭全身，幸福的小鹿撞击得叶秋实竟然从梦里醒来，而梦境却少有的清晰可辨。她醒来时甚至不由得主地抚摸了一下身边，尽管身边还是空荡荡的，叶秋实却仿佛触摸到了陈伟嘉的体温。

而后来半夜里再次醒来的时候，叶秋实竟然收到了陈伟嘉的短信："说出来你可能会不相信，刚才我梦见你了，梦到我和你去了一个没有人的小岛，阳光、沙滩、海水梦幻般美丽！只有我们两个人在上面开心地跑啊跳啊，跑够了跳累了，我们就躺在连椅上，在温暖的太阳下睡觉！看着你睡觉真是一种莫大的幸福！"看看短信发过来的时间，揣摩应该是和自己的梦相差无几。不在一处，不在一个屋檐下，却做着类似的梦，这是两个人通过潜意识在弥补白天的缺憾呢！

多么美的梦啊！可是梦只是梦，醒来后，还不是在各自的世界里无奈！

尽管有想要回复的冲动，但叶秋实还是忍住了。她知道美好也许只能在梦里，她不想在梦里活得太久，她希望活得更清醒些，她也不想让陈伟嘉在梦里纠结得太久，知道他是真心喜欢自己就好了。

午餐的时候，在咖啡休息区，叶秋实和伍梅里坐在一起闲聊，无意当中听到背后几个小同事议论起假期玩的好去处，突然有个人说起偶吔酒吧。叶秋实就突然想起回来时路过的那家酒吧，很想了解一些有关张丞骏的过往，多一些知道有关那个叫陈艳尘的女人的情况。她心里暗暗打定主意，今天晚上就过去，当然最好是叫上一个做伴的，否则，自己去那种地方，会发生些什么，想想还真是有些怵头。

下午的时候，心里打定主意要在晚上去探访偶吔酒吧的叶秋实一直在心里琢磨着该叫上谁做伴会比较好。当然，她首先想到的还是林咏薇，如果林咏薇可以去的话自然是最好不过了。可是林咏薇刚刚搬完家，估计会有些累，再加上自己去探访的目的与张丞骏有关，那么林咏薇知道后估计也不会答应的，所以想来想去，还是放弃了邀请林咏薇的念头。韦晴珊，只是在叶秋实意念里闪了一下就否定了，邀请她这种人去某些景区游玩还有可能性，去酒吧那种地方估计她听了只会一笑置之，绝对不会去的，还是别找这个没趣了。伍梅里，伍主编，根据她最近的变化，倒是有些可能，如果以尝新的角度劝她去那里体验一把，未尝没有可能。不过考虑到她的年龄，觉得真去了那里，她会不会尴尬？为了避免出现这种情况，所以，叶秋实最后也放弃了和伍梅里一起去的打算。

临近下班的时候，一直不知道该叫上谁才好的叶秋实突然想到任佳佳，远在天边，近在眼前，任佳佳应该是最适合的人选！"加上自己毕竟是她的上司，即使她不是真心愿意陪自己，如果自己提出来这个请求，恐怕她也不会太好意思直接拒绝。"叶秋实不由得在心里暗想。

事不宜迟，于是，叶秋实主动把任佳佳叫到了自己的办公室。

"什么事，叶姐？这个点叫我，不会是想请我吃饭吧？"任佳佳也算是老员工了，所以与叶秋实比较熟稔，一进叶秋实的办公室就开玩笑。

"鬼丫头，你还真厉害，还真让你猜对了，我今天就是想请你一起吃晚饭的，不但请你吃晚饭，还准备请你一起去K歌跳舞，去酒吧玩怎么样？"叶秋实直接接过任佳佳的话头说道。

"这么好？真的假的？"任佳佳真心有些不太相信，圆睁杏眼瞪着叶秋实怀疑地问道。

"怎么，不相信叶姐？叶姐什么时候对你差了。"叶秋实故意装作有些生气地说。

"噢，不是，不是，我不是这个意思，我没有说叶姐对我不好的意思。只是太突然了，好事来得太突然，我被砸晕了，一时还没醒过来，有些晕。"任佳佳用手摸着头，装作晕的样子，直接要往叶秋实的怀里躺。

"哎呀，这就砸晕了。"叶秋实顺势接住了任佳佳的头，轻抚着，然后说道，"这么说，你也就是同意喽？"

"同意，同意，严重同意，我正愁今天晚上怎么打发时间呢！和我一起住的何文慧今晚有约会，回去也是我一个人，挺没劲的。想约于向垚吧，又有些担心吃闭门羹，毕竟刚过了节，今天也不是什么重要的日子，理由上成立得不够强烈！"任佳佳迅速抬起头，认真地回答。

"嗯，那就好，回去收拾妥当，待会一下班，咱们就去吃东西，然后就去酒吧，这样安排怎么样？"叶秋实说着自己的打算。

"好，遵命，一切听从叶姐的安排，叶姐的安排就是领导的安排，一切服从组织、服从领导。"任佳佳扮了个鬼脸，然后便喜滋滋地回去了，在步出叶秋实办公室的间隙才想起来，"对了，叶姐，咱们晚上准备去什么酒吧？"

"先不告诉你，到了就知道了，应该是个不错的酒吧。"叶秋实当然根本不知道那个酒吧如何，但从外在的观感来判断，应该还不错吧，叶秋实想到那次给自己留下的外在印象。"保持神秘，给我神秘感是吧？嗯，我喜欢。"一听叶秋实的话，任佳佳反而更兴奋。

下班后，叶秋实带任佳佳在附近的一家餐厅吃了些新鲜蔬菜，当她准备为任佳佳再点些饮料或者啤酒时，任佳佳直接拒绝了："叶姐，待会去酒吧之后可以再叫上些小吃、饮料的，现在我看就算了。"

"也是，那就先少吃一些，待会再说。"

等用完晚餐后，城市的灯光鳞次栉比地亮了起来。

叶秋实循着上次回来时的记忆路线,慢慢地驶向偶吔酒吧所在的方位。离那里越来越近,叶秋实却开始紧张,她有种前途未卜的感觉,不知道此次探访究竟会给自己带来怎样的信息,好的还是不好的,一切皆处于未知中。她仿佛又看到了那次在餐厅里,张丞骏看到陈艳尘时的慌乱,看到陈艳尘那丰满妖娆的走姿,还有她看张丞骏时暧昧满满的眼神!

叶秋实远远地又看到了那句给自己留下深刻印象的广告语,霓虹灯下,绚烂的光泽,加上纯纯的意境,的确让人充满了无限希冀。

"偶吔酒吧,偶遇特别美!叶姐看到了吗?那句广告语写得真好!"显然这句话也打动了任佳佳,"叶姐,咱们是不是就去那家KTV?我喜欢。"任佳佳鲜明地表达着她的喜爱。

"嗯,就是那家。"说话间,她们就开到了酒吧的楼下,叶秋实寻找着停车位,因为车位并不算特别紧张,所以她们很快就停好了车。

站在豪华气派的门前,叶秋实有些犹豫。

"怎么了,叶姐,不会是担心太贵了吧?咱们可是说好的,今天是你请我。"任佳佳的话里当然是玩笑成分居多。她见叶秋实欲进未进的状态,心里的确有些纳闷:"叶姐这是怎么啦?这不像她平时的风格呀!"只是她哪里知道叶秋实到此的目的并不仅仅是为了开心,而是为了打探一些事情,所以才会显得有些心事重重。

"哪里的话,我平素来这种场合的机会少,到这里有些好奇,所以才多看了几眼。"说完叶秋实便率先进了偶吔酒吧金碧辉煌的大门,大门里分列站了两排年轻的帅哥美女,见是女顾客,就由帅哥们弓腰伸手致意欢迎。

"欢迎两位美女的光临,里面请。"叶秋实真心有些受宠若惊,心里想:"搞得还真够隆重的!"任佳佳应该是经常出入这种场合,竟然显得比叶秋实还有风度，面带微笑说："谢谢帅哥们！"然后淡然自若地快步走到了叶秋实的前面。

"对了，叶姐你有这里的会员卡吗？"任佳佳转脸问走在她后面的叶秋实。

"没有啊，实话告诉你，我也是第一次到这里。"叶秋实这次实话实说。

"啊，不会吧？我还以为你比较熟悉这里，或者是这里的会员，所以才带我到这里的呢。"任佳佳听了叶秋实的回答这才觉得有些奇怪，"那你怎么想起到这里来的？"然后，又追问了一句。

"噢，哦，听一个朋友说起过，说是不错，而且上次回家正好路过这里，就想过来看看究竟如何。"叶秋实略一思忖，半真半假地回答。她觉得还是不让任佳佳知道自己的真实目的为好，真实目的的确也有些不太好说出口。

"请问两位到此是想去蹦迪、K歌还是去喝酒？"说话间她们已经走到屋内大厅的总服务台处。

"喔，你们这里还这么全？"一听服务员问起她们的兴趣，任佳佳也全然不再关心叶秋实为什么领她到这里了，兴奋地问道。

"是的，我们这里是全市数一数二的娱乐场所，我们的老板就是要打造全市最高规格和最全面的娱乐胜地。"另外一位服务员自豪地说道。

"你们老板还真了不起，那你们的老板一定是位男士吧？"叶秋实听对方提到她们的老板，就故意问道。

"错，我们的老板是位女强人，地地道道的女人，一直准备打造娱乐航母。看见后面墙上的字了吗？那里就有我们老板的名字。"

"艳丽绝尘，偶吔娱乐"，叶秋实方才注意到在她们的身后镌刻的闪着金色光芒的几个字，字体不算特别大，因为与灯光融合，并不是特别突出醒目，但稍微一注意就会看得很清楚。

果然是陈艳尘开的酒吧！

"你们的老板是不是叫陈艳尘？"叶秋实看到那几个字后，确认没有来错地方，忍不住脱口而出。

"怎么？你认识她们的老板？"一看叶秋实说出了老板的名字，任佳佳睁大眼睛问道。

"是呀，你认识我们老板？"两位服务员也有些奇怪地问道。

"也算不上认识，只是有过一面之缘，所以知道而已。"叶秋实如实回答。

"不管怎样，也算有缘，那我们到此消费给优惠些呗？"任佳佳开始和两位服务员套近乎。

"你们是我们的会员吗？不是会员的话，只能按有关规定，达到这些标准才能给折扣。"说着他们分别递给叶秋实和任佳佳两份消费单。

"那你们老板现在在吗？怎么才能见到她？"叶秋实只是扫了一眼消费单又问道。

"真不巧，我们老板今天出去后现在还没有回来。"一位服务员回答。

"那她晚上还来这里吗？"叶秋实有些不甘心。

"这个说不好，碰运气吧，有时来有时不来。"对方的话多少给有些失望的叶秋实一些希望，看来还是有希望碰到陈艳尘的，最好是能碰到她，好消除心中郁积的一些疑虑，更好地了解张丞骏的过往。

"叶姐，我说你一个劲地要见他们老板干什么？人家已经明摆着不给打折了，要消费到一定标准才行，咱们也不至于非得求她吧？"任佳佳看叶秋实一再打听那个叫什么陈艳尘的，就有些不解地说道。

"好，好，看把你急得。"叶秋实这才注意到自己在任佳佳面前的做法的确有些不妥,没怎么接任佳佳的话,然后装作急于消费的样子,"说吧,咱们先去哪里玩?今天叶姐请你玩个痛快!"便开始征求任佳佳的意见。

"要不,咱们先去蹦迪吧,先热热身怎么样?对了,你们这里的迪吧现在开门了吧?"任佳佳建议,然后问了句服务员。

"开门了,早开了。不过,现在顾客可能不太多,过一会才会比较多。"服务员回答。

"这样不好吧,刚吃过晚饭就剧烈运动,对身体不好的。"服务员回答后,叶秋实有些担心地说。

"没事的,正好消化掉想要盘踞在咱们身上的脂肪君嘛!"任佳佳看来急于来场剧烈活动。

"好吧,好吧,真拿你没办法,就听你的,先去疯狂一阵。"看任佳佳执意要去先蹦迪,叶秋实也就依从了她,而且今天是叶秋实请任佳佳来的,主随客便也是应该的。

蹦迪大厅就在一楼,不用上楼,总服务台往后走不远,就远远地看到一幅巨大的广告牌,"偶尔偶吔,尽情摇摆"的广告语和众人摇摆的广告画面很醒目地刺激着眼球,让人很有进去疯狂一把的冲动。

"快,快,就是这里啦。"任佳佳看到后,急切地拉起叶秋实就往广告牌下的一个小门里走。

进去后,别有洞天,看来迪厅的隔音效果做得很好,外边几乎听不到动静,进来后,里面却音效极佳地放着慢摇的舞曲。

可能是时间的缘故,里面的客人的确不太多,有那么十来个人,随节奏轻舞慢摇着自己的身体,霓虹灯的闪烁下看不清人的脸,一切显得暧昧又充满了神秘的魅惑。

这种环境对叶秋实来说有些陌生,让她慌乱。她依稀记得还是在大学的时候,和一众姐妹去过一次迪厅,上班后因为业务关系去过一次,此外就再没来过这类场合。当时还都是被别人生拉硬拽进去的。性格传统的叶秋实骨子里似乎对这类场合有些抵触。

"来,正好,是慢曲,先活动活动筋骨,一会人就多了。"任佳佳似乎对这类场合比较熟悉,她拉住叶秋实的手便旋转着进了舞池,和着音乐的节奏,任佳佳就开始扭动起自己婀娜的腰肢。

"你别傻愣愣地站着啊,动起来,动起来,叶姐。"任佳佳看叶秋实有些发呆,对着叶秋实喊道。

尽管有心思,但听着不错的舞曲,看着面前极尽享受的任佳佳,和着音乐的节奏,叶秋实也渐渐进入情境,开始摇摆起自己的身体。

慢慢地人开始多了起来,但叶秋实很快就有些累了。

"不行,不行了,好久不活动,这一活动还真有些累呢。我去旁边喝些饮料,你要不要也歇一会?"叶秋实对旁边的任佳佳喊道。

"什么?你说什么?我听不清。"由于舞曲变得越来越快,也就显得更加喧闹,任佳佳大声地问。

"我去休息一会!"叶秋实大声回答说,然后用手比画着,示意自己去舞池旁边歇一会。看任佳佳明白了自己的意思,便穿过疯狂的人群走了出去。

她本意是想在旁边的吧台处要杯饮料或者酒喝的,但实在想透透气,便直接走出了迪厅。

里面的喧闹一下子被隔开,叶秋实还真是有些不太适应,觉得头有些晕。她们刚才看了整个娱乐场所的布局,酒吧应该在三楼。此时正是娱乐场所的高峰期,各种类型的顾客正三三两两地走进来。

二楼是KTV的包厢,出于新奇,叶秋实想看看这里的布局和情况如何,就拐进了二楼。忽然,她看到前面走着的几个人里有个熟悉的身影,仔细一看,竟然是张丞骏!而且旁边跟着两个打扮时尚靓丽的年轻女子,总共三男两女,五个人一起进了某个包厢。

叶秋实悄悄走到那个包厢的门前,里面是嘻嘻哈哈的说笑声,听不出来其他的信息。

"他这是陪他的客户消费?"叶秋实揣测着张丞骏的行为目的。

"嗯,估计是。可是,这么多KTV,他怎么偏偏选择了陈艳尘的?他们之间难道真是像张丞骏说的只是纯粹因为这种消费行为认识而已吗?"

张丞骏的意外出现,让叶秋实对陈艳尘和张丞骏之间的关系更加充满了疑惑和顾虑。

"这位女士,请问有什么可以为您服务的吗?"一位路过的服务生见叶秋实一直侧耳偷听,便礼貌地问道。

"噢,没什么,没什么,不需要。"叶秋实没注意到服务生的出现,突然被这么一问,有些惊慌,急忙恢复常态开始往回走。

张丞骏在陈艳尘的娱乐城的出现再次印证了叶秋实的直观感觉,他们之间一定有着某些不为人知的故事,究竟有什么故事呢?这更加促发了叶秋实想要探知的决心:"我一定要查清楚,他和那个陈艳尘到底是什么关系。"

第十七章 真实关系

竟然能够在这里看到张丞骏,这就更加印证了先前的一些疑虑和想法,叶秋实的心情因此变得有些沉重。根据指示牌提示,叶秋实缓缓地往楼上的酒吧走去。

一进酒吧,又是一番天地,酒吧里缓慢而悠扬的乐曲让人的心情顿时舒展了不少。

叶秋实来到酒吧的吧台,要了份小瓶装的进口黑啤,然后选了个位置,独自坐到了酒吧的一个角落,这个角落正好可以看到外边不远处的湖水,夜光映照下,波光潋滟,异常美丽。

三三两两坐着的顾客们有说有笑,因为任佳佳尚在下面的迪厅里狂野,一个人上来的叶秋实心事重重,显得与酒吧里轻松惬意的氛围有些格格不入。

"小姐,我可以坐在这里吗?"不一会儿,一个年轻英俊的男子走到了叶秋实的面前,很有礼貌地问道。

"喔,哦,对不起,我的朋友一会就到。"叶秋实抬头看了他一眼,知道对方只是为了搭讪,应该有不便说出口的企图,所以就直接拒绝了。

"哦,是吗?真是遗憾,看来只能去别的地方坐了。"然后那个男人有些悻悻地走向了其他人,不时还往叶秋实这边瞅。

叶秋实有些伤感,一直盼着张丞骏的电话,最后竟然看到他在这里寻欢作乐!对,三男两女,左拥右抱,那不是寻欢作乐是什么?

想到这里,叶秋实有种冲动,有种冲到张丞骏面前狂扇他几个耳光的冲动!但这冲动是不是也恰恰说明自己开始在意张丞骏了!开始有意无意地把他和自己的生活甚至命运放到一起了!是的,应该有这种意味!叶秋实感觉到身上的束缚感更加强烈,一直以来被爸妈无形当中给予的各种要求,因为急于解脱单身的困扰,叶秋实就有种强烈的束缚感!现在似乎又多了个张丞骏,他的言行举止也开始给自己增加束缚。

因为看到刚刚试图和自己搭讪的男子一直在另一个角落默默地注视着自己,想起自己刚刚撒下的谎言,而且旁边的座位也一直空着,叶秋实有些不好意思,再加上想要见到陈艳尘的想法尚未实现,所以喝完杯中的酒,叶秋实便悄然走出了酒吧。

她想去楼下找任佳佳,但出了酒吧,往里面看的时候,突然看到"办公区域,顾客止步"的字眼,鬼使神差,叶秋实便忍不住往里面走了走,过了一个隔断门之后,里面果然是很开阔的办公区。

那么他们的老板陈艳尘的办公室也应该在这里了!叶秋实忍不住继续往里走,有的办公室有人在,有的办公室的门是锁着的。显然有一部分人值夜班,晚上要上班。

再往里走,似乎就要到了办公区的尽头,叶秋实看到了"总经理办公室"的牌子,而且里面亮着灯,她便蹑手蹑脚地走了过去。

叶秋实隔着窗户看到里面有个女人正在打电话,尽管正好背对着她,但从背影看去,叶秋实觉得有些眼熟,丰满的身姿从后背一眼就能看出来,那个女人似乎就是陈艳尘!对,应该就是她!那次餐厅偶遇,陈艳尘在自己面前转身离去时的身姿给叶秋实留下了太深的印象!

叶秋实没敢动身,她在确认对方的身份。隔了一会,对方终于打完了电话，回转身准备坐下，果然就是陈艳尘！

不知何故，叶秋实竟然有了丝丝恐慌，也许正是刚才意识到了张丞骏正在无形当中给自己施加的影响，现在要真正见面前的陈艳尘的时候，真相马上就要被揭露出来的担忧与恐慌瞬间在心中爆发。

可是，没办法，自己就是这样的个性，或者说女人就具有这样的天性，在情感上总是容不得太多的瑕疵，总爱与情感的方方面面去较真！

虽然也有就此离开的冲动，但叶秋实还是狠了狠心，最终走进了陈艳尘的办公室。

叶秋实悄无声息地现身在陈艳尘的面前，她的出现实在太让陈艳尘感到意外，陈艳尘甚至有些被惊吓到。

"哎呀，妈呀，你这个人是要干什么？一声不响的，想吓死人呢！"看到面前站着的叶秋实，陈艳尘有些生气地质问道。

"对不起，这个时间过来打扰你，实在太冒昧了。"叶秋实的确觉得有些歉意，便真诚地道歉。

"你是谁呀？你是顾客还是有事？你怎么进来的？怎么直接进到办公区了？"显然，陈艳尘有些惊魂未定，一个劲地追问叶秋实。

"我叫叶秋实，是张丞骏的朋友，今天晚上是你的顾客，刚从你的迪厅和酒吧出来。另外，也的确有事想问你。"叶秋实如实回答。

"张丞骏的朋友？喔，我想起来了，想起来了，那次你和张丞骏在餐厅吃饭，被我撞个正着，是不是就是你？对，就是你。"陈艳尘仔细打量着叶秋实，终于想起来到底是怎么回事。

"你和张丞骏一定不是普通朋友，是男女朋友吧？"陈艳尘说这句话时充满了某些意味丰富的笑容，这笑容进一步验证着叶秋实的直觉。

"既然已经被你猜到我和张丞骏的关系，那我也就不兜圈子绕弯子了。我找你就是想了解一些有关张丞骏的情况，他和你究竟什么关系？

咱们都是女人，那次见到你时，张丞骏的表现，凭女人的直觉，我觉得你们之间不像张丞骏说的那么简单。"叶秋实明确表明了自己的意图。

"那他怎么说我们的关系的？"陈艳尘听到这里，小心翼翼地回问了一句。

"他说你们之间只是纯粹的业务关系，说他只是到你这里招待客户，然后认识了你而已。"叶秋实想到张丞骏曾经告诉过她的话，便转述说。

"是吗？他是这样说的？"陈艳尘说这句话时似乎有些失落，这份失落被叶秋实及时捕捉到。

"那他是对的，我和他只是业务上的往来关系，仅此而已。"陈艳尘定了定神，很肯定地回答。

"不对，你在说谎！"可能是已经明确地感觉到了陈艳尘在撒谎，叶秋实有些气愤地喊道，让面前的陈艳尘有些意外，两个女人正面而对，叶秋实的叫嚷让气氛顿时紧张起来。

"你一定在说谎，你和张丞骏都在撒谎！"叶秋实肯定地说。

"你这个人真是怪，你到底想知道什么？你真实的意图是要干什么？"陈艳尘被叶秋实的话刺激得也有些生气，便不客气地反问道。

"我是在找一个结婚对象，不瞒你说，我准备和张丞骏结婚！我们都是女人，女人到了这个年龄，婚姻对女人究竟意味着什么，你应该比我更清楚明白。所以，我不想嫁给一个不明不白的人，我想更好地了解他，了解他的过去，这个你懂不懂，明不明白！"叶秋实的心情五味杂陈，继续愤愤地人声说道。

"姑奶奶，你到底想干什么？这么大声，我不耳聋，能听得见。"说着，陈艳尘便及时跑过去，关紧了办公室的门。

"你确定你想知道真相，想了解张丞骏的一些过往是吗？这个你可想好了，有时候，知道真相也许并不是件好事。"陈艳尘转身坐下后，盯着叶秋实的脸问道。

"确定，我不管别人怎么做，我就是想知道事实和真相。"叶秋实笃定地说。

"好，那我就告诉你我和张丞骏的真实关系，至于你和他之间怎么做，我现在无权干涉，也不愿过多干涉。但你要向我保证，绝对不会告诉张丞骏我告诉过你这一切。"陈艳尘犹豫了一下，最后终于打定主意似的叮嘱叶秋实。

"好，这个你放心，我答应你。我想了解这些，目的很单纯，仅仅是为我是否要走进婚姻做参考。"叶秋实点头答应了陈艳尘的要求。她回望着面前丰韵犹存、姿色尚佳的陈艳尘，静静地等待陈艳尘讲述她和张丞骏之间的故事。

"我和张丞骏认识有七八年了吧，具体时间我也记不太清了。不过，一开始我们的确是因为工作关系认识的。"陈艳尘说到这里，端起办公桌上的水杯喝了一口白毫银针茶，茶是新的，水汽缭绕，茶叶的嫩芽因为刚刚浸透水还在下沉，看来应该是刚刚泡上不久，所以看来总台的服务员没有故意说谎，陈艳尘应该也只是刚刚回到自己的办公室。

"对了，我太没礼貌了，你要不要喝杯茶，提提神？我是夜猫子，平时的工作性质也决定了晚上要有精神，所以养成了靠茶或咖啡提神的习惯。"见叶秋实盯着自己的茶水杯看，陈艳尘有些歉意地说。

"不用，不用，真的不用，我刚刚喝过饮料，一点也不口渴，而且晚上我不敢喝茶，会睡不着。"叶秋实摆了摆手，拒绝了陈艳尘的好意，然后示意她继续讲她和张丞骏的事情。

"是的，我和张丞骏确实是因工作关系认识的。当时他来我这里应聘，那时卡拉OK特别流行，他找到我这里说是应聘主管。"说到这里，陈艳尘许是想起当年张丞骏的憨态，竟然忍不住笑了出来。"当年的他刚从老家回来，打扮多少有些土气，但却特别能说会道，而且还是大学生，倒是真的挺招我这种人待见的。但我认为他不适合在我这里工作，问他为什么放着别的体面的工作不去干，非得到我这里，他说我给的工资高能挣到钱，他就想尽快挣到钱，他说他在老家有还说得过去的工作，就是挣到的钱太少。他说得很实在也很诚恳，所以我就留下了他，他工作也的确很卖力，很快就成了我的左膀右臂。"因为回顾往昔激发了心中的感慨，陈艳尘竟然拿起桌子上的烟，叶秋实见状急忙拿起旁边的火机帮陈艳尘点烟。

"谢谢，谢谢，我们这类人不像你们文人，平时喝酒抽烟都习惯了。"点上烟后的陈艳尘有些自嘲地笑了笑。

"没什么的，这个我能理解。"叶秋实温婉地回应了一句。

"其实我老家也不是本市的，本来有丈夫，但丈夫好吃懒做，还有赌博的恶习。当年我辛辛苦苦开店挣的钱经常被他偷走，或者强行要走，然后拿去赌博挥霍。不给他的话，他就会使用暴力，对我拳脚相加。"陈艳尘深深地叹了口气，看来她也是个苦命的人。听到这里，想象着这样一个女人被自己不争气的老公拳打脚踢的惨状，叶秋实的内心从一开始的反感逐渐多了几分同情。

"有一次我没有按他的要求给他钱，他就又开始对我使用暴力，还使劲拽我的头发。当时也巧了，已经到我这里上班有段时间的张丞骏那天正好有事找我，碰了个正着，他见我挨揍，竟然不顾一切地救了我，还痛打了一通那个不争气的男人。"陈艳尘有些欣慰地吐了口气。

"可是，我当时毕竟和那个男人还是夫妻，所以那个男人就非得要开除张丞骏，让张丞骏走。但我对我那个男人动辄就对我使用武力还那么不争气的一赌再赌的行为也失去了希望和信心。当时的我反而越来越清醒,觉得那种日子绝对不可以再继续下去,我反而向他提出了离婚。你想想,那么一个好吃懒做,依赖我惯了的男人怎么可能轻易答应离婚。后来,又是张丞骏,他不知道从哪里找来许多社会上的混混,狠狠地给了我那个男人一顿教训,最终我们才离了婚。"陈艳尘猛吸了一口烟,"说实话,他们揍他的那件事,我根本不知道。作为女人,如果知道的话,我可能不会让他那么做,毕竟,我和那个男人也算夫妻一场,那个心我还是很难下的。"

"离了婚之后,在张丞骏的协助下,我专心经营生意,路子也越走越宽。后来有一次忙完工作之后,我因为陪客人喝酒喝多了,是张丞骏把我送回家。那时我已经离婚有段时间,尽管生意越来越好,但我内心其实很空虚寂寞,很希望有男人的关怀,所以,那晚借着酒劲,我就非要张丞骏留下来陪我。他那时也离婚已久,一直也是一个人,所以,那晚发生了什么,可想而知。"

"你不要说了,不要说了,我不想听。"叶秋实听到这里有些激动,她挥舞着手,受到极大伤害般地捂住了自己的脸。

"好,那我就不说了。"陈艳尘开始缄默不语。

"不,我只是不让你说你们之间那晚究竟发生了什么的细节而已,不是不让你讲你们之间的故事了。"叶秋实稍稍平和了一下情绪,对沉默不语坐在那里抽烟的陈艳尘说道。

"哦,那我误解了。"陈艳尘又继续讲了下去。

"那晚之后,我们两个人成了事实上的情人关系。后来,我前夫又三番五次试图找我,威胁我,想让我复婚,都被张丞骏以牙还牙般地还了回去。我也铁了心不想再重蹈覆辙,重新体会那种整天提心吊胆的日子。但毕竟夫妻一场,我就又给了前夫一笔钱,之后,他因为在这个城市没有立足的本领,就只好回了老家。所以我从前一段噩梦般的婚姻里脱身出来多亏了张丞骏。我看他对我真心好,至少当时是这样,就默认了我们之间的关系,他也从他租住的地方搬到了我的家里。"说到这里,陈艳尘又猛吸了一口烟。

"可是张丞骏是个极其有野心的人。我本来以为我们有生意做着,经济上也没有太大问题,我以为这就是我想要的生活,也会是他想要的生活。可是我错了,很快,他就开始不满足现状,他跟我要一笔钱,想要干自己的事业。人都是有私心的,说实话,我内心很在乎他,甚至说是爱他,就想把他留在身边,所以当时就提出来,如果他肯娶我,我就资助他去干自己的事情。可是我没想到,他不仅没有答应,还决定要离开我。看他执意要走的样子,当时我有些慌神,就苦苦哀求他,说结了婚一切都好说。可是他似乎对自己想要的一切想得很清楚,他说他是不会娶我的,他可以感恩我,爱我陪我,给我身体,但就是不会娶我!他说不仅是因为他个人的原因,还有家里的原因,他说他家里老人知道了我的情况也绝对不会同意的。我看他说得很实在,也都是事实,毕竟我自己什么情况也很清楚,我比他大好几岁,还离过婚,而且又是干夜总会的,当然,他也离过婚,但这一切说出去都不太好听。对于一个野心勃勃的人来说,我的确不是他心目中妻子的人选。所以,后来我就想通了,虽然他没有答应娶我,但我还是资助了他,资助他开始干他想干的事情。他说,随着人们生活水平的提高,人们会越来越关注健康,越来越愿意参与到健康活动中,就选择了与健康有关的事情。你还别说,他这个人还真是有生意头脑,没多久,他的生意就做得风生水起,红火了起来。"说到这里,陈艳尘又顿了一下,"但与此同时,我与他的关系却是越走越远,他开始以各种忙搪塞我想让他回家的要求,对,当时我一直就是把我的家当作是我们两个人的家的,所以,他在的时候,我都会尽量以家庭主妇的姿态去给他做些他爱吃的家常菜。"许是想起当时的温馨画面，陈艳尘艳丽的脸上漾起家庭女性柔和的光辉，在灯光的照耀下显得很是迷人。

"虽然我也闹过争取过，可是我了解张丞骏，他是那种嘴甜活泛但内心十分坚定的人，我看我根本不可能争取到他，好歹我也是个见多识广的人，也就看开了，渐渐地，我们之间的关系也就淡了下来。本来就没有什么婚姻关系的约束，所以后来，他干脆直接又搬离了我的家。他变得越来越忙倒是事实，我也一直没有真正闲过，有段时间，我们之间可以说是杳无音讯。后来又陆续交流过几次，但往往是他喝多了，压力大的时候，也就是找我解解闷子，抒发一下心情而已，这些我都懂。但即使这样，我也已经很满足了。对了，上次碰到你们的时候，我们之间真的很久都没联系了。那次巧合，你应该感觉得到，我其实是有醋意的，所以故意拿你开的玩笑。"

"怎么，难道你现在还惦记着张丞骏？"听到这里，叶秋实终于忍不住插话说。

"也算不上吧，只是突然看到他和你这样一个年轻貌美的人在一起，作为女人，我想任谁都是会有些醋意的。"此时的陈艳尘倒显得十分淡定。

"嗯，也对，你的行为现在看来十分容易理解。"叶秋实想起当时陈艳尘有些故意的搔首弄姿，看张丞骏时眉目间的暧昧，现在觉得甚至有些隐隐的哀伤，这一切都太正常了，当时的陈艳尘已经做得够好。如果换作是自己，曾经爱过的男人，无情地离开，某一天突然碰到他和别的女人在一起的话，咆哮大骂起来都不是没有可能！

"你有孩子吗？我是指为什么整个讲述过程中你只字未提过孩子？你和你前夫没有孩子吗？"叶秋实在弄明白张丞骏和陈艳尘之间的真实关系后，实在无法抑制心中的好奇，在有离开之意前忍不住问出了自己心中存在的疑惑。

听到叶秋实的问话，陈艳尘本来已经平和的表情看上去变得有些感伤。

"算了，算了，如果你觉得这个问题有些为难，不愿多说什么，就当我没有问过。"叶秋实猜想可能是刚刚那句问话勾起了陈艳尘内心某处的伤痛。作为女人，听完整个讲述，叶秋实的内心其实已经开始同情陈艳尘，如果她有什么难言之隐，叶秋实是不愿意触碰的。

"其实也没什么，只是你没有问及，我也就没想起来说。我并不是在刻意避讳什么，我之前的男人身体有些问题，需要调理治疗，但他生活习惯不好，所以也一直没调理出个结果。加上那个时候的我一心想多挣些钱，没怀上孩子也没太在意，就耽误了，一直没要上。我和我那个男人的关系如此糟糕也跟这事有关系，他不行吧，还特别想要个孩子，我也不是特别配合。不过，好在这一切都过去了。"陈艳尘试图让自己显得放松和坦然。

"估计你想知道的重心不在这里，你一定是好奇我和张丞骏为什么没要个孩子。说实话，跟前夫离了婚之后，我还是没有非得要孩子的概念，只是等我觉得我爱上张丞骏的时候，我才觉得应该有个孩子，有个孩子似乎才有可能让张丞骏也爱上我，或者说才能让我们的关系更可靠些。但正如我刚刚讲到的那样，张丞骏是个目的十分明确的人，我帮他挣到了更多的钱，他感恩于我，所以他把我从不幸的婚姻里救出来，关键时候挺我，作为我的后盾，但他知道他并不爱我。他可以把身体给我，现在看来，我们俩当时在一起，也许只是纯粹生理上的需要，他需要我，我更需要他，但并不是因为爱，至少他并不是因为爱。所以，他和我在一起的时候，他一直是采取避孕措施的，或者有意避开我的排卵期的。尽管如此，我们还是曾经有过一个孩子。"讲到这里，陈艳尘掐灭了手中的烟蒂，深深地叹了口气，"唉，也许我注定会孤老终身。"

婚姻不幸，遭遇家庭暴力，无法得到想要的爱，这个年纪了一直没有孩子，看起来让人有些可憎的陈艳尘，没想到却有这么多的可怜之处。叶秋实的心有些微微作痛："对不起，我不是有意让你伤心的。"叶秋实看着陈艳尘因为孩子的问题突然颓废和伤感，就觉得内心充满了深深的歉意，因为毕竟自己也不再年轻，自己也单身一人，所以叶秋实甚至无意间想到了自己的将来。

"没关系，这不是你的错，我也已经习惯了这一切。"陈艳尘强打精神，强颜欢笑。

"我和张丞骏之间的关系就是这个样子，我没有隐瞒什么，至于你如何取舍你们之间的情感，我无权过问，也不想过问。你今天晚上一个人来的吗？"陈艳尘用涂抹着猩红色指甲油的纤长但已经略微有些粗壮的手指抹了抹眼睛，然后试图转移话题。

"喔，你这一提醒我倒想起来了，我还有个朋友一起过来的，她还在下面迪厅蹦迪呢。"叶秋实装作突然想起来的样子，起身就要离开，可是在起身的瞬间，她又想到刚刚看到过张丞骏。

"你和张丞骏之间现在还有往来吗？"叶秋实终于忍不住再次问了一句。

"没有了。有的话也绝对是因为钱，就是他能让我赚到钱，或者我能让他赚到钱。毕竟我们现在都是生意人，生意人无利不交。"陈艳尘似乎有些开玩笑。但她说的也许是对的，张丞骏身上时不时也能感觉到这种特质，总会在某件事情上想到如何才能赚到钱，赚到更多的钱。

叶秋实与陈艳尘告别后，掏出手机看了看时间，有些感叹任佳佳的体力和精力，她应该还在迪厅，否则的话，应该早给自己打电话了。

弄清楚了张丞骏和陈艳尘的关系，叶秋实的心情觉得既有释怀却也有种莫名的失落，觉得更加看不清楚她和张丞骏之间的未来。

算了，还是别想那么多了，走一步算一步吧，她想找到任佳佳，两人再喝杯酒，叶秋实有种想喝酒的欲望。

第十八章　到底谁爱谁

叶秋实再次来到迪厅，迪厅里的舞曲更加欢闹，舞池里比自己离开时多了许多人，人头攒动，场面壮观。她情不自禁地扭动着，随着人潮到处挪动着自己的位置，她想要尽快找到任佳佳。可是一时间竟然没有任佳佳的影子。

正在叶秋实有些绝望，决定出去给任佳佳打电话的时候，她突然看到了任佳佳的身影，她正在和什么人坐在舞池旁边的吧台处喝酒。她急忙扒拉开四围的人，快速朝任佳佳所在的位置走去。

但走到近处时，叶秋实惊呆了，她没想到和任佳佳并排坐着的人竟然是于向垚。任佳佳和于向垚正好背对着自己，在那里有说有笑地聊着什么。

叶秋实有些迟疑，站在那里有些不知如何是好。她知道任佳佳喜欢于向垚，但于向垚却似乎只是喜欢自己，而自己却从未对于向垚有过那种男女私情的感觉。看着他们两个欢快交流的年轻身影，自己这么贸然地出现在他们的面前是不是有些不合时宜？有那么一瞬间，叶秋实甚至想悄然离去，成全他们两个人单独在一起的机缘。

正在叶秋实迟疑间，任佳佳竟然牵着于向垚的手转身想要重返舞池，三个人碰了正着。

"佳佳，我来得是不是不是时候？"叶秋实有些尴尬地盯着圆睁杏眼大感意外的任佳佳。

"叶姐你什么时候到的？噢，任佳佳你骗人，你是不是和叶姐一起来的，却故意说是你自己来的？"于向垚似乎明白了怎么回事，甩开任佳佳一直攥着的手，指着任佳佳大声问道。

"我、我，哎呀，叶姐你说你早不回来晚不回来，偏偏这个时候回来，你是不是见不得我和于向垚好啊？"任佳佳解释不下去，也许是故意装作生气，也许是真的生气，竟然将矛头指向了叶秋实。

"咦，我说你这个人怪不怪，自己没说实话，竟然还指责起叶姐来啦！"于向垚的袒护让任佳佳更加生气，但却以年轻女孩子的娇嗔转身对于向垚故意说："本来就是嘛，人家好不容易碰到你，想和你跳会舞，没想到她却这个时候出现了，你说她来的时候对吗？"任佳佳又轻轻地攥住了于向垚的手，想拉他直接进舞池。

"好啦，好啦，我来得的确不是时候，不瞒你说佳佳，刚才我就想直接出去的，但没想到让你们看见了。不过，还真有你的，见色忘友，看见于向垚也不至于这么讨厌起叶姐来了吧？"叶秋实故意开起玩笑回应。"好，我给你们空间，你们两个好好地跳，我先出去，去酒吧等你怎么样？你跳完了就直接去找我。"叶秋实说完就要往外走。

"叶姐，你别走啊，你去酒吧，我也想去，正好，我有好多话想问你呢。"没想到于向垚竟然松开任佳佳的手，伸手拉住了就要出去的叶秋实。

"于向垚你松手，我没有什么要告诉你的，你在这里好好陪任佳佳吧，任佳佳是个好女孩，她喜欢你已经很久了。"叶秋实试图挣脱于向垚紧紧攥着自己的手，低头小声告诉他说。

"我知道，可是我喜欢的是你，我想和你在一起。"于向垚不甘心地继续表达着自己的心声。

在一旁呆呆站着的任佳佳听着于向垚对叶秋实一言又一语的爱慕表白，终于忍无可忍。"够了，够了，你喜欢叶姐是吧，于向垚？可是，我跟你说，叶姐是根本不可能喜欢上你的，你就省省这份心吧。"任佳佳越说越激动，"啊——受不了、受不了，我不要活了。"任佳佳疯了似的跑了出去，声嘶力竭的呼喊很快淹没在喧嚣的舞曲和人声鼎沸中。

叶秋实了解任佳佳有些小极端的个性，看着她刚刚受到刺激跑出去的情景，内心焦急无比。

"我跟你说，于向垚，快，快追回任佳佳，她要是有个三长两短，我跟你没完，别说想见我了，我永远都不会再理你！"叶秋实使劲甩开于向垚一直没舍得松开的手，大声对于向垚喊道。

可能是从来没有见到叶秋实真正生气的样子，看到面前生气的叶秋实，于向垚吓得急忙松开了自己的手。"好，好，叶姐，你放心，你放心吧，我一定把任佳佳给追回来，我把她追回来。"然后，急忙朝任佳佳跑出去的方向追了上去。

等看不到于向垚的身影后，叶秋实有些累，真心累，人世间的情感啊，如此折磨众生，你爱他，他爱她；他爱你吧，你却也许中意于他人。身边这些在夜里、在极尽疯狂的舞曲里宣泄的人是不是都曾被感情伤过或者是正在情感的世界里迷惘呢？他们的灵魂是不是正需要救赎，需要给自己负荷已久的身心些许快慰和安抚呢？

叶秋实开始往外走，她决定去迪厅的门口处等于向垚和任佳佳，她祈祷他们两个待会能一起出现在她的面前。

尽管担心任佳佳会做出什么过激的事情，但现在也只能静待事态发展。解铃还须系铃人，作为过来人，自己喜欢的人的一句话胜过别人的千言万语，叶秋实清楚，也只有于向垚才能安抚任佳佳那颗受了伤的小心脏啦。

迪厅的外面不远处正好放了一排供客人临时休息的连椅，坐在那里正好可以看见迪厅的出入口，一旦于向垚和任佳佳回来找自己的话应该正好可以看见他们。叶秋实走了过去，顺势坐在了那里。

夜色深沉，却正是夜生活的黄金时刻。看看面前出入的各色人等，往事旧情，悲喜难过，各种感受集于一身，叶秋实有种顿悟，她有些突发奇想，她觉得自己的灵魂好像脱离了身体，飞到了空中，开始俯瞰面前这些到处找寻着满足自己情感的躯体，他们如此渺小，像无头苍蝇到处乱飞乱撞，每一个人都相差无几，在自己的生命空间里蹦蹦跳跳。这一刻，叶秋实的内心反而开始变得平静，她眯起双眼小憩起来。

叶秋实觉得自己好像是睡着了，又仿佛从未有过的清醒。不知过了多久，朦朦胧胧中她却清晰地听到一些说话声。

"张总，哎呀，张总你小心点，不让你喝那么多，你非得喝，这才几点啊，大家就不得不离开，你今天可是扫了大家的兴了。"

"可不是吗，丞骏，你今天也是的，心里不痛快，那就应该多唱唱歌，少喝些酒才是。"一个熟悉的声音安抚说。

"我没事，我没事，谢谢你艳尘，谢谢你给我捧场，不像那个叶、叶秋实，专程给她打电话，她、她竟然拒绝我。"一个更熟悉的声音断断续续地说。

"张总？丞骏？艳尘？张丞骏，陈艳尘。"听到这些信息，叶秋实一直紧眯着的眼睛终于忍不住睁开。

眼前的一幕让她平静不久的心瞬间像是扔进了一块大石头，变得激水横流！

张丞骏左拥右抱地出现在了叶秋实的不远处，左拥着陈艳尘，右抱着一个她不认识的年轻女人，后面跟着个拎包的。他们应该是刚从楼上下来，看样子是张丞骏喝多了，喝得有些不省人事，他们这是准备要送他回去。

此时陈艳尘方才发现在不远处坐着的叶秋实,她有些尴尬地指了指一只胳膊紧紧揽着她肩膀的张丞骏说:"真喝多了,喝大发了,我们让司机把他送回家。"

"谁、谁喝大发了,你在跟谁、谁说话呢?"张丞骏摇摇晃晃,口齿不清地问陈艳尘。

"丞骏,丞骏,快看看你面前的是谁,是你朝思暮想的叶秋实!"陈艳尘使劲晃动了一下张丞骏的身体,此时他们已走到了叶秋实的面前。

"谁?你说谁?叶、叶秋实,我不认识她,她太、太不给面子了,太让我、我没面子了。"张丞骏头也不抬地继续嘟囔。

"丞骏,张丞骏,你在说什么呢?真是叶秋实!"陈艳尘用另一只胳膊扶起张丞骏的脸,让张丞骏看清面前站着的叶秋实。

叶秋实的形象在张丞骏的面前由模糊变得逐渐清晰。

"嗯,好,是,是叶、叶秋实!秋实啊,我跟你说,我跟你说,你为什么不去?为什么?"张丞骏直愣愣地盯着叶秋实,继续说着积郁在他心头的不快。

"什么去不去的?我有那么重要吗?"叶秋实知道张丞骏说的是什么,强忍着内心的不快问道。

"你、你重要,你很重要。你不去,他们都嘲笑、嘲笑我了,说、说我吹牛,连叫自己的女人一起喝个、喝个酒都办不到。你说,就去陪着喝、喝个酒,有什么大不了的,又、又不是让你去三陪,反正都是我、我的女人了。"醉意浓重的张丞骏说话有些口无遮拦,话一点也不中听,叶秋实听到这里,终于忍无可忍。

"张丞骏你浑蛋!"啪啪左右开弓,叶秋实看着面前丑态百出的张丞骏,听到他刚才侮辱人的话语,竟然忍不住狂扇了他两个耳光,然后转身离去，疾步走出了她不曾轻易踏足的地方。

"偶呲酒吧，偶遇特别美"的广告语在夜色里更加魅惑，充满了无尽的意味和诱惑。"今天这偶遇也够他妈的美啦！"开着车往回走的叶秋实禁不住在心里狠狠地骂了一句。至于于向垚和任佳佳现在在哪里，他们究竟怎么样，叶秋实暂时也无暇去管他们了！

回到家里，想着张丞骏不堪的嘴脸，再次被羞辱到愤怒的叶秋实忍不住拿起客厅沙发上的靠背使劲摔打起来：张丞骏你个浑蛋，竟然拿我和什么三陪小姐比，你个大浑蛋！"叶秋实啊叶秋实，你这都碰到的什么人啊！"

怒气过后，叶秋实才恍然想起任佳佳，任佳佳她怎么样了？于向垚到底找没找到她？这些人真不让人省心，竟然到现在也没给自己打个电话，发个信息！

不行啊，是自己找任佳佳的，她要是有什么事，自己于心何忍。不能这么干等着，叶秋实拿起手机开始给任佳佳打电话。可是拨打了两三遍都没有任何动静。"到底怎么回事？手机出问题了还是人出问题了？"打过之后，叶秋实更加心焦。

然后不得不打电话给于向垚。

"喂、喂，叶姐，你大点声，说的什么我听不清。"于向垚那边似乎很嘈杂，一个劲地要叶秋实说话大点声。

"我问你，你找到任佳佳了吗？她和你在一起吗？"叶秋实不得不使劲对着手机大声喊道。

"喔，找到了，找到了，我们又回到偶呲酒吧了，但是没找到你，刚才想电话告诉你一声的，任佳佳非得拉着我去唱歌，所以就忘了。我们现在在二楼的包间，叶姐你赶快过来吧。"于向垚好像是走到了一个僻静处，说话也开始能听清楚。

"那怎么我刚才打任佳佳的电话老是打不通,也没提示关机,就是没有任何动静?"叶秋实还是有些不太放心任佳佳,就又问道。

"嘿,别提了,我找到她时,她情绪激动,见我去了更来劲,还说什么如果我不爱她,她就跳河死了算了。我见状,一个劲地拉她,慌乱中把她的手机弄到地上摔坏了。不过,现在好了,我们现在在唱歌,她还在里面唱呢!你就快点过来吧,和我一起来的朋友也走了,我都有些招架不住了。"不明就里的于向垚一个劲地催叶秋实过去替他解围。

"你们唱吧,这个点我也唱不动了。再说了,任佳佳肯定希望你们俩单独在一起多些时间,她好不容易恢复过来了,我要是真过去了,容易再出事。"叶秋实找理由解释着。

"叶姐,那你现在在哪呢?对了,刚才我们进来的时候,看到楼下好像是张丞骏喝多了,被两个女搀扶着上了车,你不会是和他们在一起吧?"于向垚似乎想起了什么,心存疑虑地问道。

"我可跟你说叶姐,你可不能跟那个张丞骏好,他花心着呢,刚才你是没见他左拥右抱的样子。如果不是任佳佳在,拉着我非得赶快进去K歌,我真想上去揍他一顿!"于向垚提到张丞骏时显得义愤填膺,这是替她叶秋实打抱不平呢。

"好了,好了,不要再提这个人,我怎么可能和他们在一起,我根本没见到这个人!"叶秋实本来淡忘的一幕突然又如此清晰起来,愤愤地回应。

"那你现在在哪呢?我真的很想见到你。"于向垚说得很诚恳。

"我已经回到家里了。"叶秋实不得不实话实说,好灭了于向垚再见她的想法。

"啊,这么早就回去了?夜生活还没到最精彩的时候呢。"于向垚有些意外。

"于向垚,于向垚,干什么呢?该你了,快点!"是任佳佳大声喊于向垚的声音。

"那好吧,任佳佳喊我了,我回去再玩会。"于向垚的声音里充满了遗憾。

"记着到时候把任佳佳安全送到家。"见于向垚要挂电话,叶秋实急忙又叮嘱了一句。

"放心吧,叶姐,你交代的任务就是圣旨,到时候我一定把任佳佳毫发无损地送回去。"说完,于向垚挂了电话。

屋里再次恢复了平静。叶秋实不得不慨叹,真是岁月不饶人,在于向垚他们的眼里,一玩可以玩到大半夜,而自己是绝对不可能的,不但身体受不了,精神上也受不了那么长时间的热闹。好歹是因为碰到张丞骏中途折返,要是一直在那里,估计也会有快要疯掉的感觉了,因为一系列偶然的事情,她觉得自己已经快疯掉了!

任佳佳是自己叫上专门陪着去找陈艳尘的,她一直被蒙在鼓里,正因为任佳佳不知道去偶吔酒吧的真正用意,所以今晚发生这样的事情,叶秋实的心里一直有些歉意。因为一直挂牵着任佳佳,叶秋实躺在床上辗转反侧,脑海中总会时不时地浮现出某些不太好的画面,一会是任佳佳喝醉酒不省人事的场面,一会是于向垚想要占任佳佳便宜的不堪,又或者是在酒吧遇到了某些寻衅滋事的青年,两个人同时受到骚扰,总是无法安然入睡,时不时地拿起手机看有没有于向垚发过来的信息。

不知道什么时候,疲惫不堪的叶秋实终于睡着了。

"我和张丞骏曾经有过一个孩子,当我兴奋地告诉他这个消息,他知道后,非但没有高兴,反而非让我打掉,说什么,如果我坚持要孩子的话,今后一辈子都别想再见到他!"当问到孩子的时候,陈艳尘讲述完她和前夫没有孩子之后,沉默了一会,终于说出了她和张丞骏之间曾经有过一个孩子的事实。

"那时我已经很爱他,很担心会因此失去他,所以最后狠心拿掉了孩子,有阵子我的心都快死掉了。我是个女人,是个不再年轻的单身女人,真想有个属于自己的孩子。男人靠不住,但孩子毕竟是自己身上掉下来的肉,还是靠得住的吧。"陈艳尘开始抽泣,为自己不得不失去的孩子哭泣。

叶秋实忍不住走过去,走到陈艳尘的身边,用手轻抚起陈艳尘因抽泣而抖动的肩膀。

"哭吧,哭出来会好受一些。"叶秋实深表同情地说。

"我的命真苦啊!"说完陈艳尘将头埋进叶秋实的怀里痛哭起来。

"我们都是命苦的人啊!"叶秋实忍不住唏嘘陈艳尘的遭遇,也试图让自己在陈艳尘面前更坦诚一些。

"好,好,真是场苦情戏,这场面真感人啊,红尘女和高知女相拥而泣,难得一见啊!"张丞骏不知什么时候走了进来,看着面前的叶秋实和陈艳尘抱头痛哭,双手鼓掌,阴阳怪气地说。

"张丞骏,你这个人面兽心的家伙,我恨你,恨你,还我们的孩子,还我的孩子!"陈艳尘见张丞骏进屋,快速从叶秋实怀里挣脱开来,疯了似的跑到张丞骏身边就开始撕扯起他来,在他的身上、脸上到处抓挠,张丞骏一时间哎呀怪叫着无处可逃。

不知道哪里来的勇气,叶秋实也像变了个人,转身冲上去,开始加入狠揍张丞骏的行列。

"哎呀,别打了,是我错了,我错了!"张丞骏号叫着,毫无招架之力。

可是,不知道是陈艳尘用力过猛,还是叶秋实抓错了地方,突然张丞骏的脸上鲜血直流，鼻子、眼睛、嘴巴开始往外汩汩冒血，面目狰狞而吓人！

"啊，怎么会这样？陈姐怎么会这样？我害怕！我害怕！"看到面前的张丞骏，叶秋实惊恐万状，忍不住转身抱住陈艳尘，害怕地喊叫着。

"别怕，别怕，有我在！"陈艳尘开始抚慰起叶秋实。

张丞骏跌跌撞撞地往外跑，身后留下的斑斑血迹惨不忍睹！

"陈姐，他要是死了怎么办？他不会死了吧？"叶秋实依旧无法平息惊恐的神情。

"他死了才好呢，死了就眼不见心不烦，再也不用因为他而烦恼了！谁让他讥讽你是三陪女，看不起我这开歌厅的啦！"陈艳尘一个劲地安抚着叶秋实。

"我不会放过你们的！"走到门口的张丞骏突然转过身来，满面血污地对着叶秋实和陈艳尘狂笑起来。

"啊！不要啊！不要啊！"叶秋实大声叫喊着，猛地一下坐了起来，双手不停地晃动。等定下神来，叶秋实才发觉自己正坐在床上，灯也亮着，有微风从窗户吹过，床头的花正轻轻地摇曳。她使劲地晃了晃头，才明白自己刚才只是睡着了，那些惨不忍睹的景象是梦中看到的，现实中的自己就在家里！

床头柜上的闹钟显示已近午夜，意识到这一点后，叶秋实又急忙拿起身边的手机，看了看，没有任何消息，就忍不住拨打起于向垚的电话。

"对不起，您拨打的手机已关机。"

"跟这些人打交道真不让人省心，任佳佳到底回没回家？于向垚干什么的，自己叮嘱过，还不知道告诉一声。"叶秋实有些生气地又躺了回去。

"算了,算了,自己再担心也没用,还是好好睡觉要紧,毕竟明天还得上班呢。"

因为昨晚噩梦连连,一直睡不踏实,第二天,叶秋实醒来得有些晚,等起床收拾完毕,剩的时间已经不多,顾不得吃早餐就急忙往单位赶。

到了单位后,叶秋实第一个先去看任佳佳在不在。真是让人生气,任佳佳已经没事人似的坐在了自己的办公位上,见叶秋实看她,只是做了个鬼脸,似乎不想做任何解释。

"任佳佳到我办公室一趟。"叶秋实有些生气,忍不住想把昨天晚上的事情盘问个清楚,就毫不客气地对表情轻松好像什么事也没发生过的任佳佳厉声说道。

"好的,叶姐,我马上过去。"任佳佳说完便跟随叶秋实进了办公室。

"你给我进来!"叶秋实一把拉进任佳佳,咣当一声,又立即关上了办公室的门。

"你说说你,昨天晚上到底怎么回事?最后什么情况?你知不知道我担心你担心得都没怎么睡?"叶秋实严厉质问道。

"叶姐,都是我不好,昨天我太冲动了,冲动是魔鬼,我被魔鬼缠身,身不由己了!"任佳佳一脸无辜状。

"甭跟我来这一套,后来怎么样?于向垚他有没有欺负你?是他把你送回去的吗?你们之间没有发生什么吧?"叶秋实还是最担心他们之间发生了什么。

"叶姐,看把你紧张的,这都什么时代了,你脑子里咋还那么多的老思想!发生了又怎样?没发生又能咋的?"任佳佳避重就轻,却没说到底发生了什么事情。

"别在这跟我耍贫嘴,快说说真实的情况到底怎样?"叶秋实有些不耐烦。

"看把你急得那个样，活脱脱我老妈。好，好，现在我郑重地告诉你，我们之间什么也没有发生。"任佳佳的表情变得认真起来，双手比画着做出"否定"的动作。

"真的假的？"看任佳佳认真的表情，叶秋实反而觉得不像是真的。

"哎，我说叶姐你脑子没问题吧？我这么认真地告诉你，你居然不相信！"任佳佳又恢复了古灵精怪的劲头，还伸出手要摸叶秋实的额头。

"去，去，你脑子才有问题了呢。不过，有问题的话，也是被你们两个人给气得！你说你，昨天晚上竟然一个人就那么扬长而去，后来打电话竟然没有任何动静，是我把你带过去的，你说你要是出点什么事，我到时候怎么跟你的爸妈交代，真后悔昨天带你一起去。"叶秋实越说越来气。

"好了，好了，叶姐，我这不是好好地出现在你的面前了嘛！不要这样说嘛，人家还是很感谢你的！"任佳佳双手晃动着叶秋实，有些撒娇地说。

"你什么意思？我怎么听着这话里有话。你刚才不是说你和于向垚之间没有发生什么吗？"叶秋实一听任佳佳的话有些不放心地追问道。

"嗯，是没有你说的所谓的'什么'，不过，于向垚他KISS了我，送我到楼下，临走的时候他是和我吻别的。"任佳佳一脸甜蜜状，整个人好像瞬间陷入了甜蜜的回忆当中。

"怎么？于向垚昨天晚上吻你了？"见任佳佳满脸甜蜜使劲点了点头，"花痴，典型的花痴！"叶秋实忍不住说了任佳佳一句。不过在说这句话时，叶秋实的脑子里却瞬间再次闪过陈伟嘉的影子！也难怪情窦初开、妙龄年华的任佳佳会如此！自己还不是一样，对喜欢的人，哪怕他的一个拥抱已足以让自己甜蜜得战栗!

"以后稍微矜持一些,做女人不能太直白,太直白了,自己容易吃亏知道吗?"任佳佳走出办公室的瞬间,叶秋实忍不住叮嘱。

"啊,知道了,不就是矜持一些嘛,我的叶姐姐。"任佳佳转身冲叶秋实扮了个鬼脸,便欢快地走了出去。

任佳佳出去后,叶秋实竟然忍不住浮想起向垚俯身亲吻任佳佳的场景。人的内心情感真是奇怪,自己明明不喜欢,当然,也不能说不喜欢吧,只是不爱于向垚。但一想到于向垚亲吻别的女人,自己的内心却还是不是滋味,这种滋味不是嫉妒,不是羡慕,但总之就是有一种说不出来的不快,很细微,但确实就在那里存在着。

正在叶秋实思绪良多的时候,办公桌上的电话突然响了起来,看了看号码,是伍梅里办公室的内线,她急忙接了起来。

"秋实啊,今天都几号了,咱们是不是该着手准备下一期的选题了?"伍主编和叶秋实向来喜欢开门见山,直接问道。

叶秋实俯身看了看身边的台历。

"嗯,是啊,是差不多了,应该有意识地考虑这些方面的问题了。"她急忙回应。

"我最近有个想法,不知道可行不可行,我想咱们这一期是不是……对了,你还是先到我办公室一趟吧,咱们见面先聊聊,看我的想法有没有可行性。"伍梅里中断了想要电话里聊的选题,叫叶秋实去她的办公室。

很快,叶秋实就出现在了伍梅里的办公室内。

伍梅里一如既往的端庄美丽,甚至这些天比以往更加的出色。叶秋实进去时,她正在翻看着手机,叶秋实进了门,也没有停下手中的动作。

"在看什么呢?这么用心!"见伍梅里只是抬头瞅了自己一眼,一直在那里专心致志地翻看着她的手机，叶秋实忍不住好奇地走到了伍梅里的身边。

"来，来，秋实，快过来，看一看这篇文章。"伍梅里拿起手机递给叶秋实看。

叶秋实接过手机定睛看起了内容，《单身，有罪吗？——为什么越来越多人选择单身》，看了看作者，是著名社会学家李银河。

"熟悉吗？是社会学家李银河公众号上的文章。"伍梅里看着有些疑惑的叶秋实问道。"嗯，知道，当然知道。伍主编的意思……"叶秋实揣测着伍梅里的真实意图。

"自从离婚之后，我也成了名副其实的单身人士，心理上一直无法平静，也一直在思考今后的生活该如何走。上次跟你和韦晴珊、林咏薇几个吃过饭之后，也在想我们这类单身女人，究竟怎么想、怎么做才能更好地生活，也曾找过我的其他朋友倾诉自己的苦恼。后来，我的一个单身朋友推荐了李银河的公众号，说她的许多观点和观念也许可以帮到我。看到这篇文章之后，我有种恍然大悟的感觉，单身似乎是社会发展的一种趋势和越来越普遍的现象，所以，我就想这期刊物主题能不能就围绕单身现象拓展延伸。"伍梅里兴奋地对叶秋实说着她的想法。

"嗯，这倒还真是个不错的选题。这几天我自身遇到的事情比较多，说实话，也开始隐隐约约对自己的现状有所思考，想组建家庭，想走进婚姻，可是发觉由此带来的苦恼一点也不比现在单身少，甚至因此一度想过干脆就单身算了。但你也知道咱们的文化现状，做单身女人，尤其像我从来没有结过婚就决定单身的，面临的各种压力其实蛮大的。不过看了这篇文章，心里至少得到不少抚慰，没想到竟然有那么多人处于单身状态，看来咱们一点也不孤单。"叶秋实指着文章中的一组数字高兴地说道。

"是呀，婚姻没有解体之前，我很少关注这类人群，现在看来，这个群体规模还真不小，单身现象还真是大有可挖，如果本期以单身现象为主题的话，应该会引起不小的关注。"伍梅里得到叶秋实的回应，继续兴奋地聊着自己的想法。

"可是咱们杂志是以美丽为核心要素的刊物，单身现象具有的更多的是社会学方面的意义，怎么做好结合呢？"叶秋实忍不住说出自己的担忧。

"嘿，这个好办呀，单身与美丽事业的结合呀。你想单身都成为一种社会现象了，那么单身现象与美丽事业的关系如何？单身现象会对美丽事业产生怎样的影响？美丽事业该如何应对单身现象？可谈可写的角度太多了。"看来，伍梅里对这期的选题已经思考良多。

"是呀，看来伍主编对这个问题已经有了比较成熟的想法。"听到伍梅里的说辞，叶秋实的思路也一下子宽广起来。

"也算不上成熟吧，但的确已经有了一些大概的想法。如果你也觉得朝这个方向努力可行的话，下午咱们就召开一个选题头脑风暴会，看看大家对这个选题的想法，到时候集思广益，相信新一期杂志也一定不会差到哪里去。"伍梅里见叶秋实基本同意自己的想法，就充满信心地说道。

"嗯，我觉得可行，我举双手严重赞同。"叶秋实边说边放下手机，然后快速地举起了双手，严肃的神态引得伍梅里忍俊不禁。

"干什么？你那是投降！来，快关注李银河的公众号，建议你今后也多看看她写的东西，内容蛮有见地。"伍梅里推荐。

"怎么？伍主编看来是李银河的拥趸呀！竟然帮她打起广告来了，找她要广告费。"叶秋实开玩笑地回应。

因为下午要召开有关"单身"的头脑风暴会，上午从伍梅里的办公室出来之后,为确保会议效果,好让大家有所准备,做到有的放矢,叶秋实就让任佳佳把下午会议的议题、时间、要求等传达了下去。

下午3点,大家准时出现在了单位的第一会议室。会议由伍梅里亲自主持,任佳佳做记录,并准备了录音设备,好全面记录会议的内容和大家一闪而过的点子。

"大家已经很清楚了,我们今天下午要召开杂志新一期选题的头脑风暴会,目的当然是为了更好地迎合市场的需求,做出市场真正需要的杂志。上午呢,我跟叶副主编也碰了个头,简单商议了一下,最后确定新一期杂志的主题围绕'单身'展开,新一期杂志贯穿全部内容的主线就是'单身',需要大家集思广益,大开脑洞,畅所欲言,谈一谈自己对'单身'这两个字的理解和认识。任何想法,任何内容,大家都可以说可以谈,不设防无界限。"伍梅里开门见山地阐明了会议主题。

"对了,我先问一下在座的各位,有多少人现在是处于单身状态?这里单身状态简单的界定就是处于婚姻之外,没有正在谈恋爱,晚上一个人住,或者更准确些,就是晚上一个人睡一张床上。"伍梅里解释完后,示意大家举手。在座举手的还真不少。

"嗯,在咱们这个单位里,看来也能看到单身现象的普遍存在。那好,看谁先谈谈,大家别拘谨呀,是不是最近开会少,大家还不适应啦?"伍梅里见一时间有些沉默,便试图打破僵局用轻松的语气说道。

"那我就先说说我的想法。"采编小宇因为上期采写任务完成得不好,急于表现,见大家都不开口,便鼓足勇气第一个发言。伍梅里和叶秋实及时给予了肯定的目光。

"我觉得单身也挺好的,单身自由自在,可以干自己想干的事情,不用受其他人的约束,不用看其他人的脸色。人不都希望能按照自己的想法去生活嘛,单身的话就更容易实现。"小宇说着自己对单身的理解。

"可是我看你刚才也举手了,你不是正在谈恋爱吗?"伍梅里不解地问道。

"吹了,我现在又重新回到了单身的状态。所以,通过对比,我觉得单身其实挺可贵的,如果不是来自社会和家庭的压力,我觉得单身一辈子也可以接受,省得整天忍气吞声,还得哄她开心。"看来小宇的恋爱经历不是太顺利,他有些委屈地嘟囔。

"这个要辩证地看,你这是没有遇对的人,遇到对的人估计就不是这个感受了。咱们讨论单身,仅仅是讨论单身现象,并不是鼓励大家努力去单身,所以该谈恋爱还是要去谈。不过,小宇的确说出了单身的好处。那么还有其他方面吗?看谁接着继续谈?"伍梅里鼓励的目光投向大家。

"我说说吧,首先我很同意小宇的说法,单身的确很自由。我现在单身,典型的单身,没谈过恋爱,没混过婚姻,还不是照样过得有滋有味,这个关键在于人的心态。至于来自社会和家庭的压力肯定是有的,但因为我不是独子,我哥哥已经结婚生子了,所以来自父母的压力会小些。当然我也知道有人肯定会说,单身你不觉得孤单吗?其实每个人都存在孤单的一面,我觉得这个跟单身不单身关系不大。有事干,有比较多的业余爱好,时间常常不够用,哪来那么多的孤单?说孤单的人肯定是闲的。"摄影师李墨墨说出了自己的感受。

"他们都说出了单身的好处,单身最容易感受到的一面。单身肯定不会那么简单,单身意味着生病时可能无人照顾,年轻时还可以,到老了可能会觉得孤独,容易抑郁。反正我不喜欢单身,我喜欢身边可以有男朋友的呵护照顾,我理想的状态也是有老公孩子陪伴,不喜欢形影相吊的冷清。"美工李冷冷说道。

"大家再将思维放开一些,谈谈跟单身可能有关联的现象,比如,单身人士多了会带来哪些社会上的变化?"叶秋实插话说道。

"对,对,大家刚才从不同方面说出了单身状态的利与弊,再谈谈其他方面的。"伍梅里对叶秋实的话给予积极回应。

"单身人士多了,我觉得房地产商要有意识地开发些小户型,让单身人士入住,周边服务设施要更加健全。我的理解中单身人士的要求还是蛮高的,对生活质量的要求一点也不比婚姻中的人低。另外,许多生产商都要考虑到单身人士的需求,从产品大小上进一步细分,生产出更多适合单身人士使用的冰箱、洗衣机等日常用品。"广告部的小齐说出了自己的想法。

一些人陆续立足不同角度谈了自己对"单身"的理解。

"看来这单身现象的确大有可挖掘的地方,今天散会后,各部门要从各自的角度出发,尽快整理一份单身现象及其带来的变化的方案策划书,我和叶副主编会根据大家提供的素材,尽快确定新一期杂志的整体制作和发行方案。"伍梅里总结道。

第十九章 痛下决心

快到家的时候，叶秋实发现小区里离自己家楼不远处停了一辆车，乍看上去很像是张丞骏的车，但这个念头也只是在她脑子里闪了一下，并未太放在心上。昨天晚上发生了那样的事情，张丞骏怎么可能会出现在这里！他怎么会好意思还到这里来见自己！可是等走近楼道门口的时候，叶秋实看到了张丞骏熟悉的身影！叶秋实的第一反应是想要躲开，可是为时已晚，张丞骏已经看到了叶秋实，并直接朝叶秋实快步走来，手里还捧着一大束鲜红的玫瑰花。

"秋实，你才下班吗？是不是有其他事情耽误了？我在这里等你等了快一小时了。"张丞骏似乎很了解叶秋实，知道叶秋实有心软的一面，竟然直接说出自己已经等了很久的事实，然后及时将鲜花捧到了叶秋实的面前。

"你还来这里干什么？那是你愿意在这里等，我又没让你等。你俗不俗？动辄就买花送人，是不是送人送惯了？"叶秋实说话很难听，冷冷地回答，眼睛也没有正视张丞骏。可是尽管如此，叶秋实的内心还是有所触动，不由自主地回想起张丞骏一次次等待自己时的情形。与此同时，又不由自主地回想起昨天晚上他醉态下的一举一动，就觉得有些痛心，一时间心绪有些复杂。

"是啊，给你送花送惯了，空着手来见你的话，我会觉得手足无措，不知道怎么放自己的手好呢！"张丞骏故意歪解叶秋实的话，和颜悦色地回应。张丞骏就是有这种能耐，任你怎么说也不生气，这让叶秋实想生气却又气不起来，本来没有触碰鲜花的手也忍不住将花接了过来。

"你呀，就是脸皮厚，真拿你没办法。"叶秋实边接鲜花边继续数落张丞骏。

"在美女面前脸皮薄的话，我还敢站在这里呀！"张丞骏说得倒是大实话，这么多年来，但凡他脸皮稍微薄些，估计早就放弃了对叶秋实的追求，之所以会有今天的结果，还真是多亏了他脸皮厚。

"秋实，你知道吗？上次你回来后，我妈给我打电话，说她可喜欢你这儿媳妇了，做梦都没想到我这个二婚的男人还能找到你这么好的女人，说什么也要让我对你好呢。"张丞骏开始拿老人说事。

还别说，这一招还真管用，本来一直犹豫着是不是让张丞骏立即走人的叶秋实听到张丞骏说起老人，想起老人带给自己的温暖，叶秋实就开始有些动摇，甚至改变了思维的倾向，朝着是不是该与张丞骏重修旧好的思路上想了。

"小叶，你朋友？怎么不进去？"正在叶秋实思忖着该如何处理她和张丞骏的关系时，邻居李大姐领着孩子一边从叶秋实身边走过，一边回头瞅了瞅张丞骏。

"我们准备出去。"张丞骏接话说。

李大姐的招呼让叶秋实想起他们一家三口其乐融融的情形，又反观了自己的单身状态，突然间觉得一家三口的确很是美好。

"走吧，反正我也没吃晚饭呢，你说出去，咱们就出去吃饭吧，反正有人愿意买单。"叶秋实突然改变了脑子里的一切想法，决定和张丞骏一起出去吃饭。

"好嘞，这个可以有，女王愿意赴约，为女王买单，臣下实在是受宠若惊啊。"张丞骏急忙跑到自己的车前,殷勤地为叶秋实打开了车门。

"要不,我还是开我自己的车吧,省得到时候还得你送我回来。"叶秋实提议。

"什么话,送女王陛下还不是臣下的义务。要不得,要不得。"张丞骏插科打诨,竟然惹得叶秋实有些忍俊不禁,笑出声来。

女人最容易哄,叶秋实不知多少次拜倒在张丞骏的花言巧语中,这次也没能例外,全然忘记了昨天晚上的不愉快,最后竟然心情大好地坐进了张丞骏的车里,一起去吃晚餐。

叶秋实的本意在附近找家餐厅用餐就好了,但不知是不是叶秋实的原谅让张丞骏太过欣喜,还是因为别的什么原因,他非要去一家他认为比较好的有机菜餐厅,但距离要远一些。

等到了张丞骏说的那家餐厅,果然名不虚传,餐厅前停满了各色车辆,一看就是属于特别火的那种。

找了个相对僻静的位置坐下后,张丞骏显然是有备而来,打了个电话,餐厅的老板竟然很快出现在了他们的面前。

"哦,张总,再次光临餐厅,真是荣幸荣幸!"对方一见面就握住张丞骏的手,热情地寒暄个不停。"这位美女是?"然后话锋一转,目光转向了出于礼貌已经站起来的叶秋实身上。

"来,我来介绍一下,这位是我的未婚妻叶秋实。秋实,这位就是这家远近知名的有机菜餐厅的老板杜老板,杜旭明。"张丞骏异常兴奋地介绍。

听张丞骏这么介绍自己,叶秋实心里有些嗔怪:"你还真敢说,谁答应要嫁给你了!"不过叶秋实的脸上却始终笑意盈盈,显得十分优雅得体。

"嗯,张总真是有福气啊,能娶到这么美丽优雅漂亮的女士那得是多少男人的梦想啊!"杜旭明充满艳羡的目光应该大大满足了张丞骏的虚荣心,一脸的春光得意。让叶秋实不由得想起上次她们几个姐妹聚餐时,没能按张丞骏的要求去赴约,张丞骏甚为不满的表现。"男人就是爱面子!"不过,从杜旭明目光中透露出的信息判断,他是真心地夸赞,被别人赞美总是好的,所以叶秋实也很受用。

"你们两个今晚放开吃,今晚我请客,我请二位。"寒暄完,杜旭明对已经候在身边的服务员叮嘱,"他们的菜钱记在我账上。"

"那怎么可以?不可以,不可以,我们自己付账。"叶秋实一听杜旭明要免单,急忙说。

"就是,不用了杜老板,这不成了你请我未婚妻吃饭了吗?"张丞骏继续以未婚妻的称谓说道。

"哎呀,张总你就别客气了,咱们哥俩什么关系?区区一顿晚餐算不了什么。再说了,请这么漂亮的女士吃饭该是我的荣幸才对。你们就不要争了,就凭你们两个,难道还能把我给吃穷不成。"杜旭明开玩笑地说完,便转身离去。

"你们什么关系,他怎么这么客气?还非得免单?"等点完菜,服务员离开后,叶秋实忍不住问道。

"嘿,其实他和我是老乡,老家相距不超过半个小时的车程,而且他开这家餐厅时,起步之初曾经向我借过钱。一开始我还不太想借给他,担心他干不好万一赔了。不过,这小子比较仗义,也比我想的能干,很快还了借我的钱;也比较知恩图报,我有几次请人在这里吃饭,他都给了很大的优惠,这次是咱们两个,所以他干脆要免单呢。不过他现在的规模比先前大了很多,他小子也算是彻底翻了身,别担心,放心吃,没事的。"张丞骏解释。

听了张丞骏的话,叶秋实稍稍放宽了心,毕竟他和张丞骏是老乡,吃一顿饭也没什么吧。

"对了，秋实，我告诉你的那件事快实现了！"等菜上来，两个人边吃边聊，张丞骏有些兴奋地说道。

"什么事？哪件事？"叶秋实有些不明就里地问道。

"就是我投资建体育服装生产线的事啊，上次那个陈老板已经答应注资了。"张丞骏解释。

"行啊，那是好事啊，你不是一直想要搞体育服装开发方面的事情嘛。"叶秋实真心替张丞骏高兴。

"是啊，是啊，不过，资金预算现在看来还差那么一小块，我正在积极寻找另外的投资人。"

"呀，秋实，这么巧，你们也在这里吃饭？"张丞骏话音未落，突然有人从背后拍了叶秋实一下，叶秋实转身一看竟然是韦晴珊！

"韦姐！真是太巧了，你也在这？"叶秋实见是韦晴珊，喜出望外。

"是呀，我请朋友吃饭，大家都很崇尚健康，所以就选了这家有机菜餐厅。我们在里面的包间，要不要过去一起吃呀？"韦晴珊用眼睛余光扫了一眼张丞骏，马上意识到了是怎么回事，就急忙改口，"哦，我看还是算了，还是改日吧，不打扰你们两个的小浪漫了。"

"她是谁呀？感觉还蛮气度不凡的。"韦晴珊的身影消失后，坐在一旁的张丞骏忍不住轻轻地问道。因为事发突然，韦晴珊又消失得太快，倒不是叶秋实故意怎样，是根本没来得及介绍。

"喔，她叫韦晴珊，是我的好姐妹，红珊瑚酒店管理集团的董事长。"等叶秋实把话说完，张丞骏直接惊呆了。

"你说什么？你刚才说什么？她是红珊瑚酒店管理集团的董事长？正的还是副的？"张丞骏甚为惊讶的表情让叶秋实出乎意料。

"怎么啦？什么正的？副的？她就是正的。"叶秋实不解地回答道。

"这么大名鼎鼎的朋友,你们什么时候认识的?怎么也不介绍给我认识?"张丞骏接下来的追问让叶秋实更加不解。

"怎么?我的朋友难道还都得介绍给你认识吗?"本来叶秋实觉得没有来得及介绍他们认识还有些歉意,听张丞骏这么一问,看着他那么急于结识韦晴珊的表情,就觉得幸亏没介绍他们认识,真介绍他们相互认识的话,这张丞骏还不得什么样呢!

"哦,秋实,你别误会,别误会,我没有别的意思,绝对没有。只是这个事情太突然了,你也知道红珊瑚集团旗下酒店林林总总,数量不少,每一家酒店都是按五星级标准投资建设的。就拿新开业的紫珊瑚酒店来说,刚刚开业不久,已经承办了本市本年度最高标准的服装发布会,实力不容小觑啊。知道你们是好朋友,我真的有些意外,被惊到了而已,刚才实在让你见笑了。"许是从叶秋实的语气和表情中意识到了自己的失态,张丞骏急忙解释。

"你真是这么想的,没有别的意思?"听完张丞骏的解释,叶秋实有些不信地反问。

"真的,真是这样想的。不过,我脑子里刚才的确闪过一个念头,如果能够找她投资我的运动服装生产线就太好了,那样的话,资金一下子就全部解决了。"张丞骏还算是诚实,他最终说出了自己希望结识韦晴珊的真实意图。

"那可绝对不行,我和她是好姐妹,我可不希望我们之间的关系因为你变得过于复杂。再说了,她只是一心想要打理好她的酒店,从来没听说她还有其他投资的想法,我劝你这个想法还是趁早打住。"

"好,好,不找她合作就是了,不找她合作。"张丞骏忙不迭地应承着。

"关于韦晴珊的话题咱们今天就聊到这。对不起,我先去趟卫生间。"说完，叶秋实起身朝卫生间方向走去。

叶秋实的手机就放在桌子旁边。张丞骏一时间坐卧不安，急功近利的他迫切地想要认识韦晴珊，这个绝对不容小觑的商界女强人。因为投资建设体育服装生产线的资金还有不小缺口，他急于找到这笔投资，而身边可以利用的资源都已经用尽了。刚才为了博得叶秋实的好感才说得如此轻松，事实是他已经迫在眉睫，投资建设体育服装生产线已经到了火烧眉毛的地步。

他顾不得刚才的承诺，抬头看了看卫生间的方向，感觉叶秋实回来还得少许时间，忍不住伸手拿过来叶秋实的手机，可是解锁需要输入手机密码，能是什么呢？叶秋实的生日？张丞骏对叶秋实的生日太熟悉了，忍不住试了试，还别说，竟然一次成功，直接进入了叶秋实的手机！此时的张丞骏有些紧张，他快速地翻看起叶秋实手机里面的联系人号码，韦姐！韦姐是不是应该就是韦晴珊？应该就是！里面没有韦晴珊的号码，只有一个韦姐的，估计就是她的号码！张丞骏快速地将号码输入到自己的手机。刚刚将手机放回原来的位置，叶秋实就出现在了张丞骏面前，他装作若无其事的样子，努力让自己平静起来。

"呀，你动我的手机了？"叶秋实坐下后，看了看手机突然问道。

"没有啊。"这一问让张丞骏心慌，但表面上依旧装作没事人。

"刚才我的手机是朝下放着的，怎么这会儿朝上了？难道它自己还会鲤鱼打挺吗？"叶秋实盯着手机说。

"是吗？哦，刚才我听到手机响，还以为是你的手机响，就动了一下，估计是我放反了。"没想到叶秋实如此细心，张丞骏有些慌张地解释。

"是吗？谁给我打电话了吗？还是有什么信息？"叶秋实拿起电话，解开屏保，看了看手机，"也没有新的电话和信息啊！"

"嘿，餐厅里面太热闹了，我听错了，其实是我的手机，是我的手机响。"张丞骏尴尬地拿出自己的手机摆弄着。

"好吧，咱们吃菜吧，菜都快凉了。"叶秋实放下手机，看了看餐桌说道。

"对，对，菜凉了就不好吃了，吃菜，多吃菜，对身体好，对皮肤好。"张丞骏看叶秋实终于转移了话题，急忙附和道。

一边吃菜，一边忍不住朝叶秋实的手机看，张丞骏正盘算着该如何进行下一步，如何去认识韦晴珊，这个给自己带来新的希望的女人！

"你在想什么呢？怎么老盯着我的手机看？"叶秋实在杂志社工作多年，从事的领域本身就对观察力有着较高的要求，无论是对社会现象的观察还是对美本身的考量都要求甚高，再加上管理岗位的历练，所以张丞骏不够专注的神情还是被叶秋实及时捕捉，便有些不解地问了一句张丞骏。

"有吗？没什么。我只是觉得你新换的手机壳挺漂亮的。"张丞骏一时语塞，不知道该说什么，便拿叶秋实的手机壳说事，因为他隐约觉得叶秋实之前用的并不是这款手机壳。

"哈哈，你还别说，我还真是挺喜欢这款手机壳的，是韦姐让林咏薇捎给我的，她觉得她用有些不适合，颜色过于花哨，和她平时的风格不太搭。不过，我倒挺喜欢的，虽然颜色有些艳，但颜色搭配挺协调好看的。"一听张丞骏说起手机外壳，叶秋实高兴地说道。

"嗯，的确如此。虽然我不了解韦晴珊，但凭刚才的感觉，她用的话，的确会有些突兀，还是你用比较好看。"张丞骏立即一脸笑意地回应。

"对了，你和韦晴珊怎么会认识的？哦，我想起来了，杂志，上期你们的杂志封面好像就是她！我太粗心了，竟然忘了仔细看你们上期的杂志内容。"张丞骏聊着聊着，忽然恍然大悟，想起了什么。

"好啊，我们的杂志是摆设吗？你竟然看都没看，真让人难过。"叶秋实听了张丞骏的话，既是故意也有些真心地噘着嘴表示着自己的不满。

"对不起，对不起，秋实，我真心不是故意的。我的每家店里都有你们的杂志，这个你也是知道的。伍梅里那么精明能干，自从我认识了她老公之后，他就鼓动我订了你们的杂志，而且每个店都要我订了一份。只是最近比较忙，的确没来得及多看。但去健身的朋友锻炼之余还是挺喜欢看的。要不，我怎么会盯着你们的杂志，想在上面投放广告呢。"张丞骏看叶秋实有些不高兴，急忙说道。

张丞骏认真的表情让叶秋实生气的成分迅速蒸发。

"好啦，跟你开玩笑的，我还能因为这件事真生气不成？再说了，摆设不摆设，你们掏钱买了就好，不看只能是你们的损失，我干吗生气。"叶秋实试图让氛围尽量轻松一些。

"我自愿罚酒三杯。"张丞骏继续表示着自己的歉意。

"算了，算了，咱们不是开着车来的嘛，就别喝酒了。再说了你昨天喝那么多，今天还是多吃些菜喝些汤才好。"叶秋实见张丞骏意图叫酒，就及时阻止了他。

"也好，也好，谢谢你想得那么周到。"说完，张丞骏埋头吃起菜来。

"怎么？你就不想解释一下昨天晚上的事情？"见张丞骏只字不提昨天晚上的事，叶秋实终于忍不住问了一句。

"昨天晚上？说实话，我真喝多了，说了什么惹你生气的话，你千万不要放在心上。"张丞骏似乎不太想多聊昨天晚上的事情，避重就轻地解释了一句。

"这么多酒吧，为什么偏偏选择去陈艳尘那里？陈艳尘也跟我说了你们之间的事情，你们之间不是没联系了吗？那个年轻女人又是谁？"叶秋实还是对昨晚的事情一直心存芥蒂，最终还是忍不住将心中的疑问说了出来。

"陈艳尘告诉你我和她之间的事情了?"显然,张丞骏对此一无所知。昨天晚上见到张丞骏时,他已酩酊大醉,即使陈艳尘告诉过他自己去见过她,估计张丞骏也不记得了。

"是的,我去那里就是专门去找她的。你不会以为我去那里纯粹是为了玩吧?"叶秋实和盘托出了自己昨天出现在那里的目的。

"我就说嘛,在那里见到你就惊到了我。"张丞骏稍稍沉默了一下,"你也知道我跟陈艳尘有过一段情感纠葛,她曾经为我打过一个孩子,所以,我们的关系并不是那么简单,我们的关系更像是亲人。但我向你保证,从离开她之后,我们就再没越过界。"

"我觉得陈艳尘她一直深深地爱着你!"想起昨天晚上陈艳尘讲述她和张丞骏的故事时的表情,想到陈艳尘昨天晚上努力架着喝醉酒东倒西歪的张丞骏时的关心和因为担心自己误解而急于帮张丞骏解释的情形,叶秋实异常肯定地说道。

"什么?怎么可能?我和她之间根本不可能的,我们之间从一开始就是个错误,我现在都后悔和她有过一段过往。"张丞骏却有些不屑地说道。

"混账,你就是浑蛋,张丞骏!你知道吗?她为你付出那么多,在你最需要的时候提供了她力所能及的帮助,你却是这种态度!"想到昨天陈艳尘失望的表情,再看着此时面前张丞骏的态度和表情,女人之间的同情心突然大发,叶秋实抑制不住内心的愤怒,站起来大声呵斥道。

"秋实,叶秋实,你疯了吗?这么多人,你要干什么!"本来以为叶秋实原谅了自己昨晚因醉酒酿下的祸端,一直心怀窃喜的张丞骏面对叶秋实的突然变化,事情急转直下的程度完全出乎意料,让他真心有些手足无措。好面子的张丞骏四下环顾着,见那么多人的目光投过来,使劲示意着叶秋实,急于制止叶秋实继续咆哮。

"你才疯了呢,你就是个大骗子,情感的大骗子!"越来越意识到在张丞骏和陈艳尘那段关系里,张丞骏纯粹只是利用陈艳尘的意图,再想起自己先前因为喝多,被张丞骏利用从而发生了最不该发生的一切,叶秋实突然觉得面前的张丞骏面目狰狞!叶秋实其实潜意识里一直很清醒,那次酒后,张丞骏绝对有机会避免事情发生的!只是自身面临的现状,让叶秋实宁愿相信张丞骏那样做只是因为他爱自己!

说完,叶秋实非常气愤地转身离去。张丞骏有些惊慌失措,等他醒过神跑出来追叶秋实时,叶秋实已经拦住一辆出租车坐了进去,然后疾驰而去!

事发突然,张丞骏茫然地站在餐厅门前,恍如一梦!

"陈艳尘,一定是她,一定是这个女人在背后说了自己的坏话才会这样,才会让叶秋实如此想自己!"回过神来的张丞骏有些气急败坏,他掏出手机急于拨通陈艳尘的电话,可是拨了好几次都没能拨通。

"这个臭娘们真能败坏我的好事,昨天真不应该去那里照顾她的生意。"张丞骏愤恨地嘟囔着。

"张总,没事吧?我听服务员说刚才你们闹了些不愉快?"闻讯而至的餐厅老板杜旭明不知何时来到了门口,轻声问道。

"喔,没事,没事。女人,女人总是这么善变!刚刚还好好的,说翻脸就翻脸!"张丞骏有些尴尬地解释着。

"女人得哄,女人得多哄。没事,张总这么优秀,咱们还愁女人不成。"杜旭明试图安抚张丞骏。

"你不知道,哎,算了,一言难尽。"张丞骏想要向杜旭明解释一下他对叶秋实的感情,可是现在已经这个样子了,再多说什么还有什么意义呢!

"对了，你们包间里的客人走了没有？"张丞骏突然想到韦晴珊，忍不住问道。

"你说的是哪个包间？今天里面的包间都有客人呢。"杜旭明问道。

"就是最靠里面的那间。"张丞骏回想着先前看到韦晴珊的去向，她应该是进了最里面的一间。

"噢，你是说韦董事长那间，没有，没有，她们都还没走呢。"杜旭明急忙解释。

"怎么？你认识韦晴珊韦董事长？"见杜旭明叫出了韦晴珊的名字，张丞骏喜出望外。

"算不上认识，她们一起吃饭的里面有个我的朋友，所以跟我介绍了她，知道她是红珊瑚酒店管理集团的董事长，印象蛮深的。"杜旭明解释。

"喔，原来是这样。"尽管杜旭明的解释让张丞骏有些失望，但一个念头突然闪过。

"好，这就很好。我的电话反正你也知道，等下次如果她还来这里用餐，你一定要打电话通知我。今天呢，我也不再吃了，菜钱呢，这次也就不跟你客气了。"刚刚发生的一幕，张丞骏的确也没有多少心情和脸面再回餐厅，就急于道别。

"好，好，没问题，你先忙去。"杜旭明示意张丞骏离开。

"多好的男人啊，他的未婚妻应该知足才对呀！"看着张丞骏匆匆离开的身影，目送他离开的杜旭明自言自语道。

坐在出租车里的叶秋实看着车外灯火璀璨的世界禁不住充满了无限慨叹："这是怎样的世界啊！"正如倏忽而过的灯火，连成的迷离的光线让人看不清经过的一切！

她有些悲切，直到今天她才依稀感受到张丞骏的某些不可告人的想法，为了他自己的成功，他不惜把陈艳尘踩在他的脚下，当他觉得陈艳尘没有了利用价值，哪怕那个女人曾经为她怀过孩子打过胎，他都能将过往一掀而过！不知到底是陈艳尘昨天讲述时的神情深深打动了叶秋实，还是叶秋实对人性的洞察越来越深明，总之，叶秋实今晚有种极端的失望，对爱的人和不爱的人全然充满了某些失望！陈伟嘉，她一见倾心的男人，一直觉得几近完美的男人，但现在看来，也不过是为了荣耀和地位，活在自己老婆阴影之下的苟且男人！张丞骏，她一直没能真正爱上的男人，根本原因原来在于他内心的肮脏和市侩，又那么好面子爱慕虚荣！叶秋实现在才有种明确的感觉，她觉得张丞骏一直这么不肯放弃自己，并不是多么爱自己，似乎更多的是为了他自己，为了证明他自己有多能干！相比起来，于向垚倒是真实了许多，但他还太年轻，具有太多的可能性，谁知道将来的他会变成什么样子？会不会到了张丞骏和陈伟嘉的年龄，也变得那么不堪想象呢！

正思绪良多意乱纷纷间，叶秋实的手机响了起来。她拿起来看了看，是张丞骏的电话！她直接挂了电话，电话却再次响起，叶秋实看都没看，就又直接给挂了。电话反复响了三四次，都被叶秋实瞬间给挂了，几次之后终于消停了下来。

快要到家的时候，手机却又突兀地再次响起。叶秋实难抑心中的厌烦，看也没看，接通电话，就忍不住骂了起来。

"我说你这个人脸皮怎么这么厚？烦不烦人呢！"

"你这是说谁呢？谁脸皮厚？谁烦你了？"竟然是韦晴珊的声音。看了看手机显示，的确是韦晴珊，韦姐的电话。

"哦，对不起韦姐，我不是说你的，不是说你的。"叶秋实连忙解释说。

"到底什么情况？你们怎么这么早就结束了？是不是发生了什么不

愉快？"韦晴珊关心地问起叶秋实。

"哦，没什么，没什么，韦姐，有些累了，就早回来了。"叶秋实不知道该说什么才好。虽然和韦晴珊有些惺惺相惜，关系甚为融洽，可是自己遇人不淑，这种情况似乎也不好对韦晴珊多说。

"真没什么？真没什么就好。只是当时我没好意思多问，今天晚上和你一起吃饭的那个男人是不是你男朋友？是那次我们一起吃饭时，非要喊你去赴宴的人吗？"韦晴珊忍不住追问了一句。

"嗯，是他。"叶秋实听了韦晴珊的发问有些难过。"不过，今后不是了。"她有些喃喃地说道。

"你们到底怎么了？他人看上去还可以呀，显得挺精明能干的。"韦晴珊说着她对张丞骏一面之缘的感受。

"嗯，是能干，太能干了！"叶秋实想起张丞骏的所作所为有些嘲讽地说。

"这是怎么说话呢？我怎么听着不对劲呢？"不了解任何情况的韦晴珊听得出叶秋实的话里有话。

"算了，韦姐，没什么。他这个人，唉，不说他了。你们怎么样？在那里吃饭吃得开心吗？"张丞骏的事情也不是电话里三言两语就能说清的，叶秋实有心转移话题，就反问起韦晴珊。

"好吧，既然你不愿意多说，我也就不勉为其难了，但感情的事不要太意气用事就好。至于我们嘛，就是一个普通的用餐而已。还可以，那里的菜的确口感挺棒的。"明明预感到叶秋实和张丞骏之间发生了问题，见叶秋实不愿多透露其他细节，韦晴珊也就适可而止地停止了追问，但还是忍不住叮嘱了叶秋实一句。

"嗯，谢谢韦姐，我会慎重的。"但叶秋实的内心却不停地在暗自下着与张丞骏决裂的决心。

"对了,方便的时候去看看咏薇吧,我看她这两天心情一直有些低沉,工作上也有些强打精神。你们是无话不谈的好姐妹,有什么话聊开了就没事了。"韦晴珊放下电话前提起了林咏薇。

是啊,林咏薇自从搬走之后,当天晚上给她打电话没能打通,加上工作和生活上的各种忙,十分了解林咏薇脾气的叶秋实也就没再自找没趣。偶尔想起她时,叶秋实甚至有些赌气地想:"你不是说你会联系我的吗?我就等着你来联系我,看谁能熬得过谁!"

尽管林咏薇最近才告诉自己张丞骏曾追求过她,但作为多年来知冷知暖,异常交心的好同学好闺密,叶秋实其实心里早已原谅了林咏薇,毕竟她也不是存心欺骗自己。换作自己,也可能不会讲出来张丞骏做的那些事情的。所以,归根结底,是张丞骏,是张丞骏让她们两姐妹从亲如一家人发展到如此境地的!

一想到这些,叶秋实有想要给林咏薇打电话的冲动。不过,是不是最好去见她一次。想到这里,叶秋实就忍住了想要打电话的冲动。她决定这两天一定找个机会,去林咏薇的宿舍看看,好好聊聊。她觉得她有好多心里话想向林咏薇倾诉,似乎也只能向林咏薇倾诉!

到了家里,叶秋实恍如隔梦,她进屋开灯的瞬间,甚至觉得林咏薇就站在身后,等着捂自己的眼睛,和自己开玩笑,拿捏着声音说:"猜猜我是谁?"

然而,叶秋实转过身,却空空如也。

等到了挂衣架处,叶秋实甚至忍不住喊出了声:"小薇薇快过来帮姐妈接包!"她又想起林咏薇没上班那些日子,帮自己忙这忙那的勤快。可是环顾四周,整个房子里空无一人,只有自己和影子不停地晃动。叶秋实顿时有些失落,她决定洗个热水澡,然后就好好地睡一觉。这种情况下,只有尽快入梦才是上上策,尽管梦里也许并不会比现在热闹多少。

加温好的洗澡水,不冷不热,恰到好处。叶秋实脱了衣服,走进浴室,拧开水龙头,让水浸润起全身。她紧闭着双眼,轻轻搓洗着身体的每一个部位。不知道什么时候,陈伟嘉悄悄地"站在"了她的身后,依旧健硕的双臂揽住了叶秋实的腰。

正当叶秋实沉浸在某些臆想中时,突然依稀听到外面有电话响起。

叶秋实不想理会,却又担心万一有什么重要的电话会误事,便匆匆又洗了两把,擦了擦身子,便裹好浴巾,走了出去。

打开浴室门的瞬间,电话却停止了动静。

她心里揣测着会是谁的电话。当然,她第一个想到的就是张丞骏,毕竟事发之后,张丞骏一直没能和自己说上话,他应该是急于做些解释的,这是符合他个性的举止。

走过去,拿起电话看了看,却是妈妈从家里打过来的电话。

一看到是家里的电话,叶秋实就有些心情复杂,甚至有些不由自主的紧张。

"还回不回电话?"正在叶秋实犹豫该怎么办才好的时候,电话又响了起来,还是家里来的电话。

犹豫再三,叶秋实还是接起了电话。

"哎呀,闺女,你终于接电话了,我刚刚还担心会不会出什么事了呢!"是妈妈着急的声音。

"没事,我能有什么事。刚才洗澡呢,没接起来。"因为上次发生的不愉快,叶秋实的语气不免有些冷淡。

"什么口气?怎么跟妈妈说话呢!"叶秋实的妈妈显然非常不满意叶秋实的态度。

"什么事?我刚洗完澡,累了想睡觉。"叶秋实此时的确提不起多少精神和妈妈过多地交流。

"闺女,我和你爸爸同意了,同意你们的事情了。上次你们走后,我和你爸爸几天都吃不好睡不好。现在我们商量好了,你要是愿意和那个张什么骏的在一起,我们也不反对了。毕竟你们认识那么多年,还有同学这层关系,估计他也不能对你差到哪里,他对你好就行。至于其他的,都到这个时候了,我们也不再多计较什么了。"叶秋实的妈妈在电话那端喋喋不休地说着她的想法。

"只要对自己好就行!"叶秋实听妈妈这么一说,有些忍不住感动,泪水一下子浸湿了眼眶,父母毕竟是父母!

"早干什么去了!晚了!"叶秋实随之禁不住在心里抱怨说。不过,也幸亏这些不顺心的经历,让自己对张丞骏看得更清楚。

"妈,不用你们同意了,我们分手了。"叶秋实平复了一下自己的心绪,然后平静地说道。

"什么?你说什么?怎么回事?怎么就又分了?他不是你的同学,很喜欢你一直追你的吗?"叶秋实的妈妈听了叶秋实的话,诧异地惊问道。

"不同意是你们,同意也是你们,妈妈,你们能不能尊重一下我的选择,我又不是三岁小孩子了,难道我的一切都要你们决定吗?分就是分了,我不想再多解释什么。我累了,需要休息。"叶秋实生气地大声回应着,说完就挂了电话,急得妈妈在电话那端"哎,等等"地嚷个不停。

虽然也觉得有些不妥,但十分了解自己妈妈的叶秋实挂了电话后还是及时关了手机。

"妈别怪我狠心,我现在真没力气再听你唠叨个没完!"叶秋实边关手机边自言自语,至于还有没有其他人打电话找她,这会她也没有心思管那么多了。

躺到床上后,看着天花板上隐隐闪烁的吊灯,那细微的光泽好像此时她的内心,一直有微微的光芒闪耀着,只是四围的黑暗太重了,那光亮显得如此微弱。

她忍不住想象着电话那端爸爸妈妈着急的神情,辗转反侧。熄了灯,爸爸妈妈的神情却更加清晰。她努力暗示着自己,想要早些睡去。迷迷糊糊中,她却仿佛来到了爸妈的中间,成了他俩的众矢之的,两位老人纷纷开始指责起她来。

"你说说你,到底玩的哪一套?在我们毫无准备的时候,你出其不意地带他回家!事先也没跟我们做任何沟通。想当初,你们上大学那会,我们就明确表示过不同意你们交往,现在你突然把人带到我们面前,退一万步讲,即使我,还有你爸,我们同意你们的关系,我们是不是面子上也有些磨不开?所以,我们当时的反应有些过激,这是很正常的嘛。"叶秋实的妈妈情绪激动地对叶秋实讲个不停。

"是,闺女,在这件事情上,我和你妈妈的感受一样。虽然看他现在应该也混得不错。可是你不了解,一个人的家庭和成长经历对他的影响有多深远。他在那么个小地方出来,你们在一起会不合适,他人格上就难免有些你想不到的缺陷,比如内心深处的自卑,比如争强好面子。这些平日里看不见摸不着的东西,常常会影响到你们今后的生活的。"爸爸竟然也站在妈妈的一边,对叶秋实教导个没完。

"就是,看看,看看,看你爸爸分析得多深刻。我们就你这么一个宝贝闺女,怎么可能让你找这么个人,随便就嫁了呢!"叶秋实的妈妈似乎更来劲。

"不过,话又说回来,人无完人,虽然他有那么多不尽如人意的地方,但不是说你们已经认识多年了嘛,而且他到现在还没放下你,还那么追你,说明你们还是有些缘分的。我们想来想去,所以也就认了。

最主要你都到这个年纪了,再不嫁人,这辈子真不知道还嫁不嫁得出去了。"叶秋实的妈妈说到这里,人似乎有些蔫巴。"没有把你在30岁之前嫁出去,是我和你爸最大的失败!想当初就应该狠狠心,把你留在身边,不应该那么发善心,应了你的要求,到什么大城市工作。那里除了大,还有什么好的!"叶秋实妈妈的最后一句慨叹,让叶秋实听得痛彻心扉,怎么听怎么难受!

"怎么就是最大的失败了?现在都什么时代了?难道30岁之前没有嫁出去都得去死不成?30岁之后嫁人的多了去了!再者,这辈子不嫁人的不也多的是吗?"叶秋实咆哮地回击着爸妈的批评和说教。

"你说什么疯话,我老叶家的闺女可不能这样!"一听叶秋实的话,平素相对和蔼可亲的爸爸却一反常态,大发雷霆,想要扇叶秋实耳光,幸亏旁边叶秋实的妈妈阻拦得及时,才没让叶秋实爸爸的手落到叶秋实的脸上。

"打,你打呀!我自己的事情就应该我自己做主!我这辈子还就不嫁了!"叶秋实倔强地将脸伸向爸爸的手,脸与手咫尺之遥!

"孩子,你能不能不那么激你爸呀!他真急了,真会揍人的!"叶秋实的妈妈在一旁着急得不得了。

"揍啊,揍也是现在这个样子,我现在就是不跟他了,不跟他了,我要自己过!"叶秋实毫不示弱。

"为什么呀?这到底是因为啥呀?我们好不容易想通了,想让你们在一起,你为什么死活都不跟他了呢?"叶秋实的妈妈急于知道真正的原因。

"我不愿意跟一个只会利用女人的人在一起!我怎么可能跟一个找我只是为了达到他阴暗不可告人的目的的人在一起!我为什么要跟一个找我只是给他充门面的人在一起!"叶秋实大声地说着自己的不满,听得两位老人大张着嘴巴不知道该说什么才好。

"唉,这可咋办呀!我们的闺女可怎么办呀!我们这是造了什么孽啊!"不知如何是好的叶秋实的妈妈撒开一直紧攥着的叶秋实爸爸的手,然后蹲在地上号啕大哭。

"妈,妈,都是我不好!都是我不好!"叶秋实见状忍不住俯下身子,试图安抚老泪纵横的妈妈。见老人如此难过,叶秋实心痛得几乎不能呼吸!

第二十章 单身只是一种生活方式

一夜无眠，叶秋实第二天醒来后，头有些疼。

由于醒来得比较晚，预备早餐的话，恐怕会迟到，叶秋实只好放弃这个念头，决定去办公室啃事先备下的蛋糕点心。

到了单位，叶秋实特意到伍梅里的办公室瞅了瞅，伍梅里意外地还没有到单位。

"叶姐，今天气色好像不太好哦！"快嘴的任佳佳小声朝叶秋实嚷嚷着，然后快速地从桌子上拿起自己的化妆袋，跟着叶秋实进了她的办公室。

"你干什么？有事吗？"叶秋实见任佳佳跟着自己进了办公室，不解地问道。

"我给你化化妆啊，叶姐，你不知道待会要有重要的人物到咱们单位吗？"任佳佳有些神秘地说道。

"什么重要人物，我怎么一点也不知道？"听任佳佳这么说，叶秋实甚觉奇怪。

"哦，那就奇怪了，伍主编昨天晚上打电话给我的，说今天她会带一个重要人物过来，让我提前把会议室打扫干净，备下咖啡、茶水什么的。我还以为你也知道呢。"任佳佳听后，也觉得有些奇怪。

"是吗？我一点也不知道这个事情。昨天晚上伍主编几点给你打的电话？"叶秋实不解地问道。

"有些晚了，我都睡下了，得是10点以后了吧。我看看手机记录。"任佳佳说着翻看起手机，然后将手机里的信息递给叶秋实看。

"喔，我明白了，当时我的手机关机了，所以她没能联系上我。"叶秋实忽然想起昨晚，想到自己关机的事实。

"对了，我的手机现在好像还没开呢！"叶秋实此时才想起早上匆匆忙忙，顺手将手机放进包里而已，但根本没有开机。

"嘟嘟嘟嘟嘟嘟"，刚一开机，瞬时，来电信息很快就发了过来，叶秋实随手看了看，有妈妈打过来的三个电话，还有伍梅里打过来的几个电话。

"什么情况？你平常不都是24小时开机的吗？"任佳佳见状奇怪地问道。

"没事，昨天休息不好，老想着翻看手机，睡不着，一生气就关了。"叶秋实此时不愿在任佳佳面前提及私事，就随口编了个关机的理由。

"嗯，理解，理解，太理解了！我有时也有这种感受，一会想看看微信，一会又想瞅瞅QQ，总觉得会漏掉什么重要信息似的，这种习惯真是烦死人了。看来手机依赖症我们都有呢。"没想到任佳佳对叶秋实随意编造的理由却深有同感，哒哒哒地说出了一连串的感受。

"嗯，是，的确如此。"叶秋实漫不经心地附和着，然后从抽屉里掏出了自己备下的点心。

"不好意思，今天醒来得晚，早上还没吃东西，你要不要吃一些？"叶秋实一边撕着点心包装袋一边问任佳佳。

"我早吃过了。那等会，我去给你泡杯咖啡，提提神，待会还不知道会见到什么重要人物呢，咱得精神些。"任佳佳说完便先出去了。

等任佳佳端着热气腾腾的咖啡进来的时候，叶秋实吃了两块点心，就算是吃过了早餐，然后接过任佳佳递过来的咖啡，深深嗅了一下。"嗯，还真香，谢谢佳佳。"叶秋实忍不住真心道谢。

"跟我还这么客气。对了，叶姐，于向垚没有联系你吧？我昨天给他打电话，他没有接。那天分开的时候，他说他最近演出会比较多比较忙，也不知道他都在哪里演出。"任佳佳殷勤过后，拐弯抹角地问起于向垚的动向。

叶秋实一听就知道那是于向垚的借口，看来于向垚不是真心喜欢任佳佳，至少目前没有真正喜欢上她。难道他还喜欢着自己？看来有机会，应该撮合一下他和任佳佳。

"没有，他没跟我联系，这个我保证。"叶秋实有些担心任佳佳多想，竟然举起手做发誓状，"而且我还真不知道他会经常在什么地方演出。"说这句话时，叶秋实的脑子里闪过紫珊瑚酒店，不知道于向垚现在还去不去那里。

"好吧，真不知道他怎么想的，人家可是真心喜欢他呢。"任佳佳噘着嘴有些失望。

"别灰心，他可能是真的忙，等不忙的时候，估计就会主动联系你的。"看任佳佳一脸的沮丧，叶秋实急忙安慰说。尽管以目前的形势看，叶秋实觉得于向垚根本不会主动联系任佳佳。

正在叶秋实和任佳佳有一搭没一搭闲聊之际，外边的工作人员忽然一阵骚动。

"应该是大人物来了！"任佳佳敏锐地捕捉到了这个信息，然后迅速地又在叶秋实的头上梳了两下子，"不行了，不行了，叶姐就这样吧，我估计得忙去了。"

果不其然，话音刚落，就听见伍梅里清亮的喊声："任佳佳，任秘书到第一会议室来！"

任佳佳应声而出，梳子直接扔在了叶秋实的办公桌上，便急匆匆地朝第一会议室的方向走去。

叶秋实知道伍主编应该很快就会喊自己，便又拿起任佳佳的梳子尽快地梳理自己的头发，然后拿出化妆镜子又看了看自己的妆容。刚合上镜子，就见任佳佳又快步跑了过来。

"叶姐，喊你到第一会议室去。果然是大人物，好像上过电视，也在广播里做过专题节目。她叫什么来着，名字就在嘴边，可是就是叫不上来了。"任佳佳兴奋地向叶秋实描述着自己刚刚的见闻。

"看把你兴奋得，至于吗？女人要懂得矜持，矜持，知道不？"叶秋实说这句话当然纯粹是开开玩笑，然后便笑意盈盈地走了出去。

"嗯，女人要懂得矜持，知道不？"任佳佳学着叶秋实的样子，顺手带上了叶秋实办公室的门，跟了出来。

叶秋实轻轻敲了一下会议室的门，听到伍主编的回应后便走了进去。

"来，快进来，秋实，看我今天把谁请来了？"看到叶秋实后，伍梅里高兴地起身为双方介绍。

"这位是我们的副主编叶秋实，上一期的专题稿子《坚强之后无尽美丽》就是她执笔的。秋实，这位是咱们新一期杂志的重要顾问，市社会科学院的杜裳霓研究员，上过咱们市台的访谈节目，也在市广播电台做过嘉宾人物，对独身、单身现象有着多方面的研究，用权威人物来形容一点也不为过。"

"不敢当，不敢当，只是对单身方面的现象关注得比较多而已。"听了伍梅里的介绍，知性端庄的杜裳霓急忙谦虚地回应。

很快，文字主编和美编也都来到了第一会议室。

"今天也没有外人，就咱们几个，我是这样想的，我们杂志的主创们根据先前的准备，各自汇报一下自己的创意设想，让杜研究员从专业的角度予以点评。咱们的发行面这么广,可不能出现什么比较明显的纰漏,好确保新一期杂志在各个方面都能再上一个水平。"伍梅里见该参加的人都到齐后,简要介绍了召集大家的目的。

随后,大家从各自的角度畅谈了对新一期杂志的种种设想,有的立足故事性,有的立足话题性,有的立足美感,谈了许多与单身相关的设想。

"听了你们新一期杂志的设想,我觉得很震撼,也很欣慰。我作为研究单身现象的学者,当然希望能有更多的人去关注这一现象。你们作为一家聚焦美丽事业的杂志,能够有意识地关注社会变化,关心社会需要从哪些方面全面满足因为单身带来的一系列变化,实在让人感动。"许是大家的讲述超出了杜裳霓的预料,所以听了大家的话,她显得十分欣喜。

"不管社会上各个阶层持何种观点,单身社会依然来到了我们的身边,一个单身流行的时代正在缓缓开启,单身的利与弊势必会引起大家的热议。今天来说,应该说的确无法准确地说究竟是单身更幸福还是不单身或者说结婚就更幸福,这是没有定论的,一些数据也是片面的,并不完全符合实际情况。想更好地了解单身究竟是怎么回事,我建议大家找到纽约大学社会学教授艾里克·克里南伯格写的《单身社会》一书看一看,那本书已经引进中国,读者还是比较多的,在中国的社会学界也曾引起热议。可以说正是这本书的引入,让更多的人关注到中国的单身现象来。"杜裳霓无愧为专业研究员,她滔滔不绝的介绍让大家听得饶有兴趣,许多观点和解读,叶秋实还是第一次听到,有种茅塞顿开的顿悟感,先前的一些想法在杜裳霓的讲解中正在不知不觉发生着变化。

"至于有人常常会担心单身生活会让人陷入孤独,会抑制自我的活力,《单身社会》一书中却说'独自生活的人更容易拜访朋友或加入社会团体,他们更容易聚集或创建有生气的充满活力的城市。更准确地说，我们的社会已经从保护人们免受伤害，转变成了允许人们将自己才能最大化'。所以大家大可不必过于忧虑单身会怎样，遵循内心的声音去过好自己的生活才最重要！"

会议结束后，杜裳霓最后的讲话在叶秋实的脑海里久久地萦绕回旋。"遵循内心的声音去过好自己的生活才最重要！"是啊，还有什么比遵循个人意愿过好自己的生活更重要呢？至于单身不单身，如果单身更快乐更舒服，何必非得从形式上结束单身呢？管别人说什么呢，他们又无法替自己生活！

叶秋实的思绪一直沉浸在杜裳霓的观点中。临近下班时，却意外接到了林咏薇的电话："秋姐，我想你了，今天晚上我想回你那里。"好姐妹就是好姐妹，几天不见，却一点也不生分，林咏薇的第一句话就让叶秋实动容。

"怎么啦？谁欺负你了？听着声音不太对劲呀？"叶秋实也直切主题，问起林咏薇究竟发生了什么事情。

"没什么，谁敢欺负我，我不欺负别人就是好的啦。"可能是觉得自己的声音出卖了自己，电话那端的林咏薇及时调整了自己的音调。

"嗯，真的？没人欺负就好。这个声音我愿意听。"叶秋实见林咏薇又恢复了她的真性情，心里这才觉得踏实。

"好了，我不跟你多说了，我准备准备就回去。"叶秋实还想在电话里多聊一些，林咏薇却及时打断了。

"好吧，那就见面再聊吧。对了，要不我过去接你吧，然后咱们一起回家，顺便路上买些吃的。"叶秋实挂电话前又问了一句。

"不用了，我有个同事正好去你那个方向，离你那里不远，到时让他送送我就行。至于吃的东西，我已经提前买好了。"看来林咏薇已经准备好要回来了。

"那好吧,路上多注意些。"挂了电话,叶秋实回味着刚才林咏薇说的每一句话,内心还是觉得有些不安,觉得林咏薇一定是发生了什么事情,有什么想要对自己说才对。

等见了面一切就清楚了。

到了家,叶秋实坐立不安,还是炖个银耳莲子汤吧,林咏薇爱喝,自己也喜欢,再加上她买的东西,晚餐应该足够了。叶秋实边等林咏薇边开始炖汤。

还真是巧合得很,叶秋实炖的汤刚刚好,就听到门铃响起的声音。

"秋姐想死我了!""林妹妹,我也想死你了!"开开门,果然是林咏薇!她手里拎着几个包,两只胳膊张开,忍不住就拥抱住了叶秋实。

"好了,好了,快帮我把这些东西摆弄好,待会就不好吃了。还有这瓶红酒,小心别弄洒了。"林咏薇感觉到手臂的不舒服,松开叶秋实,开始侍弄手中的东西。

"大晚上的,买这么多好吃的,要干吗?不想活了。"叶秋实瞅着林咏薇带来的美食,故作调侃。

"嗯,就是不想活了,撑死算了。"林咏薇倒是挺会接话。此话一出,惹得叶秋实忍不住大笑起来。

"有饿死的,还没见过撑死的,活久见!"两人相视而笑。

"你为什么还买红酒?想喝酒,家里也有的。"看着林咏薇放在桌子上的酒,叶秋实真心责怪起林咏薇。

"没什么,反正又不是我买的。是韦董事长韦姐送给我的见面礼,今天拿来共享了。怎么样?是不是够意思?"林咏薇解释。

"是吗?韦姐买的,本来就应该拿来共享。"叶秋实故意反击说。

"赖皮,那是韦姐送我的见面礼,怎么就应该共享了,无赖。"林咏薇也故意地回击着。"无赖就无赖，无赖怎么啦？"叶秋实挑衅地故意瞪着林咏薇。

"无赖就罚酒喝。"林咏薇说着启开了酒瓶，熟练地找到酒杯，将酒顺势倒了进去，然后快速地将酒递给了叶秋实。

"啊，这么快，这就喝上了！也不醒醒酒，你这不是糟践韦姐的酒吗！"叶秋实接过酒杯，诧异地盯着杯中的酒说。

"嗯，是啊，我怎么就忘了呢。算了，反正我是酒盲，醒不醒酒也品不出有多少差别。"说着，就开始喝自己杯中的酒。

"好吧，反正是在自己家里，开喝就开喝。"叶秋实也喝起杯中的酒，然后两人才坐了下来。

"其实这几天我一直想找个时间去你那里看看的，因为筹划新一期杂志比较忙，就没去成。"坐下后，叶秋实有些歉意地对林咏薇说。

"没什么，我那里挺好的。再说了，还有韦姐、韦董事长处处关照我，你还担心什么？去不去都没什么。"林咏薇安慰道。

"对了，韦姐告诉我说你最近精神状态不太好，到底怎么回事？身体不舒服？还是有其他什么事情？"叶秋实突然想到韦晴珊曾在电话里说过的话。

"是吗？她都跟你说什么了？"一听韦晴珊对叶秋实说起过自己，林咏薇有些意外。

"也没说什么，就是说你精神状态不太好，问我是不是咱们俩之间发生了什么，有什么的话就直接说清楚，好姐妹有什么不可以说开的。"叶秋实跟着解释道。

"喔，是这样。其实我、我近来精神状态不好，完全不是因为咱们之间有什么，而是最近接到家里哥嫂的电话。"林咏薇说到这里，仰头喝干了杯中酒，接着又斟满了酒杯。

"怎么？家中出什么事了？"叶秋实看着林咏薇的神情，心里咯噔一下。

"秋姐，你说做女人怎么这么不容易呢？想做个有想法、有些自我的女人就更难！"林咏薇眼里开始噙满泪水。

"怎么了？到底怎么了？有什么事别一个人扛着，说出来也许就会好受些。"叶秋实忍不住安抚起林咏薇。

"唉，也许一步走错，接下来每一步都会难走。由于我常年在外工作，哥嫂在家，这两年，爸爸的身体不太好，哥嫂关照得多一些，可能他们心里有气。而且我的事情不知道怎么就传到了家里。哥嫂知道后，打来电话，竟然在电话里直接把我给骂了，说我当别人的小三，说我这么大也不嫁人，就是想逃避照顾老人的责任。最可气的是，竟然能把爸爸的身体都说到是我不好，是我给气的。"说着说着，林咏薇忍不住啜泣起来，"你说我到底招谁惹谁了？我愿意那样吗？我不想找个人嫁了吗？"

此时的林咏薇让叶秋实想到了刚见到她时的情形，忍不住坐到了林咏薇的身边。

"哭吧，哭吧，哭出来就好了。"叶秋实听到是因为家事让林咏薇如此郁闷难受，也不知道该如何是好，只能抱着林咏薇的肩膀，任其在自己的怀里尽情地放声哭诉，哭诉生活带来的诸多不顺心、不如意！

"你的感受我特别明白，也特别理解。但对于你的有些想法和说法我不敢苟同，你说你甚至想在大街上随便抓一个人嫁了算了，虽然我也知道你这也就是想想而已，但你知道你这种想法叫什么吗？叫自我作践！我们是什么？你把我们当什么了？鸡鸭鹅吗？随随便便嫁给一个人，任其摆布吗？我们可是具有独立人格的完整的人，是具有丰富精神需求和物质要求的人！我们受了那么多年的教育，难道我们的思考能力还不如那些连小学或者初中都没毕业的人吗？"林咏薇一直哭诉着自己的不幸。叶秋实想到了白天听到的杜裳霓的话，而且自己最近一直也在思考究竟什么才是最好的生活。她忽然推开怨妇般的林咏薇，义愤填膺地说起她的想法来，让一直处于悲伤难过中的林咏薇甚为惊讶，停住了哭泣，直愣愣地抬头看着叶秋实。

"你知道我们主编给这期杂志定的主题是什么吗？单身现象！我现在真心佩服伍梅里，她这段时间遇到那么多的变故，竟然能处变不惊，很快把自己调整到一个完好的状态，并能根据自身的经历感受，思考到单身这一越来越多的社会现象上来。在她组织的有关单身的头脑风暴会上，许多同事把单身的好处全给挖了出来。你能想象得到吗？作为单身人士究竟有多少好处让那些婚姻奴羡慕着呢，可以按自己想要的方式去生活吧，有大把属于自己的时间吧，更多的工作机会吧。从女人的角度看，衣橱是不是可以肆意地利用，想去哪里是不是可以立即来个说走就走的旅行！"叶秋实数着指头，罗列着只属于单身人士的好处。

"我们又不需要靠男人养，干吗非得为了别人的眼光和想法去委屈自己，随便就把自己给嫁了。没有碰到让自己动心又适合的人，我们就单着，就是单一辈子又如何？你不要以为只有你我单身，现在长期单身或者终身单身的人比例高得很，而且这一趋势一直在攀升。你不要以为这是我在杜撰，这可是我们请的权威人士，一位美丽的女研究员提供的见解。她可是咱们市社会科学院的，上过电视，也在电台做过节目，很有影响力的。不过我没有机会多问她，不知道她现在什么状态，是不是也是单身。不过这个也不重要了，重要的是她能很客观地看待单身现象。她的观点就是遵循内心的想法去过好只属于自己的生活，因为生命只有一次！"见林咏薇慢慢地恢复了平静，叶秋实这才稍稍平缓了说话的语调。

"单身没有我们想的那么可怕,从乐观的角度看,单身甚至应该值得庆贺。来,让我们为单身干一杯!你想,只要我们单身,我们想约会什么样的帅哥不可以?也不会背上什么淫妇、荡妇的骂名。"叶秋实试图调和屋内因为林咏薇哭哭啼啼带来的悲戚,所以开玩笑地再次拿起桌子上斟满酒的酒杯。

"嗯,秋姐你刚才的一番话真是醍醐灌顶!尽管我现在还云里雾里,但我觉得我心头那层迷雾被你的话给驱散了,正渐渐变得光明。好,为秋姐刚刚的那番话,为我们的单身干一杯!"林咏薇使劲抹了一把眼泪,然后站起身与叶秋实碰杯并一饮而尽。

喝尽杯中酒,叶秋实见林咏薇的情绪恢复了平静,然后便又坐回了自己的座位。

刚坐下,忽然就听到放在旁边的手机响了起来。叶秋实拿起电话看。

"看见了吧,是张丞骏来的电话,我直接灭了它。"说着叶秋实直接挂了对方的电话。

"秋姐你们之间是不是又发生什么误会了?"林咏薇并不了解叶秋实和张丞骏现在的真实状态,见叶秋实如此举动,不解地问道。

"他?我和他还能有什么误会?我只恨之前一直没有听你的话。他这样的人我就不应该和他沾边,躲得越远越好。"叶秋实将最近发生的一切原原本本地告诉林咏薇。

"你说这样的男人有什么可留恋的?只知道利用女人,为了杜绝后患,逼陈艳尘去打胎,导致陈艳尘今生再也无法做母亲,让女人受到那么大的伤害,他却像是个没事的人。如果说之前我还一直存有幻想,希望靠他来结束自己的单身,纯粹是因为思维中有着你刚刚说的那些个想法,觉得为了家里,为了父母,干脆把自己嫁了算了。但你说我要是真把自己就这么稀里糊涂地给嫁了,我是不是过得更不开心?我的生活是不是比现在要糟糕？那又何苦呢？不瞒你说，家里父母现在倒是同意我和张丞骏的事情了，但晚了。我现在想通了，我的生活父母又无法替我来过，我为什么非得处处听他们的。是，他们是生我养我。但如果说生了养了，就得一切都听他们的，按他们的意愿生活，那我宁愿没有来过这个世界。"林咏薇的苦痛，自己的遭际，在酒精的刺激下却越发让叶秋实清醒。

两个相知相识多年的好姐妹，有过吵闹，有过纷争，一起哭过，一起笑过，短暂的分别后，再次聚到一起，更觉彼此的珍贵。

一顿具有特别意义的晚餐后，两个人自然而然地住到了一起。在床上，回忆起青葱的大学生活和大学时彼此的糗事，畅谈对生活的感悟，分享难得的快乐，交流彼此的成长心得。说累了，最后也不知道谁先睡着的。

第二天，叶秋实先醒了过来，发现昨天晚上两个人竟然相拥而眠，叶秋实才发觉被林咏薇半枕着的手臂有些麻，便轻轻地从林咏薇的肩膀处抽了出来。低头看着依然酣睡中的林咏薇，叶秋实忍不住在她的额头轻轻地吻了一下，然后小心翼翼地起床，生怕惊醒睡梦中的林咏薇。

等叶秋实准备好早餐，林咏薇还没有醒来。叶秋实甚至有想替自己和林咏薇请一天假的冲动，好让自己多陪陪林咏薇。

正在叶秋实犹豫不决时，林咏薇却揉着惺忪的睡眼窸窸窣窣地来到了客厅。

"秋姐，几点了？"林咏薇边问边忍不住打起哈欠来。

"别管几点了，是不是还没睡够？要不我请一天假，也给你向韦姐请一天假吧？咱们在家里或者出去哪里放松一下。"叶秋实看着林咏薇有些慵懒的状态试探着问道。

"算了，还是别请假了，还是多挣钱吧。我觉得现在挣钱比什么都重要。"林咏薇及时否定了叶秋实的提议,"你昨天不是说了,既然我没办法经常回家,就多往家里寄些钱,这样至少哥嫂心理上会平衡一些,对我的态度可能就会好一些吗?我觉得你说得特别在理。之前我的确会觉得自己是女孩,在家又是老小,对家里尽的责任的确有些少,难怪他们对我说话那么不客气。我应该向你多学习,还是多改变一下自己的思想观念,不能因为自己是女人就看轻自己,就有意不去承担自己该负的责任。而这些,的确要靠更可靠和丰厚的经济基础才行。我应该利用好现在的机会,尽快让自己成长起来。况且有韦姐的关照,我也没有理由不努力拼一把,让自己各方面的条件都更好一些。"林咏薇突然之间像是意识到了什么,一连串说出了自己的想法。

"你能这么想,我真替你高兴。是的,我们接受了那么多年的教育,难道连过好自己生活的能力都没有吗?如果那样的话,我觉得才是最大的悲哀,才是不可容忍的失败。我现在开始觉得单身并不是什么失败,单身只是一种生活方式而已。有的人不适合,无法容忍单身的弊端,无法独自生活。有些人却不同,他们也许很享受单身的益处,也能够有效规避单身的弊端。在单不单身这件事情上,我觉得不存在失败与成功一说。"接着林咏薇的话,叶秋实突然又有了新的感悟。

"嗯,对,我觉得你说得特别对,你现在说的话特别具有哲理,都快成大哲学家了,秋姐你现在真快成了我的偶像了!"林咏薇听得越来越有精神,竟然忍不住跑过去抱住了正一边说话一边从冰箱里取东西的叶秋实,睡意也立即从她的身上消散开去。

"小心点,疯丫头。什么叫快了,我现在就是大哲学家,生活的哲学家,快来崇拜我吧!"听了林咏薇的话,叶秋实抑制不住地高兴,开起林咏薇的玩笑来。

"偶像在上,受美女我一拜。"林咏薇听了叶秋实的话,竟然配合地松开一直抱着叶秋实的手,故意庄重地鞠起躬来,惹得叶秋实差点把手里拿的点心掉到地上。

"好啦,好啦,快别疯了。既然不准备休息的话,那就抓紧收拾好,快点吃完早饭上班挣钱,这才是正事。"叶秋实见林咏薇疯个没完,及时制止。

"好啦,听偶像的话有钱挣。"两个人又是一阵哈哈疯笑。

心情好阳光就好,还是阳光好心情更好?今天是个艳阳天,一大早,阳光穿过四季常绿的树叶,将斑驳的阳光洒在车上,洒在叶秋实和林咏薇的脸上,上班的人群中多了两个快乐的女人,两个快乐又美丽的女人!

(未完待续)